班驳，因色彩不同而美丽。
班博，缘性情相和而温馨。

斑駁

吉林大学中文系77级日志选辑

主编/温玉杰　霍用灵

南方出版社

图书在版编目（ＣＩＰ）数据

斑驳 ／ 温玉杰，霍用灵主编. -- 海口：南方出版社，2011.9
ISBN 978-7-80760-429-7

Ⅰ．①斑… Ⅱ．①温… ②霍… Ⅲ．①回忆录-作品集-中国-当代 Ⅳ．①I251

中国版本图书馆CIP数据核字(2011)第196044号

斑驳——吉林大学中文系77级日志选辑
温玉杰 霍用灵 主编

责任编辑：王伟
出版发行：南方出版社
邮政编码：570208
社　　址：海南省海口市和平大道70号
电　　话：0898-66160822　传　　真：0898-66160830
经　　销：全国新华书店
印　　刷：北京工商事务印刷有限公司
开　　本：787mm×1092mm　1/16
印　　张：25
字　　数：290千字
印　　数：3000册
版　　次：2011年10月第1版　2011年10月第1次印刷
书　　号：ISBN 978-7-80760-429-7
定　　价：58.00元

目 录

卷首语

班博之诱人
霍用灵

本书名"斑驳"者，"班博"谐音也，实为吉林大学中文系77级共享班博［http://jida1977.blog.163.com/］日志选辑。

本班博自2010年12月9日由徐敬亚在网易博客空间注册开通，我们班众博主即在此共同浇灌属于自己的花草树木，《斑驳》，是我们班博园子里收获的第一季诚品，将献于我们毕业30年庆典之日。

我们的班博，生于一念之作，始于童心之戏，初则三五人鼓噪，继而十数人响应，未几则忽而一夜春风，博文如雨后春笋，数十人每日睁眼即登博，浏览日志评论，一日不留言则忽忽然若有所失，班博之诱人如斯，何哉？

有真人则有真性，有真性则生真情。本班博众博主，于斯境不图文章惊世界，只求互博能开心；无媚俗之喧哗，有纯真之性情。半年间，班博园里竟草长莺飞，生机勃勃，大家玩得不亦乐乎。众"童鞋"年虽逾五十，心犹如赤子，尘世功名屏蔽在外，纯净天空真心化成。退隐者入博则如老树逢春，有新生之悦；经世者入博则若征途遇驿，得释累之松。

班博者，世外新桃源，人间小客栈。可以聊八卦，诉衷心，增见闻，愉情志，如此则上博、写博，读博、评博，何乐而不为？

明净的天空

王宛平

我一直觉得我的大学生活是悲催的，是我人生第一个低谷，我也不以为我与大学同学之间有多么深厚的友谊。总之，我从未想到，毕业30年后，我成了一个集体主义者；我关注班博，我浏览每个同学的帖子，我几乎给每个帖子留言，我也写博，也期待其他同学关注。而这些同学，有许多在校期间压根没说过话；更有甚者，毕业30年，再未谋面。

有同学说这是互联网时代的奇迹，是网络把我们这些熟识的陌生人，隔着时空重新链接在一起，我更想说，这其实是人内心深处的需求。

假若不是有着共同的时代记忆，相同的价值观念；假若不是人到一定年龄阶段，历尽人间沧桑，看淡尘世浮云，我们岂能心平气和守着一片虚拟天空，气定神闲，谈风月，论江山？

再假若，我们不是中文系，骨子里有着天然写作的欲望，表达的冲动，交流的渴望，我们岂能日思夜想，谋篇布局，只为学友一悦？

上班博这一年，我感受很多，也很意外，来自许多几乎没说过话的学兄学弟的深切关注，热情鼓励，使我心时常惭愧，惭愧于我的狭隘，我的自我。

以文会友曾是有着文学梦者的理想境界，社会越来越现代，人心却越来越遥远，而当我们登陆属于我们的这块明净的天空，我们会发现，人心如此之近，仿佛能听到彼此血脉搏动的声音。

珍惜属于我们的……班博。

是真名士自风流

张力

毕业30年，突然又重新回到课堂：一堂没有时空限制、没有主讲老师、没有中心课题的自由发言课。——这是自班博开通以来我的第一感觉，一种在时空隧道里自由穿行的感觉。

没有丝毫官场的客套寒暄、废话连篇，没有丝毫商场的勾心斗角、雾罩云山。我心说我话，我笔抒我情，纵论卅年风雨，管他春夏秋冬，怎一个"爽"字了得！

文章写得情真意切，缘于做人坦诚真实。吉林大学中文系77级的学子是一个活得真实的群体，率真，性情，简单，透明。文学的真谛滋润着每一个人的心灵，文学的养料充塞着每一个人的血管，无论他们在官海商海里挣扎得有多累，只要一回到这个群体，便立刻找回了自己。

是那个伟大的时代造就了这一群体，是这一超凡的群体辉煌了那一个时代。历史将永远记住我们，记住中国教育史上永远的77级。

30年里，人人皆有诸多酸甜苦辣荣辱悲欢。远离得失，告别遗憾，面朝大海，脚踏青山，把真诚、激情、才华和不老的青春凝聚于键盘，继续敲击人生的下一篇章：是真名士自风流！

我感动，我欣喜
杨冬

    说真的，我常常感到奇怪，我们班何以竟涌现了这么多优秀的人才。无论在政界、军界、商界，还是在学界、诗坛、新闻界、出版界、影视界，许多同学都以自己的聪明才智做出了不凡的业绩。今年以来，我在班博上又读到许多好文章，由此再一次感受到诸多同学的真挚、睿智和宽厚。而所有这一切，都是我在学生时代未曾想到的。

    我欣喜，因为我感受着同学的真挚；我感动，因为我知道所有的成绩都来自辛劳；我敬畏，因为我在同学身上见证了当代文明的进程；当然，我更骄傲，因为我也是其中的一员。

    而我唯一的期盼，就是能在班博上读到更多更好的文章，不仅出自现有的写手，也包括天南地北所有的同学。

又当一回"班干部"

温玉杰

大学四年,头两年做班生活委员,后两年做系生活部长。职务不同,宗旨一样——都是为同学服务。

我决定说真话:那四年为同学做事堪称真心实意,任劳任怨,但也有一点小私心,就是争取入党。可临近毕业,该入的入了,不该入的也入了,而我竟落得个一厢情愿。值得欣慰的是,同学们很善待我,连续四年评我为三好学生或是优秀干部。往事重提,我只想说:旧体制不喜欢我这种人,真同学心中自有一杆秤。

如今天各一方,大家推举我做咱班这本书的总召集人,好像又当了一回班干部,但此班干部非彼班干部,这里没有功利,只有情意。我把这件事看做是大家对我的一次奖赏,它既检验了我的热情依然如故,也带给了我持久而强烈的快感。总之,我是受益者。

77级的故事是无法穷尽的。

历史的戏剧性就在于,取消了11年又重新恢复的高考让我们赶上了,570万考生同时去拼抢改写命运的一刻让我们脱颖而出了。

冥冥之中,我们注定要成为同学。

怎样活着一定是我们今后绕不开的主题。我无意夸大班博的作用,但无论如何她为我的后续生命打开了一扇洁净的心灵之窗,吹进来的都是春风细雨。特别是面对世态炎凉的当下,她如同一架篝火,温暖着我的每一天,每一刻。

同学是缘

范文发

入学前一个晚上，我从火车站将行李扛到宿舍，听见门外有人说要找延边来的同学。我刚起身，见两位少年堵在门口："你是范文发吗？"见我认可，又庄重地自我介绍："我俩是你的同班同学。"年近30岁的我，望着面前有着孩子般圆脸的用灵与昆远，这"同学"二字叫我疑惑半天：老夫少年真的能成为"同学"吗？

感谢大学生活，让全班80人不管岁数大小，都吃一样的饭，睡一样的铺，听一样的课，读一样的书；浴一样的春风，沐一样的秋雨，抒一样的豪情，怀一样的抱负——于是，老夫的成熟少年的朝气慢慢相融合了。我们聊起天来不会说半句留半句以窥探虚实；帮起忙来也不会想给对方送个礼以达成银货两讫；从陌生到熟悉，我们打心底里认同了"同学"这面共同的旗帜。这是天赐的缘分啊。30年前，同学们像一把种子播撒在天南地北；30年后，要感谢"班博"，又将各自的收获汇聚一堂。我们都已50开外60出头，岁月淘空了各自的纯真，换来的是含蓄与城府。然而，半年多的"班博"，却让同学间的了解比大学时更深更透：我们谈笑风生，话题漫无边际；心不设防，天窗大开，这是何等样舒适洒脱。当初的纯真本性，也只有在进入"班博"时才会重现光采。它已经走进我们的生命里，生命不到终结它是不会离去的。

同学，真的是缘。

人人是班长

徐敬亚

高考发榜前，我在程永亮家看过一份77级录取名单。上面的人数是42人，我一连看了三遍，没有我。42→80，这一不著名的放大，暗含了当时中国人多少聪明才智与窘迫无奈。而它悄悄改变的，却是另38人的命运和80人的大学生活方式与集体记忆。13亿是一个中国，26亿就是两个中国。

科学的班级建制一般40－50人。80太大。我算了一下，一名教师每天接见一位同学，在授课时间内，一个学期每人大约只能被接见一次。整整4年，我们不能交也很少流，被迫集体化，被迫形同陌路。80——构成了我们全部的生活方式。

80双眼睛都往一处看，十分可怕。所以生产队只能天天听报告，天天开大会。能够站在80人前说几句话，不仅成为一种稀有，更成为一种荣耀，甚至特权。不仅语言，书写同样神圣。我本人就曾因冒犯潜规在黑板上书写通知而被班领导强行擦掉，理由是没有班干部资格。于是我们那几年被迫听了好多成语。

我们班，没有班级文化。我们有的，只是寝室文化、老乡文化、年龄文化、小圈子文化、搞对象文化……以及一说话就闹个大红脸的尴尬文化。

我是今年春天才懂得了这个道理，是看了《雪花那个飘》。人家一冲进教室，就飞着翅膀唱"啦呀啦，啦呀啦"……我们能吗？2个人耳鬓厮磨，10个人交头接耳，80人呢，只能正襟危坐。

我忽然明白了班博为什么这么火。

穿过历史的大林莽
王金亭

朝晖夕阴，春花秋月，转眼三十年过去了。

三十年，也许是能够带来足够变化的神秘周期，民间因而有河东河西之喻。

吉林大学中文系77级，这个带有传奇色彩的集体，在穿过三十年这片广阔漫长的历史大林莽之后，以一本素雅的班博文选奉献给祖国和社会。我们有理由相信，广大读者里面的有识之士是会对它产生兴趣的。

理由在哪里？就在于它是记录历史演进的独特文本，就在于它展示了一个有传奇色彩的集体在穿过三十年这片历史大林莽之后特有的风采，就在于它见证了一个拥有80名同学的不同凡响的班级恒久不变的友爱。

王蒙数年前说过：他很关注十年动乱结束之后最先考入大学的那几届大学生，其中不乏社会精英。吉林大学中文系77级，这个带有传奇色彩的集体，一路走来所展现的风姿和成就，给王蒙此说以强有力的佐证。

"当年分手，如雁飞。""咱们班"还是个集体吗？这是不该有的疑问。毕业三十年来，80颗心灵互相牵挂，友爱的"互联网"依然把我们紧紧联系在一起，集结在一起。更何况有了物化的互联网，更有了我们的班博。

凝结着80名同学大海一样深情的班博文选终于问世了。披沙拣金，功归倡导者。饮水思源，莫忘徐博主。

痒酥酥

吕贵品

30年前，我们创办《红叶》、《赤子心》，用的是誊写印刷技术：蜡纸铺在钢板上铁笔刻字，橡皮辊蘸匀油墨在纱网上推动，一张又一张，最后装订成册。现在和年轻人讲这些如同向老年人讲上网写博，听者都浑然不知。吉大的许多个夜晚，我与诗社同窗们就是在这种劳作中度过的。现在回头望去，那些刊物如同路旁花朵，心中芬芳飘扬。有一天夜晚，在我推橡皮辊时，忽感身上有东西蠕动，痒酥酥，令我难以抑制，急忙跑进厕所，脱掉衣服找到了一只小虫，肉乎乎，粉红。我正想把小虫摁死，突然窗外传来哭声，没敢下手，便把它丢到水槽用水冲走了。小虫顺流进了一条大河里，从此不见。那小虫名字叫：虱，我们这一代都曾拥有，如今在我们身上却绝迹了。我时常在想：怪！那油印机，那墨香杂志，尤其那虱竟一眨眼消失了。

30年后，那消失的小虫又出现了，变得巨大，称为博，还谦虚礼貌地叫微博、博客。这博无所不在，附着在人类身上不离不弃。30年前的那群人，也被这博一网打尽。我痒，同窗们也痒，一种强烈的按捺不住的痒，令大家建了一个班博。在这里可以脱掉虚伪，赤诚坦露，我给你挠，你给我挠，自个儿挠，舒服且痛快！同窗们把脑袋凑到屏幕前，如仰望星空，亦畅叙，亦争论，亦为国，亦为己，亦喜亦忧。博这只巨虱，不在我肌肤之表蠕动，而是钻入我的体内，使我痒酥酥。用陆游的诗来描述我很合适：花前技痒又成诗。由于本代人的想法和油印本的情结，同窗们怕某一天博会无影无踪，还是出本书

实实在在攥在手里好。于是决定选编班博，出版一本书，取名
《斑驳》。斑驳陆离，色彩纷杂，这正是今日之时代特产。

　　再过30年，世界是什么样子，难说！可能博这个巨虬又变
了模样，现今的一切也翻天覆地了。但人类之痒不会消失，我
们90岁的身躯仍然会痒酥酥的，如果再有一个好太阳，我们安
坐于蓝天下微笑着终老，定然爽心惬意。

吉林大学中文系1977级全体在此

吉林大学

吉林大学中文系一九七七级
全体名单

（按姓氏笔划为序）

丁临一　于力　于　阿昌　端忠　王小妮(女)　王启平
王妮平(女)　王金亭　王振抽　王晋闻　毛秀中(女)　韦　朱(女)
邓学新　白光　兰亚明　冯铁民　刘丽(女)　利坚
刘建(女)　刘振东　刘晓波　孙丽华(女)　孙歌(女)　孙景贵
吕明宣　吕贵品　许建国　张小钢(女)　张中良　张中秋
张为民　张丹(女)　张北冰(女)　张晶　张利　张晓洋
张缘　李东红(女)　李本史　李　陈纬平　李寄福　李来　明娥(女)
李树　文李新风　李蒋霞(女)　陈　杜学权　陈晓明　冷湖(女)
时光　佟昆远　邹进　范文发　杨冬力
周志　怀易　青　尚晓宇　宫端宏　志　语尖　武静波　姚顾　香晚堆(女)
姜文　王廷　赵闻　良　徐晋　歌亚　黄国程　崔卫东
高文龙业　郭玉洋　晋宪斌　廖雪芳
常辅同　王杰混
崔同　魏海田

[丁临一]

想起梁思成

　　题记："直如铉,死道边;曲如钩,反封侯。"献给刘晶父亲那一代知识分子。读刘晶写父亲的博文有感,转贴以前的一篇文字于班博。

　　有这么一位离我们不远也不近的人物,许多年前我无意中读到了他,从此就如同心中被钉入了楔子肉中被扎进了刺,没来由地总是常常想起他。他虽然名头颇大,但在我国现当代历史上却远远说不上显赫,所以我尽管努力地试图搜集关于他的一切文字来读,无奈总是感觉散乱零碎,难以满足我走近他的渴望。他,就是梁思成。

　　梁思成是清末大学者、政治家梁启超的长子,梁启超因维新变法失败流亡日本,故梁思成出生于日本,11岁才返回北平。1915年,梁思成考入清华学校,即当时的留美预备学堂。那真是"春风得意马蹄疾,一日看遍长安花"的黄金岁月,梁思成学业优秀,多才多艺,未来面临着无限的发展可能性。可他为什么最终选择了建筑呢?因为林徽因。据称,"1920年,曾被诗人徐志摩苦苦追求的林徽因随父亲从英国回到北平。19岁的梁思成第一次见到17岁的林徽因。当他敲开林家的大门,一个小仙子一样的美丽女子站在他面前，聪慧的目光如水晶莹，第一眼便深深地打动了他的心。而林徽因的一番话则改变了梁思成的人生"。（转引自清华新闻网）

他们的次子梁从诫的话证实了这一切——"当我父亲第一次去拜访我母亲时，她刚从英国回来，在交谈中，她谈到以后要学建筑。我父亲当时连建筑是什么还不知道，我母亲告诉他，那是包括艺术和工程技术为一体的一门学科，因为父亲喜爱绘画，所以也选择了建筑这个专业。"

因为一见钟情，因为心仪的小仙子的一番简单的介绍，就义无返顾地选定了自己终生的事业，这不是多少有些显得……草率了吗？我们知道，梁思成家学渊源，才华横溢，换言之他可选择的未来是具有无限多的可能的；我们也知道，与林徽因活泼热情的性格不同，梁思成的个性稳重深沉，一对小情侣在后来的日子里因为性格差异还无数次地发生过矛盾冲突，那么，在几乎是不假思索地选择了事业与人生的方向的时候，梁思成心里是怎么想的呢？

作为中国人，没有人不知道老祖宗千古不移的一句古训：男怕选错行，女怕嫁错郎。今天的青年人似乎对此尤其地留心，小小年纪就懂得为将来绞尽脑汁，要么当官，要么发财，要么出国淘金，总之是要出人头地，希图用最少的劳动付出搏来最多的成果利益。而当时的梁思成选择了建筑，在上世纪初的中国青年学子面前这大约是冷门而又冷门的学科，这一步踏进去，也就踏进了无穷的艰辛甚至是苦难，踏进了战乱岁月中走过中国的15个省份200多个县区，去实地勘察2000余处的古代建筑遗构的栉风沐雨，饥寒交迫；踏进了新中国成立后为保护北京的古建筑而心力交瘁，无休无止地却总是劳而无功地奔走呼号，甚至是痛哭失声……

无论如何，梁思成选择了建筑，意味着一次历史的选择，近现代中国的建筑史，包括北京的变迁史都因他的选择而改变，这，是不是可以说苍天有眼呢？

这是一个梁思成口述的真实故事——"我们住在总布胡同时，老金（金岳霖）就住在我们家的后院，但另有旁门出入。可能是在1932年，我从宝坻调查回来，徽因见到我时哭丧着脸说，她苦恼极了，因为她同时爱上了两个人，不知怎么办才好。她和我谈话时一点不像妻子和丈夫，却像个小妹妹在请哥哥拿主意。听到这事，我半天说不出话，一种无法形容的痛楚紧紧地抓住了我，我感到血液凝固了，连呼吸都困难。但是我也感谢徽因对我的信任和坦白，她没有把我当一个傻丈夫。怎么办？我想了一夜，我问自己，林徽因到底和我生活幸福，还是和老金一起幸福？我把自己、老金、徽因三个人反复放在天平上衡量。我觉得尽管自己在文学艺术各方面都有一定的修养，但我缺少老金那哲学家的头脑，我认为自己不如老金。于是第二天我把想了一夜的结论告诉徽因，我说，她是自由的，如果她选择了老金，我祝愿他们永远幸福。我们都哭了。过几天徽因告诉我说：她把我的话告诉了老金。老金的回答是：'看来思成是真正爱你的，我不能去伤害一个真正爱你的人，我应当退出。'从那次谈话以后，我再没有和徽因谈过这件事，因为我相信老金是个说到做到的人，徽因也是个诚实的人。后来的事实也证明了这一点。所以我们三个人始终是好朋友。我自己在工作上遇到难题，也常常去请教老金。甚至我和徽因吵架也常要老金来'仲裁'，因为他总是那么理性，把我们因为情绪激动而搞糊涂了的问题分析得清清楚楚。"（转引自林洙著《梁思成、林徽因与我》）

这是一个后院起火的故事，也是一个三角恋的故事。一生中，我们也许读到过、看到过难以胜数的这样的故事，可还有哪一个类似的故事如此美丽动人？爱美之心，人皆有之，然而爱情的铁律却是排他，中国自古以来层出不穷的是"冲天一怒为红颜"的故事，现当代的名人中因为争风吃醋而割袍断义、反目成仇的并不少见。那么，梁思成、林徽因、金岳霖，他们是不食人间烟火的天上人吗？天上人也未必靠得住啊，古希腊传说中的特洛伊战争不也正是因美丽的海伦而起的吗？多么优雅的教养，多么宽阔的胸襟，多么珍贵的彼此信赖，多么美丽的友情人性。这样的夫妻，这样的朋友，这样的情感故事，不是堪称人间的绝响，地久天长的美谈吗？

这又是一个令人难以忘怀的真实故事——二次大战后期，美军对日本本土的大规模轰炸已经日以继夜地展开，梁思成赶到美军设在重庆的盟军指挥部，找到布朗森上校陈述保护奈良、京都古城的重要性。布朗森不明白一个中国人为什么要保护日本的古建筑，但是梁思成的陈述还是层层转达到美国军方高层。最终，美军的原子弹、轰炸机群终于避开了奈良和京都。若干年后，奈良和京都得以保全之谜大白于天下，许多的日本报刊恭恭敬敬地称梁思成为"日本古都的恩人"，"日本文化的恩人"，甚至一些最为傲慢、对于战败耿耿于怀的日本人，在梁思成面前也不得不低下头来。

这是一个以德报怨的故事，也是一个令人惊讶的中国知识分子理性与胸襟的传奇。梁思成是一位毋庸置疑的爱国主义者、民族主义者，我们知道，梁思成自20世纪30年代初踏遍千山万水、历尽千辛万苦去实地勘察中国古代建筑遗构，终于在1937年夏找到了建造于公元857年的唐代木构建筑五台佛光寺，其直接动机之一就是为了用事实来回答某些日本学者的无知妄言，即中国已不存在唐以前的木构建筑，要看唐制木构建筑，人们只能到日本奈良。我们还知道，整个抗日战争期间，梁思成、林徽因颠沛流离，贫病交加，日复一日地耳闻目睹着日本侵略军对中国人民犯下的烧杀抢掠令人发指的罪行，而且，林徽因的三弟林恒也在不久前的对日空战中血洒长天壮烈牺牲，可谓国恨家仇集于一身。那么，是什么样的力量促使梁思成毅然决然作出了保护敌国古都的举动呢？历史上饱受侵略战乱困扰的中华民族，传统文化心理上不乏一种"壮志饥餐胡虏肉，笑谈渴饮匈奴血"的复仇冲动，就是到了今天，面对某些日本政客及右翼分子一而再再而三的无耻挑衅，我们在难以胜数的网友帖子中感受到的民族主义情绪还是那样炽烈甚至走向极端。而60年前的梁思成近似神喻的举动，反映出了泱泱大国的文明气度，体现出了一种超越家国民族的恩仇，甚至是超越时空的高贵与远见，梁思成的这个故事留给后人的启示，是何等的意蕴丰富、耐人寻味啊。

还有，就是梁思成生命后期20年的故事了，他是那样欣喜地迎来了共和国的新生，那样热诚地投入了新北京的规划与建设，而同时，他开始那样地错愕万端，开始了无尽无休的检讨、抗争、失望、痛苦的煎熬。天安门外的长安左门与长安右门因为"妨碍几十万人民群众的队伍在这里接受毛主席的检阅"，于1952年被拆除，梁思成痛哭失声；1953年，北京开始拆除一座又一座牌楼，梁思成与主拆派据理力争，被副市长吴晗斥为"老保守"，再一次在会场上痛哭失声。毛泽东闻此斥责道："北京拆牌楼，城门打洞也哭鼻子。这是政治问题。"但这位书生气的梁思成啊，直到1957年，他还在抗辩："拆掉一座城楼像挖去我一块肉；剥去了外城的城砖像剥去我一层皮。"

不忍心再列举下去了，总之，这是一个又一个知其不可为而为之的故事，是令人心碎的"直如弦，死道边；曲如钩，反封侯"的故事。特殊的大环境之下，已经有许许多多聪明的专家学者站过去了，梁思成呢，这个大聪明的大专家大学者啊，他一次次地试图也跟着站过去，甚至并不害怕自我批判自我践踏，但是，每当他珍爱的古建筑面临灭顶之灾时，他又情不自禁地跳出来了。我曾经突发奇想，如果当时梁思成乘势而上，作为一位建筑学家，他是可以做许许多多事情的啊，没准今日吵得沸沸扬扬的"鸟巢"啊、"蛋壳"啊之类的建筑早几十年就跃然京城地面之上了。但这是不可能发生的事情，否则梁思成就不成其为梁思成了。政治问题又如何，梁思成的心中自有一条不可逾越的底线，学术良知、文化遗产是至高无上的啊。这是一个形势与人的命题，形势可以迫人，形势也不可以迫人，就看你是什么样的人了。悲剧的梁思成，不正是因此而留给了我们无尽的追念与反思吗？

梁思成是说不尽的。光阴荏苒，梁思成离开我们已经30多个年头了，中华民族已经迈上伟大复兴的历史征程，科学民主、和谐社会已经成为今天的主流话题。但我常常感到，我们今天仍然需要不断地读梁思成，甚至永远都需要不断地读梁思成。梁思成，无疑就是上天赐予我们民族的光华永恒的瑰宝啊。

[于力]

钓鱼——缅怀父亲

　　我喜欢钓鱼，多半是遗传。因为，父亲既是我的钓鱼启蒙老师，也是我的特殊钓友。

　　记得第一次和父亲钓鱼是在1966年的夏天。那时，"文革"开始不久，学校都停课闹革命。因为父亲是摘帽右派，所以也是红卫兵批斗的对象。一天晚上，父亲的一个学生来到我的家里。我现在还记得，那个男生1米70的个头，黑黑的，瘦瘦的，戴着一副一条腿缠着胶布的近视镜。他表情有些神秘，和父亲没说几句话就急匆匆地走了。

　　第二天天刚亮，父亲就叫醒了我，说要带我去钓鱼。我高兴得连脸都忘了洗，扛着鱼竿兴冲冲地跑出家门。以前，父亲非常喜欢钓鱼，手里有两把好鱼竿，平时不许我们乱动，更不用说让我用了。我心里纳闷，父亲每次去钓鱼都是星期天，今天也不是周日啊？我边走边问是怎么回事。父亲对我说："王同学是个好学生，你今后要向他学习，做一个忠诚善良的人。他昨晚冒着风险告诉我，今天要召开我的批斗会，让我出去躲一天。"我恍然大悟，心中不由升起对那位王同学的敬仰之情。那一天，父亲不仅教会了我钓鱼，更教会了我怎样做人。

　　那以后，我常常陪父亲去钓鱼。我觉得父亲真不容易，二十几岁被打成右派，三十几岁又遭遇"文化大革命"的迫害。我要为他排解压力，我要挺身而出保护他。当时，造反派给每个黑帮分子做一个名签，强迫父亲戴在胸前。父亲除了在学校被批判外，在回家的路上还要遭到一些人的围打。我忍无可忍，带着几个小兄弟对沿途围打父亲的人给以报复和回击。我感觉父亲对我的行为是既气又喜。气的是又给他招来更多的麻烦，喜的是儿子舍身救父，父子情深。

一次钓鱼时，父亲阐明了观点，反对我这种以暴制暴的行为。他问我是否读过托尔斯泰的《复活》，如何评价它。以前，父亲经常推荐我看一些中外名著。我虽然读过这本书，但也是似懂非懂。当时在我的印象中小说描写的是一个年轻军官强奸了一个女仆，女仆堕落为妓女，后来军官和妓女在精神上获得了重生的故事。仅此而已。针对我的无知，父亲给我上了一堂外国文学课，使我认识到这篇小说反映了作者反对社会暴力，主张人与人要互相宽恕，从而达到社会博爱的思想。父亲告诉我要记住："暴力是魔鬼，博爱是文明。"在那个动乱无序的年代，我憎恶暴力，我渴望文明。

以后每次和父亲钓鱼，他或多或少地都要教我一些文学方面的知识。父亲从孔子、李白、司马迁、鲁迅……到唐诗、宋词、《红楼梦》……他培养了我对文学的兴趣，激发了我对文化知识的渴望。

父亲的苦心没有白费。1977年，我考上了吉林大学中文系。我如饥似渴地刻苦学习，父亲废寝忘食地著书立说。我们一起钓鱼的时间少了。

1994年，父亲退休了。我有了自己的汽车，可以拉着父亲到更远更美的地方去钓鱼。我们远离城市的喧嚣，远离嘈杂的人群。头上蓝天白云，眼前绿水青山，呼吸纯净空气，投身自然怀抱，抛却压力烦恼，感受着世外桃源的意境。正所谓钓翁之意不在鱼，在乎山水之间也。我们钓过了动荡，钓过了恐慌，钓过了痛苦，钓过了悲伤。今天，我们终于钓来了扬眉吐气，心花怒放。那以后的日子里，每次和父亲钓鱼都沉浸在无比快乐和幸福之中。

最后一次和父亲钓鱼是2002年的夏天。父亲苍老了许多，消瘦了许多，虚弱了许多，他已是患了癌症的病人。为了让他过把钓鱼瘾，我找了一个养鱼场。鱼很多，每钓一条鱼，父亲的脸上就会露出孩子般快乐的笑容。可是，钓了几条鱼后，他就不钓了。我知道，他是怕我多花钱。到了这时候他还在为儿子着想，我心里酸酸的，强迫父亲继续钓下去。金钱只能买来父亲短暂的快乐，却挽救不了他的生命了。

2003年6月20日，父亲去世了，享年74岁。

每当一个人坐在湖边，心里总会有一种孤独感。我失去了一生中最亲密的钓友，再也聆听不到他的教诲，再也见不到他那历经磨难、刚直不阿、坚毅的脸庞。这一生，我和父亲与江河湖泊结下了不解之缘。我暗自许下遗愿：待我死后，让我的女儿把我和父亲的骨灰一起撒到江河湖泊之中。到那时，我和父亲又会相见，又会在一起快乐地钓鱼。

[班博留言]

于正心老师是我最敬仰的老师之一。无论人品、学问、气质，还是那低调而刚正的做人态度，于老师都是我心中的楷模。但我从来都不知道于老师还是一位钓鱼爱好者。读于力兄的文章，让我深深怀念我的老师！

由于我毕业留校任教，便与许多老师有了更多的接触机会。如今，30年过去了，曾经给我们上课的老师大都已经作古。要不是徒有"博导"的虚名，就连我也已到了快退休的年龄。

但时至今日，我依然能够清晰地想起于正心老师的音容笑貌。记得2000年元旦前夕，全体教师聚餐之后，我把于老师送到家门口，于老师还语重心长地嘱咐了我几句话。于老师是我最尊敬的师长，于力则是我最真心的同学。（杨冬）

于力，你的父亲，是我们敬爱的老师，读了你的文字，我流泪了……如何去江河湖海中寻找于老师的身影？我了解你写此文的心情。太感动了！这才是一等的文字！（刘建）

[于舸]

美丽的脚环

男人读女人，俗者看脸，次之迷胸，赏臀者渐现雅趣。真懂女人，当再往下，品脚论足。

南唐采莲女窅娘，16岁被选入宫中。"白帛裹足，身如轻燕"，美足令南唐后主李煜痴迷，幸为嫔妃。南唐唐镐有对联云："莲中花更好，云里月长新。"

脚的皮肤好，身上自然一样的好；

脚踝线条美，身材姣好跑不了；

双腿既不内八，也不外八，步履轻盈，不偏不倚，当属气质美女……

当下时尚丽人，无不下"足"功夫：去死皮，饰美甲，润嫩肤，揉脚筋……甚至比脸上还费事费钱呢。大街上坦然宣示美足者，无不信心满满。更招摇过市的，是脚脖子上那金灿灿的金脚环，银灿灿的银脚环，亮晶晶的水晶脚环，让一双双美腿美足锦上添花，成为一道养眼的靓丽风景。

30多年前，在柏家屯农场，曾有那么一双美足和美丽的脚环，令人怦然心动。

柏家屯农场乐趣多，亦有苦趣。东北的夏日，蚊子又大，又多，又毒。一口一个小红包。到农场的第二天，起床后，女童鞋们叫苦不迭,大呼小叫,纷纷伸胳膊露腿,一展遭到"北约轰炸"的惨状。待孙丽华童鞋两腿一伸,满屋"喝彩":皮肤白皙、指甲光滑、脚踝圆润、足型优美。美足就美吧,要命的是脚脖子上,竟然挂着一串绝世美丽的"脚环":环绕脚踝,均匀排列着一颗颗大小相同的粉红色"珍珠",串起一圈令人叹为观止、惊艳无比的"脚环",我当时倒吸一口凉气:窅娘若现世,恐怕也要心生嫉恨了。

丽华,近日一打开班博,看到题图的你,你那美丽的脚环,还不时在我眼前晃悠晃悠呢。

[班博留言]

于舸好!读到你的美文,甚感亲切。我至今依稀记得,那年班里为了纪念"五四"办墙报,你写了一篇散文《心诉》,很不错。我当时有点迂(现在恐怕也如此),建议你把题目改为《心曲》,然后才发表。同期发表的,还有金亭的小小说《春山妈》,乡土味那种。不知你还记得吗?(杨冬)

杨哥好!你说的一切我都记得。还记得你是全优生之一,当过学习委员。记得一次什么选举,你几乎得了全票,引得小敏童鞋发了一通感慨。吉大4年,是崇敬"老夫子"的4年,虽然我把你当作"老夫子"之尾。(于舸)

小敏童鞋的感慨是:被所有童鞋都说好的童鞋,未必是最好的童鞋(褒贬不一才有可能是最好的)。(高文龙)

我伴小曾

先读老范《我与宪斌》，感动万分。今晨又阅学全《宪斌向我走来——兼评范大哥〈我与宪斌〉》，心中五味杂陈。在感慨童鞋对小曾的评判之余，作为几十年相伴的夫妻，我也想说几句。

一 异类小曾

自然界讲究生物的多样性。同样，人类社会也有多样性。我们班，因为有了小曾这个"异类"，也真实地反映出这种"生物的多样性"或者说"社会的多样性"。就个体而言，事物也具有多面性。小曾，就是多面性的范本。

小曾的确是个性格多样、很矛盾的人。这一点，通过他自己在班博里的"表演"已是表露无遗：自信，甚而自负；执著，进而偏执；张扬，近乎张狂。诸如此类，必然易得罪人，有时也不免触犯众怒。

小曾常常说："坏人也不喜欢坏人。"他对自己的脾气、性格是自知的。他也喜欢如贵品、如学全、如老范、如小霍等人的宅心仁厚，温良谦恭。但他很难做到，性格使然。他曾自我宽解，说某哲学家讲过："差别、差异、个性乃多元世界丰富之源"，这辈子就这样吧。

与人为善，与人为真是好人的标准。小曾是"与人为善"和"与人为真"的一个混合。只不过有时候，表现出来的"与人为真"多一些罢了。

二 生活里的小曾

在生活中，小曾无知、无能近乎于弱智：不会开煤气，自然也就不会做饭；不会用洗衣机，自然也从不洗衣。甚至连家里的扫帚放在哪儿也不知道，自然也常做让人哭笑不得的事情。记得有一次我去青岛探亲。他自告奋勇，兴冲冲地要给我烧一锅靓汤。等到喝汤时，他在锅里捞了半天，嘴里嘟嘟囔囔："诶，怎么没有啦？怎么没有啦……"我问："你煮的什么汤啊？什么没有啦？"他说："我煮的海蜇汤啊！海蜇怎么不翼而飞了呢？"我笑弯了腰，他居然不知道，海蜇一遇热水就化，是不能做汤的。

但他又是一个难得的极品。他不抽烟、不喝酒（后来应酬时喝点）、不搓麻将、不进夜场，甚至连茶都不喝（他认为有损健康，这是他健康理论的歪理邪说）。赌就更不用讲，甚至连两元一张的彩票都没买过一张。可以说，一切人们眼中的不良生活习惯，在小曾身上几乎绝迹。相反，充足的睡眠、雷打不动的午觉、坚持每天一至两个小时的运动等等，良好的生活习惯，一直保持着。就说午睡吧，他甚至可以在公共汽车上，抓着吊环睡上一觉。那一年，在广州金融大厦（宛平去过的），给一个老板打工，中午实在无地可睡，他居然跑到房里的洗手间，躺在浴缸里睡。所以，小曾至今精力旺盛，身体极好！除了两三年偶遇一次感冒，几乎从不得病。

三　小曾的学问

我敢肯定，小曾不是做大学问的人。他读书不求甚解，好下结论而不求严谨论证；总想一鸣惊人、与众不同，却气盛多过冷静的以理服人；凡事只求速度而不求完美。他的几部专著，包括书店和机场中热销的教学光盘，以及最新的那本《股客》，细心的童鞋都会从中发现很多缺陷。

但是你不能不承认，小曾在他擅长的领域里，是有影响力的。我有幸参加过清华大学教授会组织的联谊活动。教授会里大多是耳熟能详的名流、专家，如温元凯、顾云昌等等。小曾讲学的"房地产总裁班"，学员多是成功的房地产商人，见多识广，一般人还真镇不住。这个班的早期学员罢课、轰走教授的事不少，有的还是很有知名度的大腕呢。清华大学在册教授，由于没有房地产实战经验，没有一个人能担任这个课程。小曾在这个讲台上一站就是十年！

对比小曾对事业的勤奋，我自愧不如。鲁迅说："我是把别人喝咖啡的时间都用在了写作上。"小曾连"咖啡"都不喝，他几乎没有任何业余爱好。我近年常沾光陪他外出，就是在飞机上，他也是在阅读，写作。前两天，这个"准外公"守候在产房外，还应约写了篇数千字的《经济适用房"劫贫济富"》，发表在某大报的名家专栏上。他对事业的热情和追求，也让我感动。今年六月，小曾被腹泻、重感冒围攻（几年难得），剧烈的咳嗽、呕吐折磨着他，却恰好赶上要连续在海口、北京、武汉三地上五整天课。当天讲完课，晚上要坐飞机赶往第二座城市，凌晨到达，上午就得上课。其实他完全可以提出调课的，但硬顶了下来，可以说是挑战极限。十余年中，小曾从未耽误过一节课。

四　小曾的为人处事

小曾不是一个让人感觉亲和的人。他说：自己的父亲是一个典型的封建"暴君"。在小曾的记忆中，除了打和骂，居然记不得父亲对他笑过。在这种压抑的家庭气氛中，小曾的性格有所扭曲是难免的。最典型的是他的表情，有人开玩笑说：正面看像杨立伟，侧面看像鲁迅。多数时候冷峻、严肃，让人难以接近。

在人际交往中，小曾自诩爽朗阳光，喜怒形于色——冷嘲热讽地开玩笑，不顾场合，想到啥说啥。不过滤、不婉转、不周全。有意无意就得罪人、伤害人。不谙交际之道，不按常理出牌，自己还浑然不觉。

所以，能与小曾长期相交的朋友不算很多。只有能够理解他、包容他、性情宽厚的人能长久。

但小曾的确是一个坦然、坦诚、率真的人。就在前不久，有位烟台的老板打电话找他。电话接通后的第一句话是："哎呀！真是曾老师啊，十多年啦，你的电话还没有变！"这位大吃一惊的老板说：在他的朋友、合作伙伴中，十年以上手机号码不变的人几乎找不到啦。他看一个人是否可靠，手机号码是不是常换，是一个角度。他说："总换号码的人，在我的经验里，或者经济纠纷，或者感情纠纷，总有事。"据此，他认为小曾是一个非常可信的人，合同不签，就又做成了一笔业务。

如果说小曾的朋友不是很多的话，那他的仇人就可以说是一个没有。就算他与童鞋、朋友、同事有了争执，也只是就事论事。闹"风波"那年，部队有个单位领导为自保，说了很多对小曾不利的话，让小曾的处分变得罪加一等。后来此人转业，找小曾帮忙（小曾此时已是于幼军的秘书），小曾热心联系，多方奔走，把他安排在转业干部人人向往的广州市天河区委工作，就好像什么事情也没有发生过。我们家条件好了以后，亲戚间走动多了，小曾时不时会把各家大小困难了解一下，帮助一下。

五　小曾的感情

商场上不干净，人人皆知。小曾闯荡商场几十年，我从不相信他不犯"天下男人都犯的错误"（成龙语）。红楼贾母言："男人都是猫儿，哪有不偷腥的？！"因为他是个男人。但是我从不追、从不查；他也从不说、从不露。我在乎的是一份感觉——我在乎的是他对妻女、对家庭的情感和责任。我见过小曾所有的美女助手（卖房的女人，职业需要漂亮）。但在那些靓女眼中，我从未看到过一丝的暧昧。我和她们坦荡相对，彼此舒服。至于什么一夜情，什么小姐之类，根本不入我眼界。我相信在爱情的世界里，过去、现在、未来，我永远是小曾的唯一！

我伴小曾卅余载，还将继续伴……

[马端忠]

八十年代的第一个新年

翻出一本大学期间的日记。可能是新年快要来到，我的心情不错，上世纪70年代最后几天的日记记得格外详细，难得地让我还原了一段尘封三十多年的往事。这段往事的主题是：欢度八十年代的第一个新年。

一　新年联欢会

1979年12月28日下午，我们班在教室里举行新年联欢会。黑板上用美术字写着"迎新春茶话会"。教室被彩纸和艳丽的花朵布置起来，同学们围坐四圈，桌子上面放着瓜子、糖块、暖水瓶。

文娱委员张丹宣布联欢会开始。先是邹进同学致辞，我记下了这样一句："我们第一次在舞会上相见，我假装安静地走到你的面前，当我们的手放在一起，就像有一块冰柱在慢慢地融化。"

接着，来自不同地区的同学用方言致辞。杨冬和范文发都是上海人，老范致辞，杨冬担任翻译。轮到金亭讲方言，一个"嗯哪"，全场发愣；再次"嗯哪"，有人追问；三说"嗯哪"，哄堂大笑！

接下来是击鼓传花，花落谁手，谁站起来从主持人手中抽取一个纸条，上面有一个问题要你回答，回答得好有奖，回答不好或回答不出来，要受罚。

我们206寝室的易清抽到的纸条上面：举了几对名著中的相爱男女，叫他发表意见。老易回答："愿天下有情人终成眷属。"刘同学抽到的问题是：你最理想的工作是什么？为什么？刘同学回答："当官……"李伟抽到的问题是：你最擅长的是什么？李伟回答："吃糖。"说着，往嘴里塞了一块糖。我抽到的问题是：说说你的爱情经历。这可难住了我，没办法，只好认罚。结果是学羊叫，慌乱中我学成了牛叫，引得大伙哄堂大笑。

在击鼓的过程中，穿插了几个小节目，然后继续传花。姜亚廷抽到的是：给你上一号（学号）鞠躬拜年。他上一号是吕贵品。吕贵品跑到教室中间正襟危坐，受了姜亚廷一拜。刘晶抽了一个：用四个字把在新的一年将会有的心情表达出来。刘晶回答："晕头转向。"花又落到刘晶手里，这回的问题是：谈谈你选择对象的标准。刘晶要认罚，但有人喊：这是理论问题，完全可以回答。刘晶只好回答："要性格、爱好相和。"温玉杰抽了一个：谈谈你对爱情的认识。老温已经结婚，因此，有人喊：要结合实际。还有人喊：要现实主义。老温回答："爱情好比两个星球，不是一个星球对另一个星球的敲打，而是相撞迸发出的火花。"赢得掌声一片。

二 去老师家拜年

12月30日晚，由刘建做向导，我们学习小组去老师家拜年。班委会用班费买了几张年画，让各个小组分头给我们的任课老师送去。

先去刘中树老师家。老师家住在二楼，楼道极窄。一进门，是个小厨房，还没有两个床铺宽。穿过小厨房，是一个狭窄的房间，这里放着一个书桌，一张床，就已经没有空地了。推开这个门，里面还有一个屋，有一张双人床和一个书架。我们8个男同学和2个女同学把屋子挤得满满的，刘老师只能搬个木椅坐在门口。刘建征求老师对我们的意见。老师还是像在课堂上讲课那样条分缕析，一二三四地给我们讲了起来。

出了刘老师家的门，刘建抱怨说："唉呀，你们咋都不说话呀，我都要哭了。"大伙哈哈大笑。刘建说："你看光听老师一人滔滔不绝地讲，你们也不说话，我好不容易磕磕巴巴地说了两句。"大伙说，你说得挺好的。刘建是我们要去的几位老师任课的课代表。

下一个是要去于正心老师家。刘建找不到门，她问我们是否愿意去孙歌家，打听一下于老师家的住址。我们说好啊。孙歌的妈妈待人非常热情，不仅招待了我们，还把我们亲自送到于老师家。

我们去时，于老师正在备课，因为是临时决定让他给我们上课，他要借元旦休息好好备一备课。我们离开时于老师说："没事就来玩吧，我们是双重关系。"大家笑了，因为于老师是我们同学于力的父亲。

最后一个到了景继成老师家。一见面，老师说："你们真早呀。"兰亚明接了一句:"听说早点拜年四化能早点实现。"大伙儿都坐下了,只有王小妮还站着,景老师递过来一个小凳,说:"小妮坐小凳吧。"屋里的气氛更加活跃了。趁着兴头,景老师介绍他爱人说:"这是咱们校友,我俩是同班同学,我们在学校那会儿就……"还没说完,他爱人就打断他,说:"什么呀,是在毕业后。"景老师继续说:"那会儿没现在这些规定。"他爱人捅了他一下,说:"你今天怎么了,也没喝酒呀。"说得我们都笑了。

我们回到宿舍,还在谈论景老师。这时孙歌来了,她刚洗过头,把头发简单地拢在后面,成一个马尾辫。她来找武静波说点事,一个很小的事。我们说到她家去了,每人还吃了一块糖。她说,没吃够明后天还可以去吃。并说:"听说景老师给你们讲了很多……"我们都乐了。孙歌转身离去,扔下一句:"你们这帮小子呀!"

三 庆祝晚宴

12月31日晚,三个菜,回寝室吃。正吃着,207的弟兄端着酒杯过来拜年。他们走后,我提醒赵闯大哥,我们是否也应回敬一下。我们寝室的大哥赵闯,二哥易清都不喜饮酒,因此,白酒、啤酒之类就没有进过我们寝室。老赵说,没酒我们就用白水。我们四个人端着白水到了207,和他们碰杯。周志怀喊:"他们是水。"但在一片祝福声中没人听他的。

到了204,徐敬亚还凑过来看看,说:"啊,是白酒,来,干。"我们一起举杯:"干!"

四　新年娱乐

1980年1月1日上午，赵闯说，过年了咱们娱乐一下，打扑克，谁输了顶枕头。我们说，别看你是大哥，输了也得顶。老赵说，放心吧，轮不到我顶。玩了不一会老赵就输了，大家起着哄把枕头按在他头上。恰好这时有人敲门，还恰好是老赵的老乡来找他。少不了又是一阵疯笑。

[王小妮]

《边地》选三

一、在合作的面馆

合作是甘南藏区的首府，天空碧蓝的早上，我进了客运站对门一家清真拉面馆，有戴白帽的伙计招呼着进屋。屋不大，只有一缕阳光照进来，除了最深处的桌子空着，其余几张桌都被坐满了。门口是两个年纪只有20岁左右的小喇嘛，里面有五个藏族妇女一男一女两个藏族孩子，他们占四张饭桌。虽然是夏天，也都穿厚重的袍子，袍子占地方，又都是深黑灰褐暗红的颜色，屋子里自然不够明亮。

我只能侧身走向最里面那张桌子。所有人都安静着，好像走进一张油画里。

她们的面条来了，戴白帽的少年"跑堂"端着大碗，随手放在小喇嘛面前。喇嘛起身，把面端给一个满面皱纹的妇女，看来她最年长。小喇嘛又出去找筷子，手里始终都握着手机，吃面的时候也用左手握着。女人们一个个都吃上面了，年轻喇嘛又端给孩子。一个女人拖着沉重的袍子，起身给两个孩子分一碗面，面很烫，又很筋道，女人使用不好筷子，看来她很着急，干脆腾出一只手来，直接去抓碗里滚热的面，把它们掐断，满屋的人看她徒手掐热面，被烫得嗷嗷叫，全都和善地笑了。女人孩子都吃上了，小喇嘛才把最后端来的面放在自己面前。

墙角一个手上转着经轮的大辫子女人始终没停，转轮一刻不停地在她那儿持续旋转下去。直到最后一碗面上来，其他人都放下筷子，在热腾腾的屋子里吸着鼻子了，女人才把转经轮平平稳稳交给吃过面条的另一个女人，她靠住墙角，两只黑红的手捧着碗，她最后一个吃面，这期间整个屋子里没有人说话。

满屋的热气，羊汤加辣子的气味，世上有这样一间不过十平方的屋子安静又香气四溢。大约六七岁的女孩一定是吃饱了，笑嘻嘻地用劲向后仰着，很满足很享受。没想到，她仰得过了，一下子连人带椅子摔倒了，人被裹住，我看见一团袍子在地上，满屋的人又一阵笑，每个人都抬手，用手背和袖子擦着热汤刺激出来的鼻涕，看孩子的妈妈拉她起来。

在合作小城这家兰州拉面馆里坐了20分钟，我和这一屋子藏民之间没有对话，语言不通，但是我们互相间有两次共同的笑声。呼呼啦啦喝羊汤，看不出他们之间是什么关系，感觉每一个和每一个都是亲人。离开拉面馆，在阳光耀眼的门口，我问年轻的喇嘛，你们从哪儿来？他马上听懂了，说：玛曲。

黄河的上游就在玛曲。年轻喇嘛握着手机，帮妇女们拉袍子，样子端庄，有成为大喇嘛的气势。

二、做馕的人跪着

面馕个个紧贴着布满炉膛了，下面只要等待麦子的香味出来。但是，做馕的人还守着火炉原地跪着。本来，他可以起来走动，这会儿，这么多的人围着他，他不自在，不知道该干点儿什么，只是老老实实跪着，他被端着照相机的人们紧紧围住，热锅蚂蚁一样。

气味散开，面香传遍小巷子，做馕的人转馕，取馕，卖馕，全程都是跪着的。在馕出灶前，他整个上身探进了炉膛口，向炭火洒水，火花溅开。后来，他卖馕，他的眼前全是拿着纸币的手，几十个人都像搜宝物一样要买新出炉的馕，他哪里招架得过来。等炉灶空了，人都满意地散开，手里全拿着冒热气的馕，这会儿安静极了。他还没起身，这次手里捧着一个巨大石榴，裂着红的口子。他好像还需要给那条红口子跪着。

离开做馕人，我们去吃饭，餐厅里有桌有凳，餐厅后面，几个正分派手抓肉的农民跪在一条新挖开的土沟旁边，土沟上架着黑铁锅，这餐饭食就在这只大铁锅里，几十只空碗围住，锅里热气腾起。

食物和水果都来自于最低矮的地方，来自于脚下，取食者只能取一种姿势，只能跪着。

这是在南疆的库车。

三、呼伦贝尔的蒙古人

离开阿尔山去呼伦贝尔的那个早上，净蓝的天底下停着白晃晃的长途客车。有人从车上跑下来，直对我们眯眼傻笑，正是前一夜提醒我们一定要赶早班车的蒙古族中年人。他像个老熟人，带我们上车，指给我们空位置，请我们给他照看箱子。他跑下车，在大树下面直直地立了一会儿，不是吃东西，不是抽烟，就是呆立一会。用词来形容这个蒙古人的笑，只能是傻笑，单纯透明少年郎似的笑。

长途客车开了，我的前座是个穿黑袍子的老人，捧着一台旧收音机，紧贴在耳朵上，他的耳朵是暗紫色，有粗铜丝般的轮廓线。他在埋头听蒙语的吟唱，男声，一会低沉的叙述一会激昂的哀叹，高低交错，伴奏的马头琴发出异声，不像乐器，更像一把难受的木锯，跟着人，锯个不停，大概是唱的悲喜交加的蒙古英雄吧。开车以后，乘客们都在看车上电视播放的录像，一家北京娱乐场所的搞笑演出。只有这个老人完全沉在絮语似的诵唱里，始终抱着收音机，车厢里车厢外，一切都和他无关。在拉锯诵经似的节奏中，我们进入呼伦贝尔。

车窗外出现沙丘，这一带正是"诺门罕战役"的旧战场。1939年，在呼伦贝尔新巴尔虎旗左旗辽阔的沙丘荒野间，苏联红军和日军作战135天。

呼伦贝尔似乎有覆盖淹没消解一切大事件的超级能力，现在这一带能见到的只是牧草稀少的空旷大地，有些地方裸露着沙土，草太薄了。当地人说，连续旱了几年了。偶尔能见到成片的正在变黄的麦子，沿着微微起伏的丘陵，浓黄的麦田倾斜着铺向天尽头。有时候空旷里闪出一间小房子，房子周围种着几十平方大的一小片玉米或者一小片土豆，绿莹莹，都用石块垒好围住，大约一米高，防止牛羊啃食。更多的时候，旷野里出现大片的牛群羊群，从远处看，它们非常安静地伏卧，最缓慢地移动，实际上它们的牙齿一直在动，一刻不停地切磨着脚下快秃光了的草甸。8月天，有蒙古人披着黄大衣骑马放羊，上身悠闲地在马背上摇晃。有放羊的人在向阳的坡上睡着了，头顶横立一辆闪出宝蓝光泽的摩托车。

长途客车到终点新巴尔虎左旗，有小男孩上车来搀扶我前座的蒙古老人，男孩帮老人抱过收音机。原来老人是盲人，脸黑褐色，多棱角，男孩拉他慢慢停在车门口。

老人说：是地吗？

男孩说：爷爷，是地，是地。

老人又说：落地没有？

男孩说：落地了，落地了。

老人再说：啊啊，落地了。

我们和刚下车的蒙古人一起走在左旗的大街上。特别特别大的天，大得惊人，扣在每个人和每个物件的头顶上，天边重叠堆积着无数的白云彩，从来没见过这么大的天空，这么密集汹涌壮观的云彩。

继续等车，路边蹲着一个中年人背对我们，闷头吃了面包吃了西红柿又开始抽烟。他始终躬着手背，把食物或者烟卷拢在手心里，好像怕被人察觉或者被人抢去，好像必须用手袒护它们。后来，我发现，所有上了年纪的蒙古人抽烟的时候都会把香烟的火头朝内，护在手心里，男人女人都是。也许由于世代在草原上游猎，怕旷野上的风熄灭了火种，怕别的动物抢去自己的食物，形成了这种特殊的"防守"姿势。

吃好了也抽好了的中年蒙古人慢慢走过来，对我们说了唯一的一句话：我们右旗比左旗好多了！很明显，他是对着我们说的，口气绝对坚定，更像自言自语。说完这话，他又蹲回到路边了。

搭上去右旗的车，又是草原和旷野，草低露土，有养蜂人在山坡上摆开蜂箱，有一小片一小片苍绿的松林，远远地见到的小黑人，是慢悠悠的铲草人。迎面隔一会儿出现一辆改装过的卡车，车厢拆掉了，模仿马车，用木棍架成更宽大的底座，为了装更多的牧草。装满了草垛的庞大车顶上，有人坐在最高处，像打坐的和尚一样。

　　远处出现一座色彩绛红沉着的建筑群。车上的人说，那是蒙古庙。后来查了书，那是著名的甘珠尔庙，1771年由乾隆御批拨款，1773年动工兴建。藏了甘珠尔经书的寺庙，在鼎盛时期住有4000多喇嘛，曾经培养出100多名喇嘛蒙医为牧民看病。对于经过的过路人，它就像土地中偶然鼓出来的一块扁扁的红石头，缓慢后退而去……在蒙古利亚。

[王启平]

文龙帮我备礼

看着文龙纵横恣肆的书法，又触动我右脑左下角的一根神经——

大约在1988年末，我被团中央确定为赴日本研修的人选（感谢吉大，让我学了半吊子日语）。行前，在北外强化日语兼做出国准备，老师说，日本是个礼异之邦（好像错了一个字，差不多就行吧），要多带些礼品去。我等好学生一贯尊师言为圣旨，立即行动起来，南下琉璃厂，北上白孔雀，欲揽天下奇珍异宝换一颗日本人心！

装了半箱乱七八糟的物品，终觉缺点文化。想起了我班书坛圣手高文龙君，遂翻出皱巴巴几张白纸（好像是书画店最便宜的那种被过誉为宣纸的白纸），直奔文龙的老巢。

文龙当时独居一室，享受的是"教授"待遇（羡煞我等！小的那时还与五六个杂七杂八人混居一屋呢），可能已经混上"国务院有突出贡献"的专家了。听闻我来意，立即卷袖铺纸研墨捻毫，问我：写什么？我说：接待我的日本老板叫东乡清龙，就写带龙字的吧。文龙兄不愧是艺术圈里人，一甩分头，提笔就来。刚走了两笔，忽然皱眉停手，若有所思。我以为老兄要提润笔之事，心立即提到了嗓子眼，哆哆嗦嗦问：怎、怎么了？

　　文龙兄冲我一笑：你这纸太硬，还是用我的纸吧。我面红耳赤——又做了一回小人！

　　一张、两张、三张……文龙兄一挥而就！其倜傥潇洒之状，令我心动，窃思：要是女人就嫁给他算了！唉，可惜没这个命哦……

　　卷好墨宝，我难掩激动之情，说了句好听的：这下可以糊弄那些日本鬼子了！文龙兄憨厚而又宽厚地笑了笑，送我走了。

　　行至半途，突然想到最后这句话是多么大不敬！却一直没有机会向文龙兄道歉，在此给文龙鞠一躬！

　　……

　　白驹过隙，在日本的时光很快过去了。回国前，开始送告别礼，我这才拿出压箱底的大礼——文龙的一笔龙字，送给对我特别关照的老板东乡清龙，其实他是中国台湾裔的日本人，本姓陈。他拿着我特意为他请来的、包含他名字的墨宝，双目发光如获至宝，嘴里よしよし个不住。我自豪地介绍，书家是大学教授、造诣精深的书法家，曾获全国书法比赛二等奖云云。

　　东乡先生摇头晃脑地品味一番后，抬头用普通话问我：这位高先生还健在吗？

[王宛平]

回忆于舸同学

　　每每看到班博首页题头于舸同学的笑容，心里都充满感动，于舸同学与我在校期间也算有着一些不大不小的瓜葛，如今想来，都是怀念啊。

　　之前在我自己的博客写了一点文字，回想当年，如今就搬到这里吧。

　　我给小曾同学短信中写道：看于舸同学笑容便知，她心地有多善良，好人一生平安。

　　在吉大所学大半忘记，连老师也不大记得，但有一门课印象很深——大一写作课。

　　所以深是因为这门课将学生分门别类，划作三六九等，大大搞了一场歧视。第一学期写作课虽然大家都及格，但有一半同学却被强令重修写作课。这样，我们班同学，有的只修一学期写作课，有的却要修一学年写作课。

　　其实，如果真有厉害老师教写作，我等是乐意写作下去滴（比如在我任教的中戏戏文系，写作课是学生最爱，因为实际，也因为教师确实能指导学生写作；再比如当下小妮在海南大学教学生写作，大诗人教写作，我若是学生自是爱听滴），但我记得那门课的老师没什么让人服气的文学感觉，也谈不上有多少文学修养，也没见他写过文学类作品，就是一干巴巴机关干部模样的中年男子。言必枯燥，每句话都那么想让人睡觉啊！（据说此人从前是政治辅导员，"文革"后，纯属为了安排工作，才教我们写作，真拿写作课不当课啊！）

这样的写作课任谁也是避之唯恐不及的，煎熬啊！我们那个时候又是那样虔诚，不敢逃课，只能受着。所以可以想见我们这些被迫重修的人有多郁闷。

新学期开始，那些不用重修的得意洋洋，我等要重修者，垂头丧气。我还记得我当时最密切的同学张北冰也在重修之列，她郁闷，我奇怪，按说以北冰的学习基础，断不该重修呀！真不知道那位老师是什么标准？

每次我们的写作课作业发下来，在女生宿舍大家都要传看一番。

记得女生宿舍中于舸同学是不需重修的，依稀记得于舸同学文字类似王金亭同学，清新质朴，有浓郁山东地方特色，或者还带着泥土芬芳？总之，于同学的写作特受那位写作课老师青睐，经常当作范文课堂宣读。（有点自我矛盾？于同学文确是好文，该教师偶尔也有看对眼的时候。）

回忆中一幅画面依然清晰：于舸同学盘腿坐在自己床上（靠门的下铺？），一本一本翻看同学们的作文本，然后挨个点评，说北冰你将来可以当一个评论家。说某某你将来可以当一个小说家。说宛平，你将来可以成一个散文家。

至今记得于舸同学脸红红淳朴质朴超级自信可爱模样，也记得，女生之间，除两大才女，小妮孙歌不大有人嫉妒之外，有些女生是易遭其他女生妒嫉的，比如刘晶同学，比如于舸同学。这二位一位北京一位山东，却有一点相似，绝对自信。

如今，我们写博，互相观看，期待回复。

似乎又回到30年前，写完作文，互相传看，评点，以为我们走出校门，都要当作家，散文家，评论家，诗人。

附记：

又想起一件与于舸同学有关的事儿，亦算不得趣事儿。

有一次我与于舸同学口角，女生宿舍，我和于舸似乎是天敌，于舸有山东人的直爽霸气，我是军人出身的鲁莽直接，我们似乎互看不顺眼。

为什么事吵我已忘记，总之，我们俩吵架时的语言回想起来极其"文革"，她说，谁不知道你们家有大红伞云云，我回击，你们家是"四人帮"！

记得于同学因为这句"四人帮"气哭了。

那之后很久我们互不说话，同室而不同言，最后的和解因为什么也已忘记。

隔着30年时间回想当年，两个吵架的女孩子多么天真可爱。

在那之后，走向社会，在国家机关，在大学，我再无可能与人吵架。

《金婚》里，佟志和文丽吵了一辈子。

经常有人问我，生活中是否特别能吵？

告曰真不能。

记忆中除了大学时与于舸有这番直接争吵，再没有吵架经验。

读范文发的《白山黑水》

这本书并不厚,看了末尾版权页,160千字——16万字,我们写剧本,10集差不多也是这个字数,但这本书,我看得很慢,我是在读,读一个老知青的心声。虽然时下流行调侃恶搞,但我始终觉得,读这类书是要怀着一份尊敬和虔诚的,因为,她很真,很纯粹,她没有丝毫商业意图,她就是想交出一颗赤诚的心。

读完这本书,一直想写点什么,但平庸的捧场对这本书是没有意义的,相信作者也并不想听人说,他文笔多么精彩,故事多么有趣,情感多么动人,细节多么真实细腻宛若场景再现。是的,是的,确实是这样的,但仍不足以表达我切实感受。

这么说吧,我虽未做过知青,但那段岁月我是经历过的,动乱年代苦闷青春是有同感的。前几日,女儿逼我写从前的事儿,回忆当兵时候,也种菜养猪,想起挑粪的感觉,那硬邦邦的扁担压在肩上,钻心的痛,就是受酷刑啊,而我们只是忍受一个月或者隔三差五来那么一次,知青们却忍受了几年甚至十几年。肉体上的痛苦,从前是被人忽略了,以为人拥有丰富灵魂,足以战胜肉体损耗,其实,当肉体被摧残时,灵魂哪里有安息之地?人的青春是不应当这样度过的。

我能感受到那种绝望,记得大学时,有一部电影还是小说讲一个上海知青插队延边,嫁给当地人,做了媳妇,天寒地冻也要下河洗衣,来例假也不例外,朝鲜女人就得如此,当时议论是在夸这女人多么坚强，现在想来，多么可悲可怜。

当然，老范同学文中并没有自哀自怜，我觉得像老范同学以及老温同学这代老三届，应该说是现代中国活得最明白的一拨人。

青春不是无悔，但必须活着，活在当下。

文中有许多精彩描写我都做了记号。

3章：离开上海的车在送行亲人哭啼中，居然开出又返回，这种情节，编是编不出来的。

11章："要准备打仗"——荒诞年代的残酷，上海知青小冯，要准备打仗，子弹上膛，却击中自己的知青战友，使这位姑娘终生残疾。

这不是故事，也无法用精彩来形容，就像我们经常说的，生活远比我们编造来得更真实更富于戏剧性更震撼。

那位小冯终生忏悔，认定自己会受到惩罚，作者这样写道：善良的人是绝不会受到上帝惩罚的。只求那些假战争或是真战争，都远离我们——这些不堪重负的知青那种精疲力竭的生活：这应该是你，也是我——当初的愿望……

这话放到当今社会也是沉甸甸的。

15章：开照相馆

一对上海知青，阿迪和小燕，苦难年代的一点温情与浪漫，辛酸与苦涩，作者写这些是渗入真实感情的，并没有什么文笔渲染，读者随着作者善感的心，难过，伤心。篇尾处，作者因为难过，而没去翻动显像药水里的照片，那些照片，全变黑了……

16章：千山万水回上海

我个人最喜欢这一章，我觉得此篇充分显示出范兄写作功力，画面感极强，当然，最打动人心的并不是写作手段，仍是真实，那与青春有关的残酷与温暖。

此处让我含泪微笑：

当她（大超娘）试着想把旅行袋挪个地方时，竟缩手吓了一跳："咋比死狗还沉，装的是金银啊，还是珠宝啊？"

见我俩咧开大嘴傻笑，她不无怜惜地说："真难为这俩孩子，身板还真不赖，赶上两辆大板车啦！"

火车站，沉重的旅行袋从万人头顶上去又下来，孩子归心似箭，想报答父母养育之恩的心啊，我佩服范兄能将这些情感，细节，点滴心灵的悸动，如此真切地还原。

这本书另一大吸引我之处，是范兄对友谊的描写。

我在校期间好像与范兄没有直接交往过，话可能也不曾说过一句，但范兄给我印象很好，一看就是一个温和厚道的兄长型同学。在这本书中这个感觉得到验证。范兄在书中写了很多友谊，为了友谊和同伴一起插队到遥远寒冷的延边，在延边又结识很多志同道合者，热血青年，纯朴友谊，让我等看着真是好生羡慕。

这样的友谊在当下是很难见到了，即使在当年也不是人人都有。

虽然老温同学很现实地认为，中国现而今人性沦落，60年内不得恢复，刘晶同学更悲观地认为必得二百余年，但我以为，有老范同学这样的赤诚之心，以及这样一代人的努力，人性不会永远泯灭，星星之火可以燎原。

拉杂写了这些。

我悲催的教师生涯

去年某个时候在网上看到小妮写的教师手记，小妮因这组散文得了许多文学大奖。看小妮这组散文，有种非常熟悉的感觉，因为小妮讲的是影视文学，而我正是在所谓皇家艺术学院的中戏教书长达22年。小妮笔下那些学生和我的学生状态差不多，应该是同一拨学生，只是，我从2008年就开始淡出讲台。

我记得我因为讲课困难请教过许多同学，包括小妮，小妮给我支了很多招，但收效甚微，或者说我也没办法实践那些招数。我现在想，其实，当一个人不热爱某个事儿，从心里抵触某个事儿，无论如何努力也是徒劳。

同样的教师手记，小妮写得行云流水，从中可感为师者愉悦之情，而我十年前也试着写过教师手记，却是灰头土脸，一肚牢骚。终于也只有之一。

今天把它放在这里，也是博大家一乐吧，看我如何熬过悲催的教师生涯。

假如中国学生这样对我说
——教师手记之一

写于2000年7月4日上午

本学期最后一堂课我讲新诗。我请一位北京籍男生读诗，北岛江河顾城一类朦胧诗人的诗。这个学生读得很怪，他好像在努力辨认每一个字，把节律优美完整的句子读得断断续续，那些虔诚热烈的诗似乎让他极不舒服，每一个句子结尾处他一定要发出一种嘲讽的怪声，引起满堂轰笑。读完了，他冷冷地说：这些人纯粹是在瞎扯蛋。

然后是读海子的诗，我把诗集给学生们看，封面上有年轻诗人的照片，一个女生说：真丑！我请一个女生读海子诗中我最喜爱的一段：从明天起，做一个幸福的人……面朝大海，春暖花开……

这几句诗第一次是在报上看到，不知道是海子写的，当时热泪盈眶，但听这女生平平淡淡这么一读，我也怀疑，当初为什么感动。

读完诗我宣布讨论，一片寂静。没有一个学生对这些诗有什么感受性的意见，只有一个男生言辞激烈地批判诗歌界炒死人的不正之风。

他们对此不感兴趣。

不仅仅是诗。

这门课是现当代文学，我从小说讲到散文讲到诗，从上世纪初讲到本世纪初，学生们都兴趣极低，你开了必读书，他们也绝不会去看。第一次上课讲鲁迅。我讲上世纪初那代作家的悲观以及一种由进化论而来的坚定信心，对比本世纪初新新人类或美女作家的物质欲望和精神上彻底的悲观厌世；这个大一班的班长极世故地说：现在，谁还有信心？

当代文学的课堂灵药王朔也惨遭冷遇。压根没有人舍得花一点时间去读王朔，还有学生茫然问道：王朔不是写电视剧的吗？

我常在百般无奈时问他们，究竟对什么感兴趣？其实早知道了答案：金庸。那班长上课坐头一排，手持一本厚书，我讲课时他孜孜不倦在读书。我看了一眼，非常熟悉的封面，《倚天屠龙记》，不是三联版，是老版本盗版，我十年前看过。

其实我也蛮喜欢金庸，也蛮想讲金庸，皆大欢喜的事为什么不做？可我怕我讲不出什么高明见解。我看金庸和我上初二的女儿看金庸没什么区别。我看大作家倪匡写的评金庸的书和我女儿见解也差不多。我要讲金庸至多是大家一起侃，我还担心把这本书和那本书、这个人和那个人搞串了。

给这个班上课对我实在是件痛苦难捱的事。这样的场面经常进入我的梦中：课堂死一般寂静，我坐在讲台上仿佛对着空气自言自语，我一直坚持不懈地看着窗外，窗外有树枝和阳光在抖动，偶尔我看一眼教室，离开讲台远远的座位上，稀稀拉拉几个学生趴在桌上，脸上压出深深的皱纹。我立刻卡住，再想不起正在讲些什么。

有一次我讲沈从文，讲沈从文以小学未毕业身份到大学任教，给大一讲现代文学，就是我现在讲的这门课。学生们都笑。课堂上有反应总是好的，但我却发傻，不知道学生们笑沈从文还是笑我。

我不能怪学生，没办法让学生投入和燃起热情，一定是教师的失职。我自认选择职业大错特错，假如生活重新开始，我决不会做教师。

下课了，我垂头丧气走出教室。

有人在等我。

我没想到还会遇见她。我用了很长时间才能准确叫出她的名字：艾莱妮。

艾莱妮是希腊留学生，上学期我给大二讲当代文学课她就参加了，这一回却是大一。我记得我对那个班学生说，我最好的学生是艾莱妮。她总是对我说，我非常喜欢某某作家。我非常喜欢你的课。

其实她的汉语表达能力有限，接触时间长了，她的话无非是：我非常非常喜欢这个作家……我常请她在课堂上说一说为什么会喜欢这些作家，她的道理只有一条：因为他们热爱生活。无论说到鲁迅沈从文老舍还是张爱玲萧红，她都是这一句：因为他们热爱生活。

她说的是真理。

我说你为什么要继续选我的课，我不是一个好老师。

她瞪着眼睛说：为什么？你是一个非常非常好的老师。

我有些泪眼朦胧。

这句话是我当教师十几年来非常想听的，但，为什么不是中国学生说的……

[班博留言]

选择生活方式比选择生活目标更重要。庆幸的是你及时调整了自己，否则，你会在灵魂工程师的工作中丢失灵魂。不过，这段生活会成为你创作的某种积淀，一定的。（温玉杰）

老兄，对我们这代人来说，生活方式哪里由得自己选择？自己能做的也就是找个目标而已。其实我现在想来，我所以讲课不好，有个重要原因——还是不够敬业，比如备课不够认真，人家有讲课天赋的，无需备课，但对我这只笨鸟而言，确实应该长时期准备，可能会好很多，但我大多数精力都用去写作和看书了。面对那些学生，我很愧疚，不过嘛，我给了他们自由，他们可以选择不上我的课，有时我的课只有一两个学生，悲催状态超出你们想像。为此我感谢中戏，没有因我上课差开除我，尽管我课非常少，一星期只有一次，因此我长时期收入很低，但给了我足够时间，这是最大的恩惠。吉大对我来说是人生低谷，但到现在却成了温暖回忆。对中戏我爱恨交集，它给了我很多痛苦，但没有中戏，确实没有今天的我。因此我感恩，相信若干年后，回忆中戏，也会像今天回忆吉大，充满温馨和善意。（王宛平）

宛平写的东西形象化，读起来舒服，不累，又能让人悟出些东西来。当教师，我是比较喜欢的。其实，这个职业确实一半是天生的，它带有某种表演的成分，在讲的过程中需不断与被授者进行情感交流，尤其文学。有的教师学问做得好，但上课效果就是差，讲到五六十岁还是那样。宛平上课时的无可奈何，读了我都感到这样的日子根本不是享受，而是度日如年。好在上苍最后还是给宛平一条生路，让她有一次华丽转身；更可贵的是有了这样的授课经历，对于宛平的创作是大有潜移默化作用的，现在不觉得，以后肯定会发觉的。（范文发）

范兄好，和范兄交流文字是快乐的，因为我们有共同的文字偏好，就是简易平实注重细节，这应该与我在中戏有关，我们系注重的就是这些。写此文是整整11年前，那时虽然还没正式写电视剧，但受我系传统影响，文字风格其实也是奔着那种感觉去的。所以总有人说我写得很水，不凝练，也没有啥理论厚度，呵呵，真是惭愧得紧。我早就总结过我为何不适合当老师，确实没有表演天分和欲望，若是老温兄那样的，讲台当舞台，倒找钱都愿意讲。我们系受欢迎的教师均如此。无论如何，都过去了。确如范兄所言，上帝关上这道门，却打开另一扇窗户。我一直感恩。（王宛平）

我的感恩

这些日子上我们班博客成了习惯，看到很多久违的名字出现，那些毕业后再无相见的同学，脑中浮现的仍是30年前的相貌；比如亲爱的刘晶同学，我们25年未见，虽然有她此时照片，但我看到她文字想到的就是当年，那个圆圆脸，白肤，短发，时髦干练的女生，虽然她小我一岁，但心智超我10岁不止。

4年大学生活于我更多的是郁闷和纠结（网络语），有同学按当时状况，将班里同学分成几个阶层，我排在最底层——"贫农"，我觉得十分准确。

身为贫农，我头上压着至少三座大山：第一座是"文革"前的老三届，尤以老高中生为甚，记得当时有几大老夫子，个个饱读诗书，我辈望尘莫及；第二座是"文革"后高中生，我的同龄人，比如刘晶北冰蔚霞同学，特别是小妮孙歌等入学前就成名的诗人才女，压得我更是气也喘不上来；第三座就是应届生，典型如小霍同学。

像我这样，"文革"前小学四年级，"文革"后只读一年初中，15岁就当兵，然后蒙着进了大学的，实在是少，我学习基础之差、之艰难也可想而知。

刘晶同学说，大学4年的事儿，她一点也不记得了，我推荐给刘同学一份网络趣语：

@全球时尚：【十二星座记忆力排名】第一名：天蝎座，

第二名：处女座，第三名：魔羯座，第四名：双鱼座，第五名：水瓶座，第六名：巨蟹座，第七名：射手座，第八名：双子座，第九名：狮子座，第十名：天秤座，第十一名：金牛座，第十二名：白羊座。

快乐的人都是记性不好的。

不知刘同学是哪个星座，反正按这个，我是天蝎座，那就是记忆力第一名，我不知这个准确与否，反正我读书记忆力可不咋地，背单词公式什么的很一般。但对往事的记忆，我确实历历在目，我记得我大学时期的压抑苦闷；我记得我很少与同学说话，包括女生；我记得差不多有一大半男生，我都没说过话；我也记得，很多男生因此讨厌我，觉得我很无礼很不懂事儿。

我还记得有一次从宿舍到教室路上，刘晶同学在前面走，穿着一条喇叭裤，很包臀的，好像还穿着高跟鞋，与我并肩而行的是一个男生，也就是当下中国最敏感词的那位，结结巴巴道：刘刘刘晶，从后后面看，你你你就是一个特特时髦女郎。

我还记得我当时心情，颇为妒嫉。

是啊，快乐的人都是记性不好的，由此推断，刘同学记性不好，因此快乐，我记性超好，所以不快乐。

以我超好的记忆力，回顾这30年，我要对我们班同学说一声感恩。

我的第一篇东西是老徐同学帮我发的，20世纪80年代末期，当时还有《深圳青年报》，是一个特别短的小说，千字左右，当时我已上中戏，我的研究生同学还一个劲说好，哈哈，老徐同学自己恐怕也忘记了吧。如果我有什么文字上的成就，老徐是头号伯乐。

在中戏读研期间，老丁同学帮我发了两篇论文，后来我评职称，这两篇东西也很有用滴。

1993年，我最困难时期，在校期间本无来往的时光同学帮了我，估计时同学自己也忘记了，太久远了。（因时同学帮忙，我得了大约一千元，当时是大数目。）

差不多在1995年前后，徐敬亚同学再次帮我在深圳什么报上连载我的纪实东西，还写文推荐，虽然我也没有因此成名，但我的写作确实从那时才真正开始。

1995年，我在校期间来往较多的宫瑞华同学帮我在《特区文学》发了一个中篇小说，（后来老温同学帮我在《珠海文学》发了个短篇吧？）宫同学当然是一番好意，我到现在也感谢他。后来还帮我发了散文什么的，而且总是以学长身份教导我写作之事儿。老宫同学，是我在班里极少的交往比较多的男生，实在是感谢。

1995年，我下岗，以我平时不与同学来往之恶劣，本不应该有同学帮我，但当我落难时，却有很多同学帮我，令我至今想来都很感动，无以回报。

最感谢的是我在校期间最密切的同学，我的下铺北冰。那个夏天，我带着女儿匆匆逃到北冰家，后来又去了北冰婆婆家，丹东海边，北冰对我恩重如山，可惜，后来不知为何，断了联系，没有给我一个报答她的机会。

如果说，北冰是我至友，而其他同学的善待之举就显得非常难得。

首先一位是老温同学，我与老温同学在校期间没有交往记忆，似乎连话也没有说过，但当我落难时，老温还有吕贵品同学却积极为我奔走，找律师什么的，还留我住宿，当时住吉林大厦，因本地身份证不能用，用的是老温同学身份证开了一个房间，半夜时分，我辗转反侧夜不能眠，正恐惧未来生计，突然传来剧烈敲门声，数名男服务员进来，四处查看，有无异性身影，然后责令我立即离开。半夜三更，我不得已再电话老温，老温半夜三更从远处赶来，打车送我到他们在北京饭店的一个工作处。此事，现在想起来，也是一分凄凉，一分狼狈，一分温暖。

还有小霍同学，我们班年纪最小的同学，也是最懂事的同学，跟班里所有同学关系都好的同学。下岗后我给小霍打电话，只为诉苦，小霍安慰我的话，我这超好记性也是至今记得，小霍说，你为什么不换个思维想问题呢？你不是不想当老师吗？你不是一直想离开中戏吗？现在不正是一个机会吗？你不是可以重新开始吗？

小霍同学，应该是个很好的心理学家，或者大作家，他回答的永远是你想听到的。太懂人性了。这是一个天赋。

还有邹进同学，与邹进同学交往算是多的，深圳期间有过不少往来。邹进同学不如小霍同学说话那么暖人心，但是实实在在帮人。

我单位分的小房子，我住了10年，是邹进同学帮着装修的，至今地板也像新的一样。像我等懒人，自己房子，自己都很少去，但邹同学却经常帮我盯着，记得邹同学太太朱女士，还送我大米什么的，想着都觉得自己当时还真是落魄哦。（瞧我这记性！）

还有当时邹同学霍同学等编的《金三角》约我写稿，稿费比我当时工资都高，真是帮我大忙。这中间，当然也有魏同学原因，但无论如何，帮助是实在的，我记得。

1995年期间帮我的还有上学时期班里"大地主"黄同学，帮我找了律师咨询，记得还在他家吃了顿饭。

还有敏感词同学，到处帮我鸣冤叫屈，包括在那位当时最火的超级大腕面前。

1996年，吉大校庆，我当时正落魄，很不想去，也有经济原因，车票什么的，仍是邹进同学帮了我，还带着孩子。好像回来机票也有人帮忙，是一个无名捐献者。（有人说是佟昆远，至今不知真相。）

在吉大校庆时，真是感受到上学时没有的同学情谊。

现在想来，之所以后来会拉着某人合作，实在是因为当时空气中涌动着一种同学情谊，让我相信，我们是真同学，一辈子朋友。

回北京时在机场（来时火车，回去为什么乘飞机？这个倒忘了），我当时很少坐飞机，不知道还要付机场建设费，记得当场老温同学就拿出钱帮我付了，五十还是一百？当时可都是我半个月工资。

还有一位特别要感谢的是王金亭同学，这也是一位我大学期间没有说过话的同学，大约就是1996年那次聚会才开始相熟，我写的书稿寄给王同学，王同学总是大加赞赏，极力帮我出书，最后虽然没有出成书（确实也是写得不好），但在一家报纸连载，也有上千稿费哪，对当时经济拮据的我，是很大帮助。王金亭同学，我欠你实在是多，何时到北京，一定请你吃饭。

进入2000年后，与同学来往少了。

这期间，倾心写作，与远在深圳的小妮同学有电话往来，当然，都是我求教于小妮。同班时，小妮同学与我隔着三座大山，是我崇拜的偶像之一。

当然，还有我经常电话联系的蔚霞同学，韦禾同学。

2008年，我平生第一次当被告，有老丁，老温，贵品同学等帮我出面说和。虽然未果，但同学情谊再次得到验证。

这期间我依然经常向小霍同学诉苦，得到的依然是想听到的回答。小霍同学，实在是我们班的暖心果，邹进同学说，如果小霍同学哪一天失去热情，这个班就散了。小霍同学，愿你赤子之心永远炽热，永远温暖这个班七十几颗衰老的心。

今天，2011年1月7日，于我而言是一个特殊的日子，想必这个城市另一头，有人知道我所谓何言。以我超好记性，知恩图报个性，这一天，我不会忘记。但我亦深知，生命有限，当我们怀念赵闯同学，史铁生先生时，我真心想说的还是放下，真正的放下。放下也意味着忘记，我要学着忘记。

快乐的人都是记性不好的。

从今天起，我愿做个记性不好的人，一个快乐的人，虽不面朝大海，依然向往春暖花开。

[班博留言]

宛平同学这篇"感恩"，真的让我很感动，也可能你有所谓"落魄"的经历，而赢得了这么多同学的关照、关心与援助。今天看来，你的所谓落魄，正是你的幸运，无论你有多么"落魄"，有这么多同学帮助你，你也够幸福的了。读你的文章，被你感动的同时，还有点嫉妒，我觉得我也"落魄"过，可是我怎么没有得到这么多同学的关照、关心与援助啊？还是宛平同学有人格魅力啊，这也是不能忽视的原因。

宛平同学在文中多次提到，在大学四年，她与很多同学没有说过话。我很幸运，我与宛平同学说过话，不过只是半句。那是我们下乡"学农"吧，在吉大农场里，当时我看见王宛平手里拿着一本书，我随便问了一句："你看的是什么书？"我们的宛平同学淡淡地答道:"我们播种。"我当时觉得这个书名怪怪的,什么叫"我们播种"啊,因此不自觉地往她拿着的书上瞥了一眼,原来,在"我们播种"的后面,还有"爱情"两个字。那是徐怀中的长篇小说《我们播种爱情》。唉!宛平同学只回答了我半句话,把后半句关键的部分给省略掉了。

这事,宛平同学还记否?(高文龙)

文龙同学,这个事儿我真是忘了,但文龙同学我们当然是说过话的,我们单位还互换了的呀,我当时很羡慕同学不坐班哪。唉,如果我当时分到那个大学,也许我的命运会是另一个样子?呵呵。以文龙同学对细节的这等观察和记忆力,不当作家实在可惜啦。呵呵,谢谢,晚安。(王宛平)

王宛平说的都是大实话。可能是一辈子最大实话之一。文字里毫无杂念。证明活透了!

当一个人真心说出感恩的时候,他其实已经在赐予。(徐敬亚)

[王金亭]

贴在墙上的博客——1979年春天纪事

在我心深处，1979年春天的印记是十分清晰美好的。

经过了大学4年里最漫长的第一个寒假（因12月底提前放假），3月初开学重聚的时候，同学们都格外兴奋。4月5日晚上，为纪念"四五"运动3周年，班里在教室举行了主题时政讨论会，同学们的发言十分热烈，水平很高。以延边上海知青身份考来的杨冬同学的发言给大家留下的印象尤为深刻，既有忧国忧民的真情，又有穿越世事浮云的洞见，谈吐也颇具青年学人之风。我们年龄较小的同学感到很长见识，也为有这样一批才华出众的学兄领路感到庆幸和自豪。

同学们还议定，为纪念伟大的"五四"运动60周年，也为了展示一下我们77级的文学写作水平，班里要出一期像样的墙报，大家要踊跃投稿，由杨冬同学负责编辑。在以后的一段时间，不少同学一面准备现代文学课结业论文，一面准备投给墙报的稿子。大约是"五一"之前一周左右的某一天，正好那天的课间操没上，我趁机把誊清的短篇小说《春山妈》第一稿交给了杨冬。随后我回到座位上，不时地看着他的反应。三千字左右的稿子，不一会儿就看完了，杨冬的脸上露出了一丝微笑，又递给同桌的孙歌同学看。孙同学看后也淡淡一笑，把稿子还给杨冬，他俩悄悄谈论起来。不一会就又上课了。

回宿舍吃午饭的路上，杨冬叫住了我，亲切诚恳地对我说：稿子基础不错，就准备用了，有几个地方还得好好改一下。以后的几天里，我按照杨冬的指点认真地改了一遍，他又审读了一通之后，给了我几张八开大稿纸，我用碳素墨水工工整整地誊清后交给了他。这篇稿子我还敝帚自珍地留到了今天：

春山妈

大黑山脚下有个挺小的村子。村子前边有条河，河面窄的地方也有个丈把宽吧。河边是清一色的大柳树，河水清亮亮的，连河里的青鳞子怎么样啃水草尖儿都能看个明白。人们喜欢这条河的美景，给它起了个好听的名儿，叫秀水河。河边儿的小村庄呢，也借了光，大家就叫它秀水屯儿。村东头有两间小草房，里面住着娘儿俩，儿子叫春山，娘呢，村里人都叫她春山妈。

村里的人们知道，春山妈可是个刚强人。当初，春山还不满一周岁，春山他爹就闹病去世了。大伙儿都劝她再走一步，春山妈说什么也不点头。她说，孩子他爹快不行的时候也说过这话，我对他起过誓：要把门户挺下去，把孩子拉扯大。有社里照顾，乡里乡亲都能帮忙，咱又不好吃懒做，怕啥呢？

打那时候起，不论春夏秋冬，不论什么难干的农活，她都顶下来了，论活计，怕是有的壮男人都不如她。家里日子呢，不缺吃也不少穿。孩子穿得不算漂亮，可总是收拾得干干净净。她又自个儿拿着镰刀，在秀水河边的苇塘里打了一大车苇子，把两间小房苦得挺漂亮。提起春山妈，村里真是没人能说出个不字。村里的老太太们常说："春山妈过日子可真是把好手！"可她听到这话，总是动心思地回答说："还不都是仗着现在咱的国家好啊，邻里乡亲也没少帮忙啊！"

秀水河边的水，青了又黄，黄了又青。二十多年的风霜雨雪，把春山妈变成了一个头发花白的老太太，可她笑呵呵地看着自己心尖儿似的儿子长成了高大结实的小伙子。今年夏天，春山高中毕业回生产队劳动了。当儿子应着早晨的钟声去干活儿的时候，春山妈心里有多高兴啊！她嘱咐儿子："听妈的话呀，好好干活儿。咱宁可身上多受点苦，也不能让脸上受热呀！你愿意上大学，这妈知道。你在队里干好了，入了党，才有那个推荐上学的盼头啊！"她常常出神地端详着儿子，觉得孩子越长越像她那早已过世的丈夫。透过儿子那水灵灵的大眼睛和清秀的脸庞，她好像看见了将来那俊俏的儿媳妇和那白净净、胖乎乎的小孙子……二十多年来，她为的就是这些呀！

"唉，孩子他爹要是还活着，那该有多好啊！"春山妈常常自己在心里念叨着。

前些天，春山和社员们修水库去了，在工地吃住。这些日子，真把春山妈惦记坏了。她担心儿子骨头嫩，干起活儿来又不愿意拉后，把身板儿累坏了；又怕儿子吃不好饭，又怕儿子秋天里睡觉时着了凉。

今天大清早，春山妈就着小白菜汤，啃了两个苞米面窝窝头，就开始收拾东西要到工地去。她找出一块靛蓝带白碎花包袱皮，把给儿子新缝的鹅毛垫子包好。又把入秋后新攒的鸡蛋拿出50个，放到一只白柳条筐里。她坐下来喘口气，一寻思：这鸡蛋，春山一准儿不能自个儿吃，大伙儿也真是都挺苦的。想到这里，她又把剩下的都拿了出来，放在筐里。加在一起，正好90个，满满一筐。她又把那件洗得透生生的黑布夹袄换在身上，然后对着镜子，把散落下来的有些花白的头发理了理。

春山妈背上小包袱，挎上柳条筐，正要推门出去的时候，忽听有人急促地敲门。春山妈急忙开门一看，原来是和春山在一起干活的小海。只见他一头大汗，眼里满是泪水：

"大、大娘，春山哥出事了！"

"孩子，你说啥？春山他咋的啦？"

"工地天天加夜班，人都乏透了。春山后半夜在工地上一个背风的土坑里睡着了。天快亮的时候，让拖拉机把腿给轧坏了！"

春山妈眼前一黑，差点摔倒。小海赶紧上前一步扶住了她。

"春山，他在哪儿呢？"

"在镇医院呢。可是大队潘书记说，春山是因为偷懒才挨轧的，公家不能出钱给他治腿。我们大伙儿商量，大娘还是去给潘书记送点礼，求个人情吧！潘书记从来都是不见兔子不撒鹰的。"

"我先去看看春山。"

"不行，大娘。去工地一个来回就得一上午，春山的腿可耽误不得。你还是先求情吧！"

"那，好吧。"春山妈脸色苍白，无力地点点头。春山妈一辈子不愿低声下气去求人，如今也真是没有别的路可走啦。送走了小海，她一咬牙，把原打算给儿子送去的那筐鸡蛋挎在了胳膊上，推门出去了。

潘书记的家在秀水河南面的樱桃沟。春山妈拄着根柳树棍儿，挎着鸡蛋筐，吃力地走过秀水河上的独木桥。对面云遮雾罩的大黑山一片灰蓝，山下秀水河两岸的田地里，正蒙着一层轻纱似的薄雾。大群大群的铁雀子飞来飞去，啄着刚搓倒的谷棵子。太阳还没有露脸儿，一大片早霞遮住了东边半个天，红得像火炭儿似的。"早霞不出门，晚霞行千里"。庄稼人一看就明白，又要下秋雨了。

三间新盖的海青房座落在樱桃沟的村中央，四面还套着青砖花墙。春山妈知道，这就是潘书记的家了。她小心地推开刷着油亮黑漆的大铁门走进去，只见书记家窗前放着几台挺新的自行车。房门开着，往外吐着乳白色的热气，满院子都飘着诱人的香味。

"潘书记家怕是来人了。"想到这里，春山妈心里不禁有点发慌，脚步也越发不稳了，但她还是硬着头皮走进屋去。只见潘书记正坐在临窗火炕上的圆桌旁边，陪着两位干部模样戴着眼镜的客人在吃早饭。潘书记的媳妇满脸堆笑地站在一边照应客人。看见春山妈忽然走进来，潘书记连忙放下筷子，让她在火炕对面立柜旁边的长条凳上坐下。

"我听说春山在工地受了点儿伤？"

"是啊！我就是为春山治腿这事儿来求潘书记来了。"春山妈一边连忙接上话茬，一边站起来用她那双打颤的手，把带来的礼物朝潘书记媳妇递了过去。"这点儿鸡蛋给潘书记补养身板儿吧。当这么大个家，费心劲儿啊！"

"哎呀老嫂子，你多这份儿心干啥呀！"潘书记媳妇忙接了过去，两眼笑成一条缝儿。

饭桌旁那两个戴眼镜的客人，来回传递着眼神儿，这让潘书记更觉得尴尬。

"你给我搁下！瞎咧咧啥？我啥时候吃过这一套来着！"潘书记脸涨得通红，冲老婆一顿狂喊。随后又把气撒在春山妈身上：

"春山妈，我看你是老得不知好歹啦！你儿子要是不在工地偷懒睡大觉，能让拖拉机给轧了吗？你让公家出啥钱呢？我是包公打他爹，公事公办。今儿个当着县委干部考察组领导的面儿，你又拿东西来，你这样给大队党支部抹黑，这样腐蚀干部，安的是什么心？这不就是阶级斗争吗？我要和你斗到底！我一会儿就张罗批斗你，你先给我回去等着！"

春山妈不知道自己是怎样走出潘书记家的，也不知道自己是怎么样来到了秀水河最宽最深的这一段。这里，清冷的河水深得有些发黑。呼啸的秋风卷起波浪，不时拍打着布满鹅卵石的河滩。岸边的柳树叶子早已经枯黄，也差不多掉光了。远处山上山下都笼在乳白色的浓雾里，天阴得一片灰白。顺着河滩再走一里地，过了独木桥，就是秀水屯了。"这个光景，邻里乡亲该是正在吃早饭吧。吃过了早饭，大伙儿就该看我的热闹了！"

唉，没法儿活啦！想到这儿，春山妈不禁往前挪了两步，真想一头扎进秀水河里。可是，"我躲清静去了，我那苦命的儿子咋办呢？"她又踩着满地的落叶，停了下来。背后那棵大柳树上飘下来一片残叶，落在春山妈那花白凌乱的头发上。

下雨了。冰冷的雨点打在春山妈挂满泪珠的脸上，打在她衣着单薄的身上，她不禁有些发抖。

雨越下越大了。冰冷的雨点就好像让秋风拧成了鞭子，抽打在春山妈挂满泪水和雨水的脸上，抽打在她衣裳单薄的身上。春山妈还是那样呆呆地挎着柳条筐，站在那光秃秃的大柳树下，叹着气，望着天……

"五四"前一天的下午，杨冬组织几位同学把墙报贴在文科楼二楼半的墙上，整体效果相当不错。大气磅礴的通栏标题是我们的书家高文龙同学写的："献给你，战斗的五四！"字写得秀美淋漓而又沉着痛快，副题是美术字"纪念五四六十周年中文系学生作品选"，墙报总体美术设计是王小妮同学。她还写了一篇很深沉的哲理散文《流血的人与流汗的人》发在里面。孙歌同学的作品叫《赛先生的话》。孙同学的文字洗练而精致，但总体框架也是在与杨冬密切磋商下确定的。墙报里面还有王启平同学写得很迷人的散文《枇杷山春夜》、姜亚廷同学很有灵气的小说《三只橘子》等等。我的所谓小说还承蒙王小妮同学花费不少时间和精力给画了插图即春山妈的形象。王小妮毕竟是才女，把人物被欺辱的忧伤描绘得十分传神。当时她曾笑着问我：是这个老太太吗？"就是这个样子！"我回答。

墙报贴出后在文科楼反响不错，也引起了一些老师的兴趣。我记得刘中树老师就在讲课时提到过。

前几天的一个晚上，杨冬、学全、建国及我小聚喝啤酒的时候，一起热议咱们的"班博"。我自然又想起当年杨冬的帮助，再次向他和同学们敬酒之后，我醉眼朦胧地说：杨冬当年主编的墙报其实也是一种"班博"，是贴在墙上的博客。他们居然有几分赞同。

从其塔木到五棵树

这是一段难忘而有趣的往事，发生在大二下乡采风那会儿。

1979年国庆节后，我们几个采风小组聚集其塔木镇（这里有清朝"东北四杰"之一的成多禄墓地，还有东北解放战争时期著名的其塔木战役烈士陵园）开碰头会，召集人是曹保明老师。会议期间做饭最出力的是吕贵品和王小妮、刘建诸学兄学姐。会议结束的那天早晨，就有了老温大哥《用手在地图上一指》一文中回忆的那一幕。我和建国出发后一路打听，结果是越问路程越远，根本不是原来说的七八十里，而是百里以上。

正在越走越累越发愁的时候，忽然从后面来了一辆满载山里秋柴禾的大马车，车老板是个和善的笑眯眯的小老头儿，善于交际的建国只几句话就把他给忽悠得同意我们搭车了。我们俩惬意地仰面朝天躺在松软的、散发着好闻的山野气息的秋柴禾上，才发现深秋的天空是那么又高又蓝，阳光是那么明亮温暖。我不知不觉睡着了。不知过了多久，被叫醒了，原来已经到了应该下车时候了。谢别了那位笑眯眯的小老头儿，我们发现已经饿得有些走不动了，就到路边小店买了一包动物饼干，边走边吃起来。

不一会儿，又感到渴得受不了了。正巧来到一家有水井的农户，建国大步走在前面，热情地和主人打招呼，说明来意。那是一位爽朗的中年汉子，很快进屋拿来水瓢，又飞快地打出一桶清冽的水让我们喝了个痛快。机灵的建国发现那中年汉子身后还藏着一个美丽羞怯的小女孩，大约五六岁光景，便把饼干都送给了孩子。懂事的孩子用眼光询问着爸爸：这行吗？那孩子的爸爸爽快地笑道：叔叔给就拿着吧，一会儿让你娘给叔叔热点庄稼饭吃！我们自是一番客气，却没有真走的实际行动。不一会孩子的妈妈给我们热了馋人的高粱米饭、炖豆腐，还上来一份儿葱叶大酱。我们美美地饱餐了一顿。说话间，主人知道了我们的来历，更加热情周到。他说，你们俩晚上就能走到松花江边，可是黑灯瞎火的没有摆渡，你们到江边小村里找一个叫姚海臣的人，提我，他就能留你们住一宿。他是大队书记，家里房子宽敞！

黄昏时分，我们真的找到了姚海臣家，正巧该同志在家，正在明亮的灯光下看报。我们谦恭地说明了来意。姚书记到底是个精明而有阶级斗争觉悟的人，严肃地看着我们，半晌才缓缓地问：有学生证吗？我们俩赶紧掏出来接受审查。书记说，那你们就到我仓房里将就一宿吧！本来我还梦想他问一句：吃晚饭没有？可是人家就是不问，又垂下眼皮径自看起报来。我们只好在姚书记家人的引导下来到仓房的凉炕上，倒下便睡。一宿无话。

第二天清晨，我和建国因为睡得很冷，早早就起来了。只见姚家人没有一点儿动静，大概都还在熟睡，不便叨扰，便悄悄地离开了，直奔江边而去。

当我们来到江边的时候，江面和两岸的田野正笼罩着一层轻纱似的薄雾。这一段松花江水面宽阔，水流平缓，江水清澈。东南方地平线上一抹绯红，太阳还没有露脸。我们俩沿着江边愉快地走着。在一条绸布一样细滑的沙滩旁边，我停下脚步，顺手折下一段柳枝，在沙滩上默写起来：

月光一样的朝暾

照透了这蓊郁着的森林

就在这时，建国拉了我一下，"你看！"顺着他手指的方向看去，只见江堤里的一块平地上，一老一少两位看似父子的渔民，刚刚从江堤上的地窖子里出来，正在生火做饭。此情此景被我后来写成了一首小诗：

小小的洞穴

藏着他温暖的昨夜

早晨的篝火

烘烤着霜打的秋天

两只小铁桶

冒着乳白色的热气

飘着新米的饭香

散着馋人的鱼鲜

枕在船上的双桨

浸着清冷的波澜

洁白的网上

霞光一片

（《松花江渔民生活速写》，1986年刊载于《北方信息报》）

我们赶紧走过去。来到渔民父子面前，自然又是建国施展公关本事，他们爷俩不仅满口答应把我们摆渡过去，还一再劝我们一起共进早餐。过了江就是建国的家乡五棵树镇了。到了建国的家门口，我们自然不好意思吃人家的了。不一会儿，我们乘渔民的小船顺利过江。告别的时候我们恳切地送父子俩两元酒钱，也被谢绝了。

　　到了建国家里，两位老人看到上大学的儿子带同学回来了，自然十分高兴。老爷子二话不说直奔市场，买回一串用柳条穿着的新鲜鲫鱼，老太太做鱼的手艺也实在不一般，那种美味真让人一辈子也忘不了。

　　多年以后，建国老父亲过大寿，我作为同学们的代表出席寿宴，致辞的时候讲的主要就是这一段儿。

白桦林恋歌

碧波荡漾的长春南湖东南岸，有片迷人的白桦林。1991年深秋，一个晴朗的星期天下午，我和妻子到这儿来散步。

夏日的浓荫，如今已经化作片片黄叶，铺满了寂静的林间，在明亮的秋光中给人一种辉煌的感觉。深处，三三两两的少男少女，或在低诉情话，或在彩笔写生。近旁，一棵棵白桦显得是那样挺拔、圣洁、秀美。这使人想起著名的俄罗斯诗人叶赛宁。在他那脍炙人口的诗篇里，白桦树成了他热恋中的情人。

"咦，你看！"妻子倚着一棵白桦，显然有了不平常的发现。果然，在那洁白细腻的树皮上，我看到了几行褪色的钢笔字：

"太冷了。

白桦树作证：

我等了两小时了。

我走啦！

薇

    1988.12.30"

多有趣！这白桦树上的留言，简洁而又优美，就像一首小诗，其中必定隐藏着一段爱情故事。是苦涩，是甜蜜，除了当事者，谁又能猜得到呢？

我们饶有兴味地在林子里转开了。就像春游时，做"找

宝"的游戏一样,在一棵棵白桦树上寻觅着. 果然又发现了十几处留言:

"白桦不死,

我心不变。

1982"

多么坚贞,多么痴情!这美丽的句子是碳素墨水写成的,所以经久如新。

"你终于不再爱我,

我又重回原始的寂寞。"

这是失恋者的心曲。紧接着下面还有两句:

"哀愁之余别忘记,

还要继续生活!"

这大概是一位不相识的朋友的劝慰,体现了一种清醒刚健的人生态度。

"你以母亲的心,

面对每一个被打击的孩子。

以温暖的手,

抚平了受伤的心,

母亲就是白桦林。"

这似乎是一位眼含热泪的失恋者,献给白桦林的歌。这片白桦林曾给了他莫大的安慰。

"一切的过去都以现在为终点,

一切的未来都以现在为渊源。

祝福所有的朋友,

其中自然更包括你,

我会永远把你当作我的红颜知己。"

"往日消逝，

爱却留在白桦林。"

多么纯真的感情，多么美妙的诗句！这些无心做诗人的无名诗人，足以使某些"为赋新词强说愁"的有名诗人相形见绌。人说"愤怒出诗人"、"热恋出诗人"，信然。

回家的路上，我们都感到十分兴奋：

"你应该每隔一段时间就来收集一次。"

"对。收集多了，可以编一本诗集。连名字我都想好啦！"

[班博留言]

那片白桦林我和小曾也去过。在长春明媚阳光的照耀下，她给了我们无比的轻松和快乐，那些美好留在心底。今日重温，美好依旧。谢谢金亭！（于舸）

年轻真好，年轻人的情爱真美，即使失恋者留下的言语，也美。我们老了，找不到这种激情了。（杜学全）

[白光]

一抹斜飞

十六七岁，朦朦胧胧的年纪，朦朦胧胧的心思，已经朦朦胧胧地消褪了……

只有一抹斜飞的绺海格外清晰。

很少有这样的学校：两栋红砖楼是一样的，两片操场是并连的，可是中间却有一条"三八线"，左边是长春四中，右边是长春朝鲜族中学。"文革"时期的混乱社会里，"三八线"是挡不住的，四中和朝中的男生经常发生战争冲突，特别是赛完足球之后，往往会有一场群殴。习惯了，也不记仇，过几天还踢，踢完再打，打完再踢。

突然有一天，两个学校合并了。我们八班本来是末梢，后面又加了九班、十班、十一班、十二班，学校更乱套了。男生放学不敢单独回家，"落单"了可能挨揍，我和三黑经常结伴。有一天放学的路上，三黑扯了扯我说："你看，那几个，朝中的。"我回头，看见几个女生边走边跳朝鲜舞，其中一个，细高的身材，很白净，如鹤立鸡群，引人注目，特别是额头上有一抹斜飞的绺海，随风飘荡……

"绺海"通常写为"刘海"，我不喜欢这个词，太男性化。绺字好，一束束，一丛丛，摇摇曳曳，细细长长，适合我写的人。在那个年代，女生都不"装修"，刘海是直发，从上往下耷拉，插进眉毛里。而她的绺海是斜的、弯的、长的，可以飘起来的。

从此，每到下课和放学，我就在人群里，寻找这一抹斜飞的绺海，远远地注视。我开始孤单了、离群了。三黑呼哧呼哧跑来说："我知道她的名字了，李×霞。"我还装作不懂："谁呀？""就那个。朝中来的。十二班的。大抹斜。"——这句断断续续的叙述，使我和三黑更加心心相印了。每到放学，我俩就在门前候着，一抹斜飞出来，我们就远远地跟着，一直到她拐出西广场，我们才绕个弯回家。

朝鲜族是能歌善舞的民族，学校文艺宣传队当然以朝中来的学生为主。每逢排练舞蹈，我和三黑就去围观。心照不宣，我们看一抹斜飞。一次，我俩正看得出神，过来一伙同学干脆把我俩扔进去了，我蹬蹬蹬蹬啪，正巧跌在一抹斜飞的身上。顿时眼冒磷光，一串黑体加粗的字幕出现在我脑光屏上："撞痛了吗""她会哭吗""我给她的印象很不好""她一定很讨厌我"。当我尴尬地爬起来，抬起目光，看到的却是一张笑脸，笑出最灿烂的红口白牙，她笑着说了一句："假如你是高山，我就是松树"，说完转身走了。走时，那一抹斜飞的绺海就在额上轻轻飘动。其实那一天光线很暗，我也说不清是不是真的看见了那一抹斜飞的绺海在轻轻飘动。

"假如你是高山，我就是松树；假如你是江河，我就是浪花"——这是我中学的一篇作文，大约是写年轻人，要投身革命洪流之中，才能发光发热。具体什么内容早记不住了，只是她说出了一句，我才坚决地记住了两句。语文老师说写得好，就推荐给板报组，全文刊登在学校宣传栏上了。年级、班、姓名全登上了。

　　刹那间，我的几根脑筋滴溜溜又转出一串黑体加粗的字幕："她知道是我写的""她认识我""她也一定会知道我的名字"……

　　一切都在海平面下边，没等冒出尖来，我们就毕业了，上山下乡。由于当时"父母身边留一个"的政策，我没有成为"知青"。毕业那天，全体应届知青坐着解放车在全区游行，然后各自奔向"广阔天地，大有作为"的集体户。我在街边的欢送队伍中和他们一一道别，十六七岁的年纪都是"人来疯"，别看他们在游行时做鬼脸、放爆竹、抽烟，穿奇装异服、唱知青歌曲，耍得很尽兴，等到汽车开出城外，颠簸在一望无际的黑土平原上，他们就会抱起头来失声痛哭。三黑过去了、大富过去了、小力过去了……我的同学、我的朋友、我的青春、我的友谊、我的回忆、我的思念全都随风而去了。在我悲哀的时刻，却又看见了悲哀的旗帜——那一抹斜飞的绺海，在风中晃动。

　　和其他同学迥然不同，一抹斜飞孤单地坐在行李上，低着头，任凭车上的风肆意挥霍那一抹斜飞的绺海。她的表情是木然的、忧郁的、令人心碎的，是悲欢离合？是惦念父母？还是担心前程未卜、江湖险恶？……我在路边声嘶力竭地呼唤，拼命摆手，她没有抬头，一动不动地从我的视线中消失，从此杳无音信。

　　朝鲜族的女人可能是皮肤过于细腻，容易苍老，大多三十来岁，就跟个阿妈妮似的。假如一抹斜飞没在我身边消失，像我这种朝秦暮楚的汉子，还不一定记得如此清晰。恰恰因为她消失在朦朦胧胧的岁月，消失在不应该消失的时候，我才把记忆中一抹斜飞的绺海保全得如此完备。

　　20年前，离开东北时我问过三黑："见过李×霞吗"？

"问了几个朝中的同学，都不知道她的下落"——这个回答恰到好处。

股神

中国的股神，比美国的巴菲特还大5岁，1925年8月27日凌晨零时出生。

问我怎么这么清楚？那很简单，她是我母亲。

她的资金远没有巴菲特那么多，只有30万左右，还是人民币。但她的炒股精神远比巴菲特强大，85岁时，每个交易日都步行一公里去证券部，看着大屏幕买入卖出，晚上回家还要看电视里各个频道的股市分析节目。今年86岁了，腿上老年性风湿突然发作，有些痛，劝她不要去了，她时不时地还去个一天半天的。鉴于她的炒股热情，尊称她为：股神，应该不算过分。

看电视分两种：被动看电视和主动看电视。看电视剧是被动看，是偷懒，只需坐在那儿，随着编剧导演的情节晃来晃去就行了；看股市分析是主动看，是学习和碰撞，是把自己的积累和股评家的分析砸在一起，砸出火星来才能产生炒股灵感。不须说了，我母亲自然是更喜欢后者。由于常年坚持主动看电视，偌大年纪，头脑一点也不糊涂。这就是炒股的药用价值之一：锻炼脑子。炒股的药用价值之二是锻炼身子，也不须说了，走来走去的，舒筋活血。最主要的是炒股的药用价值之三：锻炼意志。老人家是"死多头"，熊市牛市都是满仓，十七八年的炒股生涯中，大起大落经历了好几个轮回，虽然没赚多少钱，但赚了个"金刚之身"：心态平和，荣辱不惊，什么叫"谈笑间，樯橹灰飞烟灭"，就她那样。

我母亲出生于农村，吉林德惠县的高家窝铺，中农。幼时家境一般，父母不想供她上学，但她执意要上，就去了姥姥家，姥爷供的。她姥爷名叫王向阳，是大地主，但吝啬得出名，对外人抠门，对家人更抠门，他家的长工比他吃的都好，那是他怕长工吃不饱没力气，家人吃的是什么也就可想而知了，能供这个外孙女上学，还真是我佛慈悲了，王老太爷连独生子有病都不许看医生，以至于二十几岁就死了。老太爷惟独对一件事不抠门：佛事，德惠县几座大庙都是他出钱建的。土改时有人提议把他枪毙了，贫下中农跪了一片，当时免于一死。可惜，解放后因为传播"一贯道"，又把他抓起来，一直关到死。我母亲一生感念姥爷，大半个世纪以来对王老太爷的独苗孙子倍加呵护，她说王家没断香火是：佛有眼。

由于是日伪时期上的学，我母亲懂一点日文，后来又去了日本人办的助产学校，1948年长春解放，就顺理成章地进了妇产科医院。上世纪五六十年代"政治运动"多，整人成风，我母亲碍于我父亲的"历史问题"，就把争强好胜的个性压抑下去了，不靠近组织，不要求进步，不得罪领导和同事，做好本职工作，奉行"老好人"主义。根据物质不灭定律，个性在这里被压抑，一定会在那里爆发，于是她的争强好胜就转化为"洁癖"。我八九岁的时候，邻居们经常趴在我家门缝看，我母亲洗菜洗水果时用药水泡用肥皂擦，当成笑料到处传播，弄得我抬不起头来。我家老爷子为了讽刺她，特意发明了一句名言：土包子开花，一个顶仨。

"严父慈母"在我家是颠倒过来了，父亲感性，母亲理性。我母亲对子女教育非常重视，虽说收入不高，但她舍得花钱，买了二胡、秦琴、小提琴等乐器。我姐姐得益于此，知青插队没几天，就抽到"战宣队"去了，不久又考进了通化市京剧团，尽管她考的是提琴，录用的却是"花旦"。我也学了拉二胡，学了一年只能拉出啦索索来咪来咪（北风那个吹），雪花那个飘就飘不下来了，至今还在云彩上挂着呢。见我对音乐如此愚蛮，她又请人教我画画，可惜还是没有灵性。实在不堪造就了，她也没放弃，就给我买书借书看，"文革"中后期为了"批判地继承"，出版了四大名著，她买了《西游记》《三国演义》《水浒传》，没买《红楼梦》，怕我学坏（其实不用学就够坏的了）。我毫无系统地看了很多闲杂书，1977年恢复高考一下子就考中了，分还挺高：283分。报考前全家人都不懂填志愿，我的第一志愿是吉林大学中文系，第二志愿是吉林大学哲学系，第三志愿是吉林大学历史系。不知道的人还以为我如此自负呢，其实是不知道分高中低档。

在我大学毕业的前前后后，我母亲开始"拜金"。先是养君子兰，窗台上摆了十几盆花，看见就心烦，因为要用豆饼水浇，满屋子臭烘烘的。养君子兰没赚到什么钱，我母亲退休后就开了家妇产科诊所。我家住在长春市的永春路，离产院不远，那些嫌产院排队的，就来诊所看病，生意不错，五六年下来赚了十来万块钱。那年月"万元户"都是一件大事了，我母亲整天美滋滋的，脾气更好了。

1989年底我父母来深圳，大包小裹带来不少医疗器具，她慧眼看好深圳的妇产科市场前景：打工妹多，恰好都是婚龄育龄，说不定能派上大用场呢。是我毁了她的宏伟蓝图，一是担心她太累，毕竟60多岁了。二是担心碰见疑难杂症没有那些老同学老同事"托"着。借口办不下执照来，就把这事搅黄了。

可是十来万块钱在她兜里揣着，烫啊，她偷偷地观察着。

1990年代初，深圳炒股热潮一浪高过一浪。有个小区叫园岭，园岭里有个证券部，证券部外边有一片草地，草地上蹲了很多人，都是炒股票的，场外交易，实物交易。实物股票就是股份公司发的一张纸，写着股东姓名和股数，配上股东身份证的复印件就可以买卖了，股价也是约定俗成，口口相传的。我伙同他人试了一次牛刀，买了2000股万科，俩月后卖出去，每人赚了一万多。要知道当时我工资每月才五六百块钱，这一炮就把两年工资挣回来了，"有冇搞错"（广东话：是不是弄错了），我也悠悠忽忽的了。

再往后炒股票就规范一些了，必须进证券部交易，要执行交易所的价格。这时上边也来了规定，不许党政人员买卖股票，我也就没再深入下去。可是接力棒二话没说地被老一代抢过去了，我母亲毅然决然投身股海。我怕证券部人多踩着她，劝她别去，这回搅不黄了。

当年深圳的报纸上发了一篇文章《大暑之后有大寒》，直接导致股市大跌，她刚下海就呛了几口水，十几万块钱赔了一大半。心里着急，表面忍着，嘴里却说：还会涨起来的。果然不出所料，涨了、跌了、涨了、跌了……我母亲的心理素质就在涨跌中锻炼得异常健壮，这几年干脆就把炒股当做消遣了。三项基本原则：一不借钱；二不用养家糊口的钱；三不指望赚大钱（赚了也不拒绝）。有了这三点，炒股自然成了最佳的健身器材了，一天不去都难受，何况还有一些老人家可以聊聊家常呢。始于"拜金"，止于"消遣"，这不能不说是人生境界的一大提升。

提起境界，有一个故事：现在买卖股票都是网上交易，没有柜台小姐了，我母亲不得不在年近八十的高龄学电脑，居然也让她给学会了。可毕竟年龄太大了，一次她输入卖出的单子，输成买入了。真是佛有眼，买入后，这只股票继续涨，过了几天她才把新旧股票一齐卖掉。这说明，人生不怕犯错误，只要是敢于驾驭错误，将错就错，才进入人生的至高境界。

她还有一个也不知道是优点还是缺点的特点：生活节俭。买一箱水果，我是先拣好的吃，剩下烂的就烂吧，反正最后得扔掉。她则一定要吃烂的，结果是从头到尾都吃烂的，最后还得扔掉，怎么劝也没有用。我家现在两个冰箱，塞得满满的，都是一些隔了几天的剩菜剩饭，她不许扔，我就挑唆我儿子扔，结果这小子更滑头，得罪奶奶的事他才不干呢。我母亲80岁前经常是坐火车回东北，嘴里说是几个老太太搭伴热闹，其实是怕坐飞机多花钱。我仔细盘算了一下，她这是隔代遗传，像姥爷。就像她信佛一样，有慧根。

我母亲生活极有规律，每年六七月份回长春，股票也随人走，专业术语叫转托管，十月份左右回深圳。她每天早起烧香后，认认真真吃早餐，定时定量，绝不含糊。上午去证券部，中午有时在证券部吃盒饭（免费的），下午回来看电视，偶尔保姆不在，她还给大家做做晚饭。说起她的厨艺，实在不敢恭维，我很羡慕一些人常说："我妈做的什么什么，怎么怎么好吃"。我可没这份感觉，我母亲做的菜，少油、少盐，还专门找来一些营养保健品炒着吃。不讲口味，只讲健康，她不是在吃菜，是在吃元素呢。如果有谁奉承她一下：这菜真好吃，那可坏了，往后一个礼拜都是这个，非把你吃吐了不可。所以我落下一个毛病，只要能在外边吃饭，尽量不回家。

近年来我很担心她的身心健康——显然她不买账，相信自己"金刚之身"的调节机能——我不知所措。

昨天是清明节前最后一个交易日，她去证券部坐了半天。今天没啥大事，哄一哄重孙女。

我家老爷子

我家老爷子原名贵春，蒙族人。北京的旗人，名和姓是分开的，姓博尔吉齐特，译音为白，白占林是他当兵时按汉族的习惯起的名字。

老爷子生不逢时，家道败落，大院子换成小院子，小院子换成几间房。我家后来的老宅子在北京东城北小街案板章胡同。老爷子的老爷子是典型的八旗子弟，他这一辈子是"身不动，膀不摇，上吃老，下吃小"。所以十四五岁就把我的老爷子送去丝线庄当学徒，丝线庄叫永盛义，老板姓王，保定人，麻子。学徒几年也没人替他记着，师满出徒可以养家糊口时，他做了一个出人意料的决定：当兵。

大约是芦沟桥事变前后，他参加了名震全国的"大刀队"——二十九军，部队番号143师，师长是抗日名将刘汝明将军。我家里至今保存着刘汝明将军民国三十年十一月一日给他发的少尉排长"委任状"。关于刘汝明将军外战"内行"，内战"外行"的事，有心人可以百度一下，很有意思。

抗战八年，老爷子打了八年，命大，没死，身上有好几处炮弹炸的伤痕。但是老爷子到底参加过哪些战役，却说不清楚，因为他习惯把历史和故事混着讲，把血战台儿庄和"手刃数人"串联在一起。抗战结束，他还是少尉（估计没什么显赫战功）。刘德芳将军又给他发了一张"直接参与作战官兵证明书"。

说起这两件证明能保存至今，还是我那胆小怕事的母亲，一生做过的几件大胆的事之二（之一是嫁给我家老爷子）。"文革"期间，她把证明缝在我姐姐的棉衣里，所以磨损较大，有些字难以分辨。

解放战争时老爷子是长春守军（这期间，他是怎么从29军又到新一军的？他是否参加了印缅远征军？没有资料可以考证，他口述的那些事向来缺少连贯性和逻辑性）。1948年当解放军兵临城下，部队投诚的关头，他又做了一个与众不同的决定：不参加解放军。

长春解放不久，有小道消息（也不知道准不准）：要镇压他们这些散落在民间的国民党军官，老爷子闻风逃逸，到汪清林区抬了几年大木头，回来后当建筑工人。

砼字音同，是混凝土的意思，他就是砼工，做混凝土预制构件的，省建一公司的正式工人。当年老爷子很受工友青睐，特别是年轻人喜欢围着他，听他讲古论今和变着法儿的骂人。他是个出色的砼工，年轻时学过细活，干粗活自然属于能工巧匠。退休前后，经常有小预制厂和农村包工队聘他挣"外快"。但是常年和粉尘打交道，哮喘严重。

"文革"时期他虽有"历史问题"，但伤害不大。一是因为他不够"线"，当时规定少校以上才是"历史反革命"，他只有"陪斗"的份。二是因为他是起义部队，长春人对"围困长春"有切肤之痛，若不是国民党守军起义，还不知道要饿死多少人呢。再加上他性格暴躁和能言善辩，好多人不愿意惹他。

说起性格暴躁有一故事——"文革"时期我母亲的医院逼她下乡插队，落实毛泽东"6·26"指示精神，工宣队看她软弱可欺就找到居委会来了，结果被老爷子骂得狗血淋头，铩羽而归,从此绝口不谈此事。医院里很多医生护士都嫉妒我母亲:嫁个工人多好,一顿臭骂,什么问题都解决了。说起能言善辩也有一故事——我表哥问他:大姨夫,你怎么老是穿工作服,你穿制服多精神?老爷子答:制服?我怎么能让它把我给治服了呢?此类急智语言、幽默语言甚多,可惜,都没记下来。

老爷子粗通文化,会写字,天文地理知道很多。虽然是"道听途说"大学毕业的,但他记性好,善于交流,报纸上一小段新闻,就能演绎出一箩筐故事。为此吃了不少亏,挨了不少整,可惜他痴情不改。我小时候最不理解的是他喜欢和陌生人说话,根本就不认识人家,一聊就是半天。老爷子好客,常把朋友请到家来,特别是长春的那些蒙古朋友。虽然一句蒙古话也不会说,他却自认为纯粹的"游牧血统",因为我家到我爷爷那一辈,还没和汉族通婚,可惜他酒量上却没有"游牧血统",陪不了朋友,不过也从未喝醉过。那时候我最喜欢听他们酒后的海阔天空和唱的那些草原歌曲。

老爷子年近40才有姐姐和我,对子女比较疼爱,尤其对我。疼爱的方式也很特别:你要是和别人打架打输了,回来我还揍你;要是打赢了,我嘴里说揍你,其实我不揍你——话里话外,就这意思。但是对孙子他就不来这一套了,爱得比较直接:溺爱。我儿子最初名叫白尔夫——老白家的那个小子,就是顺着他的意思起的。小名更土,大宝,也是顺着他的意思起的。

我是1988年8月来的深圳,担心父母买煤劈柴过于劳累,转过年底就把父母接来了,那时还没分房,在别处借了一间。从此,老爷子再也没回过梦魂牵绕的北方。

老爷子刚来深圳发生了两件事:一是哮喘病下了飞机就好

了，去根了，再没犯过；二是又大病一场，高烧、昏迷，当时以为不行了，慢慢又好了，全身褪了一层厚厚的黑皮，换了一个人。恰逢我的同学吕贵品夫妇送来一箱迅速补充体力的饮料"葡萄适"，他说就是喝这玩意喝好的。

晚年他就一个内容，带孙子。学校中午11点半放学，他10点半就到了。好在他话多，坐在草地上，逮住谁就和谁聊。你聊天南，他就天南，你聊海北，他就海北……下课铃一响，他就领着孙子回家吃饭去了。

没事的时候，他喜欢坐在小区的草坪上，等着有人来唠嗑，没人来，他就一个人呆坐者，像塑像。我家老爷子能唱几口京剧，尤其喜欢言菊朋的《四郎探母》，尤其喜欢《四郎探母》中的四比："我好比笼中鸟，有翅难展；我好比虎离山，受了孤单；我好比南来雁，失群离散；我好比浅水龙，困在沙滩。"言老板低沉嘶哑的嗓音，配上委婉的京胡，凄美凄绝。眼前这场景，这心境和那韵律浑然一体。只不过一个是汉族的将军流落番邦，一个是蒙族战士孤坐南国。

老爷子活了80岁，1995年走的，无疾而终。那天早上6点来钟，他还推了推我母亲，让她起来做饭送孙子上学，上午10点多就走了。临行那段日子，他虽无大病，但吸收不好，身体极其虚弱，瘦成七八十斤了，连他至爱的工作——送孙子上学也做不到了。走时，我在他身边，可他什么也没说。

他走后不久，有客来我家，和我儿子有一段对话，记忆犹新：问：你爸爸好不好？答：不好，我恨他！问：为什么？答：他不和我爷爷说话，我爷爷只能抽烟。这段对话像有人用手指狠狠地弹我"脑瓜嘣"一样，一个字、一个字地砸进去了，冷飕飕的。那几年我忙于俗事，喝酒交友，确实没怎么关心他的"精神苦闷"，他孤独，渴望北方，渴望见一见雪和他的那些亲朋老友，我没陪他回去过。他这一生虽然给这个世界带来一些愤怒和麻烦，但更多的是关爱和欢乐，于国于家，他无愧，我却愧对于他。

晚年还有一件事：1990年代初的一天晚上，我们在家看电视，声音挺大，老爷子慢腾腾地从卧室走出来，到电视机前，搬起来，摔在地上，碎了，然后又慢腾腾地走回卧室，睡了，或许装睡。那天没人得罪他，为什么摔电视机？我没敢问，至今是谜。

下面这首题为《爸爸》的诗，我写于1980年11月20日，发在第八期《赤子心》上，之后略有修改。

爸爸
从你多纹的脸上我看到秋日的平原
一条条的黄土大道伸向遥远的天边
困倦的夕阳从柳叶上收敛最后的光线
只有温柔的高粱用红缨轻拂着傍晚
爸爸
我该怎么办

爸爸
从你粗糙的手上我看到僵硬的山峦
嶙峋的岩石静静地磨砺着缓慢的时间
深绿的青苔把泉水映得格外幽暗
只有向阳坡上偶尔出现几棵挺立的松杉
爸爸
我该怎么办

爸爸

从你浑浊的眼球上我看到城市的夜晚

一串串的路灯和阴影争夺着有限的空间

黑色的大厦像远古化石一样沉默无言

只有天空中偶尔会有流星倏忽一闪

爸爸

我该怎么办

爸爸

望着你花白的头发和日渐苍老的容颜

我的心像沉在水洼里的光影一样抖颤

你素有的勤劳和善良已不再把明天呼唤

一切就这样过去了？满身枪伤 一生苦难

爸爸呀

我到底该怎么办

写完这篇日记，我求人下载了闵惠芬的二胡曲《江河水》，边听边改。

[班博留言]

我认识这老爷子，而且终生难忘，自感内心与其相通。这人，非凡啊。

一个永远的对抗者，有性格，有骨气，豪气冲天的国兵，绝对斗士型。爱恨如黑白。我想起他骂当代的一句话（可惜在网上都不能写）。那骂，是恨到骨子里的骂，深不可测，无边无际……

有一年我经过红荔路，在小区外面看到了老爷子一人孤坐路边。两眼空空望着天，嘴角紧绷，鹰一样……我没敢打扰他，心想，晚年的辛弃疾可能就是这样子吧！

白光的性格不像他爸。至少表面。我当年甚至一度认为子不配父。这不是贬低儿子，而高看其父。但白光身上有一种自由基因！只是上一辈过度紧张，下一辈过度散漫，其实都是两个字：自由！（徐敬亚）

五爹

五爹就是五叔，这个称呼怪别扭的，把简单搞复杂了。那没办法，北京老家当年穷得只剩下四壁了，可四壁里面，老规矩、老故事、老称呼一点也不穷。

我五爹身材不高，胖，秃头。有佛相，或者说像佛。

北京解放后，作为市民的旗人，没有家当可以变卖了，生存能力一般都较差，大多从事简单的体力劳动，我五爹是蹬平板的。蹬平板这词儿现在不用了，时髦地说：就是骆驼祥子的升级版——蹬三轮车。平板可以折叠，拉起来是靠背椅，可以拉人；放平了是板，可以拉货。北京话常说的"板儿爷"，我估摸着就是从这来的。可我五爹并不豪横，他很和善。

1950年代末的一个大年三十，生意不好，没挣几个钱，他买了几斤杂合面（玉米面），早早收工回家了。可是过年了，高兴呀，他就在院子里边拉胡琴边唱，把"年味"搞得很浓。五婶无奈，只好把杂合面包成菜团子，蒸了一锅。五婶是个勤劳节俭的河北女人，望着几个嗷嗷待哺的孩子，一个人进屋流泪去了。这时候，老姑奶奶（小姑妈）来了，她是走街串巷剃头的，这几天生意出奇地好，她拿来几斤白面，一棵白菜，二斤肉。五爹一看高兴了，一边嚷着：老妹妹来了，我们不用吃杂合面啦，我们可以吃饺子了。一边掀开锅盖，把那几个半生不熟的菜团子一个个拣出来，扔到院子外边去了。他这一扔，五婶哭得更厉害了，今天不吃还有明天呢，蹬平板那点收入猫一天，狗一天的，指不定哪天又断顿了。

故事讲完了，这就是我五爹，他能把苦日子活出滋味来，有滋有味地活着，随遇而安却又憧憬幸福，心态也像佛。

后来五爹有了正式工作，在北京卷烟厂搞采购。他当采购员不是关系多，而是人缘好。到了云南，他先不提买烟叶这回事，而是教人家练功（他练的什么功我不知道，反正不是法轮功）。一下子聚拢了几百号人，等大伙功成名就了，他也把烟叶拉回北京去了。过一段时间，云南人还请他过去。1970年代中期，他利用这个职务便利来过一次长春，可惜帮不上忙，从此再没机会来了。

退休后，他一门心思练功。早上遛遛弯，公园下下棋，平常带带孩子，剩余的时间都是作功课。上个世纪末，我去北京看他，他掉了几颗牙，他告诉我别着急，功快练成了，届时牙就长出来了，说着笑了笑，笑里充满自信，可是五爹始终没等到那一天。

三年前，小弟弟来电话说：五爹仙去了。临终前还是坚信他的功快成了。尽管他穷其半生不懈的努力，"功"还是没争过"命"。

按常理说，五爹晚年幸福，五个孩子每周都来看他，合家欢聚，其乐融融。但他的一生不是没有酸楚、不是没有痛苦，而是他体内能分泌出一种特殊的酶，及时分解掉酸楚和痛苦。引领他一生的，不是那种"功"，是这种"酶"。

月亮泡边的一声"惨叫"

月亮泡，多具东北特色的名字，一湖水，一汪水，一泡尿，把月亮扯下来，在尿里泡一泡，东北人的豪迈。扯远了，扯回来。

"扎住月亮泡，银子没过腰"，这民谚是形容月亮泡鱼多。一望无际的湖水里有很多大鱼，几十斤的，上百斤的，都有。"扎"是扎亮子，抓鱼的一种方法，先把水放出来，然后在水里拦一道篱笆，再把水放回去，这样小鱼都走了，大鱼都留下了。

我在月亮泡的拖网船上吃过生鱼，一条20多斤的大鲤鱼，用刀把两侧的肉割下来，切片，用辣椒油、醋拌着吃。吃完后，那条"两肋插刀"的鱼，还在船板上喘气呢，够残忍的。这情节，张力、辅棠比我熟，他们都是大安人。

我去月亮泡，是大学期间采风。那时张晶、刘三（刘小敏，排行老三）和我分在一组。哥仨个头差不多，年龄差不多，眼睛的大小可就差多了，意气风发地直奔辅棠老家——月亮泡。

到了月亮泡，先在辅棠家吃了顿饭，还见了他的小"青梅"，然后由他们介绍，认识了曹老师，辅棠的老师。曹老师在当地是文化人，有声望，能招集来很多人给我们讲故事，我们也就把他家当成据点了。

有个礼拜天，曹老师要盖房脱坯（用黄土做成砖），我们仨帮忙。和泥是个累活，他俩立马去了，我慢腾腾地后到，我到时他俩已经穿着高筒胶皮靴在泥里踩了。我捡起一个五齿叉子翻泥，一叉扎下去，然后用足了劲，把下面的泥翻上来。干着、干着，就累了，手头也就没准了，一叉扎下去，就听见"妈"的一声惨叫，一看，我的叉子扎在刘三靴子上，穿透了。吓得我心里直哆嗦：三哥，是不是把你废了？拔出叉子，脱下靴子，乖乖，叉子扎在两个脚趾缝中间，只破了皮，没大事。我蹲在地上笑，他狠狠踹了我一个跟头，又嗔又嘻地说：我福大命大造化大，就你那小样还能废了我？

　　我点头应是，可心里一直认为他是个不安分的主儿，绝顶聪明，早晚让他弄出些惊天动地的事情来。

　　说起曹老师，还想起另一位——曹保明，组织我们采风的那个老师。听说他现在是大名鼎鼎的民间文学专家了，专门研究东北胡子（土匪）、妓女、挖参、淘金什么的。我们采风就记录了很多胡子的 "黑话"，比如说：砸窑（到大户人家抢劫）、响窑（大户人家有枪）。八成是我们教他民间文学的，这年头，谁是老师，谁是学生，还真说不清。又扯远了，再扯回来。

　　张晶，毕业后没见过你，你还记得这些事吗？还记得我们记录了一个汉族人讲的蒙族英雄"查格德尔"的故事吗？激动得我们彻夜难眠，要写成叙事诗，写完开头，没尾巴了。那些记录的手稿我保存了二十几年，后来丢了。

[冯铁民]

小镇"文革"来了

　　小镇的南边有一条小河，镇上的人叫它南河沟。

　　在我童年印象里，小河流水潺潺，两岸绿草如茵。周末，我常常或独自或与小朋友结伴去小河捞鱼。捞鱼常带的器具是一条绳子、一只篮子，外加一个罐头瓶子。捞鱼的方法也很简单，把绳子的一头绑在篮子的提梁上，一手抓牢绳子的一端，另一只手把绳子那端绑着的篮子用力扔到小河中央，逆水拉行若干步，再慢慢把篮子拉出水面，活蹦乱跳的小鱼小虾便被打捞出来。碰到好的时候，一篮子可以捞到几十条小鱼。罐头瓶子是用来装这些小鱼小虾的。当然，罐头瓶子要先装半瓶水，小鱼小虾在里面游来游去才会有家的感觉。

　　一次，我背着篮子、拎着装满小鱼的罐头瓶子往家里走，路过县政府与师范学校中间的广场时，见到广场上聚集好多人，他们围着一个看台，看台上站着一个弯腰低头的老人，老人胸前挂着一块写着黑字的白色牌子，在老人旁边，有两个年轻人在慷慨激昂地说着什么。这是怎么了？小镇上很少有这样热闹的场面。一个看热闹的小伙伴告诉我："他们在斗争高大奶牛"。台上明明站着一个人，怎么斗争的是"高大奶牛"？回到家，我向爸爸说了见到的场面。爸爸告诉我，站在台上被批斗的老人绰号叫"高大奶牛"。解放前，他是我们这个地方最有钱的大地主，他家里养了好多奶牛，所以人们都叫他"高大奶牛"。

几天后，老师在课堂上告诉我们，无产阶级"文化大革命"开始了，并带领我们上街游行。我们全校学生排着队在小镇"井"字型街道的"口"字型部分走了一圈。一边走一边高呼："无产阶级文化大革命万岁！"、"毛主席万岁！"、"破四旧，立四新！"、"誓死捍卫毛主席的无产阶级革命路线！"

这之后，"文化大革命"在我们这个平静的小镇轰轰烈烈展开了。小镇的最高学府——梨树师范学校的师生分裂成两派，一派叫"公社"，可能是取法国巴黎公社之意；一派叫"造大二总部"，全称似乎是红色造反大军第二总部。两派都争夺梨树师范学校的控制权，那里曾变成武斗的重要战场，最紧张的时候，不仅动用了步枪，其中一派还开来一辆坦克，把教学楼撞了一个大洞。后来，不知什么原因，两派在激烈战斗一段时间后都撤离了梨树师范学校，那里一下子又变成了无主之地。那段时间，妈妈绝对禁止我和哥哥上街，但在街上恢复平静之后，我还是偷偷跑出家门，和大胆的孩子们钻进了无人看守的梨树师范学校。如同我们看过的解放战争题材电影表现的场景，整个大楼一片狼藉。有的小朋友去捡理化实验设备，有的小朋友去拿教具文具，我则捡了几本散落在楼梯的教科书和一叠报纸。我刚从大楼的破窗钻出来，一个成年男人神秘兮兮地把我拉到小树林中，拿出5分钱，说："把报纸卖给我。"我又怕又紧张，不知道如何是好。他也不等我说什么，抢过我腋下夹着的报纸，把5分钱放在我手上，转身走了。我呆立了几秒钟，在那人的身影转进不远处的胡同后，猛然想起，我也该离开这个是非之地了。于是，我紧紧攥着手中的5分钱，一口气从师范学校跑回家。

"文化大革命"没有直接冲击到我的家人，但也曾使我的妈妈担惊受怕。一天晚上，到了吃晚饭的时候爸爸还没有回来，妈妈对我说："三儿，去你爸爸单位看看你爸爸咋还不回来。"我穿过两个胡同来到爸爸的单位——梨树县饮食服务公司，那是一座旧式的青砖青瓦房，从中间的大门进去，左右两边是长长的走廊，走廊的北侧是一扇扇窗户，走廊的南侧一字排开有十多个房间。爸爸是公司的工会主席，我推开工会的办公室，里面没人。我又推开其他几间办公室，也没见到人。走廊的尽头是会议室，透过门上的玻璃，我看到里面坐满了人，爸爸坐在人群中间，头上流着血，似乎是在接受人们的批判。我吓得魂飞魄散，掉头就往家里跑。见到妈妈上气不接下气地说："爸爸在单位被批判呢，好像挨了打，头上还有血。"妈妈将信将疑，又让哥哥去看看是否属实，哥哥去了不长时间便和爸爸一起回来了。原来那位被批判的是爸爸的同事，只是侧面看有点像爸爸，全家人虚惊一场。但这件事也提醒爸爸远离政治运动，免得全家不得安宁。后来，爸爸在安装取暖炉的烟筒时从凳子上摔下来，摔伤了腰，便以此为理由请假不再上班。就这样爸爸在"文化大革命"期间既没参加保皇派，也没参加造反派，做了一回逍遥派。

广播情缘

　　我于1982年初从吉林大学中文系毕业后，由于当时种种复杂的原因，没有分配到北京，也没有留在长春，而是回到了家乡四平。四平地区人事局负责干部调配的是早我一届的吉林大学中文系校友李大伟，亲自送我去四平报到的吉林大学中文系副主任周孝深对李大伟说："大伟，铁民回来了，给他找个好点的单位。"大伟说："去地委农工部吧，那里需要人，政治上也很有发展前途。"我一心想做个新闻记者，可当时《四平日报》还没有复刊，创办于1958年的四平电视台也解体多年，大众传媒只有在体制上与四平地区广播事业管理局合为一体的四平人民广播电台。为了圆我的记者梦，我不顾大伟的反对，毅然选择了广播局。从此，我的人生和广播结下了不解之缘。

　　我先是在四平人民广播电台专题组当编辑，当时专题组只有三个人，一位中年女组长，一位老年男编辑，两人老死不相往来，一年到头说不上几句话，但对我都很爱护。一次我在上班时间看一本介绍以色列的书，老编辑语重心长地对我说："小冯，要多看点有用的书。"到了下班时间，组长关切地说："跑到地委食堂多不方便，晚饭去我家吃吧。"在各个组升格为部后，我被调到新闻部任副主任，并以副主任的身份主持新闻部的工作。我的拍档张世起是一个长我十几岁的老新闻工作者，不仅在四平市有点知名度，就是在《吉林日报》、在吉林人民广播电台，提起他的名字也是响当当的。我曾担心，我一个才出校门一两年的小青年能否当好包括张世起在内的全体新闻部编辑、记者的领导。事实证明，我干得蛮不错，特别是我和张世起的合作非常愉快，非常成功。有一段时间他经常拉着我："铁民，走，去我家，让你嫂子给我们包饺子，青椒馅的。"1986年，我升任副台长，新闻部的工作便交由张世起主持。

后来，四平市（地区行署已撤消）重新组建电视台，广播局党组研究决定由我任电视台台长。党组书记、局长宁国文找我谈话，要我勇于探索，大胆突破。在这之前，我已接触过电视，1984年市委宣传部抽调我参加国庆35周年电视专题片小组，任策划兼撰稿人，那部专题片在国庆日由四平电视转播台在吉林电视台的频道插播，作为四平市有史以来自创的第一部专题片得到很多赞誉，美中不足的是音频效果不理想。局长找我谈话后我跃跃欲试，想为四平市的电视发展史树个里程碑。然而，没过多久局长再次找我谈活，跟我分析了全局干部的现状后说："电台台长李洪泉同志要退休了，你准备接他的班吧，电视那边你就不过去了。"

就这样，在四平电台一干就是8年。这期间有欢乐，当然也有烦恼，特别是在《四平日报》复刊、四平电视台重新组建之后，广播的弱势媒体地位突显出来。有时我们去某个单位采访，人家会问："你们是哪个单位的？"我们答曰："电台的。"人家会不经意地接着说："噢。现在听电台的人不多了。"这时我们的心里很不是滋味。也有时我们去采访某个大型活动，主办单位的接待人员会问："你们是哪个单位的？"我们答曰："电台的。"对方满脸笑容："电视台的，好哇，欢迎，欢迎。"我们纠正说："我们是电台的。"对方脸上的笑容立刻消失了："电台的？啊，也好，也好。"时间长了，我们的记者再遇到这样的情况也懒得去纠正了。

1990年3月，我从四平电台调到广州经济技术开发区秀丽实业总公司任办公室副主任、党委办公室副主任、团委书记。以为从此告别了广播，没想到身在公司办公室，心却每每飞到广播直播室。这时我才感悟到，我与广播就像相处久了有些厌烦的情侣，在一起觉得枯燥乏味，离开了又常常思念。

1991年3月，我在报纸上看到一则广告，广东省商业电台招聘专业人才，于是前往应聘。在位于东风东路的广联大厦23楼，一位戴眼镜的文静的中年男人接待了我，了解了我的专业情况后，决定聘用我为总编室主任。后来我才知道那位中年男人就是广东省商业电台的周台长。几天之后，在广州市天河区委工作的我的大学同班同学曾宪斌告诉我，广州市要组建个广播电台，建议我去应聘。我又跑到广州市广播电视局应聘，在经过近千人参加的应聘考试后，广州市广播电视局副局长红志军打来电话约见我，告诉我他们决定调我来参与广州电台组建工作。为了说服我所在公司的负责人放我走，红志军亲自驱车三十多公里到我的公司，与公司总经理黄凯颐商谈。由于在这之前黄埔区委办公室主任已来过我们公司谈过区委要调我的事，黄总说："冯铁民早已被区委选中了，你们要调他必需经区委同意。"红志军原在文冲船厂工作，和黄埔区委的人很熟，她又找了区委的人做工作，使我得以顺利调入广州人民广播电台。

绕了一圈，我又回到了广播行业。不知道是我离不开广播，还是广播偏要缠着我。嘿，广播，你吞噬了我的青春，你也丰富了我的生命，我爱你，爱中有恨也有怨。

[刘晶]

二锅头

　　我小时候家住现在京城的平安大道附近，学校就在平安大道一侧。上学放学路上经过一个小小的酒馆——一铺玻璃柜台、一张八仙桌。掌柜的是一位岁月不惊的老爷子，兼着账房与伙计。

　　那时候街巷太平，孩子们的课业也简单，每天上午上学，下午就可以自己玩耍了。家人也全然不必担心一个七八岁的小姑娘会不会丢失。所以我小学一到三年级的课外时间，除了去少年宫学习手风琴和唱歌，就是在我家附近走跳。钟鼓楼、什刹海、后海、景山、北海、雍和宫都有我的小脚印。小孩子系着红领巾不用门票。兜里揣着5分到1角钱，往往会到小酒馆里去买1分钱2块的水果糖。一来二去与掌柜的混熟了，他说：丫头子，书念得不错，戴上了三道杠，长大了想做什么？我便会仰仰脑袋，不知天高地厚地答：要不当时传祥，要不当大夫！

　　熟了掌柜的也就熟了掌柜的老客人。

　　深秋或冬日里，午后的阳光穿透了小酒馆，暖融融的。玩累了，我便在小酒馆前的石头墩上翘脚丫。酒馆里会有三五个与掌柜年纪不相上下的老头。走过了经年光阴，娴熟了尘世板荡，酒，于他们已经是玩物赏品了。看不出谁是皇亲贵胄之落败子孙，谁是骆驼祥子的后辈晚生。

"您来啦！您老今儿个是来白的还是烧的？"掌柜的唱。

"今儿个凑巧了，有俩儿（钱），来二锅头！"老客们和。

所谓"白的"就是杂白酒，勾兑乱装在一瓮。所谓"烧的"单指高粱酿烧的白酒，二锅头是其中的精细物。

邻居有一男子，大孝，做翻砂工，侍奉早年寡居的母亲。相貌堂堂，伟岸魁梧，不烟不酒，30多了还没有娶上媳妇。妈妈让我唤他叔叔，爷爷却只让我叫他哥哥。我认为他应该是哥哥，叫，见他高兴的样子，便继续呼了下去。

忽然一日，听说哥哥娶媳妇了，悄悄地娶了。

街坊们言： 嗨，不过是娶了个二锅头。

北京的孩子大概从小就能够从他人的语音语调上分辨出羡慕、嫉妒、鄙夷、赞美。同样一句话，传达的却是不同的意思。我很好奇哥哥的"二锅头"是什么样子，为什么叫"二锅头"？

长大以后知道了，这里所说的二锅头是指年轻守寡后再婚的小媳妇，没有生育过的或者是生了小孩却被迫将孩子留在已故夫家的。若是带着孩子改嫁叫"拖油瓶"。像哥哥这样的人，娶个城里的黄花闺女，嫁妆不浅，承担不起。娶个乡下大姑娘，怕是一张白纸好作画，日后难说会不会被城市雕刻得尖酸刻薄。

又过了大约一年，见那婆婆抱着褓褓里的孙孙在大门口晒太阳了。婆婆胖了，红润了，心满意足，看得出日子平稳。我也能偶然见到嫂子俏丽忙碌的背影了。

"二锅头"就是这样裹挟着北京人的智慧与狡黠、拙朴与调侃、心胸狭隘与有容乃大，走进了我认知人间万象的视野。

从酿酒的工艺角度，二锅头是掐两头留中间的东西。高粱烧酒的第一锅、第三锅甚至第二锅的下部都要扔掉，只取第二锅的上部，谓之"头"。其实在粮草紧缺的年代，该扔的部分会被制酒的匠人偷偷留下。有年轻力壮郁闷买醉的，来半瓶一锅，酩醉卧倒；有老酒鬼揣着硬肝不要命的，用三锅残汤圆了酒瘾。一锅、三锅加了酒精再兑水，奸商的承命久矣。

我不沾酒已多年，近年来喜欢上了闽粤的功夫茶。有此形容：茶之第一道犹如处女新嫁——清淡待入味；第二道犹如少妇——正是醺淳；第三道便是老妪了。

拿来形容二锅头，虽难免牵强之嫌，也算是异曲同工。

我在1976：红马和它的伙伴

《红马和它的伙伴》写于2001年，是我写的第一篇散文，博客几次搬家，我都带着"它"。

红马和它的伙伴

1976年的冬天，中国的华北实在太冷了。大地仿佛在狂抖的一瞬间耗尽了全部蓄积，再也没有力量温暖她的皮肤，上面冻结了一层厚厚的硬茧。紧缩在泥屋里的农民，这一个冬天的食物只有红薯。老母鸡生的几只蛋有太多用途：瘦弱的孩子饿得实在不行了，吃个生鸡蛋；久病的老人干枯黄瘦，涡个汤水蛋。点灯的油，淹菜的盐，都靠鸡蛋去换呢。支撑着一个一个家的中年汉子们，老老实实地想尽全部狡猾的办法，找点钱。给自己那个必须赖以栖息的家——有爹妈、儿女、媳妇。捎带脚，还有院子里的瘦猪和柴火鸡。

村边有条干涸的小河。曾经是河，就有河床，也就有沙子和碎石。这沙、这石，还没冻僵，还刨得动，也就还能换点钱回来。

世世代代的中国农民，天地是他们皈依的生存道德律。要动土了，各家的当家人自会齐刷刷地蹲坐在村公所的炕头上。煤油灯的小光亮里，只有吧嗒吧嗒一片抽旱烟的声音。决议就这样自然形成了，不会有反对，也不会有弃权。

第二天，一挂马车从天明时分开始装上沙或石，逶迤着从干河床边上路了。日头当午的时候正可以走到有成片砖瓦屋的地方。县城里的人盖房子要买沙买石。一车，20块钱。车把式庄重地把钱揣在棉袄里，他必须妥当到一丝不苟。他揣在怀里的是全村老少整个冬日里的希望。马车回村了，天擦黑准到家。

每天每天，凑成一个冬天。这挂马车习惯了路程。

这马车上还有两个生命和车把式一起，在这个冬日里低吟着同一首生活的行板。一个是牲口——一匹红马；再一个是装卸沙或石的人——一个青年女子。这三个生命应该有同一个特点：被信赖。咣咣铛，咣咣铛，说着、听着属于他们的语言。直到鸟儿衔来第一朵春泥。

红马被明媚的春光晒得高兴且昂扬，展现着四条修长匀称的腿，翘扬着骄傲的头，躯体柔软而有节奏地摆动，是它表演的最美舞蹈。演员红马太尽兴了，它潇洒地不以人类创造的工业文明为然，它面向被人驾驶的拖拉机跳舞。一条前腿断了。

红马被捆在支撑架里，人们怕它腿疼站不住。红马就真的再也没能自己站起来。伤口溃烂了，接着那条前腿烂了，再接着，红马发高烧了。

那个车把式，那个中年男人，在返青的麦田边找到那个青年女子。他说，我明天把红马杀了吧。杀了比它自个儿死强，还能有个肉吃。开春，人干活儿得有力气。红马大，全村老的小的人口，均背着还能多分点。你明天也去吧，像冬里似的给我搭把手。我不动刀子，这红马没人敢动。

女子应了。她自己也不知道是同意了杀红马，还是应了车把式第二天去搭把手。她的答应没有发出人的语言。

第二天，她没去。听别人说，车把式把人轰得老远，自个蹲在红马跟前抽烟。磕了一地的烟灰。后来就把一个长尖刀插在了红马的气嗓上。

女子这天如同往常一样干活，收工，回家，吃饭。车把式来了。告诉她："红马哭了，瞅着我手里的刀。我说，你哭哭吧，这总比你自个熬着强。"把式看着女孩的脸又说："那马肉是别人分的。说是咱俩每人都是双份的。在场院里。我没拿，兴许我媳妇拎家去了。让我给你的也捎来，我也没捎。"女子还是没出声。

从红马的事情以后，那把式再也没有赶过大车。

那个女子不是这村的人，她在这里下乡。

好像有谁在逼迫我回首1976的日子。

我的眼睛一直在追踪着汶川地震救灾的电视直播。瓦砾里孩子的书包、铅笔盒、球鞋……失声痛哭的孩子家长；眼泪即将溢出的男子汉，转身背对镜头。还有那个说话稳重却已然明显哑声的温总理。是的，我想起了1976年7月的那个凌晨。那时候我20岁了；我是一个下乡知青，一个大孩子，必须用繁重的体力劳动，自己拉扯自己。

那年尚未来临的冬天（1975年），村里的乡亲告诉我，娃啊，明年不是个好年景，闰八月，会有天灾与人祸。我们终是不信的，因为我们的大脑被科学洗礼了，我们称这些是封建迷信。

1976刚刚开始8天，中国一位最具人格魅力的伟人悄悄地走了，十里长街，万众恸哭长相送。他的骨灰回到了大海，他是海的儿子——有山一样的后背海一样的襟怀；他是中国的儿子——沿袭了母亲忍隐宽容的性格。全世界都会被他的微笑倾倒。可是他却劳累而死。

紧接着，是位戎马一生的元帅去世。

那年谷雨的第二天，我们6个女知青傍晚收工，乘一辆歪歪扭扭的手扶拖拉机回村，机手是和我们年龄一般的当地姑娘。

我们走在一条相对可以行车的土路上，道路一边是庄稼地，而另一边是一个干涸的深水坑。

我们每天都从这条路出工，再从这条路收工。村里最壮实的那匹红马，几乎天天与我们相遇，咻，咻～地，红马笑。它在笑话我们不懂得土地的温柔吧。可是那天——谷雨的第二天，红马却莫名其妙地惊了，四蹄腾飞横冲而来。

女机手掰转着方向盘，拧麻花似的。

我疯了，嚎叫，狼般地同时仗着力气大，将其他5个同伴从快速跳跃行驶的拖拉机上连推带搡，扔向土路。留在我脑子里的最后一幕是拖拉机手弃车而跳，我自己怎么跳下来的，不知道或者说记忆丢失了。

等我从土路上爬起来，听到的是惊恐的哭声。她们指给我看那已经粉身碎骨的拖拉机，卡在深坑侧畔一株年轻的树身上。

此后3天，我每天收工后都坐在水坑边看日落。直到天黑得行将找不到回家的路。我没有想过"假如我掉下去了……"我好像什么都不想，可是我知道了人需要一种本领：也许我们的祖先天生有这种本领——先保护别人，后来我们被文明的私有异化了，人之中的很多人丧失了这种本领。

人，不用电，没有灯，他只要有心，就可以找到路。我们也忘了，于是我们向自然宣战，在"胜利"地拥有了诸多能源以后，人病了，有癌有三高有心梗有爱滋有非典手足口V71；

人还将病"传染"给地球，好在地球免疫力强，只是感冒咳嗽打喷嚏。

1976夏天，那个7月的凌晨，地球就打了一个大喷嚏。

当时，我正在北京的家里休麦收假。

剧烈的晃动，先横着晃，然后转着晃再跟着弹跳。

全家人都跑到院子里，记得好像是我的姑姑喊了一声：姥姥呢（我的外婆）？

我返身回屋，背起姥姥往外跑……大地依然在晃。

邻居一位单身男子，当日就是无名烦躁不能入睡，忍无可忍时出屋，刹那间看见了地光。我们那座老宅全院只塌了一扇墙，就是这个单身男子的睡床倚靠的墙。

天亮之后，我离开了家，执意要返回乡下。乘一段长途车搭一段便车再搭拖拉机，辗转多次，天黑时到了村里。又被村里的赤脚医生拉着就跑：XX媳妇要生了！横生！我在村里是给赤脚医生做帮手的。XX媳妇我们知道，是结扎的钉子户，有4个女孩了，不生一个男孩不罢休。胎儿的一条小胳膊耷拉在母亲体外。赤脚医生冲我喊：你就是死了，也得按住了她。产妇、赤脚医生、我，我们都感觉自己快要累死时，孩子出生，果然是个男孩，取名大震。

又过了两天，村支书说你们这些城里娃娃我们不敢保你们的命，都回家去吧。

1976年我再回村的时候，高粱玉米已经晒在场院上。冬麦都播种了呢。

2008年5月12日，32年之后地球又打了一个大喷嚏。

两只鸡蛋走半生

今天是2011年6月22日，农历夏至日。农历夏至多数在6月21日，极少数在22日，而西历的夏至就是6月22日。今天是我的生日，我出生的那一年，中西方的夏至日也重合在6月22日。夏至这天白昼最长，我的名字是祖父起的，暗喻夏至。今年的6月22日，也是我们夫妇瓷婚纪念。哈哈，别摔碎。

有个朋友告诉我，出生在6月22日这天的人，会把母亲折腾得够呛。何止够呛？我足足让母亲9个月逢吃必吐，又闹腾了37个小时才出生。是母亲坚持不要使用产钳，怕把我的脑袋挤坏。出生时体重2300克，不会哭，没有头发没有眉毛。外婆第一眼看见我，说：这个小人儿能活么？每年生日可以没有鲜花没有蛋糕，我这个长期奔波的人，没有电话的年代我会在生日这天给母亲写一封信，现在有电话了则一定要打一个电话。为了我那娇小姐母亲9个月的苦难。

跌跌撞撞长大，居然能生得一头浓发，少女孩儿肥时期，体重曾经有过76公斤的记录。我想，我恐是那野草脱胎的。

幼年生日最盼望的是两只白煮蛋。热乎乎地捧在手心里、揣在衣兜里，总是舍不得吃。最后小心翼翼地剥了皮，生怕弄破了娇嫩的蛋白，分一个给弟弟。

30岁生日甚是有趣，当然还是与非洲有关。

那年的6月初，我们结束了在扎伊尔的工作。小组中的摄影师却感染了死亡率最高的脑型疟疾。医生用显微镜照他的眼底，说他的大脑里有许多蠕动的疟原虫，看着他发高烧，头疼袭来时狠狠地撞床边的铁栏杆，死神可能随时到来，我们几个人手足无措。扎伊尔的中国医疗队说，你们赶紧过河去刚果（布）吧，那边的医疗条件好些。担架上躺着我的伙伴，我们挤上了从金沙萨驶向布拉柴维尔的渡轮。船行在黑色的刚果河上，我再次感到非洲的深厚与魅力——在扎伊尔的原始森林里，一脚在赤道北一脚在赤道南，好像身体劈成两半。刚果河黝黑清澈，看着湍急的河水，我想到一个很有意思的问题：中国的母亲河是黄色的泥沙俱下，欧洲的多瑙河是碧蓝宁静，而非洲的母亲河竟然也是黑的。

摄影师是个意志非常坚强的人，大剂量的奎宁杀死了疟原虫，他奇迹般地康复了。就在他重病期间，刚果电视台一位著名主持人死于脑型疟疾。我们在刚果首都布拉柴维尔休整约10天，就向死亡地带的深山进发了，那里有一座大型B水库，是我们的工作重心。

高高的B水库大坝上并列着三座中国工程人员坟茔。其中二人陨于疟疾。

在B水库，我见到了两个白人，一个意大利人、一个法国人。他们是自愿到这里当教师的，住在茅草屋里，穿着黑人的民族服装，几个简易的茅草棚就是学校。在非洲，身居城市的孩子都不能保证接受教育，而这些深山老林里的孩子当是幸运的。法国人在这里生活了5年，而那个意大利人竟然已经12年了。据说此地离著名的丛林矮人——俾格米人的集居区不远了。

从B水库返回布拉柴维尔，司机说还有一个中国人建造的水库在更险恶的地区，刚果人称那里是"鬼都不到的地方"。这个水库由刚方出资，中国承包建设。地质勘探结束后，刚方因资金不足只好下马，现在那里有两个中国人在守摊，问我们是否愿意去看看。我们驱车前往。

黑糊糊层峦叠嶂，坑凹凹山路崎岖。两个中国人一老一少住在一个"大坑"里；老的是工程师，少的是翻译。大坑围成个其大无比的院子（如果还能称其为院子）。为防止偷盗，老的住院子一头，少的住另一头。

在院子里走，我突然感觉不对劲，地仿佛倾斜了，腿发软。我想可能是6个小时的颠簸累的。老工程师准备了一桌酒菜。老爷子当时已经62岁，一年多没有离开深山，年轻的翻译每月开车去首都采购食品。就在大家站立起来举杯时，我只觉眼前不是6个人而是一片人，天旋地转。年轻的翻译看出我脸色不对，让我到他的宿舍里休息。踉踉跄跄走到，也顾不得躺在一个陌生男子的床上是否合适，连鞋都没顾得脱就卧倒了。

不知晓过了多久，只觉得有人将手放在我的额头，大惊失色：不好，高烧。

4小时路程返回首都。感觉清醒了许多。告诉同伴，没事，多半是感冒了。回房间冲了个澡，正准备将脏衣服拿到洗衣房，骤然一个巨大寒颤袭来，我明白是疟疾找来了。跑出房门正巧遇到一位中国经理，"拉我去医疗队！"我的记忆停留在这里。

……被礼炮惊醒。金色的夕阳穿过窗棂，空气中散发着青草的生机。我躺在一个特殊的床里：床的两边临时捆绑了几根木条。一个低沉的声音传来：你终于醒了，4天了，我知道你今天会醒。

才发现窗下坐着一个人。在夕阳的印衬下如同一幅剪影，是那个水电站年轻翻译。

——你怎么知道我会在今天醒来？我很好奇。

——今天是你的生日，也是刚果的国庆。你听，全城都在为你鸣礼炮。

我笑了。——你从哪里知道我的生日？

——我看了你的护照。

——我病得很重吗？

——你去问医生吧。我在这里坐了一下午。你醒了，我该走了。我们工地上没有好东西。煮了两个咸鸡蛋送给你，补一补。

那两只鸡蛋我放了许多天才舍得吃。

年轻人走后，医生们知道我醒了，纷纷跑来。才知道这是怎样的四天四夜。我在床上不停地翻滚，一会儿高喊：冷！冷！冷！众人把被子往我身上压；一会儿大叫：热！热！热！体温计一测，水银汞柱就升至顶，众人又赶紧掀去被子……我的病床被安放在医疗队女医生住的客厅中央，几位女医生日夜轮流守护。

天下事无巧不成书。当年母亲怀我时，是天津医学院总医院内科护士长。谁能想到这几位女医生，就是1956年在天津总医院实习的医学院学生！她们居然还记得我妈妈当年怀我时的惨象（一定是惨不忍睹！）。大夫们哈哈大笑说：你昏迷中我们做了几手准备。如果在大剂量的奎宁下不能好转，第一准备把你送到巴黎去急救，第二送回国治疗。当然也做了救不活的准备。早知道你从小命大，我们就不担心了。

一个成熟的人可以把握自己的人生航标，却不可预知在途中有多少险峻，也不会知道有多少爱会庇护左右。可知的是，也是唯一可以做到的是：去爱。多年来，我苛刻地要求自己如此。

五年以后，年轻翻译留下的两只鸡蛋，变成了求婚彩礼。

如今，我们这俩鸡蛋也走了半生，走成糊涂蛋。

[班博留言]

再看一遍。心大动——这不是文学，这是人生！编出来的故事，怎么可能这么震撼。刘晶没太讲究章法和结构，1000多字，一个人从降生到探险到婚姻的大半生经历全出来了。真实，让人什么都别说！

看完之后我坐在院子里，望着远方天幕。那块天幕，真的有可能埋葬了我的欢跳童鞋。但她逃出来了冲出来了，带着惊心的记忆与偶得的病配婚姻。

大学时代的刘晶，在人群中已充满别出心裁。但那时的小白孩，只是风光旖旎。而从那遥远天幕下归来的，已经是饱经沧桑的高山大川！

有时，一次经历就能改变一生。大的时空转换，大的心理跨度，大的生死临界关头……抵得上平庸光阴中几个人生接在一起的长度与重量。

对我等平庸苟活、死尸不离寸地之人，刘晶非洲之旅，相当于西天取经啊。虽然只隔几层天幕，生死却完全不可知。那里，说是地狱就是地狱，说是天堂就是天堂！

刚果河啊，我有生之年不知能否看见，那如阿穆尔一样的黑黑巨流。我看到过黄的河江，也看到了翻着白绿浪的多瑙河……多么想看到它世界第二大的流量与河床……我已衰老再不能远渡重洋再不能穿透那沉沉天幕……（徐敬亚）

敬亚：咱们一起约定，只要活着，就不说老。（刘晶）

[刘坚]

吉林大学中文系77级大事记（1）

写在前面：

各位童鞋好！

毕业30周年聚会即将来临，班博近来怀旧之情愈浓，令人感动。

"吉林大学中文系77级大事记"，是受了心峰等童鞋的启发，从本人当年的日记中选取并以纪事的形式写出的，本文只是一小部分，还会陆续发表，也算是对班级的"史料建设"做一点力所能及的事。

四年生活中不是天天有"大事"，本资料中的"大事"确定为：与全班半数以上同学有关的集体事项。

个人记录的往事，未免有错误、遗漏，请各位童鞋修正、补充、批评。本人只是抛砖引玉，大家来共同丰富吉林大学中文系77级的历史记忆吧。

吉林大学中文系77级大事记（1）

1978年3月13日

吉林大学77级新生入学报到第一天。中文系77级学生在第七学生宿舍报到。

1978年3月14日

早晨：中文系77级学生入校后的第一顿早餐：饼干、苞米面粥、腐乳。

上午：中文系何老师介绍近几天活动安排：16日文化复查（考试）；17日体检；18日注册；20日开学典礼；23日开始上课。

1978年3月15日

吉林大学77级新生报到最后一天。

上午：中文系77级各学生寝室大扫除：扫房、糊墙、擦地。

1978年3月16日

上午，7：30—10：30，中文系77级学生在文科楼教室参加入学文化复查的语文考试，试卷共4道题，第一题：划分句子成分（3个句子）；第二题：修改病句（3个句子）；第三题：文言文加标点；第四题：作文（题目两个：《在五届人大闭幕的日子里》、《上大学的感想》，任选其一，1000字左右）。

下午，13：00—15：00，中文系77级学生在文科楼教室参加入学文化复查的政治考试，试卷共4道题，其中第一题含4个小题。

15：00以后，中文系下发《吉林大学学生注册通知单》，77级学生在校医院体检复查。

1978年3月17日

晚上，中文系召开新生会议，发学生登记卡、学生证、图书证、校徽。

1978年3月18日

上午，中文系77级新生到学校办公楼注册，在学生组、教材组、图书组、体育组、伙食组、革委会办公室等机构办理手续：验讫证件、缴纳费用、复查盖章。

1978年3月20日

上午，"吉林大学1977级新生开学典礼"在校礼堂（鸣放宫）举行。吉林大学党委、革委会领导及有关人员，在吉林大学任教的日本、新西兰教师，全校1205名77级新生出席大会。大会在《中华人民共和国国歌》中开始，校党委代表、教师代表、老同学代表、新生代表分别讲话。会后放映电影《女交通员》。

下午，中文系77级学生在校礼堂听"红专教育报告会"（吉林大学新生教育之一），校党委副书记张振中做报告，内容分三个部分：1.一定要有一个革命的雄心壮志。2.一定要注意德、智、体全面发展。3.一定要为学校的建设作出贡献。

晚上，中文系77级各寝室学生讨论"红专报告会"的精神。

1978年3月21日

上午，7：30—9：30，中文系77级学生在校礼堂听"纪律教育报告会"（吉林大学新生教育之二），校团委副书记陈秉公做报告，内容分三个部分：1.为什么要有严格的纪律。2.什么是无产阶级的纪律。3.社会主义的大学生要做遵守革命纪律的模范。

10：00—10：30，听"四防安全教育报告"。

中午，中文系77级学生与76级学生举行篮球赛，77级队大胜。

下午，中文系77级学生在寝室座谈讨论"纪律教育报告会"的精神。

晚上，中文系77级部分学生在7舍3楼306室排练新生联欢会节目，每个寝室选3—5人参加，节目是大合唱《中华人民共和国国歌》、《东方红》、《三大纪律八项注意》，黄国柱手风琴伴奏。

1978年3月22日

上午，8：00—9：30，中文系77级学生在文科楼教室听"专业教育报告会"（吉林大学新生教育之三），中文系专业行政负责人刘翘做报告，内容有：1.中文系的组织机构和任课教师。2.中文系77级的教学安排。3.对同学们学习的要求。

中文系77级专业名称："汉语言文学"。共开课17门，其中政治课4门：哲学、政治经济学、国际共产主义运动、中共党史；专业课10门：写作、文学概论、马列经典文艺论著选、毛主席文艺论著选、语言学概论、现代汉语、古代汉语、中国现代文学史、中国古典文学史、外国文学史；共同课3门：日语、体育、中国通史。另有若干专题课。此外，四年间安排有劳动8周，开门办学6周，军训6周，学工学农6周。

10：00—11：30，听校务主任王文志做学校规章制度的报告，公布并说明吉林大学六项规章制度：《吉林大学关于学生学籍的规定》、《吉林大学学生请假制度》、《吉林大学关于学生婚姻恋爱问题的规定》、《吉林大学学生奖惩制度规定》、《吉林大学学生教室规则》、《吉林大学学生宿舍规则》。

中午，部分同学在306室排练节目。

下午，"中文系欢迎1977级新生联欢会"在文科楼教室举行。

晚，中文系77级学生在校礼堂观看"吉林大学迎新体育晚会"。武术表演结束后放映电影《女篮五号》。

吉林大学77级开课前的新生活动全部结束。

[班博留言]

刘坚，你太与众不同了。四年，七本日记，几乎一天一记，太不可思议了，不知谁还能做到。我也曾写过日记，但始终难坚持。所以我注定是芸芸众生，你一定是非凡才俊。在校时，读过你的油印小说集，好似"伤痕文学"，也有爱情，现在还写吗？在校时，听你的歌声似比听你的言语要多，再见时希望你能既"唱"又"聊"。从"树文大喜"的照片中看，你属童鞋中"容颜不老"的，愿你青春永驻。继续期待你的"大事记"。（于舸）

我发上来的东西已经不是日记原文了，而只是抽出部分事写成的条条，类似"年谱"性的东西，只记史实，不诉体验。日记中有许多意思的东西，我想用另外的方式表达，比如宛平当年在农场，曾有极"意境"的举动，今天读来如诗如画。等我翻翻日记，再发上来。（刘坚）

柏家屯农场的云月琴歌
（我所珍藏的大学记忆 之二）

1979年6月9日　星期六　阴（雨）

今天是农历十五，月亮很圆很亮。晚饭后，和老宫走出农场，在水田堤边赏月。

暗蓝色的天空，一轮明月在漂浮的薄云中走动。云透着光亮，仿佛晶莹透明的冰片。月光下，大地罩着一层薄薄的雾气，近处的水田和远处的铁路路基露出朦胧的轮廓。点点灯光似星星眨着眼睛，远方长春市区街灯的光亮漫向天空，水田和河沟里的蛙声此应彼和。老宫慢慢走着，仿佛怕惊动叫着的蛙群。

随着习习凉风，隐隐飘来幽远的吉他琴声和歌声："……请给我讲那亲切的故事，多年以前，多年以前……"在北方的夏夜里，这琴与歌像云一般飘游，我沉醉了：多年以前，那些故事，亲切与不亲切的，都浮现在脑海中。

循着琴声与歌声往回走，进了农场，正看见王宛平在唱歌，张晓洋用吉他伴奏，原来是他们，给夏夜赏月的人带来不尽的遐想与乐趣。明天晚上要在农场食堂举办文艺晚会，张丹一直张罗准备节目。和她们闲谈了一会儿，王宛平主动提出参加演出，就是唱刚才练的那首歌。我想明晚的演出如果不是在月光下，未必会有如此的意境。

[博客留言]

主动提出参加演出？这事儿我是真不记得，按我性格会主动要求参加演出？疯啦？但我唱过这歌却是有印象的，张晓洋伴奏我是半点没印象。"……请给我讲那亲切的故事，多年以前，多年以前………"这个好像是苏格兰民歌还是爱尔兰民歌。关于这个歌，我记忆却与刘坚学弟完全相反。话说我班男生在我唱过这歌后，背后取笑我，好像是刘小敏同学或者别的人，说我像拿个自行车打气筒，打一下：多年以前，再打一下：多年以前……话说我大学之前还是蛮喜欢唱歌的，大学后，屡受打击，再不乐意唱，嗓子后来也劈了。还有一例我记得，邓丽君流行后，我喜欢走路哼哼，某次回宿舍楼梯也哼，大约是：你究竟有几个好妹妹之类。当时，班长黄将军就在我身边，回宿舍就嘲笑我，还还有几个好妹妹……唉，悲催的大学时代扼杀我等多少文艺细胞。（王宛平）

宛平学姐，"王宛平主动提出参加演出"，不要说你觉得"疯了"，当时我就感到十分意外，也是从那时起，对你的印象有了改变。至于为什么会"主动"，我现在回想，也许是张丹筹划节目压力很大（那天晚上她一直很焦虑），你是出于"帮人一把"的好心？也许是当时特殊境况的感染（柏家屯毕竟不是学校，那几天大家都很放松，农场里的氛围容易让人"忘形"）？我这也是瞎猜。不过有一点我印象很深，当时班里没有人会唱外国经典歌曲，这首《多年以前》我还是从你那学会的，也算是一绝呀。记得当年电影《一江春水向东流》里有一首外国名曲，看过不久，忘了是在什么场合，你哼着这首名曲，我当时还问你："这是不是《一江春水向东流》的插曲？"现在想起来，我当时真是土透了。不管怎么样，你的一大片回忆，还是让我们回到了从前，那是一个随时想起都会感到自己年轻的岁月。（刘坚）

多美啊！如今城市里可找不到这么美的意境，这种美只属于乡村。

读了日记，再看歌词、留言，我的眼睛湿润了——温暖，纯情，柔美，率真……（于舸）

但我依然感谢刘坚学弟，开始还恍惚，我们是一个学习小组的吗？现在确定，是。这个学习小组，也就是你们宿舍，藏龙卧虎，班长，大诗人，都在这个室。对你们室，我还是留有温馨回忆，一是宫兄比较温和，记得我和孙歌某次文艺理论之类考试，我们都去问宫兄，写什么呀，现在还记得宫兄那种成竹在胸的样子，说你们还写什么托尔斯泰，巴尔扎克，都过时了。我们问什么不过时呀，宫兄提到现代派，提到伍尔夫，一根手指头放到水杯里，那感觉能写好几页纸。宫兄啊，此番话害人不浅哦，我后来好一阵迷恋现代派，写的东西那叫一姥姥不疼，舅舅不爱。还有刘坚同学，也是温和的，友善的，一把好噪子，和刘建，我们都在一个组，刘建才是爱演的，我记得某次刘建和老黄演小品，好像是演兄妹，刘建小小个子背个大书包，真像中学生。有一阵，我们以为两个刘jian会成为一对。期待再见！（王宛平）

[刘建]

女人30、40、50、60

　　女人30，千万别当怨女。怨女大都有才，擅长舞文弄墨，走进语言幻境，不辨何为真实。一般男人难入法眼，再好一点儿的，不知怎么都娶蠢女人回家，留下怨女们枉自嗟叹。怨女的拿手绝招是自恋，好在现在媒介发达，报刊杂志上发点小文寻常事，再不济博客上也可幽怨一把，还有点击率可以自慰。是怨女已然不幸，把自己进一步当成美女，乃是不幸之中大不幸。现如今人们都油滑，叫你一声美女可别当真──设若你真美，男人们自然会手捧鲜花来追，还能容忍你到现在闺中含怨？

　　有一类男人修身齐家，兼论天下，恨不能将天下女人揽入怀中。怨女们往往上了他们的当，以为他真的真情相拥，便一厢情愿地做起白日梦，梦想有一天会进入他的厅堂，下得他的厨房。憧憬一时也罢，千万别春梦一生睡不醒！

　　人类生活，熙来攘往，除了少数天才，大多数人是普通日子。如果认清自己不过尔尔，肯把身份降了下来，便会发现天涯何处无芳草，百步之内意中人。怨女不怨时亦是男人所爱，毕竟不太流俗，也有文化根底，即便是从遗传学考虑，也是不错的，至少生下孩子会写作文。

女人40，恰巧是个美女，依然保持着娇好的身材，只是"美人最宜灯下看"已经不适合她了，有时蓦然看去，只觉得脸上一片青苍，能骇人一跳的。这怨不得女人一味地减肥。这是一个富足的年代，什么也不缺的人们，向往什么都缺的身材。所有既小又窄的衣服，她穿在身上都有富余。还有花朵，蕾丝，在轻飘飘的她身上飞起来。只怪年龄不识相，不然看上去，也就二十七八。

女人冰雪聪明，雄厚的物质基础兼丰富的精神历练，使她在欢场上颇受欢迎，因为可爱，因为美丽。她与男人周旋着，不说家庭，不谈年龄，眼角眉稍都是情。为此女人整过容、打过针，付出高昂代价，只为换取男人那一刻欣赏。因为女人知道，只有这一刻，拼的才是女人自己。

女人如此这般，再有风华，给人感觉也是惨。站在秋天的门槛上，那片金黄是给认老的女人准备的，如若死死滞留在时光这头，终归有一天装不成嫩。惟一的办法是坦然面对，理解时间的意义，淡定生命的消亡，让出美女的座席——让男人的眼光去盯着更年轻的一辈吧，女人40，自娱自立。

女人活到50，就是过了大半辈子了。有幸不是"九斤老太"，前尘往事不屑说的，只把目光投向远方，却也不想看到花甲以后的凋零。说50岁的女人是老年，未免委屈，因为身段还保持着；说是中年，却又心虚，因那精力兴致都不如从前。

50岁的女人心态各异，那一类胸有壮志的，眼看着日落西山，"失败"的念头便不时袭来，郁闷自然难免，再出门见人，哪个都好像是自己失败的见证，免不了一股黑气挂在脸上——"更年期妇女"便是指她们。

大多数50岁的女人是安详的。你想，半个世纪都过来了，时光并不是只营养了脂肪。脚在地上，头上是天，半空中优游的是凡事不管的云朵。儿女大了，老公也还不老，可以把肩上挑了20多年的担子，暂且放一下了。聪明的50岁女人，只陪衬那辉煌。

50岁女人的智慧在于接纳，时光不可违，极乐在天伦。母亲这本书儿女们读来不厌其详，常常电话一打就成了煲粥，有无数的人生经验立等可取。其实，母亲对儿女的希冀，无外乎他们自立、开心，而儿女们看自己开始年迈的母亲，是平凡中的智者，永远保留着对世事的那一份宽容。宽容是一切美德之本，女人不怕老，只要安和，祥慈，得体，便是南海上那一尊永远的观世音。

60岁的女人躺在病床上，四肢瘦得皮包骨，惟有肚子大大的，里面是内脏腐烂积蓄的水。曾经两度化疗而脱落的头发，此刻长出来并理得整齐，花白而带有天然的弯曲，看起来很好。脸上也还好，一对眼皮双双的，只是眼睛混浊，蓄满了泪。女人是要强的，年轻时是个美人，可是绝症至此，身边围前围后的，也不过三两个亲人。虽说这世界人多，天天出门挨挨挤挤，可真正与我们有关联的，其实很少。站在生命的终端回头一看，我们平时把精力和感情浪费在无谓的人和事上，实属不值，不如腾出心力，好好对待最后陪伴我们的人。

再见这个女人，已是阴阳两隔。殡仪馆这个地方，煞是怪异，看起来绿树红花，一切都很正常，可是人到了这里还是禁不住晕沉。默哀三分钟的时候，脚有些站不稳似的。排着队告别死者，感到她和活着时大不一样了，只留下了一副僵硬的驱壳，那使人鲜活的灵魂呢，也许此刻正在天上飞。

不知这灵魂是不是有所不舍，只见人们步出灵堂，都有些心不在焉，聊几句都有点儿答非所问，也许那走失的心神，此刻正在黄泉路边，与死者作着最后的告别。

这是一个简单、安静的葬礼。死者多年退休在家，来的无非是些老邻旧居、三五知己。人们都很平静，不像某些政要死了，来的人捶胸顿足，如丧考妣，通过"秀"葬礼挣前程。这就是做普通人的好处，得到的回报无非一个真实。能这样静静地走真好。只见人们出来，平静地吃下死者家属备下的糖果，手里捏了主人谢的薄薄的红包，就算完成了应尽的义务，从此一拍两散，每个人继续讨自己的生活。这并非对死者的不敬，地球上的人多，生生死死不已，旧的不去，新的还来。一直佩服藏族同胞对死亡的看法，他们把死亡看作解脱，把死者的尸骨拿来喂鸟，让鸟儿的翅膀把死者的灵魂带向天堂。这是一种诗意的处理死者的方式——达观、洒脱。

心灵卸载

心灵就像一辆货车，装的东西多了，难免不堪重负、疲累难耐。所以到一定时候，就要卸载，空了，就轻松了、就"悟"了。

对我来说，首先是要卸掉仇恨。我是个爱憎分明的人，对看不惯的人和事，总是要表示出厌恶。而且一旦讨厌了谁，就不再和他有任何来往。我讨厌的人有：势利眼，无自知之明者，对上谄媚对下霸道者……其实不管我讨厌他们有多少个理由，也不管我对他们的态度如何，在现实中他们依然存在，反倒是坏了自己的心境。基督教说：仇恨别人等于捆绑了自己，所以当务之急，是要卸掉仇恨，怜悯一切众生，闭上双眼，为他们祈祷。

第二是要卸掉执着。我喜欢自己的工作，一直在追求完美。所以一旦做不好，失落感特别强烈。其实，执着不仅改变不了现实，只会增加烦恼。佛教讲人生的自然欲望是苦的，求不得会苦，所以对任何事情最好不要产生一种持久的欲望，否则一旦达不到，就只有痛苦一途了。

第三是要卸掉爱，卸掉那种以欲望为前提，以占有为目的的爱。人世间需要大爱，慈悲为怀，是一种普渡众生的施有，而绝非占有。至于男女两情相悦，当时自然是幸福的，但时间一长，一方先或冷淡所造成的另一方的痛苦，也足以抵得先前的那份快感了。所以爱别离苦，也是人生的一大苦楚。要避免被这种苦痛折磨，最好不要去自私地爱、要求回报的爱。

　　卸掉这卸掉那，人世间好像就剩下了绝望。其实绝望之后是一种平静，"灰心灭智"是佛教涅槃的最高境界。人类的智慧和思索不过是把人引向痛苦，人的生老病死等自然本性是苦，人的社会生活和人的社会关系，究其然也不过是痛苦。大千世界，万物瞬息明灭，所谓三十年河东，三十年河西，它对人的精神所产生的逼迫骚扰，实在是苦不堪言。所以人活着就是苦，怎么才能离苦得乐，恐怕就是要走心灵卸载这条路，卸下去，一直到空，会有一种空明的快乐，充溢其间，这时再看争执中的世人，竟会有一种居高临下的怜悯和宽容。

大热天儿，晒晒俺家常七郎

我们家养的宠物随户主都姓常。宠物共分鸟、狗两大系列：鸟养的全是鹩王，前前后后共6只，最大的已经18岁了，叫常大鹩，然后依次二鹩、三鹩……一直到小六鹩。不过二鹩已经牺牲了。皆因这二鹩在大鹩老迈之后，担任过一阵鸟中王，但领导乏术，一味地暴力和高压，导致被迅速成长起来的三鹩活活掐死，叫人领略动物世界里的凶残，实在不输于人类社会。这种鸟学名叫九官鸟，会人言，我们家的常大鹩在鼎盛时期就学会了二十多句话——像"发财、恭喜发财"，"我爱五指山，我爱万泉河"之类的，后来随着年龄的增大，渐渐昏聩，现在也就能说个三五句了。

为了找到继承大鹩的鸟，老公才陆续买来二鹩三鹩一直到六鹩，结果都只学得一言半语，没有一个赶上老大的。可见鸟和人一样，庸才多，天才少，所以我们对待天才不免都有一种崇拜和姑息，其中也有不得已的成分。

天才的大鹩如今年事已高，腿瘸了，后来的六鹩竟也是个瘸子——当时老公是为大鹩买鸟笼去了，饶是摊主能言，又搭上一只鸟，一千元拎个残疾回来。老公至家才发现，很生气这摊主的狡猾，但又能怎么办，残疾也是生命不是？得，养吧。

鸟不难养，将那强壮的纳入大笼，任它们飞，每天饲料、清水，加上些许水果就可以了。老弱病残则居单间，分放在小笼里每天食用蛋黄和饲料的混合物，加上一点儿切碎的水果。

鹩王是本地品种，适应性强，无病无灾，每天在我们家露台上歌唱蹦跳，颐养天年。只是这些鸟互相都不亲，整天打来打去，根本看不到互相依偎的和谐社会。我一直不知这是为何？向诸位童鞋请教则个。

我们家的狗有两只，大的一只腊肠犬，叫"常长"，在我们家已度过9个春秋了，今年9月它满10岁。常长在狗里长得算中等的，一般般，性情怎么说呢，有点儿神经质，敏感中带点倔强，比如这家里聪明狗一眼会看出谁说了算，只有它偏和我老公硬抗，跟定了有些软弱的妈妈。常长在我被窝里长大，家里的沙发、被褥都惨遭它毒手，无一完好。钟点工来了都评论：你们家比民工家都不如。呵呵，本来这样也好，可是今年搬入新居，不好再让它胡作非为，加上有了一个20多米的露台，我们就在上面给它建了一个双层木屋。

环境变换给了常长巨大的打击，为此大病一场，赚去我不少眼泪。整整7天它不吃不喝，昏迷抽搐，脑膜炎还能恢复过来，连兽医都叹奇迹。

常长救活了，但灵性好像也跟着走了，现在的它白毛参差、肢体僵硬，眼睛混浊，一下子就进入了老年状态。

我揣度老公要来七郎，是为了给常长做个伴，也是为了将来失去常长后，我们两个半老心灵能有个新的依托。七郎是一只柯基犬，长相特别漂亮，一双眼睛圆圆亮亮的，有个埃及艳后式的长长的眼线。它顽皮得要死，刚刚两个月大，就能追得常长四处跑。它还喜欢用尖尖的小牙，咬我们的脚脖子。打它它也不生气，给它一只拖鞋它都能啃上半天，累了，倒下就睡。是个拿得起、放得下的家伙。

我们家现在住着两口人，两条狗，五只鸟，十一条鱼。我们怎么会冷清呢，去露台冲冲水，浇浇花，喂喂狗和鸟，享受着它们的欢迎和依赖，觉得自己很富有很丰足。这种生活里日历一页一页地翻过去，和咱班童鞋比，我觉得自己是越来越无知了，可是内心却感到很幸福。

[孙丽华]

钟爱母亲

九儿

少女时代的母亲聪明又美丽。逢年过节村子里演戏、扮社火什么的，如果缺了老任家的小九，村邻都会为之不欢。母亲在家排行第三，家族大排行是第九，所以小名九儿。前些年一些影视里，颇有几个美丽的乡村少女叫这个名字，让我总有些恍惚。暗自惊奇在我们的乡村里到底有多少小九。不过在母亲的少女时代，承欢膝下、悦怿乡邻的年月并不长，在东北解放的浪潮里，17岁的她离家到县团委工作。两年后又调动到承德，在那里认识了一位20刚出头的党校教员，也就是后来的我父亲，二人喜结良缘。年貌相当的小夫妻俩，一时被朋友们誉为"金童玉女"。然而又应了那句老话：红颜薄命。父亲后来早逝，让母亲在36岁就经历丧偶之痛。

我的血缘

走出家门后，才意识到自己有些与众不同。大学里，我那不容易晒黑的肤色，就有同学谑为"气死太阳"。读研究生

时，在浴室邂逅一位学人类学的女生，她用研究的目光打量我
一番，断言我有犹太血统。此言让我震惊。那个曾经被希特勒
追捕虐杀的民族，与我居然有血缘关联？真要倒吸一口凉气。
细想想，其实我们对自身又知道多少。如果祖上是外来人员，
几代以后应该已经湮没了来历。况且在主体民族的场效应下，
异端们都会掩藏自己的踪迹而去认同主流。此后偶尔会揣想我
的犹太血统究竟来自父系还是母系？听母亲说过，我的外祖母
秉有惊人美貌，大眼睛，肤色白皙，身形窈窕。故此被富甲一
方的外祖父家选为儿媳。在我眼中容貌漂亮的母亲，距离外祖
母的美丽指数，还差了一些等级。如此看来，或许外祖母是我
异端血统的来源？不过也听父亲说过，我的祖母年轻时也是一
美女，同样大眼睛、白皮肤，性格娴淑。看来，这个血缘之谜
实在不好猜。郁闷的是祖先都如此美艳，居然传子不传孙啊。

准历险记

父亲病故那一年，我15岁。上面还有大我一岁的哥哥。目
睹母亲的绝望与悲伤，我们人好像一下就长大了，有了责任意
识。母亲无论让我们做什么事，都努力完成任务，不会再推脱
偷懒。一年秋天，我和哥哥到远郊的树林里收集落叶，这是烧
煤灶需要的引火柴。林子里落叶没膝，我们连蹦带跳，先玩儿
了一会儿。活计容易干，只需要往麻袋里大把塞入干树叶子，
再跳进去踩实压紧。深秋天短，待我们装好两大麻袋树叶，天
已经擦黑。不巧的是没骑行多远，我的自行车就跑气了，哥哥
只好吩咐我原地等待，他把柴火送回去后，再来接我。郊外的
夜色越来越浓，我有些紧张，决定推车步行。因为不辨方向，
竟走入一条岔路。路到尽头，眼前是一个军营，灯光明亮的球

场上，许多人正在奔跑跳跃。发现自己走错了路，我懊恼地掉头，继续行路。明月升起，大地洒满银辉，寂静的郊野阒无一人，月光下只有我小小的身影，吃力地推着沉重的自行车移动着，热汗落下，又变得冰凉。到家后，却见院子里人影憧憧，气氛紧张。原来哥哥返回去接我，却没见到我的踪影，慌忙回家报信，说妹妹不见了。母亲登时两腿一软，瘫坐地上。邻居们也跑来出主意，劝慰，建议报警。正乱作一团，我摇摇晃晃地推着大麻袋回来了。母亲不禁喜极而泣。记得当时我心里有些不屑——成年人，都这么蝎蝎螫螫的。洗了手脚，喝下温在锅里的一碗玉米粥，就一头扎进《安徒生童话》。

等到30年后，我才体会母亲当年的心情。一次女儿去郊游，谁想天气突变，一场几十年不遇的雷暴雨降临北京，只见天色墨黑，惊雷闪电，暴雨翻盆。一些根系短浅的绿化树，例如泡桐，竟被连根掀起，倒卧路上。我当时胆战心惊，不知道女儿会不会遇到雷电、洪水或滑坡等危险情况，只好一遍遍往她的学校打电话。当时的感觉就是两腿发软，站不住。后来知道其实女儿没事，暴雨将临的时候，她和同学已经进入林场机关大楼，连一个雨点都没淋着。

母亲，我生命的根

父亲去世后，母亲一边工作，一边独力抚养四个子女。用今天的眼光看，母亲很有女强人的气势，真正是里里外外一把手。身为会计的她，经手账目从无差错，在单位是连年的先进工作者；家庭事务也操持得井井有条。少年丧父的我们，居然就没感觉到多少家庭的残缺，生活的车轮稳定向前。哥哥初中毕业当了工人，我读完高中又考取师范，毕业后当了中学老师。一家人甘苦相依，度过一段清贫而宁静的岁月。一直到后来我和哥哥都考上大学，妹妹也有了工作，母亲才重建自己的生活。继父是一位科技专家，是50年代大学毕业来内蒙支边的江苏人，他的到来，为我家又增添了和谐与斯文的气息。

长大成人之后，回首失去父亲以后的日子，我意识到了母亲的坚强。恩爱夫妻的中道诀别该是多么沉重的打击，父亲英年早逝，也就把生活的重担交付母亲一人。刚刚走出青年时代的母亲，骤然面临的是感情与生活上的两大危机。但严峻的现实容不得母亲悲苦自怜，她只能含辛茹苦，顽强与命运抗争。身为一个柔弱女子，当厄运降临的时候，竟生发出令人难以置信的勇毅。此后她就是一家人的主心骨，任何问题都要由她一人来面对，她必须如中流砥柱般巍然屹立；而职业与子女这两副重担哪个也不能卸载，也再没有人来帮她分劳，她又必须像负重的纤夫般咬牙埋首，挣扎向前。审视母亲曾经走过的这一条艰难人生路，我不禁深深感喟了，为母亲的坚韧，也为母亲的艰辛。此时我才读懂了当年无法理解的母亲的心。母亲似乎可以承受数不尽的苦难，只是要守护着家和儿女。的确，对于已经失去父亲的我们而言，母亲就是我们的守护神。没有母亲的坚守，也就不会有我们兄弟姐妹的顺利成长。我知道，这绝不会仅仅是我一个家庭的感怀。东方文化中不乏贤良母德，有多少善良、聪慧、坚强的母亲在为家庭、子女默默奉献，令人赞叹不已。如果说人在幼小时候的生命像花朵，似果实，父亲、母亲们就是大树的根。一直都会坚实地承载着儿女的成长，直到他们走向独立。

让我感念不已的是母亲总是那样慈爱而刚强。虽然已经年近八旬，继父也已经卧病在床数年，母亲却还在自己料理生活起居。我们出资为母亲请了保姆，她总觉得多余，一一辞去，还是喜欢自己做事。每逢我们电话问候，母亲都是报喜不报忧；对我们的探望与馈赠，也总会感到不安，怕我们因为挂念她而耽误工作，每次回去，没住几天就要"赶"我们走。母亲却不知道她在子女心里的地位，不知道我们有多惦记她。我和哥哥都远离母亲身边，年轻时还不太在意，总是忙自己的工作、家庭。现在渐入老年，对老母亲就特别挂心。时常会电话问候，找各种机会回去探望母亲，带给她一些朴素实用的小礼物。去年单位组织去内蒙草原观光，我推掉一个游览项目，抽暇回家。带给母亲的礼物是一个豆浆机，母亲很高兴，又发现不是那种全自动的，有些遗憾。我告诉母亲，功能简单的好用，好清洗，还皮实，不爱出毛病。母亲听了又高兴起来，心境就像单纯的孩子。

现在越来越觉得从前曾经看重的一些东西像业绩啊收入等不再重要，隔三差五打电话给老妈妈，问问起居，聊聊闲话，才是暖心惬意的人生一大美事儿。以前竟不知道与母亲闲聊是莫大享受。那种熨贴踏实的感觉无法形容，什么如沐春风，如饮甘泉这些形容词语，也只是约略传递出那么点儿意思。真希望我的老妈妈福寿绵长，能多陪伴我一些时候，让我更多地领略被母亲牵挂、又能够回报母亲的幸福时光。

无论人的年龄怎样增长，有母亲在牵挂，就是莫大的福分。对于进入老年的父母，与其说他们需要子女照顾，倒不如说是父母的健在给了儿女一个尽孝的机会，让我们可以切实关心老迈的爹娘，回报父母的养育之恩。奇妙的是，回报父母这件事并不是单向给予父母福利，此过程会让我们体察到一种充实安宁明净的感觉。而那就是一种深切的幸福。借此我们也会达成对于人生底蕴更为深入的感悟。就像许多为爱而操劳的事情一样，我们做的越多，那种愉悦、幸福的感觉就越浓郁。

[吕明宜]

给过我温暖的人

1973年初春，我到东北中部一个叫康家屯的村子里插队。入夏后的一天，听说村里老范家一个蹲大狱的人刑满释放了，感到新鲜好奇，就和集体户的同学一块去看。范家挤满了人，屋里当中站着一个矮矮的、长满络腮胡子的中年人，脸上透着回家的轻松，木讷、迟缓地应答着大家的问话，这就是范有。

农村生活枯燥。范有的归来，使社员歇气的时候有了新的谈资，范有的轮廓也逐渐清晰起来。范有很小的时候便失去了父母，跟哥哥一起生活，干活是把好手，但他家境贫困，其貌不扬，有些愚钝。20岁时，他因生理上的渴求加上蒙昧无知，做了一件今天只能定性为"非礼妇女"的事。但当时正处于饥肠辘辘的三年困难时期，大家都活得焦躁而不耐烦，对这种温饱后才可以想的事自然深恶痛绝，为杀一儆百，范有竟被"从重从快"地判了15年。范有就在监狱完整地度过了那个时代一个农民的青年时期。

范有的长相和经历有些让人害怕，但相处长了，才知道他是极朴实、忠厚、善良的人。收割时节，最累的是割谷子，一个劳力拿6条垅，打头的割到地头抽了袋烟，我们知青才到地头，气来不及喘上一口，又得接着干。范有主动排在我的身边，默默地帮我割一条垅。队里的人都愿意和范有搭帮干活，大家都知道他从不偷奸耍滑。

当年春节，同学都回市里过节了，只剩下我一个人在集体户看房子。除夕夜遍地积雪、孤灯残月，冷清之极，范有推门进来，给我送来了一块从哥哥的年货中偷着拿来的猪肉。转过年天气变暖的时候，范有结婚了，女方家离我们村十多里地，人矮胖，一只眼睛有残疾，也不大"灵性"。我是1975年深秋离开康家屯的，那时范有的女儿几个月大了，一逗就笑，煞是可爱。

此后的岁月，我一直在人生的旅途中奔波，先是当工人，后又上大学，再后又到京城工作，和康家屯的乡亲也失去了联系。闲暇时，常想起插队时的日日夜夜，想起在困难时期给过我温暖的范有。1996年，一次偶然机会，见到了一个康家屯的人，才知道范有生活一直很困顿。他只会种地，而粮食又不值钱。女儿8岁时在灶间摔倒，背磕在门槛上，伤了脊椎，范有花光了千把元的积蓄，又卖了口粮，四处筹钱不得，结果女儿病重夭折。范有哭了一天一夜，此后更加木讷。后又收养了一个弃婴，也是女孩，也8岁了，上小学2年级，很是聪明伶俐。

2005年10月，我到离我当年插队不远的一个城市出差，恰逢我插队返城30周年，尘封心里多年的康家屯和范有的影像鲜活起来，油然涌起去看看的渴望。第二天上午我到了康家屯，村里除了土坯房换成砖房、土路改成水泥路外，和30年前比没有什么变化。范有正帮别人干活，被喊了回来。他发须花白、蓬乱，似乎几个月不曾理过，一脸沧桑，衣着破旧，完全不是我记忆中的他。过了好一会儿他才认出了我。我问："生活还好吧？""还行，今年盖了两间砖房。""你女儿成了大姑娘了吧？"范有沉默了一会儿说："14岁时下河洗澡淹死了……"我许久说不出话来。乡亲们告诉我，乡里本来打算送他老两口去养老院，但他执意不肯，最后乡里给了他一些砖和水泥，把两间残破的土坯房翻盖成了简易砖房。

汽车渐行渐远，回头望去，康家屯在厚重的云层下显得空旷而寂寥。送行的人群越来越小，逐渐和收获后的庄稼垛、深秋中的村庄融在了一起。

[吕贵品]

妖裙飘飘

时间：当代

地点：广东省深圳市

人物：周小鱼、孟海

事件：

周小鱼又找到了那种感觉：全身一丝不挂，只是套了一件薄薄的宽松的丝绸长裙，慢慢行走在大街上。那种感觉真好，既赤裸，又有衣裳，伴随着脚步的款款移动，茧丝轻轻地磨擦着乳头，夜风柔柔地吹拂着茸毛，全身的肌肤被丝绸长裙柔情万般地抚摩着，一种若即若离，似有似无的刺激，将滑腻而凉爽的慰藉贯彻全身。周小鱼渐入佳境，神经丛中的花蕊勃然待放，花声响亮，星光越来越灿烂。享受生命，享受快感，让神经痉挛，让肌肉颤抖，这件床上的事情，周小鱼竟然在夜路上行走着去完成它。

丝绸长裙在周小鱼赤裸的肉体上起舞着，小鱼脚步的节奏很均匀。此刻小鱼发现：自己真的像一条小鱼，赤裸着，在朦胧的夜里游弋，那盈盈的月光和薄薄的丝绸是自己身边的水。有水，有鱼，又有人，也必然就有网。周小鱼感到了自己被罩在一张天罗地网里，网的丝线就是那一束束无所不在的光。

窗口的灯光，路边的灯光，以及洒满天地间的月光，都在照耀着周小鱼，在那夜色里最亮的还是人的目光。他们看到这位夜行女人，目瞪口呆，飘逸的丝绸长裙里，一位长娇美人若隐若现的裸体展示出十分修长凸凹的轮廓，那是敦煌的飞天女子，在夜色的天地间创作的一副精妙绝伦的中国水墨画。一双双凝视美人的瞳孔放大了，流淌出来幽幽的绿光。

在远处的人群里，有一个男人的目光照射过来，像一只鸣响的飞镝穿透了周小鱼的躯体，周小鱼流血了，那血是乳白色的，从她的两腿之间泫泫而出，她蹲下身来，用手捂住泫泫而出的淙淙之声，嘴里发出了低微的猫叫。周小鱼高潮涌起，兴奋了。过去，那些男士们没做到的事情，今夜，一件丝绸长裙却做得这样完美。

这件丝绸长裙与一个名叫孟海的男人有关。香港回归那年的盛夏，周小鱼在霓虹灯里认识了孟海，两人见了三次面，上了一次床，周小鱼得到了孟海的一份礼物，就是这件丝绸长裙。此后，孟海消失了，他俩再也没有见过面。这是一场梦，小鱼找到了海的时候，海却无影无踪。小鱼搁浅，喧嚣的市井里，小鱼曾哭过，小鱼想用泪水让自己浮起来。可最后还是那条丝绸长裙托着小鱼在夜里，在街上，不停地飘荡，去寻找属于小鱼的海。

当时，孟海见周小鱼第一面的时候，惊呼：世界上竟有如此卓艳极致的美人。长腿，超出比例，高高瘦瘦的身材由于细细的腰，将臀和胸表现得阔大硕丽，婉转的曲线演奏了一曲优美的旋律，令孟海深度陶醉。孟海被一种不可抗拒的力量驱使，坚定地走近周小鱼，递过去一张名片，要求周小鱼再给个见面的机会，说有礼物送给她。还说自己是设计师，现在被周小鱼设计了。

　　周小鱼摸着孟海的名片，觉得很肉感，上面贴满了虫卵，一点一点像天空的星星。

　　第二次见面十分匆忙，孟海平静地交给周小鱼一个礼包就走了。周小鱼回家后，打开礼包的五层包装，看到了一件光彩夺目的丝绸长裙。周小鱼细细端详这件长裙，也为之惊呼：世界上竟有如此巧夺天工的衣裙。当长裙飘到周小鱼身上，整个房间洒满从空中罅缝中漏出的云光，来回走动的脚步声消失了，周小鱼在飘。在镜子面前，周小鱼被镜子深处的美人感动了，她认不出来了，那是小鱼吗？当她看到镜中人透过丝绸解胸罩脱内裤同自己的动作一致，才恍惚发觉那是自己，自己被一条裙子操纵了。在丝绸之上抚摩肌肤，竟然触动了自己的神经。那种凝滑的感觉，让自己知道了皮肤是如此地薄，手在丝绸上轻轻滑动，就可以触摸到那个真实的小鱼，小鱼穿着那条长裙自我迷醉了。

　　周小鱼的躯体在丝绸长裙里蠕动，发现自己变成了一条绿色的通体透明的毛毛虫，在快乐地爬行。

　　在喜来登酒店，周小鱼主动而热烈地同孟海又一次见了面。孟海拥抱她，然后朗诵诗：中国蚕爬行着，浩浩荡荡，吐出了一条丝绸之路，吐出了满天红旗，吐出了遍地霓裳，霓裳包裹一条小鱼……周小鱼不想听下去，那种无水的包裹，最后的结果就是窒息，小鱼需要海。周小鱼调暗酒店房间的灯光，在孟海面前优雅地蜕掉丝绸长裙，要把一个白生生的小鱼交给大海。孟海的眼睛蹦出火星，想点燃周小鱼体内的火。可是，当周小鱼把丝绸长裙脱掉之后，所有的感觉都消失了，她呆木地躺在阔床上，看着天花板，渴望看到蜘蛛和蜘蛛网。这一夜，孟海身边的周小鱼只听到沙发上那条丝绸长裙一直在叹息，自己的肌肤越来越粗糙，而孟海很快就平静了，入睡了。

周小鱼抱着枕头，发现这个夜很长。

周小鱼在喜来登酒店等待那个踏楼梯的脚步声，等了一夜，除了丝绸长裙的声音，周边寂静，她觉得世界就是这样，喜来登也是徒有虚名。太阳出来的时候，她见不到光明，她是一只蛹，躲在一个大蚕壳里。

有一天，周小鱼听到有人在呼唤自己，她把肌肤之外的一切东西全部蜕掉，一丝不挂穿上了那条丝绸长裙，无数只蚕开始在自己身上爬行，自己全身的神经之弦被同时拨动，难以言状的激情让她坚定不移地走出那个房间。周小鱼走进原野，又来到宽阔的大街上，走着走着飘起来。她看看四周无风，风，从自己这条丝绸长裙里吹出来，远处的红旗也被这长裙里的风舞动着，还有路边人群的衣襟。

月夜里周小鱼不知脚下走的什么路，前方是什么目标，只管一路上品味、享受那种感觉，那种不穿衣服又有衣服的感觉。给她那种感觉的，不是那个叫孟海的男人，而是那条丝绸长裙。一条丝绸长裙要经历多少次生命蜕变，才能超凡脱俗，飘舞在周小鱼纯净的肉体的天空中。

周小鱼一直没有结婚，她觉得一个人真好，只要有那件丝绸长裙，那件用生命织造的经纬之中跃动着人性和欲望的丝绸长裙就够了。周小鱼穿着这条丝绸长裙，飘过罗湖桥，飘过太平洋，飘过大西洋，飘过印度洋，又从那些地方飘回来，飘回到深圳那间小屋里，生活得很安然。

丁香花开

时间：1980年春

地点：吉林省长春市吉林大学2舍

人物：李弥（化名）吉林大学化学系学生

事件：

桌子底下的李弥坚持着，他累了也困了，在桌子底下蹲了三个多小时，已经到下半夜三点多了。房间两侧床上11个女同学终于都睡熟了。女同学细微的鼾声奏响的这支曲子更加动听，女同学鼻息呼出的丁香花的芬芳更加浓烈。李弥有些陶醉，他晃晃脑袋，让自己更清醒一些，他开始回想，自己是怎样鬼使神差钻进这个房间的桌子底下的？为什么要这样做？想来想去，发现自己是受到了丁香花的诱惑。

长春的丁香花的确迷人，筒状的紫色花朵微微吐气，吐出一丝丝的紫气在空中弥漫着，慢慢形成大片的紫雾。几束丁香花枝在月影里摇曳婆娑，风轻轻走过，花枝颤动，拨开阵阵朦朦胧胧的紫雾。月光下的丁香花还发出清澈的叮当声，那声音悬挂在紫雾里，仿佛空中的星星在身边闪烁。香气、光亮、声音编织成一个梦幻夜空，令人心弛神往，人们一心向往的地方在哪里？谁知道？紫雾里的人群大都迷失了方向。今晚独有李弥，在丁香花的紫雾里找到了并坚定了自己要去的地方。所以这个最适宜行动的月夜，李弥学着猫的步子，蹑手蹑脚静悄悄地走进了吉林大学2舍一个女生房间，钻进了桌子底下。

　　这个房间有他深爱的贺珍同学，他是为了贺珍而来的。
进到房间后，他选择了靠贺珍床最近的桌子，钻了进去。桌子
底下，他回想起昨天的一幕：试验室里只有他和贺珍，白皙的
脖颈永远都发出柔和的光芒，这就是他至爱的贺珍。贺珍在的
地方就有丁香花开放。此刻丁香花的芳香弥漫整个空间，他深
深吸着气，享受着花香，他看到所有的玻璃瓶子也都装满了紫
色的气体，他想去闻闻，比较一下瓶子里和房间的气体有何
区别。他拿起一只玻璃瓶，看到瓶上标签写着"乙醚"，他顿
然发现这瓶子里的东东是丁香花香气的高纯度的浓缩，威力无
比，能把人彻底迷倒，能征服一切肉体，也能征服贺珍。他深
情望着贺珍，自己身边这团柔和的光芒，这光芒照耀着自己的
每一个细胞，自己是一团雪已经被这光芒完全融化了。

　　他难以自控地偷偷将那只装有乙醚的玻璃瓶装进自己的衣
兜里，同时也把贺珍连同自己的情感、梦想、欲望都装进
去了。

　　这一夜，李弥尽管蹲在这个狭窄的桌子底下，又困又累，
但他感到幸福、温馨、刺激又充满激情，因为他钻进来的这个
房间，这个紫丁香花丛，风光无限。房间没有灯光，窗外的月
光也渐渐稀薄，他的眼前却是一片明亮，眼睛所见的每个角
落，每个物件也都清清楚楚。他看到贺珍蹬开被子，伸出一条
大腿，仅一条腿就令他目瞪口呆，美的震撼比丑的惊吓更有力
量，他更感到今夜没有白来。他还听到了贺珍的床上传来一声
柔柔的屁响，他很兴奋，美丽的女人也会放屁，他全力抽动着
鼻子，翘起头来望着那张床，这一声屁响，是一枝丁香怒放。
接着他又听到贺珍在梦中喃喃自语，说了很多的话他没听清
楚，但有一句话他却听得很清晰：跟我来！强。强，肯定是一
个男人的名字，他仔细想是谁呢？他开始把班里的每个男同学

往"强"上对号。

月光斜斜照进房间，他发现自己的影子并不是自己的，自己没有动，可影子在动，随着月亮动。他同时发现灵魂也不是自己的，自己常常不想动，可灵魂却到处飘，跟着丁香飘。他还发现了这个女人可能也不属于自己，今夜她梦中喊出的那个名字，竟然不是自己，自己却一直跟着这个女人走。他在桌子底下突然感觉到自己挺可怜的。

他看到一只小老鼠钻进贺珍床下的布鞋里，他伸手将那只布鞋拖过来，小老鼠在布鞋里一动不动，也享受乘车的感觉。他从来没有这样近距离地接近黑夜，在这个夜里他钻进桌底下，和老鼠无异，是一样的身姿，所以老鼠也把他视作同类。在教室里李弥很渴望看到贺珍不穿鞋的裸脚，没有机会，可在此刻这个夜里就不一样了，贺珍脱了，全脱了。赤裸的白天，人却要穿上衣服。罩上黑衣的夜，人却要脱光衣服。世界上发生的一些事情让李弥一时想不清楚，今夜桌子底下也是课堂，李弥知道了好多。

三点半了，李弥看看手表觉得天快亮了，李弥想撤回，今夜能来到这个房间并待了三个多小时就已经足矣，不用再做别的。可是这个时候，他衣兜里那个小玻璃瓶开始震动，发出吱吱的声音和强烈的光束，照得房间透亮。自己满足了，可小玻璃瓶也有使命，它没发挥出自己的作用也不会善罢甘休，它提醒李弥：你来这里是为了什么。

行动吧。李弥兴奋起来，李弥盘算：11个女生都要迷过去，他在贺珍床上发出的声响才能大胆而放肆地奔腾，平日远远望望贺珍都是一种奢侈，今夜贺珍就在自己身边，自己就要一览无遗地享受贺珍，享受贺珍的一切，这将是何等的大满足啊！这个美妙而神圣的大满足将由这个玻璃瓶来完成，玻璃瓶会给我一个超级静谧而又波涛汹涌的十分完美的丁香花怒放的紫夜。

李弥从衣兜里掏出一方毛巾，拿出玻璃瓶，把瓶盖用力打开，一股强大的力量喷薄而出。由于李弥缩在桌子底下，打开的瓶口就在李弥的鼻子下面，距离很近，所以李弥首先享受了玻璃瓶里散发出来的超浓缩的丁香花的紫气，李弥被这强大的力量彻彻底底地迷住了，征服了。

李弥迷卧丁香花丛，真正睡过去了，连梦也睡着了，睡得很深很深。这可能是李弥一生睡得最不省人事的一觉，他甚至不想醒来。

长春的紫丁香花，在这个世界上不可抗拒地生长得更加茂盛，更加蓬蓬勃勃！

校园枪声

时间：1981年底

地点：长春吉林大学校园7舍

人物：刘葵（葵与窥谐音，为保护个人隐私只能化名。）
吉林大学职工

事件：

夜里10点钟，熄灯的铃声响了，吉林大学7舍各个寝室的灯光伴随着开关的关闭声，学子们的怨声、骂声、放屁声很不情愿地关掉了。7舍二楼西侧楼梯口，有几个"幽灵"出现了，寝室的黑暗把一些夜读的学子赶到了楼梯口的灯光下，"幽灵"们就这样聚集起来。像蚊虫一样他们是趋光一族，积雪囊萤是他们的本事，微弱的灯光照亮了他们辉煌的前程。30年后在这些悠荡、徘徊的"幽灵"当中，出息了多名社会各界达人，例如：中国传媒大学文学院院长张晶、李泽厚的大弟子赵士林……

7舍的一楼、二楼住男生，三楼整层住女生，因此，"幽灵"们不仅仅能借用二楼楼梯口的灯光，还能享受从三楼飘飘而下的花香。在寝室床上闻不到花香的学子们，只好在床上用语言制造气味，悄悄交流校花系花的花边消息，慢慢进入梦乡。7舍的大门锁上之后，更深夜静的大幕就彻底落下了。鼾声四处流淌，"幽灵"们继续游荡。日子周而复始，今天和昨天一样，7舍平平常常的一天就这样即将过去了。

可是因为某些人物的出现，某些事件的发生就注定今天和其他的日子就不一样。深夜11点钟的时候7舍发生一阵又一阵骚动，骚动的起因是一个叫刘葵的男人突然出现在7舍三楼。

刘葵，是吉林大学2舍食堂的炊事员。平时为人老实，工作肯干，人际关系处理顺畅，口碑很好。刘葵中等个子，白白净净，举止适度，彬彬有礼，每每见到女人时，面露腼腆赤色。学子们反映：这小子给女同学打饭总是多给，吃包子时看到校花系花级别的女生还多给一个。

那年春节，刘葵在大连当海军的哥哥回家探亲，带回来一个蹊跷玩意，一只军舰上用的潜望镜，人躲起来，把潜望镜伸出去就能看到外面的情景。这个玩意到了刘葵手里，如获至宝，久久把玩，舍不得放下。有一天下午，刘葵用这个玩意看窗外的花花世界，他爬在床上把镜头伸出窗口：一个女人穿着紫色花裙，翩翩向他飘来，越飘越近，连腿上尼龙丝袜的尼龙丝都看得清清楚楚，他几乎用手可以摸到这个女人，女人太美了。放下镜头，发现这个女人离自己还有好远。

刘葵用这个镜头看所有的女人都是美的，别人看，却看不出个所以然。刘葵兴奋不已，每天都要用这个镜头看看世界。他认为：人的眼睛时刻都在欺骗自己，这个镜头表现的世界才是真的。夜里他搂着镜头睡觉，白天他把镜头装进包里寸步不离。渐渐地，他产生了一些奇怪的想法，他要去做件大事，像科学家伽利略那样去探险，去发现真理。

这一天刘葵请了假，为自己的探险行动做好了一切准备，上午到7舍各个楼层做了地形考察，下午睡了一觉，晚上和几个朋友跑到小饭店里喝了一顿酒。九点四十分随着晚自习结束的学子们溜进7舍三楼西侧的女厕所里潜伏下来。

刘葵跑进最里边的厕所间，准备把厕所门闩上，可那扇门的门闩坏了，在门闩坏的地方有个小洞，他只好将食指伸进小洞口使劲地拉着门。女学生一批又一批地上厕所，他有些恐惧了，有人拽他的门，他摇一下门表示里面有人，他鼓励自己忍耐、坚持、沉住气。终于人渐渐稀少，他可以空出手来操作潜望镜了。他把镜头从厕所壁的缝隙中伸过去，在昏暗的灯光下调整着焦距，等待隔壁来人。脚步声走近了，一个女同学进了他伸进潜望镜的厕所间，就要如愿以偿了，他要观察的是那桃花盛开的地方，他的心跳加快，脸涨得通红。他手中的潜望镜也激动起来，在他手里抖个不停。那镜头见过大海的波涛，见过天空的硝烟，见过地平线那一点红阳，今夜的景观定然异常壮丽。刘葵屏住呼吸，眼睛靠近镜头看过去，影影绰绰，看到了一个浑圆的轮廓，再仔细看，突然，出现一粒光点，十分耀眼，他兴奋了，他以为那一粒就是宇宙的中心，他想看得再清晰一些，稍稍调了一下镜头角度，发现那一粒竟是裤腰带上的金属扣被灯光反射出来的光点。接着一阵金属声音，女同学起身系好腰带推门走了，除此而外，刘葵什么也没看到，那镜头十分茫然，刘葵也十分沮丧。

正当刘葵准备离开的时候，从走廊里传来一阵急促的脚步声，瞬间走近，一个女人的身影闪进厕所，刘葵还没反应过来，他蹲的厕所间的门被跑进来的女人猛地拽开，刘葵暴露了。女同学看到一个男人蹲在女厕所里，惊恐万状，本能地拼尽全力大叫了一声，这一声异常尖利，把7舍寂静的夜撕个碎，7舍的楼也摇晃了一下。紧接着是几个女生高喊：抓流氓！抓流氓！一阵慌乱的脚步声轰轰滚过7舍走廊。

刘葵夺路而逃，慌慌张张从三楼女厕所跑到二楼梯口时，正与"幽灵"们撞个正着。一个"幽灵"上前一脚，把刘葵踢倒在地，潜望镜被重重摔到地上，发出一声哀鸣，镜片碎了。

那些碎镜片无奈地望着刘葵遭遇一场空前劫难。整个7舍被惊醒，眼前的事件迅速告诉男人们：有个小流氓，罪大恶极，竟敢跑到我们的头上，跑到三楼，侵犯我们朝思暮敬的女同胞。打死他，男人们此时以能踹他一脚为英雄，以能打他一拳为好汉。愤怒的人流奔涌着，形成了一个大漩涡，刘葵是漩涡的中心，这个怒吼的漩涡从二楼滚到广场，又从广场涌上一楼。

7舍传达室的值班老师看到事态严重了，要出人命的，立即给吉林大学附近的公安局四分局打电话求助。当警车来到7舍的时候，刘葵被打得遍体鳞伤，奄奄一息了，可那漩涡还在旋动，一位公安人员只好站到7舍门前石阶上，掏出手枪向天空开枪。

这声枪响，凶猛而粗壮，比女生的尖叫还要强大十倍，尖叫引发了人们的怒吼，枪声镇压了所有的声音，顿刻人们一愣，7舍一片寂静，人们只听到了自己心跳的声音。就在这个空档，公安人员将刘葵抢出来，扔到车上，疾速驶向医院。

当人们反应过来的时候，找不到刘葵了，可那位拿着手枪的公安人员还在，人流向那里涌去。学子们还算冷静，没打那位公安人员，只是缴了他的枪。接着又一起丢枪事件发生了，那支手枪在混乱愤怒的人群中丢失了，谁也不知道，谁也说不清楚手枪哪里去了，学校和公安局成立了专案组，那场骚动还在进行着，那是一场更大规模的骚动，是一场心灵上的骚动，每个人都是嫌疑犯，枪找不到这个世界是不会消停的。全校折腾了半个多月后，一天中午，7舍传达室老张头的老花镜掉到了暖气片后面，发出一阵声响，呼唤老张头，是老张头的眼镜看见了那支手枪。不知是谁用帽子包着那支手枪，塞进了暖气片后面。如果不是老花镜看见了，那支手枪会一直顶住7舍每个学子的脑壳。

人也打残了，枪也找到了，事件过后，7舍又恢复了平静，二楼楼梯口的"幽灵"们继续在游荡，夜阑人静，在昏暗的灯光下，有一个"幽灵"在轻轻吟诵着：关关雎鸠，在河之洲。窈窕淑女，君子好逑……

博士笔

时间：1983年4月某天

地点：吉林省长春市吉林大学七舍119室

人物：我、孙燕芝、程书记。

事件：

我的笔丢了，一支自来水钢笔，是"博士牌"。

我叔叔似乎用了一生的积蓄给我买了这支笔，祝贺我考上了吉林大学。笔的好坏不重要，关键是名字：博士。博士，老大的学问，人类至高无上的头衔，我叔叔是吉林工业大学的肄业生，知道博士的概念，全家其他人不懂，当他们知道了什么是博士的时候，一家人欢心鼓舞，许多双期待的眼睛深情望着我，一支笔暗示了我多么辉煌的前途，此时我丢掉的不是一支笔。

所以，那段时间我开始了海阔天空地找，漫无边际地找，我住的7舍，我办公的理化楼，我去的每个角落：鸣放宫草地、阶梯教室、图书馆都找遍了，那支笔离我而去。许多天夜里我发现天空也把月亮丢失了，满天漆黑，哪怕有点星光也好，给我点希望，可我看到的全是黑暗。暗，是一种暗示。暗示博士与我无缘。我很沮丧，我在大街上恶狠狠地奔走，我走过的路上树叶纷纷落下，"扑哧""扑哧"叶子把路面砸得很响，草丛里的许多小虫慌慌逃窜。我不看迎面而来行人的脸，只盯着他们的上衣兜，试图从笔帽的金属夹上看到我的"博士"。

人只要把"丢"放弃，否定之否定，就是得了。我不再想那支笔了，忘了它，什么都没发生，就表明那支笔从来就没存在过，就不存在丢的问题。

渐渐我恢复了平静，每天上班，下班，工作，睡觉，吃饭，上厕所，这些日子平平常常。就在这平常的日子里我有一件大事轰轰烈烈地发生了，我疯狂地喜欢上了女人，大学问的博士我不需要，什么考研、深造一边去吧，而大"流氓"的战士非我莫属，兴奋、颤栗让我如醉如痴。

我同孙燕芝从相爱相恋到相厮相缠，精神绵延不断，肉体分秒难离。我到南宁参加《萌芽》文学颁奖大会，分别几日就感到山崩地裂，我跑到南宁市邮电局给燕发电报，将遥遥的断裂用空中电波缝合。我在电文中写到：吻你！吻你！邮电局的一位老同志将吻字的口删掉了，我看到后急了，我说：去掉口字就念勿了，那可不得了，勿你，是要出人命的。老同志说：吻就是亲嘴吧，这样的电报不能发。不能发我就和你拼了！我被激怒了，硬是以战士的手段战胜了那个老家伙。电报发出去了，当天晚上我和燕分别南北，各自发生了心旌飘扬和肉体激荡的自慰事件。

接着有许多这样的事件发生，其中今天我讲的这件事更是让我缅怀万千，因为这件事与那支博士笔有关系。

我毕业留校后非常渴望能有我一个人住的房间，机会来了，7舍腾出一间房子作辅导员办公室，我捷足占领，当然也是我的领导学生工作部的程书记同意的。孙燕芝没有毕业，可以经常偷偷地住在我的房子里了。幸福就这样给了我，一个压缩十几人住的不到十平方米的房间，老子一个人住，太牛了！那几日我出门走的步子都是方的。

这一天夜里10点钟的时候，7舍的大门应该锁了，我问燕是走还是留，燕走到门口把门锁坚定地插上，转过身来悠悠飘进我的怀里，重复着我的诗句：这个夜晚需要你来完成！

在这个小小房间里，一个大温柔的夜晚开始了，一个一床棉衾铺满天地的大夜晚覆盖下来，整个人间灯火辉煌。我的小房间的电灯关闭之后，眼前的景色更加美妙，燕在房间里飞舞起来，衣服一件一件地飘落成天空的云彩，飘到燕全身一丝无挂的时候，一个纯美的天空闪耀着细腻的光，燕的肉体在黑暗里是灿烂的银河，流淌出天籁之乐，我在这条长河里漂浮着忘掉了一切，我把我也丢失了，我不知道我在哪里，我只知道快乐存在，那闪着光芒的肉体，细腰欲折，乳苞待放，纤腿凝脂，女人柔软的肉体让我变硬，让我知道了我不是我，我是雄性，我是快乐！

就在这时，房间的门被人轻轻敲响，有一声呼唤在门外回荡：开门！贵品。贵品，开门！我听出来了是我的领导程书记来了，我的快乐如角落之蝇，被敲门声惊飞了，于是在快乐中飘浮的我，被重重摔下来。燕没有毕业，我没有结婚就同居，在那个说不清的年代里是一件说不清的大事，不能被发现。我和燕惊慌失措，她急忙把衣服藏进被里，一下子钻到床底下去了，我迅速穿上短裤，披件衣服准备开门。这时有两只老鼠不慌不忙地走出来，爬在墙角里平静地望着我。我看看老鼠，发现他们老道，都长着长长的胡子。我深深呼吸了几口气，沉着冷静地把门打开了。

程书记找我讨论第二天开大会的讲话稿，5000余字的稿子逐句讨论，40分钟过去了，对我和燕是那么漫长，那是一个世纪啊！床底下的孙燕芝度秒如年，倍受煎熬，床底地面垃圾遍布，灰尘寸厚，床的高度令燕四肢不能直，只能半跪半爬地在地上坚持着，时间一久，她累了，全身瘫软，最后赤裸着爬倒在地上了，床底发出些微小的声音……

终于结束了。程书记走了，墙角里的两只老鼠露出小白牙还在微笑着窥视我。我知道当这扇门打开的时候快乐就没了，这次我把门重重地关上，狠狠地锁上，到床边呼唤：出来吧！出来吧！燕从床下艰难地爬出来，赤裸的躯体灰尘素裹，泥土斑斑，肉体失去了光泽，两个膝盖上长了一层龟壳，两只乳头上结了蜘蛛网，只有那张小脸涨得通红，满脸委屈的泪水哗哗流下，将胸前的尘土洗得一道一道，那乳头上的蜘蛛网也挂着晶莹的泪珠。我上前抱住了她，说：对不起！

燕看看那扇关闭的门，突然两眼放出光芒，认真凝视着我，"扑哧"一声，破涕为笑，右手高高举起一样东西，是我丢失的那支"博士笔"。

几年后程书记又告诉我：那个夜晚孙燕芝住在你的房里我知道，我看到了门旁边有一双女人鞋。

看黑暗

时间：1975年冬季

地点：吉林省辉南县板石沟公社知青集体户

人物：赵敏、喜子、小珏、莉莉

事件：

佛说，在黑暗里不要说你什么也看不见，实际上你看见了，你看见了黑暗。

小珏和喜子在菜窖极度的黑暗里，如佛所说看到的黑暗非常清晰，最初看到的黑暗是一层柔美的纱，眼前的物件不再以色彩迷惑人，而是以其轮廓若隐若现，再仔细看下去，黑暗里的一切以及那一切的本来面目就清清楚楚了。当人类用心去看的时候，看到的是事物的本质。黑暗里小珏和喜子开始真正注视自己的生命，两人看到了对方赤裸的肉体闪耀着光芒，看到了肉体的柔嫩和弹性，看到了肉体涌动的红潮和喷射的白浆，看到了欲的激情和死的颤栗，确切地说看到了生命的本质。

在黑暗的光明中，两人用手去看对方。喜子发现小珏的皮肤毫无瑕疵，滑腻细嫩。喜子从小珏的脚开始向上抚摸和探视，越往上那双手越发专注，越发驰情，小珏太完美了：腿多么修长，双手在腿上有走不完的路程；腰非常纤细，双手在腰部可以合拢起来。小珏玲珑的乳房晶莹剔透，喜子双手要捂住那光，双手却被那光融得通透，变得异常绵软，异常柔润。喜子这双异常的手把小珏抚摸得骨软筋酥，瑟瑟发抖。依偎在

[156]

喜子宽厚的胸膛里，小珏感觉到黑暗已不存在，光明也不需要存在，自己身体的每个毛孔都能看到喜子，看到喜子矫矫的雄姿，看到喜子生命的一切。

两人在黑暗中进行着一丝无挂地彻底交融，达到了无拘无束地全面释放，如同小珏的"珏"，两块玉合并了，成了一个字，这个字堂堂正正地站在了典籍里。两个人的生命和激情化作了涓涓液体，喷射出来又溶汇在一起。

当两人性欲高潮几番迭起之后，喜子去开沉重的水泥板制作的菜窖盖时，发现被牢牢锁住了，什么时候锁上的，两人谁也不知道。两人呼喊，两人烦躁，两人等待，两人静默，在菜窖的黑暗里，两人度过了多长时间，已经模糊，外面阵阵爆竹声隐约传来，两人猜想此刻不是年三十，就是年初一，集体户的同学们都回家过年了，不会有人来开菜窖，两人感到十分绝望，这种绝望比黑暗还要黑暗。两人感到这菜窖就是地狱，就是两人永久的坟墓，同时也感到这菜窖又是两人温暖的家。

两人开始了菜窖里的黑暗生活，在黑暗中过年，在黑暗中享受光明。两人熟悉了黑暗。两人互相抚摸着在菜窖里度过了三天，也许是五天或者是七天，下面的日子里两人渐渐觉得呼吸困难了，菜窖里的氧气越来越稀薄，两人用菜窖里最后一点氧气，平静地把要说的话全部说完：

喜子说真心话，你喜欢赵敏吗？

喜子就喜欢小珏！

那你还送赵敏一把伞。

那是因为下雨。

我觉得赵敏一直还爱着你。

不管她，我只爱小珏。

我觉得赵敏一直盯着我们。

不管她！

喂，你说莉莉锁菜窖时怎么没发现我们？

这是命。

莉莉人怎么样？

我觉得莉莉比赵敏好。

咱们过年没回家爹妈一定很挂念。

一定很挂念。

我真粗心，带的火机里面没有火石。

没有用了，什么都没用了。

两人的语言在黑暗中燃起一点光亮，可这点光亮也慢慢熄灭了。两人什么也不说了，赤裸着接着吻拥抱着。喜子找了一条草绳子，把自己和小珏缠绕了无数道紧紧捆在一起，企望两人永不分开，粗糙的绳子把小珏嫩嫩的皮肤划破了，流出血来，小珏没有感觉了。喜子听到小珏流出的血发出黏糊糊的声音，那声音里有混浊的哭声还夹杂着两个音节：赵敏。赵敏。

春节过后，又过了正月十五，到了正月十六这天集体户的全体知青回到了农村，回到了户里，莉莉做饭，开锁掀开窖盖，下到窖底，一下子惊呆了，莉莉发出几声嚎叫窜了上来。

喜子和小珏赤裸美丽的躯体僵硬了，造型非常优美，是一座震撼人心的艺术塑像，令现场的人们不忍心去看又渴望去看。当人们去解喜子、小珏身上的草绳的时候，天上下起了鹅毛大雪，一股小风吹刮来，旋转着，将雪片一个劲儿往菜窖里吹。奇怪的是那雪片落到人的脸上身上立即变成水滴，可落到菜窖上面和落进菜窖里的雪片竟然不化，脚踩上去很有弹性，留不下脚印。全户的知青们在这大雪里悲痛低泣，大家都在回想着小珏的柔善和喜子的厚道。户里痛哭得最厉害的是两个人，一个是莉莉，她恼恨自己为什么锁菜窖时不下去看看，是自己害死了喜子、小珏，她靠在门框上泣不成声。另一个是赵敏，她先是哭得昏厥过去，醒来后她却平静了，她把别人都赶出屋，找出喜子、小珏的衣服给两人有序地穿上，倒了盆温水，洗了一条新毛巾，给喜子、小珏轻柔地擦拭着脸，擦拭全身，又找了把梳子给小珏缓慢地梳理着头发，最后她把脸轻轻贴到喜子的脸上，在喜子的耳说了许多许多话，其他人离得远，都没听清她说些什么，全户的知青都知道她爱喜子，追求喜子，和喜子好过，都很理解她。

赵敏给喜子、小珏梳洗好，穿好衣服后，走出房间，坐在门口的木凳上，一直不说话，眼睛望着远方。三天后小珏、喜子家长来到户里，和生产队领导商量把小珏、喜子合葬在集体户后面的山坡上。下葬的那天下午，小珏、喜子的亲属好友和生产队、集体户的人群参加了简陋的追悼会，当时哭声一片，天空依旧飘着鹅毛大雪，雪片裹挟着哭声，把天空飘得满满。在这平缓的哭声里，突然冒出几声女人的尖锐的叫声，人们看到赵敏狂喊着冲出人群，向大山跑去，她疯了，疯得很彻底。

以后每年的正月十九，在小珏、喜子的墓前就有一个疯女人的身影出现，那是赵敏。她手捧一束绢花，嘴里始终喃喃自语，总是重复一句话：我看见了。我看见了。说话的同时赵敏眼睛一片茫然，眼球的瞳孔扩散得很大，有人说在这个时候看赵敏放大的瞳孔，里面有喜子、小珏的身影。

赵敏彻底疯了，谁都不知道她疯的真正原因，独有她自己心里清清楚楚。那天中午，赵敏上仓库收拾农具，突然看到喜子、小珏悄悄从户里走出来，赵敏立即躲在柴火垛后面，远远地看着喜子、小珏钻进菜窖。她爱喜子，看到这种情形，她内心非常难过，充满了愤怒和嫉恨，她想冲过去，克制了自己。她正准备离开，又看到了莉莉匆匆忙忙走过去，把菜窖盖锁上了。下午集体户全体知青放假回家过年去了。可是她，就是没有走过去……

赵敏疯了，是因为在阳光下她什么都看见了，而实际上她又什么都看不见。

佛说：眼看是色，心看是空。色即是空，空即是色。

[许建国]

漫谈友谊和利益

友谊是朋友之间相互尊重、相互信任、相互理解、相互支持、相互促进、相互提高的一种真挚而快乐的情感，是人与人之间因交往而产生的情感共鸣及愉悦。

谁都曾经享受过自己所获得的友谊，谁都渴望自己能够获得真正的友谊。然而，在其现实生活中，越是追求友谊和崇尚友谊的人，就越容易受到一些打着"友谊"旗号的"朋友们"对真挚而纯洁的友谊进行无情的欺骗与伤害。一生中从没被这种"友谊"伤害过的人实属罕见。

没有被"友谊"伤害过的人固然幸运，但他决不会是一个情感成熟的人。

一个人在没有受过"友谊"伤害的时候，你可以自诩为纯洁与高尚；但如果你被"友谊"伤害后依然崇尚友谊，才算得上真正的圣洁与伟大。虽然，人一旦受过"友谊"的伤害，便很难再纯洁无暇，但是人只有经过"友谊"的伤害，其情感才能真正地成熟起来。

亲密的人际关系，是人们获取幸福的主要源泉。

平等与互利是友谊的原则。

没有平等就没有友谊。与卑微或高贵者交友，如果不是人格的平等或灵魂的交融，则一定是各有所图的权宜之计。

交往是友谊的基础，无论从精神上还是从物质上，人们的交往都是以互利为前提。

侵犯了朋友的利益，朋友就会成为你的敌人，给予敌人以利益，敌人就会成为你的朋友。人生的不幸就在于你将许多朋友变为了自己的敌人，人生的幸运就在于你将许多的敌人变为了自己的朋友。

将友谊理性化、圣洁化是友谊的误区。人们认为"友谊是人生最圣洁的感情"。然而，生活中的友谊周围总是充满了利益的算计与迎奉的虚伪，却又被纯洁无暇或老谋深算者将其推崇得高尚而神圣。抽象而圣洁的友谊，总是被生活中那些自私自利的人玷污。友谊经不起利益的第二次考验。

友谊的光环绚丽诱人。看似她寻求或接纳所有的真诚与真情，实际上，只有你利他那部分利益和情感才允许你介入其内。

人只能吸纳或享有你付给他那部分利益所产生的情感或友谊。

都说是真情付出不图回报，而内心里却暗暗地用付出来衡量获得。遗憾的是，人们总是夸大自己为朋友的付出，而缩小自己从朋友那里的获得。

以自己对朋友的付出来期望从朋友那里得到等量的回报，简直是一厢情愿而大错特错了。你付出十分而能回收三成，已是相当万幸。因此，与朋友交往避免伤心或吃亏的秘诀是：先获取然后再酌情支出。遗憾的是，此方一旦公布与世，设若朋友双方都争先获取，那就谁也别想先从朋友那里占半点便宜。所以最公平的友谊交往，应该是等量交换。

以你的付出，期望朋友为你去做你认为他应该为你所做的事情，实在是愚蠢透顶。友谊的最大的悲哀，就是你认为在理应获得回报的地方，却遭到了忘恩负义或恩将仇报的伤害。因此，很多被"友谊"伤害过的人，宁愿自己亏了朋友，也不愿让朋友亏了自己。

以付出衡量获得，人们总是觉得自己为朋友的付出多于从朋友那里的获得。因此，友谊一旦断裂，许多人都以为自己曾经为朋友而付出很多很多，都为自己曾经的付出而后悔。

友谊的付出只有心甘情愿不图回报，才能减轻见利忘义或忘恩负义的"朋友"对你的情感造成的伤害。

在付出与回报的循环交往中，人们常常将受恩图报的感激渐渐地演变为施恩图报的情债。

谁都埋怨朋友忘恩负义，谁又曾谴责自己的见利忘义？

如果你认清了自己的自私，就别再故作高尚或别有用心地推崇什么纯洁的友谊。如果你期待朋友对我们无私，那么，我们就要用自己的无私去冶炼或净化朋友的无私，而不要期望朋友抛弃自己的自私而对我们无私。

一个自私的人，决不会成为任何人的真正朋友。这种人只有在你对他有利的时候他才是你的朋友，一旦涉及到了他的切身利益，如果不见利忘义恩将仇报就已经是你的万幸了。

既然我们都是凡夫俗子，就不如索性揭下友谊的神圣面纱，将其建立在人际交往的正当利益上，使其回归平凡而生动的人性；进而适度地规范与限定，这便是我们走出友谊误区，避免其伤害的唯一途径。

自利是每个人生存的根本原则。友谊可以做到无私，但却不能做到没有自利。只要不能为朋友而献出自己的生命，其友谊都包含有双重的自利。有时，就连为朋友献出自己生命的友谊，也往往包含着一种不可告人的自私与自利。因此，一个追求友谊纯粹圣洁与高尚的人，很难获得真正的朋友。

没有一个人不希望从朋友那里获得自己所需要的东西。势力小人总是因利益而结交朋友，总是用利益衡量朋友，总是从朋友那里赚取自己的好处。所以，老百姓总是把友谊建立在自利互惠的基础上。

在自利面前不背信弃义见利忘义的人，才是真正的朋友。

在俗界的友谊中，你给谁以利益，谁就会成为你的朋友。

完全陌生的人，在满足共同的需求中自然而然地成了朋友。因此，给人以利益，是迅速扩展朋友，获得友谊的速成办法。由此我们可以得出：结交朋友的最好的办法，一是给人以利益，让利益去寻找需要他的人来主动与你交朋友；二是选择他不在场的时机，在他的敌手面前维护他，在其朋友面前赞美他，这是世俗中最精明而又最巧妙的一种奉承方式。

利益的砝码是兑换友谊的关键。

给予朋友利益，并不一定能获得他的友谊。也就是说，所有受到你恩惠的人，不一定都能成为你的朋友，但所有受到你损害的人都可能变成了你的敌人。

一是你给予他的利益，他自以为这是他应该应分地获得；二是你给予他的利益，他自以为是自己的手段高明而从你那里骗来的好处；三是虽然他对你的真诚给予而感激涕零，并且也曾在口头或心里发誓必当涌泉相报；但当你与他不可避免地发生利益冲突时，他便往往是一狠心一咬牙，最终理直气壮地抛弃或伤害了你这个朋友。

由利益而结成的友谊决不会更长久。

长时间地欠朋友一大笔钱，即使有朝一日你还上了它，从此也失去了这个朋友。

在贫困的境遇中，你为朋友花的钱或朋友为你花的钱是衡量友谊的最准确的尺度。

人总是夸大自己为朋友的付出，而不满意自己从朋友那里的获得。朋友间偶尔求不遂愿，有的当即翻脸，从此断绝交往；有的表面上一如既往，但内心却埋下了隔阂；更有甚者，有的虽然脸上依然挂着微笑，但内心却盘算着如何伺机狠狠地敲你一笔或是置你于死地。

即使你是个圣人，有一颗纯洁高尚的心，为朋友只求付出不图回报；那么，受你恩惠的朋友，也会背上你沉重的人情债而对你感恩戴德必恭必敬，致使友谊在失去平衡中无奈地变异。

与朋友交往，首先要将其还原为"人"。要想到一旦你与他的生存利益发生冲突，你和他都有可能因为各自的利益而做出背叛朋友的事情来。其次，你现在为朋友做的一切，如果你需要他的回报，双方要开诚布公地讲好条件，进行等量交换。如果不需要回报，就要想到朋友如有背叛你的那一天，你为他所作的一切，是否能使你感到后悔；如果想到了又不后悔，你就心安理得心甘情愿地勇敢去做。用人性的自私与自利来理解或衡量友谊，是避免友谊伤害，保持友谊长久的最佳方法。

越是不相信友谊的人，越容易从友谊中获得最大的利益和利润。

越是崇尚友谊的人，越容易被友谊伤害得痛不欲生。

真正的友谊，必须经过利益的考验才能识别和选择。

人啊，又有谁能真正超越了自身的生存利益，而去追求圣洁而无私的友谊呢？

感悟孤独

1

孤独是自我主动逃避或切断与外部的联系而保持心灵封闭的悬浮状态。

孤独源于自爱，不自爱的人不孤独。

孤独是心灵的囚笼，是不被自我理解或不被别人认同的灵魂在虚无痛苦中无家可归的精神流浪。

孤独的人总是从外部世界转向内心开发自己的灵魂，建立自爱的精神世界。

2

孤独的种类：

（1）失落的孤独：即指自我的所属物意外丧失而造成的情感停滞心理失衡，暂时无法与外部世界进行交流的淤结状态。如，丧亲失友，高位失势，身体致残，丢失自己心爱的东西等，这种突发事件，造成人的心理突然失衡，致使情感淤滞，无法交流。

失落的孤独承受不住长期的清冷与寂寞。

（2）自卑的孤独：即指因自卑而主动切断与他人的联系，拒绝与他人交流而产生心灵封闭的禁锢状态。

自卑的人主动封闭心灵，恐惧与他人交往。一是没有足够的信心向他人充分地展示自己，害怕暴露自己的缺憾和无能而被人瞧不起；二是没有勇气承受自惭形秽的对比痛苦；三是自卑者多疑敏感，极易将他人的真诚关怀视为对自己的怜悯与施舍；越是自卑的人越渴望得到别人的尊重与关怀，因而也就越是害怕与别人交往或交流，陷入双重的痛苦之中。

自卑的孤独者往往神情抑郁脾气暴躁。其孤僻高傲的性格，极易招致排挤和打击。这种自我封闭和遭到打击的情感如果得不到及时的沟通与疏导，便极易导致孤独者的心理疾病。

（3）自信的孤独：即指超凡脱俗遗世独立的孤芳自赏。

自信的孤独总是不合时宜，与周围的一切格格不入。

自信的孤独源于自我的价值取向与道德自我完善的超凡脱俗。谁的悟性高，谁获得的智慧也就越广，谁生存的价值目标也就越大；因此，他所获得的孤独也就越大。

自信的孤独是一种心灵的成熟与人格的完善。她入世不为利所惑，脱俗不为名所累，身在凡俗之中，心于超世之外。即便是在谈笑风生的交往中，也往往是交往而不交流，出污泥而不染。自信的孤独决不缺少友谊却缺少爱情，缺少灵魂的交融与共鸣。孤独者在茫茫的人海中找不到知己，却处处受到俗不可耐的修改与审判。因此，他只能退守于自己的心灵中品尝孤独的橄榄，欣赏孤独的凄丽，在孤独中完成生命的创造与升华。

自信的孤独在内心定界与回归自我。

谁铸就了一颗与众不同的灵魂，谁就铸造了一份与众不同的孤独。

3

孤独的二律背反：

（1）自卑的孤独。越是渴望交流就越是恐惧交流。因此，掩饰孤独比孤独更可怕。

（2）自信的孤独。越是寻求解脱孤独，就越是陷入更大的孤独。

（3）人总是在交往中孤独，在孤独中交往。一方面，人在交往中实现自我，另一方面，人又在孤独中升华或损害自我；这便是交往与冲突的必然结果。

4

战胜孤独的方法：

（1）在积极主动与他人的交往及交流中重新归属自己。

（2）多作自己擅长或喜欢做的事，并从逐渐积累起来的成绩与快乐中建立起无往而不胜的自信。

（3）不断地丰富自己、提高自己，以自己的特长及优势来寻求与他人交往或交流的机会。

（4）像理解自己一样去理解他人，努力寻找自己与他人交流的共鸣点，建立真诚的友谊与爱情。自卑的孤独者一旦与他人相沟通，孤独便自然消失。

（5）与大自然交流，自享其乐。

（6）与艺术交流，自得其乐。

（7）与智慧交流，是解脱心灵孤独的最佳方法。自信的孤独一旦被人理解，孤独也就不复存在了。

[张力]

活着

央视怀旧剧场播出《过把瘾》。看到里面的王志文、江珊、刘蓓的青春影像，不禁感慨：人真是不抗混啊。然后就和老婆议论这个剧是哪一年的。回忆了半天，谁也说不准时间。我说，看刘蓓的形象，感觉和《编辑部的故事》差不多。

然后就又转到《编辑部的故事》播出的时间。

她的记忆力比我好："哪一年记不住，反正是你带孩子回老家过年，我自己在长春的那一年。"稍作停顿，又补充说："你妈还在世。"

我大致推断了下时间，便默不作声。回忆一件事，用某某还在世做参照，基本就是老了的标志。老就老吧，谁也没办法，怕的是总去想。

总去想的后果是什么？我的答案是：你每天的生活就是两个字：活着。

为了避免陷入"活着"的境地，便竭力地争取每天生活内容的丰富多彩，便不断地敲打自己的心灵：你还年轻，顶多也不过是个老男孩吧。之后再使劲地"哈哈哈哈"几声。

说敬亚是老男孩，吉大中文77的多数人会"yes"，说我是，至少有半数的人会"no"。想到这里我也苦笑，人啊，给你带个帽子，想摘是很难的。从上学的那天到现在，童鞋们给我的称呼有两个：老张，张哥。一半是尊敬，一半是说你老。对此，我是认可的，因为你本来就比多数童鞋年纪大。所以，大家不要以为我企图给自己正名就改了叫法，有人想让别人称呼他老某某，还未必能成功呢，

比如小白子小兰子。哈哈！说笑归说笑，还是说我。

其实，我骨子里还是很有激情的，换句话说，心态还很年轻。孔老师说六十而耳顺，我还做不到。有些事还是生气，还有义愤。和朋友相聚，还喜欢大杯喝酒，兴之所至，还要大声喧哗，然后高喊：我们K歌去！很多时候还有想法，干点这个，干点那个，其中不免非分之想。什么想法也没有了，那大概就是真的老了。

来苏州后，我对一个成语体会最深：离群索居。偌大苏州，就认识俩人，儿子和老婆，实在难受。写到这里，我真的是很敬佩某些和童鞋朋友不联系的人。也许是我的修炼还不够啊。所以我想，过几天我还是要回深圳去，每隔一年两载还是要回长春去。

苏州是个好地方，拱桥曲巷白墙黛瓦太湖周庄沙家浜拙政园狮子林虎丘塔文庙玄妙观寒山寺平江路……好看好玩的地方不胜枚举。然而，看了之后还是那句话，这里不是我的那个"家"。

上午又去看了那一池荷花。谢的已谢，开的正开，活得十分"自己"。

有网友发文给我说，很挺我的那句"人活的是精神，花开的是品格"。

有了这精神，有了这品格，就不会仅仅是"活着"了——我想。

乡情

看了童鞋们几篇乡情的文字，也说两句。

自从见了2002年的最后一场雪后，至今未见一丝雪花。想念雪，想念大雪纷飞，成了我的心病。

从一个搞摄影的朋友那里找了幅松花江边雾凇的照片，放大后挂在我家客厅北向的墙上，上面题了几行字：

余光中说
乡愁是一枚小小的船票
乡愁是一湾浅浅的海峡
我说
乡愁是一串串晶莹的树挂
乡愁是一片片飞舞的雪花

每天看上两眼，聊慰思乡之绪。

说来也怪，在深圳的同学都是来自东北，未见别人如此。想来想去，我得出个结论，也许是我离开故乡太晚年纪太大的缘故吧。

说长春是故乡并不确，我的故乡其实是吉林省大安市，我出生的时候那里叫黑龙江省大赉县，一个科尔沁草原的边缘小城，一个嫩江边的小县城。在那里留有我童年少年和大部分的青年时代的回忆。

前几天，哥哥寄来了他写的《我们张家》，这是他历时五年写的一本关于我们家的过去的10万字的书，意在给儿孙辈看。

老婆说，你哥哥家庭观念真强，言必老张家。

我说，好，儿子们对过去都不知道，看看好。

老婆说，他们？会看吗？

晚上，儿子下班回来，还没吃饭就看到了那本书，吃过饭就闷着头读了起来。我看在眼里，喜在心头，没打扰他，轻轻掩上门，对老婆耳语：儿子看得很认真哦。

两个小时后，儿子进了客厅。我说，都看完了。他说，没有，我知道和认识的亲人的那些，都看了，写得真好。于是东一句西一句地说起了他记忆中的奶奶的事情。

故友，亲人，家乡，人类永恒的话题。

去年7月，我回到大安。小城不大，两个小时就可基本走遍。早晨6点起来开始转，8点回到姐姐家。酸甜苦辣，一肚子感慨，最大的感受就是我认识的那个城市没了，消失了。前年回去还能看到很多熟悉的地方，今年几乎全不见了。旧城改造，大面积的拆迁，城市是整齐了，漂亮了，但我所熟悉的"味道"彻彻底底没了，消失了。

感慨就是诗情。躺在床上，胡诌了一首小诗。

一座城市没了，

昨天还有，

今天就没了。

来得太快，

太匆忙。

犹如突如其来的战争，

令我茫然，紧张，
甚而手足无措，
惊惶万状。

面对整齐的街道，
鳞次栉比的楼房，
我不知道该欣喜，
还是该悲伤。

从钢筋水泥的森林走出，
又钻进水泥钢筋的围墙，
所有的寻觅都是徒劳，
闯进眼帘的都是一个模样。

过去的纵然矮小灰土，
但却是个性的张扬，
从街口一眼望去，
立即可分辨出周吴郑王，
喊一嗓张三李四，
顷刻间便传来饭菜飘香。
多少小城故事，
就这样滋生，流淌。

过去的总该过去，
历史不同情无奈。
翻弄下瓦砾里的泥土，
趁它还没有彻底消失，

悄悄的把记忆埋藏。
无论你千般变化，
不变的只有两个字：
故乡。

当晚，我在酒桌上把这段顺口溜读给一位中学同学，他沉默半晌，说，"喊一嗓张三李四，顷刻间便传来饭菜飘香"，好，形象，那时我们真的是这样。

一个人在一个地方住久了，会生情的，比如深圳。但我坚持认为自己是东北人，是长春人，是大安人，不是深圳人。9年来，我几乎每年都要飞回长春，间或也要回大安。在飞机上我常想到这样一句话：在两个城市之间游走。真的是游走，不知道哪里是家。回到长春，和同学朋友喝酒，感觉别提了。2010年夏，长春的房子卖了，因为老是空置，太操心。这一次我和同学聚得最多，先后有于力、金亭、姚力、杨冬、树文、亚明、端忠、顾太等学友或大或小规模地请我吃饭喝酒叙旧发情（哈哈），真是尽兴惬意。酒桌上有句话没敢和同学说，房子卖了，根没了，再回长春，也许……但是，我真的好想雪，想听大雪天走在雪地里咯吱咯吱的声音。

假如岭南真的下雪了，难道我就不想东北的大雪了么？

荷韵

　　站楼上之凉台，便可望见不远处有一荷塘。前段苏州入梅，又值热带风暴雷米袭来，几乎天天下雨，日日刮风，天气清凉。前天出梅，雨住天晴，气温一下子就升了上来，原来还是一片碧绿的池塘，渐有莲花吐秀，竞艳争芳。

　　晚饭后，出小区北门，穿过马路，径到荷塘边，一睹新莲风采。

　　生于东北，自幼少见荷花。记忆中第一次见到，是1967年的夏天。时住北京大学，闲暇时散步，在未名湖观赏过她的芳容。当时印象颇深，恬淡，清丽，高洁，秀而不华，艳而不妖，犹如一出身书香教育良好之女子，款款婷婷，袅娜多姿，饱含说不出来的万千韵味。少长，读了宋人周敦颐《爱莲说》，便更加喜欢她，"出淤泥而不染，濯清涟而不妖，中通外直，不枝不蔓，香远益清，亭亭净植，可远观而不可亵玩"，无愧花中君子之谓。

　　去岁清明，与友人赴湘南游玩。路过郴州，见路牌有"濂溪书院"标示，便力主去看看。濂溪者，周敦颐也。进了书院，拱桥旁是两池清水，荷叶飘飘，不见花影，心中稍有惆怅。季节未到，非荷之过也。于是便也心满意足，把个书院前后左右里里外外逛了一遍，以示对理学大师敬仰之情。

　　来苏后住工业园区，感受最深的就是地广人稀，环境奇美，与深圳的喧闹恰好形成巨大的反差。特别是金鸡湖畔，真有天堂之感。

荷塘不大，约四五亩，周边尽是绿色。由远及近，芦苇，蒲棒，草坪，枫林，桂树，香樟，环围四周，野味十足。马路上偶有车子驶过，几无行人。

赏花需心静，心静需人静。在深时每逢6月，都要去洪湖公园看荷花。洪湖水面大，荷花几乎覆盖了全湖，荷花盛开时甚是壮观。然唯一缺憾就是人多。世间事大都如此，人怕出名猪怕壮。眼前的荷塘就无这份担忧，少了招摇，多了荷韵。

夕阳洒在水面，在微风中粼粼波动，荷叶上点点水珠，在滚动中晶莹闪烁。除了靠近岸边水浅处的荷花已然开放，大部分正在含苞吐蕊，更显青春妖媚。粉色，白色，间杂交错。岸边一株白莲，矮矮的，隐现于水草之间，颇有欲说还羞之状，令人怜之，惜之。不远处也是一只白莲，挺挺拔拔，头颅高昂，一副四顾无人桀骜不驯之架势。蓦然间我很想与之对话，假如你是有思想的精灵：纵有无数世态炎凉，我高我傲，我开我花，冰清玉洁奈我何？

人活的是精神，花开的是品格。古往今来无数咏荷颂莲之作，凡上乘者皆如此。

天色渐晚，花叶依稀。低首徘徊，默然无语。咏荷寓柳，此情谁知？

过节

罢工多日的电脑今天突然上班了，令我欣喜异常，也百般不解。

大约10天前，我的空间怎么也打不开，与此同时，腾讯的几个页面也都相继"罢工"，最令我着急的是我们的"班博"无论如何也进不去。QQ空间打不开，就意味着我看不到自己原来写的所有东西，也无法知道朋友们的动态。对于自己写的东西，虽然未必有什么价值，但是多年形成的心理（也算是文化现象之一吧）总是提醒我，不能丢，太可惜了。情急之下，求了一个QQ好友，进我的空间里把我的东西复制后给我发了回来。

使用电脑十余年，但我基本还是个电脑盲。找不到病因，就胡乱搞了起来。卸载09版，下载11版，不行；卸载11版，下载10版，不行；继而又怀疑360安全浏览器的问题，是它限制了部分电脑功能。今天早晨打开电脑，决定找专业维修电脑的来"治病"。哈哈，绝了，原来不灵的功能竟然全部恢复了！！！（如有哪位高手告诉我原因，我愿请他喝酒）——于是我的心情便格外好，把元宵节后要写的东西补记如下。

中西文化之差异不必说了，就是在同是说汉语的中国，文化差异同样很大。来到没有四季的深圳近十年，对此感受颇深。思维方式，语言表达方式，为人处事方式，等等等等，南北差异巨大，就连对中国传统的节日，重视程度也存在较大差异。在东北几乎无人知道冬至也算节日，可在南方极为重视。而北人相当看重的元宵节，在南方却几乎体味不到节日的氛围。

在我的儿时的记忆里，很多的乐趣都是和正月十五联系在一起的。小的时候过春节，印象最深的就是除夕和十五。除夕是年之始，十五是年之终，是"收官之战"，也把过年的喜庆推到高峰。

我的儿时是在一个小县城度过的。县城不大，几万人而已，方方正正，规规矩矩。每到元宵节，我和伙伴们几乎能把整个县城疯跑一遍。

家乡那里很多人把元宵节称为灯节，看花灯自然是我和伙伴们的乐趣之一。那时的花灯里面点燃的多是蜡烛，闪闪烁烁的，比后来用的电灯更有情调。四方的，五星的，圆球的，鱼形的，虽无后来的花色繁多，但林林总总的也还是把我们的眼睛搞得不够用似的。我最喜欢的是转灯，一盏灯笼里，一对小人或舞刀或弄棒的，沿着花灯的内壁缓慢地旋转。我很是纳闷，也没有人操控，他们为什么会转呢？

乐趣之二就是看秧歌。伙伴们尾随各路秧歌队走街串巷，常常一队人故意混进耍龙灯舞狮子的队伍里，摸摸龙王的肚皮，瞧瞧狮子的眼睛。那时家里穷，过年买鞭炮放，也只是除夕夜和初一早晨放个"意思"而已，很不尽兴，于是便把正月十五作为"开斋"的日子大过鞭炮瘾。按习俗，凡秧歌队经过的单位呀商家呀，都要燃放鞭炮的，一是助兴，二是感谢。秧歌队还没到，这些地方就把鞭炮准备好了，用长长的竹竿挑着。伙伴们对此早就侦查好了，哪里哪里的鞭炮又长又大，还有十响一咕咚（一种鞭炮，学名不详），于是便早早地站在那里的周围拉开架势，但等燃放时钻进"炮火中"，在地上的鞭炮碎片中寻找没有响的"幸存者"，像宝贝一样揣进口袋，回到家里自己去放。舞散人尽，大家已疯得疲惫不堪，但心情满满，互相展示"战果"，如果有谁捡到了麻雷子（十响一咕咚中最大最响的家伙），那是很让人羡慕的。

乐趣之三，也是对我影响最大最深的，是灯谜。每年春节的正月十四到十六，县文化馆都要举办灯谜晚会（后来我到吉林日报工作，写过一篇《我们大安，谜乡》的文章，发表在《人民日报》海外版上）。每到此时，文化馆大院里人头攒动，笑语喧天。成人居多，像我般的小屁孩寥寥无几。其时我刚刚识字，哪里会猜灯谜，只是好奇。起初去看灯谜，是受人之托。我家住的大杂院里有个任先生，腿有残疾，大概四十几岁，和老父亲两个人住，靠手工做鱼钩生活。任氏父子很喜欢小孩，我们便常常去他家。对他们做的鱼钩倒是没多少兴趣，主要是听任先生讲故事。任先生的老父亲很慈祥，白须三寸，身体硬朗，总是笑呵呵的，手里经常端个铜质水烟袋，吸起来吱喽吱喽响，这个玩意在寻常百姓家是没有的。任先生呢，戴个眼镜，说话慢声慢语，很有条理，很有文化，也很会讲故事，三国呀，西游啊，说唐啊，知道的东西很多。任先生是我当时接触的人中最有文化的人了。任氏父子深居简出，和邻居都不来往，就是我们一帮小孩常常在他家里玩耍。任氏父子的身世有点神秘。

任先生知道灯谜晚会的事。到了正月十四，就告诉我，你去文化馆，把灯谜抄回来。于是我就带好纸笔去抄。识字不多，太复杂的不认识，就捡简易的抄。记得最清楚的是个字谜：黑。打一字。任先生告诉我，谜底是皯字，黑嘛，白的反面。于是我就认识了一个若干年后很多人也未必认识的皯字，为此还很自豪。猜中灯谜有奖品，无非是橡皮铅笔刀木格尺一类的小文具，任先生一概都送了我。奖品也就几分钱，但我很珍惜，这是我一生中赚到的第一笔跑腿钱。

后来我渐渐大了，任先生家就很少再去。再后来他们搬走了，不知所终。50多年过去了，任先生父子俩的音容笑貌记忆犹新。我后来的一切和文化沾边，我想应该和任先生父子有些关系。

我儿时的元宵节，不仅仅是快乐的元宵节，开心的元宵节，还是文化的元宵节。

闲来无事，前几天开始第五遍读红楼。元宵节期间，恰逢读到第十八回，"皇恩重元妃省父母　天伦乐宝玉呈才藻"，正好写的是元宵节元妃省亲。大观园里，"园中香烟缭绕，花影缤纷，处处灯光相映，时时细乐声喧"，蓼汀花溆一带，"两边石栏上，皆系水晶玻璃各色风灯，点的如银光雪浪；上面柳杏诸树，虽无花叶，却用各色绸绫纸绢及通草为花，粘于枝上，每一株悬灯万盏；更兼池中荷荇凫鹭诸灯，亦皆系螺蚌羽毛做就的，上下争辉，水天焕彩，真是玻璃世界，珠宝乾坤"。大观园里过元宵，加之皇妃驾到，自然与众不同，就连贾妃都说"太奢华过费了"。两相比较，我还是更喜欢民间的元宵节，觉得那更有年味。

（注：我本名张利，因身份证写成"张力"，所以就沿用下来了。）

[张中良]

203寝室的老夫子

1982年1月，承蒙顾太、张力二位学兄相送，我们踏着辛酉年腊月的积雪，告别了吉大7舍，也告别了77级的大学时代。30年的风风雨雨，洗刷掉许多往事的记忆，但7舍203寝室，却永存于我的记忆库。尤其是这个寝室的几位老夫子，更是让我经年不忘。

十年浩劫，打乱了社会常轨。邓小平说恢复大学招生，宜早不宜迟，我们这一届史称"77级"的大学生遂于1977年12月参加高考，1978年初春入学。这一届是整整积攒了11年的不同年纪的学生，故有不少考生都属大龄青年。

我住的吉大7舍203寝室共有12人，其中年近30岁的就有5人，他们是李本达、张力、温玉杰、顾太、杨冬。背地里，我们这些相对年纪小的都管他们叫"老夫子"。这一称谓既饱含了我们对他们的敬畏，也包含了他们的满腹学识。

若论年纪，顾太在本寝室里不是最大，比他大的本达与张力家住长春，至少周末总要回家。更为重要的是顾太出身农家，又有多年工作历练，质朴、宽厚、善良与管理能力，流露在眼神里，雕刻在嘴角上，所以大家一致推举他当寝室长。顾太果然不负众望，无论是寝室的集体荣誉，还是生活费的分分角角，事无巨细，均料理得井井有条。我等兄弟，无论做出什么不得体的事情，从来没见顾太愠怒过。倒是大家有什么事，总喜欢找他帮忙。有一天午饭后，大家都上了床。诗人邹进一个劲儿地央求顾太看他刚刚写出的得意之作，顾太说："困了困了，睡醒了再看。"邹进不依不饶地泡蘑菇："不行，现在就看嘛，神来之笔！"老顾说："知道，你不就是当代郭沫若吗，啊，扬子江、黄河！骏马呀，奔腾在草原上！"可他到底拗不过这个小兄弟，坐起来给他看诗。睡意呢，大概随着骏马去了草原吧。

老顾给过我许多关心。如今，入党早已不像80年代了，当年还是有一种庄严感，顾太与新风一直代表班党支部与我联系。老顾还关心过我的个人生活，曾在不经意间请一位搞创作的农安姑娘到寝室来过，让我领略一次被考察的荣光，后来虽然由于户口等原因未能启动，但我对顾太兄是心存感激的。

毕业以后，顾太在工作中施展出管理才能，先后出任过白城地委组织部长、吉林省地方志办公室副主任等职。有一次来京公干，本来应该由我们请客，可是顾太照例以大哥姿态招待了同学一顿家乡饭。记得酒是浅红的，说是龟血酒，有人说不会喝，老顾笑眯眯地劝道："喝一点，健体强身，立竿见影！"我想，倘若时光倒流，再回7舍，203室长仍然非顾太莫属。顾太的才能并非止于行政管理，早在上大学之前，他就曾经写过剧本，大学期间，发表过小说。后来从政了，以为他忙于行政，没有时间，也没有兴趣再来创作了。可是，有一次，在电视剧《一帘幽梦》的工作名单中，我与丽华在编剧后面看见了顾太的名字。去年又有顾太编剧的《关东转魂》投拍的消息，顾太兄，还有多少袖里乾坤没有展露出来呢！

张力兄的眼镜后面永远是深邃的目光。他与本达、老温都是老高中生，如果不是"文革"耽误，他们不会屈尊与我等同学，要说缘分，也属师生缘，若在民国，当为"舍监"，而非"舍友"。在校期间，我们对这几位"老夫子"当面从来不敢直呼其名，只是叫"老张"、"老李"、"老温"，尊敬里透着几分亲切。张力兄不仅有很好的理论辨析能力，还会写清丽而遒劲的小说。记得其中一篇是写毛去世后处理花圈的周折，另一篇是写穿裙子带来的烦恼，都写得很有时代感。张力兄是把热情与才情深藏不露的人，毕业后他去了省报，在那里固然可以施展才华，但是，舆论阵地的严防死守未始对他不是一种限制。如今，在南国追想着北方的雪，也许哪一天我们就会看到他那遥远的乡愁与掩抑的情思掀帘而出，给同学带来惊喜吧。

本达兄深沉的目光里含有犀利，他发现我的兴趣太广之后，指点我：看东西不能东鳞西爪，要集中精力关注一个问题，这个问题搞清了，再向旁边延伸扩展。后来，我的硕士导师陆耀东先生也这样告诫我，博而后约，否则，必然是蜻蜓点水。本达兄也说过不少鼓励我的话，像我这样内向的性格，不大容易被人了解，在组织发展会上，本达向支部介绍我的情况，不吝肯定之词，竟让我一时有手足无措之感。大学期间，举国上下，思想活跃，文学社团如雨后春笋，本达、张力、顾太、杨冬诸兄，还有丁临一、孙歌、刘建及我等，组成一社团，因半个月活动一次，想叫"半月谈"，后来得知一家刊物名为《半月谈》，遂改称"探索者"。我们活动的地点就在本达家里，平素寡言少笑的本达兄在家里热情招待，使我们感到家的温馨。本达看事透彻，又敢于直言，这就使他不安于机关工作，于是主动转到出版社。他这样底气十足的人，做出版必然能做出成绩。后来，他获得了全国优秀中青年出版工作者的荣誉，也为出版社创造了巨额效益。2001年，《人民政协报》约我写纪念辛亥革命的文章，我从图书馆借来一本让我受益良多的《中国近代文化史》，看版权页时，才知道责任编辑就是本达兄。今年5月去青岛大学讲学，得以与本达重逢，他犀利如故，对青岛发展态势说得头头是道。同座的本达夫人庞玉珍教授，笑说本达选错了岗位，若去大学准是个优秀的教师。

温玉杰兄写没写过诗，我不知道，但我觉得他骨子里是个诗人。老温才华横溢，每年的班级迎新晚会都是由他主持。大学期间还在省报发表过小说，在《大众电视》发表过评论，很是让人羡慕。听说毕业后还在一个电视剧中出演过一个角色。大概就是因为多才多艺，他才从四平调到省里。可他是个不安于现状的人，能人总是需要更大的空间去施展，所以他后来下海做出版，推出了不少沉甸甸的书籍。老温是谦虚的，在校期间，拿小说手稿给我们这些小字辈看，认认真真地要我们提意见，我能提出什么来呀，说了几句驴唇不对马嘴的话，老温丝毫没有怪罪的意思，反倒让我难为情起来。

老温是体贴人的。一次，我兴冲冲地买了一本什么书，受到了同学的批评，我自然有点扫兴。老温安慰我说，什么书有价值，看法各有不同，何必听风就是雨。又一次去伊通农场劳动，大家纷纷下一个大泡子游泳，老温问你怎么样，我说会几下"狗刨"。人总是容易过高估计自己的能力，"刨"到过半的时候，不知是累的缘故，还是过于紧张，我突然有点乱了方寸，老温见状，连忙用一只手带着我前行，我才逐渐恢复状态，到达彼岸。

人世间的事情多有不可捉摸之处，难免让人产生神秘之感。三年级时，班上已有男女同学成双结对了，寝室里面，几位兄长或已婚，或早有女友，几位小兄弟还正年轻，找朋友的事似乎还很遥远。我这个"中生代"便成为大家关注的对象，老顾之外，本达、杨冬都曾试着为我牵过线，结果不是因为我家在农村，就是人家扫了一眼照片嫌我其貌不扬，连头都没接上，就熄了火。有一次，大家在室里为我"沙盘摆兵"、"拉郎配"，热情的关切里带着一点戏谑。老温说，你们说的那几个，恐怕都不合适，我看孙丽华还差不多。于是，他自告奋勇，要替我打探打探。尽管后来也有曲曲折折，毕竟我与孙丽华喜结连理。但若说缘起，自然应该感谢温玉杰兄。只是说来惭愧，这么多年，我们一直没有机会好好地报答，说是"大恩不报"，就能减轻自己的不安吗？

杨冬是上海人，文质彬彬的，仿佛就是为学问而生。与他在一起，所谈的大半是学问。那时，大家真是用功，很长一段时间，吃过午饭后，我与杨冬便一道去图书馆，困了伏在桌子上小憩一会儿，醒来擦擦嘴角便接着啃书。杨冬说他构思论文的诀窍一般不用第一个想到的思路，因为那可能是大家都会想到的，他要在否定第一个思路的基础上重新寻找新的思路，这才可能是独到的发现。他还表示，自己要十年磨一剑。杨冬韧性十足，果然不轻易出手，十年左右推出一本专著，最近的一本题为《从柏拉图到德里达》，扎实，厚重，这种学风在国内流行玄学的西方文艺理论界殊为难得。不止一人说过杨冬课讲得好，有一次，我在北京师范大学出席博士后出站报告会，一位美艳炫目的女博士深情渺渺地谈起，她在吉林大学读书，感觉最有魅力的老师就是杨冬。那一刻，我有点嫉妒杨冬那高耸的奥林匹斯鼻梁，还有那据说颇具感染力的微笑。

俗话说，十里不同风，百里不同俗。尽管同是一个班，每个寝室的风格也各有千秋。203室整体上趋于稳重，与上述的几位"老夫子"的深沉有关，有老夫子坐镇，小兄弟哪敢乱说乱动。后来有几个走上学术道路,其中固然主要源于时代的氛围与个人的选择,但不能不说与几位老夫子,特别是杨冬的影响有点关联。其中我、李新风(现在已改成李心峰)、张晶毕业后都走上了学术研究道路,也都在各自领域取得了一些成就。

最后,我得说说我自己。其实,我是处于老夫子和小兄弟之间的那一代人,虽然阅历没有老夫子们丰富,但比起同寝室的其他几位如冯铁民、王启平等,还是多了一些沧桑感。我本来出生在哈尔滨,小时候跟随在铁道兵部队工作的父亲走南闯北,幼儿园与小学初年级在盂郊的故里浙江武康度过。后来随转业的父亲回东北,"文革"在劫难逃,举家迁回故乡。少年天真活泼,"文革"中变得沉默寡言。虽然属于"可以教育好的子女",但因为在省报省台发表过二人转与通讯报道及所谓理论文章,只干过一年农活,便被选做民办教师,一年中从小学教到高中,以五音不全的嗓音教过音乐师资奇缺的孩子们唱"小小竹排",误人子弟之处甚多。后抽调到公社宣传组当"笔杆子",写了几年官样文章,包括以非党身份为党委书记写党代会报告。悲悲切切地送走"四个伟大"之后,有幸赶上恢复高考,进入了吉林大学七舍203寝室。班上人才济济,轮不上我当班干部;寝室里上有"老夫子"之深刻,下有小兄弟之活泼,中间物少有表现的空间。在吉大最明显的进步是长跑,冬季越野赛第一年是看客,第二年在百名开外,第四年进入前20名。毕业后进当时已有万余名学生的武汉大学读硕士,最好的场上名次是万米第5。大学期间正恢复上演电影《一江春水向东流》,主人公张忠良一时被视为白鼻梁角色,未出电影院便有同学大喊我的名字,回头率极高,于是在校报上发文章时,取当时正学的《楚辞》里《国殇》的"秦弓"为笔名。

还真与秦地有缘分，后来到西安工作三年半。再后来到中国社会科学院研究生院读书，毕业后留校，当过学报编辑，也做过行政工作，1997年到中国社会科学院文学所。自我评价是人还算质朴，间或有一点木讷，虽说笨鸟先飞常在后，但总是在努力。

203寝室的人物有数可计，可是203寝室的思绪没有尽头，更何况还有左邻右舍呢，还有整个中国的77级呢。

[李心峰]

大学日记摘抄（三则）

开学典礼与迎新会
（1978年3月29日）

进入吉林大学已经半月，一切都已进入正常轨道。回想这十几天的学习生活，真是丰富多彩、新鲜有趣。

16日进行的文化复查和体格检查是对我们是否符合入学条件的审查。虽然我们在考试前和考试时略显紧张，但（通过审查）会使我们的心里更踏实。19日，我们全班的每个同学都领到了鲜红的"学生证"和一枚校徽。不难想象，我们当时是一种什么样的心情：高兴、激动、放心、遐想、决心一齐冲击着脑门。

也就是在这一天，学校举行了隆重的开学典礼——这是一次鼓舞人心、振奋我们的革命精神的动员大会，是我们跟随华主席继续新的长征的一次誓师大会。校领导、老教师对我们寄予了多大的期望啊！这也是党和人民对我们的期望——要我们经过社会主义大学的培养，成为一个社会主义革命和社会主义建设的有用的人材。

开学典礼开始时，雄壮的国歌在大礼堂振荡着。我肃立着，觉得这是多么庄严的时刻。那激昂的旋律足以使我热血沸腾。我们伟大的中华民族在毛主席的领导下，摆脱了饥寒交迫的困境，以巨人的姿态站立在世界的东方，现在，我们又在华主席的率领下以巨人的步伐向四个现代化的光辉目标阔步前进了。听，"前进！各民族英雄的人民！伟大的共产党领导我们继续长征！"在这伟大的进军中，也有我一员，这是多么的光荣而幸福呀！

20至22日，我们进行了红专教育、纪律教育、专业教育——这为我们上好学打好了良好的思想基础。

23日，我们开始了正式上课。这学期，我们共开了6门课：文学概论、语言学概论、现代汉语、日语、党史、写作。

然而，最有意思的，要数系里召开的"迎新联欢会"了。在会上，真可以说是"百花齐放"。老教师朗诵了高尔基的《海燕》，是不是要我们不做海鸥、企鹅，而要做欢喜暴风雨的海燕？我们大家都不是艺术家，但都要上台抒发自己的感情。联欢会开得非常活跃、欢乐……

"五·二三"晚会
（1978年5月23日）
（ごがつ　にじゅうさんにち）

今天晚上，天气晴朗，柳枝杨梢在微风的吹拂下摇摇摆摆，一轮满月低悬在东天。由于空气潮湿（刚下过雨没有多久），月亮血红血红的，简直就是一个燃烧的火球。这一切的一切，给人一种舒适的感觉，使人禁不住触景生情。

但更富有浪漫色彩和浓厚的诗意的，是我们班级举行的文艺晚会。今天是5月23日，是伟大领袖毛主席《在延安文艺座谈会上的讲话》发表36周年纪念日，为了表达对毛主席的怀念和坚决执行毛主席革命文艺路线的心情和决心，我们全班同学召开了文艺晚会，向这个光辉的日子献上几束花朵。

7点钟，文艺晚会开始了。参加演出的演员与观众一样多——这不是观众少（全班80多人都参加了），而是文艺活动的广泛性的标志。

可以说，看哪个电影也不可能有今天晚会上的气氛热烈、情绪高涨。这是同学们精神愉快的表现，是全班同学团结友爱的象征，是我们朝气蓬勃、意气风发的标志。

文艺节目并非十分精彩，但，我们觉着，它是那样的精彩，甚至大剧团的演出也不可与它媲美——因为，这是我们自己表演的，是我们自己真实感情的流露。因而，在我们看来，这些粗糙的节目是那样的动人、亲切！

你甭小看这个文艺晚会，在晚会上，真还"百花齐放"呐！有小合唱，有独唱；有乐器独奏，有乐器合奏；有相声，有快板；还有顾太同学演唱的富有浓厚的地方色彩的什么曲（记不清了）。

[作者附记]

刘坚童鞋的《吉林大学中文系77级大事记》1978年5月8日记载："团支部布置工作：将在5月23日毛泽东发表《在延安文艺座谈会上的讲话》纪念日举办文艺晚会，要求各寝室排练文艺节目。"经查，在我的日记中，确有对五·二三文艺晚会的记载。现抄录于此，以飨众童鞋。

愚弟的《我的童鞋我的77——我的大学日记》系列，一是想到班博上凑凑热闹，活跃一下空气；二是想"抛砖引玉"，以这几块粗劣砖头，引出更多的珍珠玛瑙翡翠和阗玉羊脂玉昆仑玉……果然，引来了一块千金不换的真宝玉——刘坚兄的七本大学日记！这真可说是上帝赐予我们班众童鞋的无价珍宝！盘点一下我的那点日记，全部加起来还不足半本，仅百页左右，真真是小巫见大巫了。刘坚兄的这7本日记，凭我刚当图书馆馆长对于史料价值的直觉，我相信，它们不只有吾班第一手资料的史料价值，还将会有极其宝贵的教育史、社会史、文学史、思想史、思潮史……等等等等的第一手的史料价值。至少对于77级的历史，对于吉大校史，是再好不过的史料了。也许不是玩笑话：再过20年，如它能完整出版，定会引起轰动；它的手稿，也许用一套房子也甭想换。……我们期待这些日记能源源不断地在班博上发表出来，以满足众童鞋的期待。同时，弟也相信，吾班定有不少其他童鞋，也或多或少地会留下一些日记或类似日记的东东。在此，期待他们都能在班博上交流，让我们的这出怀旧大戏高潮迭起，时时精彩纷呈。未知众童鞋以为然否？

[班博留言]

感谢心峰！

补充一点：顾太兄演唱的是一段黄龙戏，内容与粉碎四人帮都有关。有一句"这个王洪文儿……"

我们寝室众弟兄合唱了两首歌（记得如果不对请纠正）。一首是日本民歌《樱花》（さくら さくら やよいのそれはみはたすかきり かすみかくもか…），还有一首与海军生活有关（好像叫《夜航之歌》）：

夜沉沉，海茫茫，战舰奔驰在领海线上。炮塔旁，静悄

悄，甲板上，无声响。夜色里，只看见，只看见，机警的目
光。啊，水兵们百倍警惕守海防，百倍警惕守海防。我们在海
上巡逻站岗，保卫着祖国的繁荣富强，保卫祖国繁荣富强。浪
花跳，渔火亮，渔船撒下丰收网。炮塔旁，静悄悄，甲板上，
无声响。夜色里，只看见，只看见，幸福的微笑。啊，水兵们
肩负重担斗志昂，肩负重担斗志昂。我们在海上巡逻站岗，保
卫着祖国的繁荣富强。嘿！嘿！（王金亭）

心峰，你的"5·23日记"对晚会的描述，勾起我们当年
的记忆，读着很感动。我就是受到你的启发，才想到把日记的
内容利用起来。你对我的日记评价过高，其实里面拉拉杂杂，
鸡毛蒜皮，没什么价值，只有一点令我自信——真实。你的日
记，读起来的感觉是：当年就是那么想的，就是那么说的，这
是最可贵的。谢谢你的启发和鼓励，期待看到你更多的日记。
（刘坚）

农场记事
1979年6月8日，星期五

6月4日上午，我们带着行李乘汽车到柏家屯农场劳动。农
场环境优美，使我们来到了这里便爱上了它。农场的南边是一
个不太大的养鱼池，池中荡着微波，鱼儿不时地跃出水面，破
坏着水面的平静，却也使水面免去了单调的色彩。池岸上长着
茂密的青草。一些草儿还开着各色的花儿。再往南、往东，是
辽阔的水田。一些水田里已经被我们用双手插上秧，一些水田
则仍呈现着泥土的本色。站在池边向远望去，给人一种辽阔、

舒畅之感，令人心旷神怡。农场周围被交叉着的一条公路和一条铁路所环绕，更增添了农场的美丽。

在农场里，给我留下印象最深的是农场边生长的马兰花。马兰花具有很强的生命力，它往往生长在路边、塘岸，虽历经人、畜的践踏，仍顽强地生长。马兰花形状有点像牵牛，呈紫兰色。她朴素、倔强，虽在烈日照射下仍不枯萎，决不像牵牛那样只知早晨，不知黄昏，一见烈日便再也神气不起来了。她鲜艳，却不失于妖冶。

在农场里劳动也是愉快的。在几天的劳动中，我还真没有感到累呢。劳动中，与同学们亲切自然地漫谈着，增进了同学间的友谊。如果说现在插秧，到秋天才能收获的话，那么，另一种果实我们当时就已经在收获了——这就是热爱劳动的观点、对农民的同情心以及同学之间的友谊等。

7日上午，我们经检查合格的献血的同志离开了农场。本来，我们劳动的时间是两周，而我们却只干了三天。离开农场，真有点恋恋不舍呢。

[作者附记]

近日上传到班博上的几篇日记，本无标题。为吸引众童鞋眼球，现分别加上了标题。而正文部分，虽不免青涩幼稚甚至可笑可乐，却一仍其旧，不作任何改动。另，次日的日记中只有一句话，也抄在这里："6月9日下午，到市中心血站献了血。"

[班博留言]

心峰的"献血"我记得很清楚。岁数大的同学好像就我一个人合格。但那几天有点感冒。温良就跟班长说，班长很原则：这是觉悟问题。

其实，我也不想此时被人怀疑作假。

献血那天护士一摸手臂就让我量体温，一量38度多。于是就取消了我的献血资格。

好在后来我还是轮上了好几趟献血，作了弥补。（范文发）

那时献血，大家都非常踊跃、自觉。那仍可说是"激情燃烧的岁月"。老范学兄虽感冒发烧，仍报名前往，直到量了体温才不得不取消。那时大家的真实、诚恳由此可见一斑。比诸今日，单位要献血了，人们会想方设法（头天晚上猛造一顿生花生米，据说便很有效……），在体检时被检出"不合格"，从而逃避公民本应尽的一点义务。想想有点可怕——真要是不得已与某某国开战，谁往上冲？需要血的时候咋办？——愚弟可能是多虑了。温州动车事故，幸存自救的人据说很有秩序，献血的人据说也比较踊跃，尚令人聊以自慰。谢范兄关注。

（心峰）

[陈平]

高考，我们那个年代

2006年9月的一天，在纽约通往费城和华盛顿的高速公路旁，我们中国新闻出版界一行10人的考察团刚参观完爱因斯坦执教过的普林斯顿大学，准备乘车赶往下一站，此时，我的手机响起了轻柔而美妙的信息铃声，我打开信息接收键一看，不由得热血沸腾、双目模糊起来……短信是在北京师范大学读大四的小女儿发给我的，内容是她已被中科院数学与系统科学研究院录取为硕博连读的研究生了。

女儿是在我赴美考察前被北师大推荐到中科院数学院硕博连读，不需笔试，但需面试。我在北京集中临出发前一天，正赶上了她去中科院数学院面试，我打车陪女儿去了中科院数学院的"思源楼"。女儿上楼面试时，我在一楼大厅等候，大厅南墙上悬挂的4幅大型图片吸引了我。4幅图片分别是"毛泽东与华罗庚"、"邓小平与陈景润"、"江泽民与杨乐""胡锦涛与吴文俊"会见时的情景。看着这些图片，我就想，女儿若是能来这里硕博连读该有多么幸运、多么幸福啊！我这个老爸又该多么骄傲、多么自豪啊！

女儿终于被录取，我的愿望终于实现了！这怎能不令我心潮涌动、激动万分呢？我当即在大洋彼岸、地球的另一侧拨通了女儿的手机号码，向她表达了我的兴奋与祝贺之情。

那天晚上，我们住进了华盛顿郊外的一家宾馆。尽管房间静悄悄的，奔走了一天的我也有些疲惫，可我却久久不得入眠，又沉浸在对自己青少年时代的往事回忆中。

我生长在连绵起伏的科尔沁沙地上的一个较大点的村子。7岁那年冬天，我跟随母亲坐着村里邮电所的马车颠簸了一天，手脚都麻木了，牙齿直打颤，才第一次进了县城，见到了火车和汽车。我的家庭优势是父母都是村里小学校的"孩子王"。受他们的影响和管教，从小我就喜欢读书学习。可他们最糟糕最要命的劣势是，一个曾被打成过"右派"，一个出身于大地主家庭。"文革"期间，不仅他们在劫难逃，就是我们这些"黑帮崽子"，也是上天无路、入地无门，受了不少牵连。无奈，17岁那年，我便只身一人离开了家，到了百余公里以外的一个小镇上，先是在镇上的中学读了3年初中和高中，接下去便滞留在小镇上在建筑工地、饭店等地方打工，一年后落脚到离小镇有近20公里的一个小村，当了一名知青，实际上就是个住集体户的农民。

我是1977年10月里的一天晚上从广播里听到国家有关恢复高考制度的决定的。当时，村里既没有可帮我们这些想参加高考的人进行辅导的老师，也找不到任何复习资料，公社和生产大队又不准请假复习。因而，我是白天参加劳动，晚上把高中时期读过的课本翻翻，到12月中旬的一天，便抱着好歹也要试一试的心理，赶到小镇上参加高考去了。好在我完整地读过小学，在小镇上读初中、高中的时候，又赶上过"智育回潮"，而且，我一直都是个被老师和同学"高看一眼"的学生，所以，高考结束后，自我感觉还是良好的。但是，能不能被录取，我还是相当没有把握的。当时我有两怕，一怕"政审"难以过关；二怕城里毕业的学生尤其是"文革"初毕业的高中生比我们有很多"威猛"的优势。想到此，我也只能听天由命、顺其自然了。

还好，到了1978年1月，在没有任何消息，不知考了多少分的情况下，我获得了让我到小镇上的公社卫生院去参加体检的消息。可是，参加完体检就又不知"端的如何"了。这时候，眼看春节就要到了，而上一年的春节，我因为入党问题遇阻，为了表现积极、进步，连家也没回。这次，无论如何也该回家看看了。于是，我便又是坐拖拉机，又是乘火车，又是步量的，辗转了两三天，回家过大年去了。

回家过大年，我也老是思谋自己老大不小了，依然是前途未卜，因而就忐忑，就不安，也不敢张扬自己参加高考的事，待了那么十几天，就又离开了父母，告别了家人，回到了那位于西辽河畔、只有几十户人家、没有一间砖房的小村上去了，钻进我们那墙裂顶漏、五面透风、寒不可耐的集体户去了。

就在我艰难度日、忧心忡忡之时，忽然，有那么一天，是那年2月一个阳光明媚的中午，家住在我们集体户附近的大队党支部副书记满面笑容地走进了我们集体户，走近了我的跟前。他一边把一份电报递给我，一边拍了一下我的肩膀，说："你真行。祝贺你。你被吉林大学录取了！""是吗？是吗？"我一边接过电报看，一边这么问着，真是不敢相信自己的耳朵，不敢相信自己的眼睛，不敢相信这是事实了。

电报是父亲从家那边打过去的，他除了告诉我已被录取的消息外，还要我马上回家一趟。"回家，回家，我要马上回家！"我也不怕在场的人笑话了，"漫卷诗书喜欲狂"般地嚷道。嚷完后，我又仔细看了一遍那份电报的所有文字，包括阿拉伯数字，才发现，这份电报已发出3天了。百多公里的直线距离，一份电报也要3天才能到达，这就是那个年代、我的家乡那一带的通讯和交通状况。那么，为什么就不打电话呢？且不说那时候只有生产大队以上的机构才有电话，也不说我和我的家人碰也没碰过电话，就是看别人打电话，也让人够心烦够郁闷的了。那个年代的电话都是用手摇的。也许是我们那地方风太大的关系吧，把摇柴油发动机的劲儿使出来了，那电话也很难摇通；摇通后，声嘶力竭地叫喊，互相间也很难听清对方说的话；况且，摇通了，电话机旁的人也很难为你找到或者说根本就不可能为你去找要通话的人。

当时，我在劳动之余兼做着生产队的会计工作。队长得知我要上大学的消息后，第二天便选出了新任会计，我便与之进行交接。就在这时候，我的小弟突然风尘仆仆地出现在了我的眼前。他说，爸妈怕我接不到电报，怕我着急，派他专程为我送录取通知书，并接我回家来的。见到了弟弟，拿到了录取通知书，我自然又是好一番激动，好一阵狂喜。激动和狂喜之余，我想，既然通知书都到手了，该办的手续也能办了，春节的时候也回过家了，何必再回去一趟让家里多破费钱财呢？家里又不宽裕。于是，我便做出了直接、就近到长春上大学，到暑假再回家的决定。

于是，我打发走了弟弟，做完了会计交接工作，告别了村里的乡亲，到小镇上办好了有关入学的手续，又和小镇上的亲朋好友热闹了几天，便于1978年3月11日登上了开往长春的火车。

真是"可怜天下父母心"。后来，我在母亲的信中得知，就在我出发的那一天，母亲不辞辛苦地赶到了小镇上，给我带去了100块钱，却没能和我相见。因为，我是早上走的，母亲是下午下的火车。如果像现在这样人人都有手机，怎么会那样呢？

我参加高考的年代，我们那地方的通讯和交通状况就是那样的落后，那样的不便。

这30年来的变化该有多大啊！前些年我去过一次我当知青时的小村。从县城出发，乘小轿车沿着平展展的沥青公路行驶，近200公里的路程两个多小时就到了。我进村后一看，家家户户都住上了砖瓦房，有的人家竟有五六间之多。见到当年为我送电报的副村支书如今的村支书时，我发现他身上竟揣着两个手机，铃声一阵阵响起……

是啊，这些年来的变化该有多大啊！那天夜里，躺卧在华盛顿郊外的那座宾馆的床上，我就想，若不是改革开放，若不是我能上大学，我做梦也不会到美国走一趟；做梦也不会在美国接到女儿的信息，又和女儿通话的；做梦也不会想到女儿能读中科院数学院的硕士博士，能和那些大名鼎鼎的科学家朝夕相处的……

在美国接到女儿信息的第二天，我们在华盛顿的国会山上、白宫周围以及华盛顿广场上参观了一天，傍晚时分便登上了回国的飞机，经过十多个小时的飞行，便到达了北京。我便见到了我那可爱的女儿。

读书，三代人的经历

在新中国60华诞即将到来之际，我作为一个蒙古族业余作家，多日来都在琢磨着写点什么以表拳拳纪念之意。从哪里落笔呢？恰逢此时，我的两个在外读研的宝贝女儿，一个从成都出发，一个从北京起身，一前一后都回到了我的身边。细心聆听着孩子们对各自读书生活的讲述，深切感受着她们带给我的幸福。我想，就写写我家三代人的读书经历吧！

我的故乡在举世闻名的科尔沁草原上。

阿爸、阿妈生不逢时。在他们需要启蒙、应该读书的年代，科尔沁草原正遭遇着日本侵略者的铁蹄践踏，正蒙受着伪满洲国的阴霾覆盖。到1937年初，我们科尔沁左翼后旗才建立起两所初级小学；到1939年初这两所小学才变成高级小学；到新中国建立前全旗还没有一所中学。

阿妈生于科左后旗一个较为富足的蒙古族贵族人家，在她8岁时，旗公署所在地吉尔嘎朗设立了一所公办初级小学，我的姥爷、姥姥便就着家住当地的便利条件，将阿妈送进了这所小学。应当说，阿妈是我们旗最早接受正规学校教育的女孩子之一。最初，这所学校只有一排土房，两个班，六七位老师，上的课有蒙古语、汉语、日本语、算术以及地理、体育等。

能够开启智慧，学习文化知识，阿妈自然乐不可支。但很快她就感到郁闷了：学校里的"主持"竟然是日本军人，不仅经常挎着战刀到学校里晃来晃去，还不时给老师和学生们训话，进行奴化教育。阿妈就是在这种境况下读完初小，继而又读完高小的。在高小阶段，她受到一位汉族老师的影响，立志继续读书，将来回乡从事民族教育事业。

1943年1月，阿妈和另一名女生在一位男老师的带领下，乘上一辆马车，忍饥挨冻，一路颠簸地来到郑家屯，再转乘火车赶到千里之外的王爷庙——即如今的乌兰浩特，参加了"兴安女高"入学考试，因为成绩优秀而被录取。回家过完春节，3月初便成了这所当时内蒙古东部惟一女子中学的学生。当时这所学校只有5排砖瓦房，十多位教职工，一百多名学生。课程有蒙古语、日本语、数学、历史、地理和体育，还有缝纫，却没有物理和化学。学生全部在校住宿、用餐。阿妈入校时刚刚14岁多一点。且不说小小的年龄远离了家人常感孤独无助，也不说吃的饭菜难以下肚，住的土炕夏潮秋凉，最让人难以忍受的是，学校的"主持"依然是日本军人，有的教师也是日本人。日本人不仅依然灌输奴化意识，更可恶的是公然提出要把学生们培养成为伪满军官的"贤妻良母型的太太"。阿妈和同学们都备觉反感，怒不可遏，但为了学得文化知识，更为了实现自己的理想与抱负，在日本侵略者的淫威下，只能郁闷着读书，煎熬着上学……

1945年8月15日，日本战败投降，阿妈才得以摆脱在日本人的军刀高悬之下读书求知的岁月。但由于社会动荡，战事频仍，阿妈不得不逃回了家而中止了学业。1948年9月，内蒙古自治区成立后，人民政权兴办教育事业，阿妈以她在当时当地较高的学历，当上了一名农村和牧区的小学教师，实现了她的夙愿。让阿妈感到非常幸运的是，上个世纪50年代末，她被旗教育主管部门选送到通辽师范学校学习，度过了两年人生中最为轻松、快乐的岁月。

　　比起阿妈的求学经历，阿爸尤为艰难。阿爸和阿妈同庚，1928年出生于一个贫困的蒙古族家庭。虽然阿爸是我爷爷、奶奶的独苗和掌上明珠，可直到他快10岁的时候，爷爷、奶奶才将他送入村里的一家汉文私塾读书。勉强读了两年，就因交不起给先生的报酬而辍学了。辍学在家而又喜欢读书的阿爸，只能一边务农一边在夜晚的煤油灯下，跟随读过多年私塾的我爷爷读点《论语》、《名贤集》什么的。但这也不是个长久之计啊！当时，阿爸的姥姥、姥爷家所在的村子建起了一所公办小学，不收学费，于是，爷爷就带上阿爸又是步行又是乘火车，赶了一二百里的路，到了阿爸的姥姥、姥爷家……没想到，阿爸的姥姥、姥爷家比自己家还要穷，经常是吃了上顿没下顿。阿爸在这里只插班读了三年级一年，就再次辍学回家了。

　　阿爸非常爱读书，又聪慧，但却因家贫无法上学读书，我爷爷心里很歉疚。阿爸辍学两个多月后，我爷爷想起家住吉尔嘎朗的一位表姐，一家人都挺善良，而且生活状况也比较好，何不请她们给帮帮忙呢？于是，我爷爷又带上我阿爸，骑着一头骆驼出发了……

　　1942年3月中旬的一天，阿爸走进了阿妈曾经就读过的学校，成了这所学校四年级的一名插班生。阿爸感到压抑和气愤的是，校园内外总有日本军人耀武扬威而过，学校里的"主持"不仅骂人，还常常踢人，打人。赤手空拳的人何以抵抗真枪实弹者？阿爸和其他同学一样，只能忍辱含垢，发愤读书。

　　1945年初，阿爸终于小学学业了，并以优异成绩考入了远近闻名的"开鲁国高"。开鲁县城位于科左后旗吉尔嘎朗西北约三四百里处，交通极为不便。入学时，阿爸先是被我爷爷用骆驼送到郑家屯，第二天一个人乘火车到通辽，住了一夜，第三天再乘一辆破旧的公交车才到达目的地。阿爸在"开鲁国高"只读了一个多学期，就遇上了"八一五光复"，第三次辍学回家……

巧的是，1948年9月阿爸和阿妈相遇相识后不久，两人同时成为人民政权建立后招录的第一批小学教师。在30多年的教师生涯中，阿爸既用蒙古语教过学，又用汉语上过课，谁都说他是位蒙汉兼通的好老师。但让阿爸遗憾的是他只是通过函授与自学获得了高中毕业文凭，而再未进过任何学校深造。

阿爸和阿妈先后生了我们三男一女四个子女，我们这一代"生在新社会，长在红旗下"，我们的求学之路，既有平坦宽广的大道，也有坎坷曲折的羊肠小路。我们既享受过和平、安宁岁月的阳光雨露，也遭遇过"文革"时期的严寒暴雪。这里只陈述一下我个人的读书经历。

1960年，我6岁，被阿爸和阿妈带进了他们任教的散都苏木小学，开始读一年级。我读了一个学期，刚学会用蒙语数数儿、记住了蒙文拼音字母，阿爸、阿妈被调到了常胜的小学当老师。常胜那地方汉族居多，小学初年级都用汉语授课，阿爸、阿妈担心我直接读一年级的下学期跟不上，就让我在阿妈任教的班上旁听一学期汉语课。读了一学期后，阿妈看我还行，才让我接着读二年级。尽管那些年全国人民的生活水平都很低下，农村人比城里人犹为贫困艰辛，可我觉得小学读得还是蛮开心的。虽然过去了四十多年，我还清晰地记得我在二年级时加入少先队的动人场景，记得我在四年级时佩戴上"三道杠"的快乐情景……

农村孩子与城里孩子相比，虽然在受教育的环境与条件等方面存在不少劣势，如没有好的校舍与教学设备，没有书店，没有图书馆，更缺少名师指教，甚至家里连电灯都没有，可我们也有我们的优势：每天都能与大自然亲密接触，在拾牛粪、挖野菜、背柴草等劳作中，在捉小鱼、采野花、过家家等玩耍中，那碧绿的草滩、广袤的田野、连绵的沙丘、茂密的树丛、清澈的湖水、弯曲的小河、青翠的禾苗、五彩的花朵、酸涩的山杏、啾鸣的小鸟、翻飞的蝴蝶，等等等等，都使我产生过浓厚的兴趣，都给我留下了永远的记忆，并启发我、促使我、激励我对写作产生了无穷无尽的兴趣……

然而，令人痛苦的是，"文革"来了，动乱来了，致使我在求学之路上一而再、再而三地遭遇艰难险阻。从1966年7月我小学毕业到1978年3月我进入大学，近12年间，由于我成了"黑帮崽子"、"反动家庭成员"，也由于当时教育政策等方面的原因，我经历了三次失学、8年劳作的艰辛历程。

我先后读了两次初中。第一次读初中是在常胜，只读了一年半就被宣告毕业而回乡了。第二次读初中是在当了近一年"农业临时工"后，我投奔到在金宝屯镇任公社党委秘书的表叔身边，但也只读了不足一个学期。那一年，初中毕业生可以考高中，我渴望升学，于是参加了考试，并以三个班学生中第一的成绩升入了本校的高中班。当时，初中和高中学制均为两年，那时正赶上"智育回潮"，两年的高中读得还是颇有收获。

我在先后三次失学期间，曾为家计操劳并为父母送饭4年，当"农业临时工"近1年，在建筑工地、饭店等处打工近1年，到农村"插队"当农民近3年。在那8年中，我所经受的委屈、磨难、痛苦可谓不堪回首，难以叙述。

令人欣慰的是，在"文革"刚刚结束一年之后，我个人的命运便随着国家命运发生了根本改变。1977年10月一个阳光灿烂的日子，国家决定恢复高考的消息传到了我插队的村子，唤起了我报考大学的意愿。那年12月一个瑞雪轻飘的日子，我和众多各行各业、年龄参差不齐的年轻人走进金宝屯中学的高考考场，接受了国家恢复高考后的首次筛选。1978年2月一个冰消雪融的日子，我终于接到了吉林大学中文系的录取通知书！3月的一天，我从当农民的村子，辗转来到长春市，迈入了处处都让我觉得新鲜、新奇、新雅的吉林大学校园。

在吉林大学的四年，是我一生读书经历中最为开心、顺意、充实而幸福的四年。那温馨舒适的宿舍、宽敞明亮的教室、博学多才的老师以及风华正茂的学友，总让我记忆犹新，倍感亲切。

我是我们这个蒙古族家庭的第一个大学生。在我之后，弟弟又于1980年考入了内蒙古财经学院。乐得阿爸、阿妈那几年常说，我家四个孩子，有两个考上了大学。

大学毕业后，我回到了内蒙古，先后在自治区计划委员会和区党委组织部以及一家大型企业从事计划、干部、人事及管理工作近20年，2001年调到了内蒙古人民出版社任职。我从事出版工作，不仅实现了自己青少年时代的理想，还得到了有关方面的认可，获得了正高级编审职称；由于多年坚持写作，有一定数量的作品问世，还加入了中国作家协会。

我和我的同乡、同族、同为大学毕业生的爱妻结为连理后，于1984年和1986年先后有了两个女儿。我们的两个女儿赶上了好时代，她们的读书经历真可谓顺而又顺，少有挫折。两个女儿两三岁时就进了幼儿园，受到良好的学前教育。小学时大女儿曾两次应邀参加自治区优秀少先队员夏令营，分别赴朝鲜和韩国参观学习，她还获得过全国"华罗庚数学邀请赛"一等奖和全国"希望杯数学邀请赛"银牌奖。小女儿也曾多次获得"三好学生"称号和奖励。大女儿喜欢钢琴，在艺术学院老师的指导下，小学毕业那年就通过了中央音乐学院钢琴最高等级九级考试。小女儿业余学习美术，也曾多次获得过市、区级奖励。小学升初中时，先是大女儿以名列前茅的成绩考入了呼和浩特最好的中学——呼和浩特二中；第二年，小女儿又脱颖而出，考入了二中招收的最后一届"少年班"。小女儿只用四年时间即提前读完了中学六年课程，2002年参加高考时，不算政策加分获得了603分的成绩，但由于她报考的大学那年形成扎堆现象，未能录取到理想的专业，而她对调录到的另一所重点大学的专业不感兴趣，所以决定复读，第二年再考。2003年夏季，两个女儿同年参加高考，不算政策加分，大女儿成绩高出重点线53分，小女儿高出重点线111分。大女儿第一志愿是四川大学华西临床医学院医学检验专业，小女儿第一志愿是北京师范大学管理科学专业，结果，两个女儿都顺利被录取。

小女儿大学本科四年毕业时，以综合成绩班级第三的名次被保送中国科学院数学与系统科学研究院硕博连读研究生，现在已开始读博一了。大女儿本科五年毕业时，以年级综合成绩第一的名次被"推免"成为本校硕士研究生，如今已读研二了。

我讲孩子们的这些情况，主要是想表述，在改革开放的今天，我们的孩子们真是太幸福了，她们的求学之路太平坦、太顺利了！我和我的阿爸、阿妈过去见也没见过的诸如钢琴、电脑、手机等等，她们都享用过多年了。她们只要努力、勤勉，就能天天向上，步步向前，绝不会像我们以前那样在生活与读书的路途上举步维艰且常常受阻了。

此刻，大女儿已返回成都，小女儿也已返回北京，继续她们的学业。想起孩子们临别时那笑容满面、青春靓丽的表情与身影，我的心里不由得再次为她们祈祷、祝福……

[时光]

和爸爸的最后一吻

　　题记：看到刘晶同学写的怀念爸爸的文章，我不禁眼睛发热。对爸爸的怀念都有同感，于是把我2002年5月写的一篇文章摘录一部分发到班博，也是表达对爸爸的怀念之情。

　　1994年—2002年，爸爸去世8年了。

　　我，还是那样想念他，真的很想他，每天都在想。按常理来说，随着时间的推移，这种思念之情或许应该冲淡一些，相反，我对爸爸没有丝毫的忘却，我对爸爸的思念仍然是那么浓烈，爸爸还是那样的清晰，那样的生动，那样不可磨灭。

　　8年，岁月伴着我思念爸爸的哀伤悄悄流走。

　　我的办公室里挂着一幅书法作品，是一位书法家应我的请求书写的，用篆书写了四个字——"怀念爸爸"。有人问为什么要挂在办公室里？我说，因为我在办公室的时间最长，能经常看到，因为我想爸爸。

　　1994年5月12日，爸爸因患大面积心肌梗塞，离开了妈妈、弟弟和我，还有他最喜爱的孙子和孙女，离开了温暖的家，那年他刚58岁。

　　爸爸走了，没有留下一句话，走得是那样突然，那样无情，令我们毫无准备，令我们手足无措。刹那间，天塌地陷，地黑天暗，我的心被压得流泪，我的眼被挤得流血，从此，这天大的乌云就罩在了我的心头，再也没有飘走。

我很小的时候，爸爸是个军人在北京工作，那时我在读小学，生活也是无忧无虑。"文化大革命"开始后，我们家的生活也发生了变化。一天，爸爸带我到医院去看因病住院的妈妈，在病房里不知爸爸和妈妈说了些什么，只见妈妈马上办理了出院手续，和我们一起走了，我们没有马上回家，而是去了王府井百货大楼，在那儿妈妈给爸爸买了一个牡丹牌半导体收音机，没过三天，爸爸就走了。记得爸爸走的那天，我和妈妈到火车站去送他，我当时哭了，随着火车一声鸣叫，爸爸离开了北京。后来才知道爸爸由于不愿说假话，被当时的掌权人赶出了北京，发配到东北。三年后，我和妈妈也来到了东北。

爸爸是个有个性的人，这一生都不愿趋炎附势，苟且为人，贪权争利，丢弃自尊。爸爸一生是坦荡的，虽然也遭受过打击，受过不公正的对待，但他都能坦然处之，爸爸有一颗平常心。

爸爸是个很传统的人，他的家族意识，家庭观念都很强。他特别喜欢全家人在一起，他想办法把我的叔叔、姑姑、舅舅们调到一起，他说过日子就是要热闹，生活就是要有生气。我大学毕业时按他的想法最好也回到他身边，后来还是妈妈替我说了情，这我才得以放飞。如果爸爸还在的话，恐怕我也不能跑到南方来，我儿子也不能到国外留学。

爸爸是个很简朴、很仔细的人，舍不得吃舍不得穿。记得1981年冬天，有一次爸爸要接待一个外国代表团，除了军装找不到一件得体像样的衣服，只好穿了一件丝绸面的中式棉衣，看上去非常滑稽。1990年爸爸要去俄罗斯访问，连一件西装也没有，是我带他到商店买了一套，还买了一条领带，爸爸不会系领带，我帮他打好领结，爸爸说这是他第一次穿西装系领带。

爸爸非常疼爱孩子，疼我，疼弟弟，后来又疼孙子和孙女。他下了班回家第一件事就是逗孙子玩儿，有时坐在地板上，教刚刚四岁多的孙子下围棋，我曾抓拍了一张祖孙下棋的照片，还获得全国影展的一等奖。记得在我十几岁的时候有一次得了病，爸爸带我去医院，走到半路上，我又发起了高烧，爸爸背着我就向医院跑去，那时我的个子已经快有爸爸高了，在大夏天的太阳底下背着我，现在想爸爸是怎样地坚持啊。

我也给爸爸惹过很多事，让他为我操了很多心。小时候打冰球把看球观众打伤了，爸爸陪着我去看人家；打篮球把自己的胳膊摔断了，爸爸和教练领队一起带我上医院；下乡插队时骑车掉到沟里摔昏过去，爸爸听说后驱车一百多公里赶到医院，见我已经醒过来这才放心。有一次我和几个大学生发生口角，双方动起了手，结果我把人打伤了，学生们联合起来到处告状，说记者打人要求严惩，为了平息事件，公安局不得已对我进行了拘留，爸爸当时正在外地开会，从内部通报上看到了，就马上赶到拘留所，记得爸爸看到我的时候没批评我，相反却说，别着急，不要想得太多，就是没了工作回家也挺好的。妈妈说爸爸太惯孩子，爸爸说孩子就是孩子。爸爸一点也不想让我们受到委屈，受到伤害，在爸爸的庇护下，我快活，我自在，我放松，我幸福。我一直在外地工作，每逢过年回家都是我最高兴的时候，而每当要走的时候，我又都感到心酸酸的。就是现在每当听到"常回家看看"这首歌，我心里都会有一丝怆然和苦楚。

爸爸这一辈子没有享什么福，现在我的生活好了，该有的都有了，可爸爸却不在了。现在每当和妈妈还有弟弟去饭店吃饭或者出去玩儿，我都常说要是爸爸在多好啊。爸爸到了该享福的时候不在了，对此我老是耿耿于怀，几乎每时每刻都不能忘记。

爸爸是我心中参天的大树，父爱之真、父爱之深、父爱之浓、父爱之烈，点点滴滴，我永远也不能忘记。

爸爸走的那天，天空阴沉沉下着小雨，灰蒙蒙的云把天和地都铺满了，告别的时候就要到了，我让其他送别的人都退出去，只有我一个人，四周很静，静得能听到自己的心跳。我流淌着泪，拿着一把梳子，轻轻地给爸爸梳理头发，虽然以前我每次回家总是这样给爸爸梳头，可这次梳得是那样的认真，一丝不苟。我俯下身子，轻轻地亲吻着爸爸的额头，在我的印象中，自从长大以后，再没有亲过爸爸，这是我最后一次亲吻爸爸。

爸爸，我想你。

204寝室的一场篮球赛

　　记不清是大二还是大三时的夏天。一个下午，我们204寝室的同学要打一场篮球比赛，我和老黄当时都是校篮球队队员，在当时系里算得上是专业球员，算得上是"球星"，球星就要有球星的架子，所以我们两个没有参加。（其实是其他十个人拒绝我俩参加，因为他们要打的是"业余"赛。）

　　10个人分成两个队，具体谁和谁是一伙，都记不准了。好像是徐敬亚、宫瑞华、魏海田、姜亚廷、刘坚为一方，刘振东、李树文、常辅棠、郭玉祥、张晓刚为一方。双方队员在宿舍里就如何比赛进行了认真的商讨和准备，又抓紧时间互相进行了战术骚扰，然后便雄赳赳气昂昂地到了文科楼马路对面的财贸学院球场开始了一场龙争虎斗。

　　好一场恶斗，这场比赛历时好像四个小时，烈日炎炎之下，在后勤保障又不足的情况下，你争我夺，我来你往，时间之长，也是篮球比赛之最了。因为我和老黄没有去，所以比赛的具体细节我们不清楚，胜负也早已忘记。只记得四个小时的比赛结束后，10位球员挪动着沉重脚步，拖着极度疲惫的身躯回来了。他们已顾不上总结胜负，讨论得失了，进了屋便一头栽倒在床上，似乎记得是小常还吐了。老黄问大家累不累，记得小常说，累坏了，渴坏了，就像大热天的狗，只会呼哧呼哧喘粗气了，由此便可看出比赛的惨烈。老黄一边笑着说你们这是何苦呢，一边忙着给大家倒水喝。过了好一阵子，记得当时徐敬亚同学虽然脸上仍然泛着白色，血色皆无，好像还能硬挺精神讲了讲自己在球场上作为，什么远投、防守、传球似乎都还不错，也没忘了说对手简直不堪一击，宫瑞华还总结了一番战术得失和比赛体会。常辅棠倒是不买账，直接对徐敬亚进行了抨击，以他惯有的动作，摆着手悉说着徐敬亚的失误，笑讽老徐拦不住自己，根本防守不住他们犀利的进攻，徐敬亚反击说小常只会瞎跑，拼蛮力，动作没有自己漂亮，两个人代表各自的球队进行着场下的PK。躺在我上铺的小姜用他那标准的贵州普通话慢条细语说了一句："都不咋地"，大家哄然大笑，球场外的争论这才停了下来。徐敬亚光着脊梁爬上上铺，坐在他特制的小桌前看起了书。

[班博留言]

球赛不在水平高低，而在于你死我活！对于我，那是一场史无前例比赛。我从没那么拼命。具体记不住了。只记得回来后累得像要死一样。只记得我与老宫这个队赢了！只记得老常辅棠撅着个屁股、哈着腰在篮球架子底下喊："回来！回来！"（指防守）后来这个成了204典故。只要一有这类事，大家就撅屁哈腰喊回来回来！哈哈，时光作为旁观者还记得那么清。这事恐怕将来得老常与老宫来回忆，他们会记得清。我最不记细节。（徐敬亚）

我的两位老同学

大学毕业一晃30年了，虽说岁月已洗去了我们许多记忆，但永远忘不掉的还是大学同班同学。我很怀念我们班——吉林大学中文系77级，很怀念我的同学——一群带有特定时代符号的大学生。毕业以后，大家各奔东西，天各一方，联系毕竟不多，能够在一起共事的更是寥寥无几。我有幸先后和两位老同学在一起合作，印象固然很深，难以忘却。我要说的两位老同学，一个是老徐——徐敬亚，一个是老温——温玉杰，这两个又都是具有鲜明性格特征，如今也是年过花甲的人。

大难不死的徐敬亚

1995年我离开新华社南下深圳，从此走上了做企业的邪路。回头看看，这些年沐风栉雨，坎坷跋涉，酸甜苦辣，多得都不愿意回忆，更不愿意诉说，神马都是浮云啊。倒是和老同学的合作最值得回味。

我到深圳后，和别人一起创办了深圳商报所属公司"深圳报人营销有限公司"，这家公司主要从事房地产营销策划，可以说是当年深圳地产代理业务的开拓者。一个以营销策划为主的公司，策划总监是非常重要的，要想找到非常专业的人选很难，因为那时还没有这样的专业，更别说专业人才了，包括现在所谓的业内人士或者说专家，大多数也是半路出家的。这时敬亚，也是我们现在调侃常说的老徐头加入了公司，担任了策划总监的职务，也成了我的合作伙伴。尽管敬亚不是什么营销策划的专业人士，但他很快就对这个行业有了很深的了解，做出了很多的经典业务案例，对公司的发展也起到了重要的作用，我们曾做过中银大厦、华侨城、高州天湖庄园等地产方面的营销策划，这些都成为深圳地产营销行业的精典项目。后来我们又创办了深圳第一家规模最大的汽车专业市场，成为深圳市专业市场行业的龙头企业，在全国也很有影响。在香港回归之际，还策划制作出版了大型书法集《百龙墨宝》，是当时大陆文化界迎香港回归最有影响的项目之一，当时的香港特首董建华办公室还专门来函对此表示了感谢。

敬亚的性格决定他做事认真，甚至可以说是较真，有时近于倔强。对他所做的工作这里不一一记述，我只想说说有一次他为了一个项目拍照片遇险，几乎成为永远和我们诀别的事。

好像是1997年的7月底8月初，公司有个项目的广告需要照片，敬亚带着策划部、设计部的小伙子跑到了深圳东涌的七娘山，他要爬到山顶去拍全海景照片。当时正值酷暑，山上的温度都在四十多度。几个小伙子看着高山，面有难色，就劝敬亚别上了。可他一向好强争胜，更有一股子犟劲，他说：你们在山下等着，我自己上，并约好了会面的时间和地点。就这样，敬亚背着相机好像还带了两瓶水向山上爬去……

七娘山位于深圳东部大鹏半岛，是深圳市内山脉中仅次于梧桐山的第二高峰。它有七个山峰，传说有七个仙女下凡到山上游玩而得名。七娘山植被茂盛、风景秀美，但上山道路陡峭崎岖，也算是一座险山，经常有登山的人在此遇险。

记得那天夜里凌晨2点左右，商报值班室一个电话打到我家，把我从梦中吵醒，电话那头急匆匆地说：时总，你们公司是不是有人上七娘山了？我答：是。电话里说：出事了，这个人现在失踪了，生死不明，你们赶快想办法救援。刹那间，我颓坐在床上，懵了、傻了、呆了……稍静了一会神，我嗖地从床上窜起来，分头给公司有关部门负责人打电话，以最快的速度成立了急救小组，要求十分钟赶到我家，同时安排好第二天医院接应急救的相关事宜。很快，公司的二十几人都赶到了我家，我简单说了一下情况后，大家立即出发，我亲自驾车向几十公里外的东涌七娘山疾驰而去。

由于正值酷暑，去深圳大小梅沙海滨游玩的人很多，车很多路很拥堵，我恨不得能把车变成飞机飞过去。等我们赶到七娘山的时候天还没亮。天灰蒙蒙的，只能看到山的轮廓，我感到这座山真高，压在心头沉沉的，恐惧感一阵阵涌来。我们马上找到村里的负责人说明情况，希望得到帮助。村里人讲，现在不能上山，天太黑，又不知人在哪，山上的路又很险，只有等天亮后再上山。没有办法只有等，毫不玄乎地说，我一直仰望天际，盼着天快点亮，我不停地在山脚下徘徊，心里念着：老徐你要挺住，千万别出事啊，出了事，我怎么和小妮交待啊。

天刚刚擦亮，我们便和村里的人集合在一起，分两组人从不同的方向上山，每人带好水和相应的工具，我特别安排每组都带了鞭炮。我说谁先发现老徐，不论死活，第一时间先放鞭炮通告。我随着一组上了山，刚刚七八点钟，天气已经是很热了，当时真是手脚并用，连登再爬，心头着火，嗓子冒烟，累得精疲力尽，我带着水都是老乡帮着拿，一瓶水的重量好像都给我增添很大负担。时间已过三个小时，山上的温度更高了，我不停地问老乡，山上有没有水，有没有野果，有没有野兽，敬亚已近一天一夜独自在这荒山野岭之上。老乡没正面回答我，只是说如果再找不到人，他基本上就没救了。绝望再一次重重地击打着我，说心里话，我这时已经在开始考虑如何给老徐办后事了。正当我最悲切的时候，正当我考虑老徐应当算因公牺牲，是否该算烈士的时候，在山的另一侧，一阵清脆响亮的鞭炮声响了起来。我感到头轰地一下，似乎血液全都涌了上来，感到瞬间的眩晕，不由自主地我又颓坐在地上。鞭炮声在震响，似乎要把天撕裂，似乎要把山摧塌，我好像从没听到过这么响彻云霄的鞭炮声。我从鞭炮声中断定，老徐还活着。因为那震响鞭炮声中有股喜兴劲。当时不知怎的，耳边竟然响起一句不挨边的诗：爆竹声声一岁除，总把新桃换旧符。顷刻间，自己都笑了，笑得很傻，笑出了眼泪。

我们这组赶到时，另一组已把敬亚从一个山沟里背了出来。这时的敬亚挺惨的，脸上惨白没有一点血色，身上有多处划伤，蓬头垢面，还有一股怪怪的味道。我一下抱起他的头不断地问，你没事吧，他微微摇一下头，流着泪喊了一声：我没死。虽然声音不大，但听得出来，这是他心底的呼喊，是他倔强的再现，围在他身边的大家都流下了眼泪。我们迅速把敬亚送到市内事先安排好的医院，经过医院救治，老徐脱离险境，面对来到医院的小妮，我心里也踏实了许多。

事情过去了很多年了，敬亚在七娘山这次有惊无险的经历，现在想起来倒成了有意思的回忆。

热情能干的温玉杰

说到老温，就要说乐山，乐山是个好地方，古称嘉州，又称海棠香国。乐山大佛就在这里，它通高71米，是我国现存最大的一尊摩崖石刻造像。他的脚下就是青衣江、大渡河、岷江三江汇流处。三江在这汇合，我和老温也在乐山汇合，有了一段难忘的合作经历。2005年9月，我受北亚集团派遣（那时我担任北亚集团副总裁），到位于四川乐山的瑞松纸业有限公司出任董事长。瑞松纸业公司是一家大型企业，包括退休职工，员工近三千人，距今已有40多年历史了，是我国工业用绝缘纸的重要生产基地。那些航天火箭，神五神六，用的绝缘纸都出自这个企业。

可我到的瑞松纸业公司就不那么顺了。这个公司虽然有技术和市场优势，但是设备老化，管理落后，人心涣散，经济效益不好。摆在我面前的问题很多，一时真不知道从何入手。想来想去，感到还是从企业文化抓起，尽快形成企业的凝聚力，打造一个较好的企业氛围。为了抓好企业文化建设，我邀请我的老同学——老温出任总经理助理兼企业报纸总编辑（这个职位属公司领导班子成员），专门负责公司的企业文化建设。

不愧是做了多年的出版业务，老温很快就把报纸办得有声有色，不仅要我写了几篇所谓指导企业工作的文章，还开辟了多个针对性强的栏目。比如：如何做个好员工、一周看天下、企业文化纵横谈等。其中最能唤起共鸣的是"一线采风"这个栏目，老温亲自操刀，连续写出了"儒将张宇"、"为何晓东喝彩"、"李红外也红"、"詹烈进永远向前进"等多篇一线人物先进事迹的报道，极大地振奋了人心，激发了斗志，对调动大家的积极性，形成积极向上的氛围，促进企业生产经营，起到了很大的推动作用。特别是那年快到年底时，很多基层的干部员工纷纷提出，如今人心大振，企业面貌焕然一新，应该趁热打铁，搞一台文艺演晚会，为瑞松的企业精神烧一把火。

我认为这个建议很好，就找班子成员商量。大家一致认为要不失时机，顺应民意，不仅要搞还要搞好。于是，这个任务就落在了老温的肩上，时间定在元旦前，这时离晚会还有28天。

企业以生产为主，晚会准备工作自然不能影响生产。这时的老温发挥了他的特长——热情似火，拼命三郎。他首先构思整台晚会的结构与内容。既要有气势，又要很活泼；既要讲艺术，又要时尚化。于是，老温紧锣密鼓，日夜兼程，为班子成员写了集体诗朗诵，为喜欢表演的公司总经理写了小品，为公司行政部门写了诗词联唱，为各分厂的代表设计了智力和趣味比赛。并利用星期日和晚上，分头到各分厂组织排练，检查进度。其中最值得期待的是，他提前在报纸上出了一个上联——"人杰地灵，齐心合力，做绝缘纸业领导者"，向全厂征集下联，然后在晚会现场公布中奖名单。时间如此紧迫，我还真有点担心。但看到老温胸有成竹的样子，就想起了上大学时每年由他主持的班级迎新晚会，想必这次也一定能马到成功。临近演出的那天下午，我开完班子会急匆匆赶到为这台晚会专门租用的当地驻军大礼堂。礼堂大门前的广场四周，到处都是进行最后排练的演员。唱歌的、对台词的、跳舞的，好不热闹。在这群人中，数老温最忙，到处都是叫喊温总、温老师的声音。他一会儿到这里给人辅导，一会儿又给另外的演员说戏。在我眼里，老温俨然就是一场战役的总指挥。他忙而不乱，底气十足。由老温策划、编写、导演和主持的"瑞松纸业迎新年联欢晚会"大获成功。尤其是对联颁奖时，把整个晚会推向了高潮。我清楚记得，台上台下欢呼一片，喜悦和兴奋让大礼堂成了欢乐的海洋。晚会如期举行，演出很精彩，很成功，很有意义，也很值得回忆。企业已经有近二十年没有举办过这样大型活动了，干部和员工都非常兴奋，这次活动虽然不能说对企业文化建设，对增强企业凝聚力起到至关重要的作用，但是它的推动力是不可小视的，从中也看到老温出色的才华和极强的组织能力。

有人问我，你的这个同学是学艺术专业的吗？我笑了笑，告诉他，专业不专业并不重要，重要的是要有热情，这是做好每件事最重要的前提。当然，我也没忘向他炫耀一下，我们可是吉大中文77级的，那是一个善于创造奇迹的班级。老温的热情，不止仅仅表现在那次晚会上，这几乎是他的全部性格所在。对工作热情，对同学热情，对朋友热情，他就是一把火。

认识老温34年了，我相信，再过34年，老温依然热情似火。

[佟昆远]

难忘207寝室

　　1978年3月13日我带着吉林大学中文系的录取书报到了，有幸走进7舍207寝室。在这里我珍藏了许多宝贵的记忆。

　　说起207寝室，最先闯入我眼帘的是几位同学热烈讨论的情景。那会儿，逢没课的时候，大多数同学都去教室和图书馆自习，有几个同学愿意留在宿舍自习。有小曾，小廖，小霍，有时还有我。小廖站在靠窗口左边下铺前，一手握着上铺的梯子，一边慷慨陈词，对面是小曾坐在下铺的小桌前，操着广味普通话，挥着一只手，大声发表观点，小曾上铺的小霍不时插话，我也在进门右侧的下铺随时加入讨论。小廖说，不对就是不对，不该穿喇叭裤，学的是糟粕。小曾说，穿喇叭裤说明社会进步，挺好看的。大家脸红脖子粗，僵持不下。这时小霍又提出一个话题，随后大家进入新的讨论。又讨论了什么，太多了，实在想不起来更具体的了。今年5月，小霍发短信说，小曾有本新书《股客》要签售，约大家见面。我与小曾毕业后一直未见过，对股市也有兴趣，决定参加。当我赶到现场时，签售已经开始了，小曾正在台上介绍新书。毕业后虽也不时从同学处听到小曾的消息，但真的是30多年没见了。小曾变化不大，身材保持得很好，只是头发也有几分白了。当他强调某个观点时，仍然是那标志性的手向前一指，眨眨眼睛，发出带着长尾音的广东普通话，讲话还是那么冲，气势很足。207寝室的小曾又在我的眼前复活了。当然，讲话的内容已经天翻地覆了。面对变幻莫测的股市，小曾以老子为指导，说出不少智慧的真知灼见，使我受益匪浅。

说起207寝室的小曾，我又想起一件事。1978年春天，系里要开运动会，叫大家报名。我虽有点特长，但有点想法，一是怕影响学习，二是7舍伙食差，运动过量会影响身体健康，不想报名。一次在宿舍讨论中，不小心露出自己曾参加中学田径队，小曾上来就说：我也是田径队的，咱们比比。比就比！我们立即来到理化楼西边的运动场，跑了起来。这一跑不要紧，我一发不可收，参加了班、系、校、省高校运动会的百米赛，都获得了第一。给班的荣誉加了一点彩。没有小曾的一比，我还真没准放弃了呢。

这两天，我看了不少班博，许多同学说起小曾，也勾起了我的这份回忆。在207寝室我还有许多珍贵的记忆，不止207，在吉林大学中文系77级这个大集体里，还有着更多的珍贵记忆，慢慢回味吧。

[班博留言]

刚打开电脑，就读到佟昆远的博文。真是久违了！1996年秋，你和许多同学回长春参加校庆。记得那天在地质宫广场附近的一家饭店聚餐（是于力同学买单请诸位同学），你把我拉到一间无人的包房，硬要塞给我一大笔现金，说是想请大家。我说不用你请客，只收下你一千元，另作他用（班博上就不说了）。而你一再嘱咐我，不要声张此事。15年过去了，我一直

深为感动，也一直想见到你叙旧。（杨冬）

 1978年3月13日（依据刘坚的日记）我到长春的第一天，早晨，天还没亮，寒气逼人，在黎明前的黑暗中，我跟着人流走到站前广场，寻找吉林大学新生接待站，有人把我领到一小群人旁，都是吉林大学新生，地上堆着他们的行李。我听见一个清脆的北京口音在说，一看，一个非常精神的小伙子，小平头，戴一副透明镜框眼镜，长的很像年轻时的庄则栋，说话时浑身充满了活力，似乎随着他说话的情绪，人在微微地跳跃。他给我第一印象很好，有亲和力，于是和他搭话聊天。一问，原来他也是中文系的新生，叫佟昆远。

 这是我认识的第一个我们班的同学。他的行李袋很特别，是一个大口袋，扎着口子。原来这叫睡袋。我第一次见到这东西。

 到了7舍，小佟又和我分在同一个寝室。有一段时间我们是上下铺，睡在门口。后来，我才换到窗户边，成了小曾的上铺。

 小佟是给我留下深刻印象的同学。30年来，我们总有机会见面，有时三五年，有时五六年，他一直在我的视线里，在我的关注里。

 你好，小佟！（霍用灵）

[邹进]

《中国》终刊号印制历险记
——纪念张铁钢

1986年10月，从中国作家协会传来了各种对《中国》不利的信息，《中国》面临停刊的消息不断在被放大和证实着。其实，早在丁玲4月份去世后，《中国》就已经开始面临种种困境了。10月份，我们在编辑12月那期稿子的时候，我们已经感觉到《中国》存活不下去了，因此，我们决定准备一篇终刊词来终结我们的《中国》。当时，《中国》是在湖南文艺出版社印刷的，到12月那期稿子正在制版印刷的时候，从湖南印厂传来的消息说，终刊词已经根据作协的指示拿掉了。

终刊词其实就是回顾了《中国》的历史，办刊的方针，我们觉得必须得对读者有个交代，对文学史有个交代。如果没有终刊词，《中国》就死得无声无息的了。但作协看了肯定会不舒服。所以当消息传来，编辑部是一片怨声，应该说是一片骂声，"他妈的"是那些日子使用频率最高的词句，大家情绪都很激动。作协是我们的上级主管部门，湖南文艺出版社肯定是不敢得罪作协的。

编辑部小范围内进行了紧急磋商，参加这次会议的有牛汉、冯夏熊、王中忱、林谦和我。会议决定，派人去印厂把纸型拿出来，不管用什么办法，但必须拿出来，然后拿到其他印刷厂去印制。会议决定派发行部的张铁钢去。铁钢原来是工人出版社发行部的发行员，是改革开放后的第一代图书发行商，工人出身，非常聪明，据说靠发行《阿信》掘取了第一桶金，一本书挣了十几万元。我刚到编辑部时，他刚发完了《英语8000词》，他告诉我他又挣了4万元，那时我的月工资才100元。

他是我们编辑部典型的暴发户，没有太多文化，但极其聪明，把握了第一次社会转型时期的巨大商机。他看不上我们这些文人，好像以此掩饰他的无知，他的笑都带着对文人的蔑视。当时我们这些人好像也看不上他。

在这次即将开始的传奇经历之前，我和铁钢几乎没有什么交往。编辑部有个编辑叫杨桂欣，喜欢毛笔字，1986年春节，铁钢让杨桂欣给他写个条幅，杨桂欣问写什么字呢？铁钢说随便写吧。杨桂欣提笔从右至左写了五个字："恨铁不成钢。"当时编辑部里的人都笑了，把我们对铁钢的蔑视都表现出来了。编辑部觉得他比较灵活，所以决定派他去湖南，但大家又都觉得他容易失控，因此，牛汉提出再派一个编辑一起去。我当时觉得这既是一项任务又有一种使命感夹杂在里面，因此我很想去，但有些犹豫，主要是怕张铁钢不好配合。牛汉问谁去，我就说那我去吧。

我们都知道，按照我们的要求再在湖南印刷已经不可能，我们的任务就是想尽一切办法把纸型弄出来，然后拿到别的地方去印。铁钢说他有个朋友在西安，可以帮着印刷。为了避免被作协半路截杀，会议做足了保密安排，所以出发之时，我只隐隐感觉到从湖南出来后还要去别的地方。

什么是纸型？80年代印刷技术还很落后，都是使用铅字排版印刷，一版铅字很重，不能长时间保存，印完书后如果要重印，就需要重新排版和制版。因此，为了避免重印时再次制版，印厂通常会在制版后通过高压铸模方式制作纸型，材料就是有点像木浆类的东西，类似我们现在的纸质鸡蛋托盘。需要重印时，把铅灌到纸膜里去就可以制作出来新的铅版。现在排版都是在电脑中完成了，虽然纸型已经没有了，但纸型这个词却沿用了下来。我们此行的目的就是获得纸型，然后换一个地方重新灌制铅版按照我们原来的版式进行印刷。

出发前，牛汉重申，此行以我的意见为准，铁钢配合我。事不宜迟，我们决定当天出发，没有票上车去补，哪怕站着过去，一定要赶在作协下一个动作之前拿到纸型。铁钢说钱他准备，让我只带一点自己用的零花钱就行了。我们上了车，我记得是1次列车，好像要坐23个小时。上车后铁钢问我带了多少钱，我说两块钱，这是我家里所有的钱，记得是一张绿色的2元钞票。铁钢就笑了笑，我也知道他这笑里没啥好意。

第二天到了长沙，已经挺晚了，找到湖南文艺出版社招待所住下来。第三天上班就赶到出版社，找到社长黄起衰。他是丁玲的老乡，删掉终刊词的消息也是他透露给我们的。当时是作协派人来长沙换掉了终刊词，可是铅板已经排好，不像现在电脑排版，可以在印刷前调整格式。终刊词在扉页上，如果拿掉终刊词杂志就开天窗了，作协即便要换也应该换一个类似的文件，诸如编者按什么的，估计他们也没准备，不知道我们的终刊词有多大篇幅，拿掉之后不知道能放什么。不得已就在目录前加了一首长诗，洋洋好几百行，占了三页，然后才是目录。开创了中国出版史上滑稽先河，不伦不类，用一句集邮的话说，就是印成了错票。

黄起衰是个性格温和的人，不愿意介入作协内部的纷争，但又怀有文人的起码良知。如果他不说，这个滑稽戏就会按照作协的意图如期上演。一路上我都在和铁钢商量如何把纸型弄出来，但理由似乎都不充分、不成立，而黄社长早就猜到了我们的意图，也看到了牛汉写给他的亲笔信，因此对我们非常热情和客气。我们先说了我们的身份，说我们是代表编辑部来的，对他们擅自拿掉终刊词表示气愤，因为印刷协议是《中国》杂志社和印厂双方签署的，不应该受制于作协。黄社长也道出了他的苦衷，并说这是作协书记唐达成、鲍昌等作协领导的意见，说他无法不接受。同时他也说，从组织关系来讲作协是《中国》的上级单位，有权利作出指示。后来，黄社长再三说我已经通知你们了，尽到了责任。

看到事情已经无可挽回，我们就退一步协商能否借用纸型。黄起衰很敏感，问我们要纸型干什么。对于这个问题我们已经做好了准备，就说是要带回去存档。我们分析黄社长可能还不知道《中国》马上要停刊了，因此只是说，这期很重要，所以我们想把这期的纸型带回去保存，其他各期的纸型我们以后会陆续来要。黄起衰不同意。

黄起衰反复问我们到底要干什么，我们知道如果说要拿出去印，他肯定不同意，那时也没有手机，电话也不方便，所以他也没有打电话向作协核实情况。我感觉到他内心是明白的，只是想放我们一马。多年以后，当听到黄起衰去世的消息，我内心还涌起了一股歉意。我想他当时也可能是觉得作协的做法太过分，所以内心还是想帮我们。但我们也觉得，作为一个委托印刷的编辑部，要回我们期刊的纸型也是合情合理的事。

又过了一天，黄起衰通知我们第二天去拿纸型。这一晚上，我和铁钢内心非常忐忑，深恐又会发生什么变故，因此第二天一早我和铁钢就跑到编辑部去，把一百多张纸型装在了预先准备好的旅行袋里提回了招待所。我和铁钢商量，为避免节外生枝我们当天晚上就走。我们打算立即到火车站去，查看有无长沙到西安的火车。我和铁钢正在商量行程，招待所服务员过来叫我们接电话，说是出版社打来的。估计是黄起衰在把纸型给了我们之后，又通报了作协，怕万一作协追究起来没法交代。电话里黄起衰说作协来人了，让我们马上把纸型送回出版社。至今我们也不知道作协是否来人了，我们的编制属于作协，如果我回去，不知道会发生什么事。我和铁钢商量后，马上退房，跑了！退房时我们跟服务员说：我们回北京去了。原来我们还考虑是否把纸型带回北京印，这样一看，不能回北京了，只能去西安。没有直达的车，我们只好先买去郑州的票。离开车还有很长的时间，我和铁钢在车站附近的一家小店里吃点东西，记得很清楚，当时我们要了一份铁板排骨，上面全是肥肉，我们有些来气，吃了三分之一多，让服务员又换了一盘。就是在那次吃饭，我跟铁钢学了维权。

进了站，我们怕碰到作协来拦截的人，就商量一人拿一张票，我在前面拿着包，如果碰到人，铁钢负责把人引开，不得已就动手，他去打斗阻拦，我只负责把东西带走，然后我们在郑州碰面。如果在郑州碰不到，那就到西安碰面。他让我去西安，到陕西日报，找一个叫鹤坪的人。我们两个像特务一样左顾右盼地上了车，也没有碰到任何情况。到了郑州，转车等了七八个小时，然后重新上车转行去西安。

到了西安，我们在陕西日报印刷厂打听鹤坪，他是一个西北人，既是个书商，也是个诗人，我还在《中国》上发过他的诗。西北风格的诗，写得还不错。

直接找印厂肯定不行，没有协议，没有委印单。我们把情况大概告诉了鹤坪，鹤坪有些紧张，怕受到牵连。铁钢说这是《中国》编辑部委托陕西日报印厂印刷，鹤坪说可以帮忙，但印不印要印厂决定。我和铁钢商量好一定要隐瞒获得纸型的经过，只是说我们从北京来，因为急着要加印。印厂说不行呀，你们什么手续也没有。说了好长时间，印厂看到我们的杂志是正规的，有刊号，而且已经有纸型了，是印过的，所以三方坐下来谈。鹤坪说我是帮忙，你们自己签协议。我们也没带公章，说回北京后补盖了寄过来。

我们回到北京，杂志已经被停刊了，财权也没了，所以印刷费也没能给人家。官司打了10年才了结，由作协付了印刷费，这是后话。但每当想起这些事，我都觉得对不起鹤坪，更对不起陕西日报印刷厂。

当时已经是12月中下旬了，我们交代鹤坪和印厂，不要跟任何人说这些事，我们怕作协追过来。但印厂说要重铸铅板，而且厂里的机器比较落后，又不能耽误正常的印刷工作，所以需要半个月才能印出来。我们说那可不行，夜长梦多，最长一周，必须印完。铁钢又一次发挥了他的才能，让他们加班，按最高标准给工人加班费。那时西北地区的国营企业哪有什么加班费，给了加班费工人都会玩命给你干活。印厂用了8个人，连轴转，印了8天，终于把2万册印完了。

在西安我们一共待了8天，学会了吃羊肉泡馍。鹤坪有些梁山好汉的气质，谁来都是朋友，泡馍6毛钱一碗，加一份肉再加2毛。鹤坪家门口有个羊肉泡馍店，不大，只有几张桌子。鹤坪告诉店老板，只要是找我鹤坪的都可以签单，免费吃泡馍。我们吃了8天泡馍，学会了用指甲揪碎馍馍，那是很需要耐心的一件事。还学会了吃羊肉串，在西安吃羊肉串不像北京，一次吃个几串。北京两毛钱1串，西安1毛钱1串，肉也相对少一半。第一次鹤坪带我们去吃，晚饭已经吃饱了，一见肉又有些馋，我们吃了180串，数了180几个签子，花了20元，感觉是花了巨资了。第二次去，有经验了，留了点肚子，就着啤酒，我们仨吃了260串。那次给我的印象极深，原来西北人是这样吃羊肉串的。

在西安，我也是第一次接触了打麻将，在那之前我都没看过。闲得无事，一天晚上，鹤坪说带我们去看打麻将，西安人打麻将很凶，完全是赌博，打牌的人带上一个箱子，放着十几万散钞，掷骰子决胜负，瞬间十几万可能就没了。听得我毛骨悚然。鹤坪说要看真的赌博，要夜里12点警察下班以后。我们七拐八拐地走到一个筒子楼，赌场设在一个四五层的筒子楼里，当时已经有几个人在打牌了，看了看也没什么特别，打得也不大。我看不懂，就跟人聊天去了。大概夜里1点多，门被突然敲开了，一涌而入一大堆警察，我想这下可完了。警察把我们分开，逐个登记讯问。问到我时，我说我没打，也不会，警察似乎相信了我。第一次在笔录上摁了手印，感觉还是像犯了罪一样。铁钢也这么糊弄过去了。讯问完把几个打牌的人带回派出所，没让我们跟着走。当时我也不敢说假话，说出自己是作协的，还按了手印。出来以后，我和铁钢后悔，说应该编个假单位，深怕他们追到作协，给牛汉惹麻烦。作协的人要是知道我们在西安被抓赌抓了，还不开心死了，让作协的人说：看看你们《中国》都是什么人，赌徒呀。我们一路害怕，后来一直害怕了好长时间，

快印完了，我们到印厂去了，铁钢当时点钱给工人，工人看到钱很兴奋。铁钢每天早晨上班去给工人发加班费，那激励作用比下命令或思想工作强多了。鹤坪说反正也印完了，建议我们出去讲讲课，说说这些事。鹤坪也很义愤，性情中人。杂志发回北京，我们胆子也大了，就跑陕西师大和西安交大去讲课。当时1986年底正是"自由化"的高峰时期，社会上特别

是大学校园笼罩着民主自由的氛围，那是已经到了"后今天"时代，学生们都还崇尚诗歌。我演讲的主要内容是新生代诗歌和《中国》的命运。这是个双关语，也符合学生的诉求。陕西师大贴出了广告：《中国》杂志主编邹进演讲，内容是中国新生代诗歌《中国》之命运。我跟学生会的人讲我就是编辑，不是主编，他们说别管了，你就去讲吧。名头大听的人才多。我就这么充当了一回主编。演讲是在师大食堂，下午两点开讲，开始人还不多，学生刚睡过午觉，讲着讲着人就多起来，越来越多黑压压的一片。人越多我越兴奋，稀里哗啦讲了3个多小时。当时我们带了200本《中国》现场签售。《中国》终刊号的纸型没有四封，所以印刷的时候我自作主张设计了一个封面，封二用细线条设计了一个框，里面是白色，封三也是一个框，但里面是黑色。一块白一块黑，白是是，黑是非，我们的意思是"是非"让人去评说吧。

讲完课，学生抢着买期刊，瞬间就卖完了，九毛六一本，人太多了，所以都顾不上找零。学生都来找我签字，这是我第一次的签售经历。我的字就签在封二的空白处。周围全是学生围着等我签字，乌泱泱一大堆人，签不过来了，我说铁钢你也帮我签吧，学生也不知道铁钢是什么人，一帮学生立即就围上了铁钢，他也签了一大堆。以后每次说起来铁钢都特兴奋。

会后，学生会要请我吃饭，我说不行，晚上交大还要去讲，就站在食堂随便吃了几口。想着晚上的课，我心里激动得什么都吃不下。接下来是去西安交大，这次演讲安排在教学楼七楼的一个小报告厅，没有师大食堂那么大，我当时就觉得有些遗憾。可能是师大的信息传过来了，还没开讲，礼堂里已经坐满了，后来窗台上过道上也都站满了人。来的路上，铁钢告诉我不要讲太长，要在学生听讲时间的最大承受力之内结束。

当然他不是用这种语言说的。但我还是讲了2个小时20分钟，而且我自己认为是自己讲得最好的一次（我在南开也做过一次演讲）。讲完了，又把剩下的不到100份期刊当场售卖。人太多了，学生会的人怕出事，没有签售。他们让我从讲台后门出去，但学生们不干了，和学生会的人打了起来。出来以后，铁钢满脸通红地说："邹进，你知道这是什么感觉吗？让列宁同志先走！"

路上碰到陕西外院的几个学生会干部，希望明天我也能去演讲。我问铁钢我能不能讲，铁钢说：明天的机票已经买好了，我们还要接杂志呢，不要把正事耽误了。我猛地被铁钢拉回到现实里来了。

回到北京以后，北大也邀请我们去讲新生代诗选和《中国》停刊的经过。记得是1986年底或1987年初，当时定的是牛汉演讲，吴滨和中忱辅助，那天讲完我们就参加了北大学生的游行活动。牛汉演讲时讲了《中国》的情况，但牛汉不善于表达，讲了不到20分钟，底下就开始鼓倒掌，我们都急了，牛汉马上说：抱歉，我不会讲课，也没讲过。学生又鼓掌表示理解。牛汉继续演讲，可是没讲到10分钟，学生们又开始鼓倒掌。北大学生真不好糊弄啊！铁钢撺掇我上去，我不同意，铁钢说："你当仁不让啊！"铁钢还想着复原西安的场景。我说：不行，编辑部已经安排了，我上去算什么。而且我想就算我上去，我从哪儿讲起呢？在我们的怂恿下，吴滨和中忱两人拎着凳子坐到牛汉两边，中忱和吴滨开始主讲，他们说了一些很激烈的话，情绪又被鼓动了起来。从那天我理解到了，演讲和讲课不同，演讲不需要太多的内容，但要制造气氛，要偏激，这样才能取得好的效果。讲课时底下是学生，演讲时底下是观众。

第二天在编辑部，铁钢说，你们不知道邹进在西安多出风头，你们昨天的方式就不对。从那以后，铁钢对我比较佩服，以前他认为我不过是个编辑。

再接着说西安的故事。杂志印完了，我说我们坐火车回去吧，铁钢说：不，我们坐飞机回去。一是因为我们要尽快把东西交给牛汉，二是他说我们做了这么大的事，有资格坐坐飞机，牛汉一定会给我们报销。这是我第二次坐飞机，第一次坐大飞机——图154，一切都让我觉得很兴奋。

到北京以后，我们直接坐车到牛汉位于新源里的家。他刚起床，而我们还处在亢奋的情绪中，告诉牛汉期刊印出来了，等着他夸奖。牛汉坐在藤椅上翻看期刊，片刻，牛汉说：还行还行，就是印得太差。我们的兴奋一下子就融化消失了。

现在想想，也是可以理解的，一方面牛汉是领导，不能也像我们一样这么情绪化；另一方面这是我们的工作和责任，也没有什么太了不起的。

还有小插曲。我和铁钢坐在飞机上，等待飞机起飞。铁钢说算算账吧。我说有什么好算的，不都是你在管账吗？他坏笑了一下，说你看看你还有多少钱，我数了数，还剩1块多一点，我只花了大几毛钱。铁钢从兜里掏出几毛零钱给我，然后说：给你凑上两块，你带了两块钱，现在给你补够，这次出差花的可都是我的钱，你可一分也没花。这次编辑这套书，开会时我把这个细节说给大家听，他们让我一定要把这个细节写出来。性格出在细节上。

还有个情况。我们离开湖南后，作协没有找到我们，就跑我家去了，到处翻，最后连厕所都搜了。当时，我外公、外婆、阿姨还住在我那里，搞得我爱人很生气，觉得受到了侮辱。作协做得实在是很过分。

杂志提回来后，不敢放到编辑部，怕被作协抄走，所以我们把杂志分散开来，分别放到了几个编辑家，放到了每家的阳台上。记得那天晚上，电梯停了，我们几个年轻的往丁玲家扛杂志，又累又兴奋。木樨地22号楼9层，传说中的部长楼，陈明老头站在门口迎接我们。湖南印刷的版本通过主渠道发行了。这些杂志在我们编辑家里放了很多年，大都拿来送人了。

过程就是这些，今天回想起来，我觉得有几个人是我们对不起的，一个是黄起衰，我们用"骗"的方式拿到了纸型，当时不知他承受了多大的压力，幸好他的单位不属于作家协会管辖范围，否则他会很惨。第二就是陕西日报印刷厂的厂长和工人们，我们只付了一点加班费，他们为我们忙碌了8天8夜。大概到了1990年底，陕西日报聘请了律师跟作家协会打官司，终于胜诉要回了这2万多元印刷费。作协一直欠着不给，直到败诉才勉强支付了，可是10年过去了，这2万元也远远不是1986年的2万元了。

《中国》停刊以后，大家作鸟兽散。后来我自己的买卖越做越大，铁钢去看我，看我做大了，就跟别人说：邹进做买卖，是我教出来的，是我学生。我笑而不语。

2004年下半年的一天，很奇怪，铁钢开始逐个约见朋友，也找到我，那时我们公司还在国家图书馆宿舍的地下室里。后来铁钢突然去世了，他爱人恒霞说，铁钢去世前一个月，见了很多朋友，好像冥冥之中，他预感了自己的死亡。由于是突发心脏病死的，他形体没有什么变化。遗体告别时，看着铁钢满面红光地躺在那里，嘴角隐现出一丝笑，仿佛还留存着对文人、对知识分子的嘲弄。

有句古话说：道不同不相为谋。我和铁钢好像是两股道上的人，但却合谋干了这么大一件事。

记忆中的那些蝌蚪
——为一本散文集写的序

凡人过一个10年总是有所感悟，能像庙里的高僧说"吃完饭了？洗钵去吧"一样淡泊于人间世事，大概一般人做不到，恐怕圣人也做不到，孔子还有"吾十有五而志于学，三十而立，四十而不惑"云云。我在这人世也蹭了5个10年了，每一个10年好像都有一两件事值得回忆，20岁在恢复高考的当年上了大学，30岁去了深圳，从此下了海，40岁创办了人天书店，终于50岁了，应该还有一件大事要做。在50岁的前一天晚上，我坐在车里，看时光一分一秒地流逝，感觉那时针、分针和秒针，争先恐后地向12那个数字上靠拢，在巨大的穹幕上划出一道道弧线。我久久不愿离去，不由得回想这50年的过程。我本来很少去想以前的事情，以前的事情大都只有一个影像，也很少能记住背后的那些东西。同学在一起说判断人是不是老了，有三个标准：想干事，不怀旧，对爱情话题感兴趣。对照一下自己，感到确实没有老。这才放心地回屋睡觉。

到了50岁还是想干事，干起事来都还比较认真，所以说我从来就不是顽童，更不是个顽主，就连玩都是很认真的。本来经商就很偶然，就是30岁那年被同学鼓动去了深圳，被那里的磁场吸引，以后思想就老是在这方面转。本来玩玩就算了，用不着认真，结果还真的认真起来，玩到公司有七八百人，销售额也七八个亿。可是当我一个人坐在车里，仰望星空的时候，总要问意义在哪里？一个活着的人和一个人活着有什么差别？

在我的胸腔里，是装着一颗心呢，还是装满了稻草？所以常常被一种巨大的空虚所笼罩。第一次有这种空虚的感觉，是在我很小的时候。我躺在床上，感到周围所有的物件，我所看到的东西、屋顶、窗户、门，包括我躺在上面的这张床，都在急速地向远处退却，在我身体的四周，留下了巨大的空虚，而且深不可测。就像站在井台上往下看，那一汪水遥不可及，而我四周遍布这样的深井。我在内心发出吼叫。我认识的一个人，叫徐刚，上大学的时候，写了一首长诗《鲁迅》出了名，后来到了《诗刊》社。1986年，我也调入作家协会，在《中国》，所以在开诗会的时候能碰到。那时他披个长头发，夸夸其谈，很像个诗人，周围总围着一群青年诗歌作者。可是我对他写的诗真的不以为然，他居然还在指导别人写诗，所以我就老为那些青年作者担心。1989年，他也卷入那场风潮，漂流到海外，也算是民运分子吧。过了几年，实在是忍不住对妻儿、对故土的思念，表了态回来了。从此不再写诗，全身心投入到环境保护的调查和写作中，现在是著名的环保作家。我在凤凰卫视的节目中看到他好几次，还是披头散发，夸夸其谈，但是我感觉他灵魂附体，已经是另外一个人了，一个被赋予使命的人，一个有意义的人。

我也在生活中找意义。天天我们都事务缠身，就像塞在胸腔中的一团团稻草。我们每天都在认真地做着事情，可是又觉得这些事情对我们的心智毫无意义，我们每天都生活在荒诞之中。不知道别人是否也有和我一样的感受。年轻一点的人无所谓，一切都可以放在过程之中，而我已到了知天命的年头，如果不能在平常之中找到不平常，不能在日常琐事中找到更高的理性，不能在商品的价值中发现生命的价值，心中难免要产生惶恐和不安。我常常想，我所做的这些事，到底是利益驱动呢，还是被一种使命所驱使？是一个偶然呢，还是冥冥之中的安排？如果是利益追求，为什么我们从不纵情享乐，却墨守陈规？如果是被赋予了使命，为什么我们又会锱铢必较，甚至干出常人的傻事？一个人开车的时候，或者一个人散步的时候，就会想这些事。其实很多问题是无解的，本来就没有答案，硬是要去求解，人就要崩溃，顾城也会杀人，海子就会去卧轨。我至今还保存着海子的一封投稿信，很简单几句话。那一摞诗稿被我退掉了，现在说起来有点遗憾。不过肯定是当时我觉得不行。我们上中学的时候，还用手摇留声机听唱片。那时我就听到了马斯涅的《沉思》，是一首小提琴曲。乐曲是4/4拍子，行板，好像是叙述。在清澈的分散和弦的伴奏下，主奏小提琴奏出了著名的抒情性主题，这一主题在曲子中反复出现。结尾以泛音的微弱音响逐渐减弱，慢慢消失。全曲给终流露着一种虔诚的宗教情绪，感觉到有一个人的本位的存在，他仰望星空，超离世俗。多少年来，这段旋律一直伴随着我，梳理、剪裁我的思绪，让我的心变得沉静。

说了这么多，才说到这本散文集。人天书店开办了10年，在生存之外，许多人也是希望在这里找到他们生活的意义。本来出这本集子的目的，就是想在店庆10周年的时候留个纪念。可是当我一篇篇审读这些稿子的时候，感到人之为人，是多么相同，每个人都有自己的那一隅情感世界，每个人也都有自己的终极问题。当大家都在说的时候，听他们说完了，你就发现所有人说的差不多都是一回事。当然每个人角度不同，手法不同，文采各异，所以读起来有意思，有味道。集子分为三个部分。第一部分"幻想之美"收录了一些纯散文，从我一个专业的文学编辑角度看，质量也是蛮高的。第二部分"激荡十年"，收录的稿子大都跟公司的发展有关，编选的时候手就松了一些，但也还不错。确实够不上发表水平的，还是拿掉了，毕竟是正式出版物，不可误人子弟。第三部分"三个女性的新丝绸之路"，相当于一篇游记。2006年李虹、王艳敏和我爱人诸菁代表公司参加了联合国开发计划署新丝绸之路明珠城市评选活动的路演，三个女性行走了一回丝绸之路，从日照到阿拉山口，全程6000多公里，开车半个月，所见所闻，颇多新奇。

稿子编完了，也排好了，就等付印了。这就是一个10年留下的东西。南方4月份已经春暖花开了。那一天中午我放了学就急不可待地跟同学到护城河里捞蝌蚪。蝌蚪有两种，最终要变成蛤蟆的那种，个头比较大，体色发黄，表面粗糙，变青蛙的那种是比较小，黑黑的，我们就捞这种。那蝌蚪一团团簇拥在水边，我们就用手把它们捧起来，然后装进瓶子。瓶子装得差不多了，才想起回家吃饭。这时心里有点发慌，害怕回家我妈又要说我。我忐忑不安地敲开门，吓了我一跳，我妈给了我那么灿烂的一个微笑，在我妈身后，是她学校的几个老师，我都认识。正疑惑间，我妈说了，今天是你10周岁的生日，妈妈请几个老师来给你过生日，快过来吧，都准备好了。我的妈，一桌好菜！我如释重负。那一年是1968年，4月1日。南京，尚书巷。一瓶子蝌蚪。今年人天书店有一个自己的10年了，眼前这一片文字，好像也变成了一团团游动的蝌蚪……说不怀旧还是怀了个旧，还是他妈的老了！

[杜学全]

冬雪——怀念我的母亲

今年的腊月初七，也是一个大雪纷飞、寒风刺骨的日子，在农安老家一个果园的半山腰上，我们兄弟姐妹聚集在父亲和母亲的墓前，纪念母亲去世一周年。我们一边烧纸钱，一边默默地流泪，虔诚地缅怀着我们普普通通的双亲。

一、母亲的出身

母亲出生在1924年，外祖父家当时的日子还算殷实，有车有马有地，还雇有伙计。母亲兄弟姐妹九人，在姐妹中排行老五。由于家境条件的限制和外祖父重男轻女，只供三个舅舅读私塾，母亲和五个姨母都没有读过书。母亲5岁时由双方父母做主与只有3岁的父亲定下娃娃亲，19岁时与父亲结婚。母亲一生生了我们10个孩子，我大哥之前有四个孩子都没有站住，很小就死了，我弟弟之后还有一个小弟弟，大概在3岁时得病死的，最后剩下我哥、两个姐姐、我、我弟弟我们五个。那时候农村实在太贫穷太落后，缺医少药，小孩子感冒转了肺炎或得了急性肠炎什么的就会死掉，我们能活下来，算是命大了。

二、我们叫母亲为"姨"

在我们家，我们兄弟姐妹五人都称呼母亲为"姨"，小时候不知道咋回事，大了后才知道是因为我们兄弟姐妹五人之外的大表姐。大表姐是四姨母的女儿，四姨母和四姨父年纪轻轻就都因病去世了，留下两岁的表姐，成了孤儿，被父亲、母亲收养。当时穷得家徒四壁，又多了一个吃饭的，困难可想而知。我们都是大表姐带大的，她叫母亲"姨"，我们就都跟着叫了"姨"。父母把表姐视同己出，一直把表姐养大嫁人。记得哥、姐小时候有时和大表姐闹别扭，父母就跟我们说起老祖宗当年闯关东时在路上收养了一位也是姓杜的老人，并一直养他到死，埋在了祖坟里，每当父亲说到这里时，母亲总会从旁骄傲地说上一句"咱们老杜家祖上就喜好帮人，再说这是你们亲表姐呢！"母亲晚年的时候，我们曾经试图改称母亲叫"妈"，但一直没有改过来，直到母亲去年病危去世前，我们五个才分别贴在她的耳边轻轻地叫了一声"妈"，我看到母亲听到我们的呼唤时好像笑了一笑。

三、母亲让我们吃饱饭

上世纪50到70年代，东北农村仍然很穷，我老家的乡亲们很多人连温饱问题都没有解决，70年代初还吃返销粮、救济粮。我们小时候，母亲没有奶水，我们都是喝玉米面粥活下来的。父亲生前跟我们讲，在我们小时候，母亲把家里的饭安排为三等，第一等最好的给我们五个孩子吃，尽量不要饿着我们，第二等的给父亲吃，因为父亲要下地干农活，第三等的才是母亲自己，就是有稀稀吃，有少少吃，没有不吃。常年累月的省吃俭用，母亲把我们养活大了，自己却落下个干瘦干瘦的身体。直到晚年，母亲吃饭时也绝不掉一粒饭，哪怕一块破布头也不会扔掉，我想她真的穷怕了。在我们整理她的遗物时，发现了几个破布包，我们舍不得扔掉，每人留下一个作纪念。

四、我的第一本《日汉词典》

1978年上大学后，日语老师要求买外语出版社的《日汉词典》，标价13元。当时农村还没有联产承包，家里根本没钱。母亲听说我要买一本很贵很贵的书，犯愁了几天，最后到街上（我家是公社所在地）蹲了三四天，把院子里两棵海棠树的果子摘下来，卖了18元钱，托人捎到学校，我才有了自己的词典。这词典后来又给我侄子他们用，也许是这本词典的来历给了他们巨大的精神鼓励，我侄子、侄女、外甥、外甥女们学习都很好，有五个研究生毕业后在北京、上海、长春工作，我女儿今年也研究生毕业了，我想这应该有他们的祖母（外祖母）的一份功德吧！我要把这本词典保管好，让它伴我终生。

五、母亲去世之后

去年冬天一个风雪交加的日子，母亲在与病魔顽强抗争了四十多天后离去了，走得很安详。然而一年来我们对母亲的思念一刻也没有停止过。大年三十晚上，因为思念母亲，我在小区院里一边流着泪，一边走了几个来回，直到除旧迎新的鞭炮声渐渐稀疏下来，我才平复一下感情，擦干眼泪，回到家里。

家乡的雪好白好白，那是我的母亲洁白无瑕的情怀，也是我们兄弟姐妹对母亲纯真永远的爱。

为了生存的跋涉

父亲为我们"打食儿"

小的时候家里穷得叮当响，平时能吃饱就不错了，根本吃不着好的，只有过年才能吃到一顿饺子呀、几个冻梨呀、几块糖果呀什么的。而孩子们即使这么点可怜的物质奢求对于父母来说也是很为难的。一到年关，父亲就很少在家了，母亲说父亲出去给我们"打食儿"去了。"打食儿"一词来自在厨房那间屋子房梁上筑巢为家的一对燕子夫妻和它们的孩子们，每当小燕子叽叽喳喳出生了，燕子夫妻就会忙个不停，出去满世界给小燕子去找吃的，母亲就说它们在为小燕子"打食儿"呢。

父亲出去一般是想在过年前挣点钱，好让孩子们过个乐和年。那个年月挣钱谈何容易。记得是我六七岁的时候一次过年前，父亲带了十多个玉米面大饼子和一包咸菜，一出去就是一个月，我们也不知道他到哪里挣钱去了，长大后听父亲说了才知道当时是和几个老哥们儿合伙到乾安大布苏湖打碱去了，临近年根儿回来的时候，除了带回几块锅型碱块外，带回的其他东西计有面粉5斤、猪肉2斤、双响10个、黑冻梨20余个、糖果一小包、春联彩纸5张、黑花旗布10尺（记的大概），都是回来的一路上用碱块跟人家换的。父亲像一位凯旋的英雄，把这些东西一样一样摆给母亲和我们看，也不让我们动，说得过年才能用。我们这个高兴啊，前后左右亲戚、邻居都告诉了一遍，以显摆我父亲的能耐和我们家年货准备的充分。

过年那天，父亲母亲看我们吃得高兴、玩得高兴，就都像完成了一件伟大的事业一样，对我们露出平时难得一见的笑容。

直至如今，每当看到动物世界里动物们为小动物找来吃的和喂小动物吃的，我都会想起父亲为我们"打食儿"，人和动物爱子的本能其实没什么区别。我们也和小动物们一样，都是在父母温暖的怀抱中，不知不觉地长大的。

"老五头"左右摇摆终于入狱

我的一位远房舅舅（与我母亲是叔伯兄妹的关系），个头不高，也就一米六二左右，不善言谈，排行老五，人称"吕老五头"或"老五头"，我叫他小五舅。我打小时候起，就没听谁叫过他名字，母亲告诉我说他叫吕凤山。我知道他的一点历史，但他从来没跟我认真说过。好像是1990年前后，我春节回老家过年，特意带点东西去看他，他挺高兴，就让表嫂弄了几个菜，一起喝了点酒，兴致极好，把他的那点关键历史竹筒倒豆子，全折腾出来了。

"外甥，你小子行啊，能耐大啦，还当了警察啦，我本来最怕你们警察啦，我在镇赉监狱蹲了十多年，历史反革命，尽和那些管教打交道啦。这下好了，我老杜外甥是警察啦，我可不用再怕警察啦！"说完仰天大笑，这是我头一次看见他这么高兴。

原来这位小五舅在我们那个小地方也算一个有些影响的历史人物。他小的时候家里穷，吃上顿没下顿的，兄弟姊妹又多，为了活命，大概是在1943年前后当了"国军"的兵，自称还跟日本人打过几仗，抗战结束后随所在国民党部队驻守长春。1948年解放军围困长春，他就在城里，他说他们团死守在离现在汽车厂不远的位置。

"乍开始围时还行，有的吃有的喝，过一段日子就不行了，老蒋也不管了，也不空投了，吃饭限量了，由三顿到两顿最后一天也吃不上一顿饱饭了，饿得浑身突突，腿打颤儿，睡觉睡不着，外甥你是没经历过呀，那真是又怕打仗打死，又怕饿死啊。"

于是他和几个要好的弟兄一商量，在夜深人静的时候，他们偷偷跑出城向解放军投降了。

"解放军长官，人家叫首长，叫人给了我们热乎饭吃，又问我们愿不愿意参加解放军。眼看蒋介石大势已去，共产党就要胜了，关键是人家这边有饭吃啊，我们咋不愿意呢，完了我们就扒掉'国军'军服，穿上了解放军军装。"

小五舅当了几天解放军，捡到国民党空军散发的传单，说"援军及枪械、弹药、粮食补给等物资不日即到，共军之围不日可破，我驻守官兵士气高昂，最终胜利当属'党国'！"（他说的意思，我编的）

"看到这个宣传单，我就怕了，心里不落底了。你说外甥，你舅当兵就是图碗饭吃，跑过来就是看着共产党要胜了，将来能落个稳当生活，至少眼前有饭吃，你再跟着国民党那还不挨枪子儿？可一看国民党又要扳回战局，我又犯矛盾啦，好几天睡不着，神不守舍的。"

又是一个夜深人静的时候，他脱下解放军军装，只穿着内衣内裤，迈出了令他遗憾终身的一步，他又偷偷跑回了城，谎称晚上起夜遇歹徒劫持，把军服也给抢了，自己如何斗智斗勇，又胜利回归部队云云。

"你别说，老杜外甥，我们那个小孙长官还真他妈信啦，一点没有怀疑。（我插话说那是因为兵临城下，正是用人当口，否则人家能信？）不管咋说，还算回来啦，也没露馅儿。"

为了表现自己对"党国"的忠诚以消除长官疑心，他在几次与解放军小规模交火中表现"勇敢"，授予"战功"。可是"好景"不长，没过几天，长春就和平解放了。这位舅舅作为"叛变投敌者"被解放军在国民党投诚部队中发现并逮捕。

"我如果没有从城里跑到解放军这一码，或者跑过去没再跑回来，就什么事儿都没有啦，投诚起义人员，那么多人都改编加入四野南下啦，我他妈就是倒霉，北下进监狱了，操他妈的，跟谁说理去？"

我又讲了几句"你革命立场不坚定，不能左右动摇，投过来跟共产党到底就好啦"之类的话。

"嗯，理儿是这么个理儿，但我没文化，又年轻，谁知道这些个政事儿？啥立场啊，也不懂啊。唉，啥也别说啦，该着我这辈子就是这个屌命！"说着说着，一个70多岁的人了，居然嚎啕大哭起来，紧接着连干了三大杯白酒。

小五舅病逝于2001年，好像是81或82岁。我赶上参加了送葬。

如今一想起他饱经历史沧桑的干瘪小老头的形象，我对人生、政治等一些问题就会多少有一点新的感悟。

怀念我的老师于自清先生

　　我问过往："胸怀是什么？"，我的小学老师于自清先生给了我答案："胸怀就是一个人待人处事的宽容度和承受力。"我又问："一个人为什么能有胸怀？"还是已经长眠了近20年的于先生告诉我："胸怀是人的一种品质，胸怀还是人的一种智慧；胸怀是生活或事业达成的一种境界，胸怀也是一种文化。"每当在为人处事的过程中遇有迷茫和迷惑时，总是清瘦的谦和的文质彬彬的于先生站在我面前，慈祥而又亲切地对我说："学全，'海纳百川，有容乃大'，'将军额上可跑马，宰相肚里能撑船'，'高山不拒微尘，故而成其高；大海不拒细流，故而成其大'，说的都是一种人的博大胸怀呀！"

　　于自清老师出生于上世纪20年代，因为家境好，他从小受到良好教育，毕业于伪满洲国"国立高级中学"。也由于家庭出身地主，于老师在"文革"期间受到残酷迫害，而那时他还不是我的老师。我清楚地记得那是1966年的秋天吧，正值武斗的疾风暴雨期，我刚上小学一年级，在公社中心校的操场上召开全公社师生批斗"黑四类"大会，十几位出身地主、富农的老师上身脱光，头戴高帽，胸前挂着"打倒黑四类某某某"的牌子，一字排开，接受批判。我们顶着酷暑，坐在操场上，听校长们、老师们、学长们的批斗发言：

　　"四海翻腾云水怒，五洲震荡风雷激，要扫除一切害人虫，全无敌！我们正告你们这些地富反坏分子，在我们广大革命师生雪亮的眼睛面前，只许你们老老实实，不许你们乱说乱动，否则我们无产阶级专政的铁拳将把你们彻底打倒，并踏上一万只脚，让你们永世不得翻身！"

然后由一部分教师和学生组成的名为"从头越"、"风雷激"、"红旗展"、"除四害"、"上井冈"、"延安塔"等"战斗小组"开始对批判对象"单兵作战"，怒吼着要求他们批判剥削阶级思想，交代自己的"反革命"罪行，并开始用铁条、皮鞭、木板等狠狠地抽打他们的前胸和后背，打得他们撕心裂肺般地哭叫，有两位撑不住了，直往我们坐着的长条椅子底下钻，吓得我们都不敢看了，小女生们都哭了，有的男生（包括我在内）也吓得牙齿直打颤。我记得有两位老师被打得最重，一位是马鹤年老师，一位就是于自清老师。马老师被打后一度想自杀，利用到室外厕所的机会，用砖头狠狠地砸自己的脑袋，被学生们发现救下，第二天造反战斗队的师生就贴出大字报说：

"马鹤年，最糟糕，近视眼，水蛇腰，上厕所，想自了，你说可笑不可笑？"悲哀的时代，悲惨的老师啊！

于自清老师被打后多次休克过去，家人把他抬到公社卫生院，医务人员也不敢抢救，家属只好无奈地看着他等死。当时把他放在医院墙外老榆树下的一口棺材里，几次要按死亡处理，只因他姐姐哭天喊地地不让，才没被活埋。也该于自清老师命大，挺了几天，居然活了过来！

1968年我上三年级的时候，于老师做了我的班主任，并讲授语文、算术，这时我们才发现这个老师的好，人好，有才，课讲得好，爱学生。所以当他教我们到四年级的时候，学校要调整他去前进大队分校教书，我们那个痛苦啊，难受啊，于是集体联名给张连荣校长写了一封信，强烈要求于老师留下来继续教我们。张校长到班级讲了一通话，大概是说于老师是临时到分校代课，过一段时间还回来。我们本没有抱什么希望，没想到仅仅过了两个多月，于老师真的回来了。我们高兴得蹦啊、跳啊，拉着于老师的手说啊、笑啊。

对于于老师"文革"这块伤痕，我们从来不敢当他的面提起来，直到我上大学以后回家见到他，才试探着提起这个话题，每及于此，他便极其严肃和痛苦。后来在1982年党的十二大召开后清理"三种人"时，组织上让他出具有关其他老师对他毒打迫害的证明，很多人以为他会借此机会合理、合法、合情地报复一下他的"仇人"，然而他却非常郑重而诚恳地对组织和领导上讲："'文革'是个政治运动，是中央和国家统一组织和发动的，对和错都不是谁个人的行为，打我的人和我没有个人恩怨，他们当时还以为自己做的对国家和社会是好事呢！所以我建议不要追究哪个个人的责任了。再说我们现在是同事，低头不见抬头见的，还记着那些个不愉快的事，今后我们怎么共事？教师嘛，总得给孩子们做出个榜样来。"听当时参加谈话的公社李副主任（也是我初中的老师）说，他当时听了于老师这番话，激动得泪流满面！

说来也巧，打他最凶的一位老师后来也成了我的老师，于老师去世后，我跟这位老师提起这些往事时，他无限感慨地说道："唉，我对不起于老师，可于老师对我恩重如山哪！如果于老师出具证明材料，我就会被定为'三种人'，就会被开除公职，甚至坐牢啊！"

于自清老师于1996年去世，我是事后才得到消息的，专程回家一趟，和几个同学一起到老师的坟头烧了些纸钱，磕了几个头。

这件事对我的影响实在太大了，在以后和亲友、同学、同事等相处的岁月里，我经常以于老师为榜样，尽可能严以律己，宽以待人，即使和有过纠葛和恩怨的人，我也做到了以德报怨，化解了很多矛盾。

古人云"上善若水"，有胸怀者往往静如水，处柔守弱，与世无争，但却包容万象。

生活中，工作上，多些包容，少些埋怨，幸福阳光与你同在！只要常怀包容之心，你也就不会抱怨环境的不公，世道的黑暗！只要常怀包容之心，你人生的道路会更加宽广，看世界的眼光也会变得乐观而向上！

让我们记住吧！比天空更宽阔的是人的胸怀！所以我要对着天空之外呐喊：

"我最尊敬的于老师，你在那个世界一定很好！"

[范文发]

杭哥

　　从相貌看，他是一位有教养的富家子弟：从小头发就梳成三七开，服服帖帖的；脚下的皮鞋永远亮着光泽；一张标致白净的脸，挂着微笑和满足。大人叫他杭杭，小孩则叫他杭哥。

　　杭哥，是我祖母身边的亲戚。照理，远房亲戚疏于来往，可杭哥却一直受到欢迎。几个星期不来，孩子们就会缠着大人打电话或托人去叫。我十来岁的时候，杭哥廿岁光景，已经是一名医学院的大学生了。他每次来，总是从口袋里摸出大白兔奶糖或者巧克力分发给我们。碰到我们晚上贪玩不愿上床睡觉，最好的办法就是让杭哥讲福尔摩斯、霍桑侦探，吓得我们赶快上床，钻进被窝里听耸人故事，味道好极了！我们也常去他家，往往还没拐进弄堂，就能听到悠扬抒情的小提琴声；再走近几步，便能看见杭哥穿着挺括的白衬衫，在二楼西侧的棕黄色大理石阳台上专心地演奏着，夕阳在他青春的轮廓上镀了一层金黄。这耀眼的金黄让孩子们肃然起敬，进入客厅后都变得乖巧而有礼貌：规规矩矩坐着看佣人在果盆中摆放糖果糕点。主人不叫拿，谁也不动（要在别处早就先下手为强了）。

　　大人都夸奖杭哥少年老成，懂规矩明事理。这与杭哥出生在一个好家庭不无关系。他的父亲是上海圣约翰大学的高材生，他的母亲则是上海顶尖的贵族学校圣玛利亚女校的校花。自然他从小受到过良好的教育。在他大学还没毕业的时候，他的母亲带着弟妹已经去了南美，与他的父亲团聚；留下他与母亲的梳头娘姨阿娥在这幢小洋房里，只是等杭哥五年大学一毕业，也将申请出国。

正是人生的恋爱季节。那时潇洒英俊的杭哥学业成绩好，篮球排球都擅长，真正是女生眼中的白马王子！这其中也有让他动心的姑娘。但杭哥明白，自己即将出国，千万要对别人负责，他克制着自己不去考虑。他需要考虑的是：如何当好一名外科医生，也许能在海外自己开一家私人诊所……

天有不测风云。一场运动毁了他的前半生。大四时，学校将他们派去安徽农村搞"四清"。他与另外两名同学负责一个生产队。别的队或挖出了妄想变天的暗藏敌人，或揪出了地富反坏代理人；最起码也是贪污盗窃的坏分子。可是杭哥这个队就是没有抓出一个有问题的人。领导几次开会都旁敲侧击说他们"右倾"。为了交差，另两名同学就说队里饲养员贪污过豆饼饲料，还有人说殴打过牲畜，应该定为坏分子。杭哥从小的家教就是做人要有良知，尤其是诚实的人应该在权势与金钱面前能够说出"不"字的，那才是一个有正义感的男人。在没有足够的事实根据面前随便定罪，他于心不忍，所以一直顶着不同意。

倒霉的是杭哥就住饲养员家。有人反映说杭哥过的是资本家小开的生活：证据就是他每天要泡脚擦身（那热水可是饲养员老婆烧的，这下他与饲养员的关系就说不清楚了），并将每日更换的三角裤头晾在廊檐下（那时农村没人穿三角裤，这就有宣扬腐朽生活的嫌疑）。事情一传传到领导耳朵里，联系到杭哥工作中的"右倾"，便一步步上升到阶级立场问题，让杭哥停职写检查。这个杭哥也许太有绅士风度了，不但将自己的"问题"解释得一清二楚，而且对工作组搞的"四清"给村民造成的负面影响，也分析得明明白白——要说错误，就是自己没将问题及时汇报。

这让领导万分恼怒，马上将他带回学校"蹲禁闭"。学校再左，对于杭哥的这点问题也定不了罪状。但又怕被人说处理右倾了，最后就以"严重的资产阶级思想"、"给运动抹黑"为由，对其作出劝退学业的处理。

在那个没有尊严不讲公理的社会环境里，杭哥完全没了方向，自己的诚实负责怎么就会落得个如此下场？他不知道：在当时，就是受到天大的屈辱，也只能咬碎牙齿往肚里咽！

劝退学业，意味着没有毕业；没有毕业证就判定为没有工作。于是杭哥要求申请出国。居委会、街道表面上相互踢皮球，暗中是认为他还需要改造，那么容易就让出国是对他的不负责。最后总算没有彻底绝了他的生路，让他去一所中学当了英语代课老师。教了不到一年，"文革"来了，学生都不上课了，他自然就得离开。

那几年谁还敢提出国的事？杭哥就躲在小洋房里远离革命的暴风骤雨。因为有阿娥的操持家务，没有了后顾之忧。他便订出了个庞大计划：准备翻译美国外科医学方面的一套丛书。然而外面却闹得越来越凶。某日，红卫兵终于打上门来，半天就将杭哥扫地出门，将阿娥赶往无锡乡下。小洋房收归国有。

杭哥被安排在石库门一个楼梯间里，拢共六个平米的地方有一半是伸不直腰的。杭哥除了被褥衣物日常用具，其他全部被造反组织封存。白天他去街道五金厂干活，晚上独自倦缩在这间小屋子里，过着夜半歌声般的日子。

那年我要离开上海，在去东北插队落户前夕，去和杭哥道别。那天晚上杭哥知道我要来，便站在弄堂口等。见他穿一身整洁的灰卡其布中山装，外面毕恭毕敬地罩着一件格子呢旧大衣。我开玩笑说："在家里也穿戴这等整齐，迎接贵宾啊？"杭哥笑着说："穿着得体些，给人感觉好些。不然，真以为我穷困潦倒了呢！"听他一说，我有点诧异：难道你现在的处境不穷困不潦倒？

我这个杭哥！也许再艰难再痛苦，他也不会认定自己落魄的，起码在精神上！

他烧好了一壶热腾腾的咖啡摆在桌上，旁边的一只药用玻璃瓶中斜插着几枝腊梅；墙上挂着他自己身着高领毛衣手持小提琴的照片，让小屋子充满着生机。杭哥替我倒着咖啡说："没有方糖，放了片糖精，味道总是差点，将就着喝。"

"这几年我离群索居，亲戚里面你是第一个来看我的，"他望着我，停顿了一下，"我也理解他们。想想还是不走动的好，免生是非……"在那个多数人整少数人的年代，我们相对无言，陷入了沉默。

这一沉默就是十几年。再次见到杭哥的时候，他已经回归到那幢小洋房主人的位置。同时把阿娥也从乡下接了回来。只是阿娥年岁大了，有些活就要杭哥承担了。

我帮杭哥一起擦完楼上的玻璃门窗，坐回到客厅的壁炉前喝咖啡。茶几上还摆着拜伦、惠特曼的诗集。空气中弥漫着咖啡醇厚的芳香。这回杭哥请我喝的可是正宗的巴西波旁咖啡。他自己磨制的卡平布兰科咖啡口感特柔滑特纯正。

于是杭哥问我："品出感觉来了？"

我点着头。心里却在想：品咖啡读诗文？对于生活，他仍然如此的精致和考究！

他告诉我：父母前几年相继去世，这便打消了出国定居的念头："父母直到临终，都为当年没能把我一起带出国而后悔……"他控制一下情绪："不过，都过去了。好在这些年翻译的资料与书籍，也要出版了，平时，也和一帮朋友聚聚，喝咖啡，打网球……"

望着他那健硕的体魄，我觉得四十多岁的杭哥仍然像小伙子般精力充沛，洒脱不减当年。

于是，亲戚女眷们走马灯似的替他说媒；众多的姑娘也大胆地向他吐露心曲，可惜杭哥都没中意。于是，大家就埋怨：有钱了，眼界高了，八成是要寻找一个更有钱的主呢！

其实，有多少人会理解我们的杭哥？

是的，外表看他有钱了（不说其他，就这一幢小洋房没有个上亿都不一定拿得下来），但他骨子里是太贵族气了：他说他的生活支柱是外在修养、内心良知和独立人格——不管身处高贵或贫贱，他都没放弃过这人生支柱。他始终不渝地坚守着自己的贵族信念。是的，他现在又有钱了，可富人不一定就是贵族，精神的贵族却不一定富有。富和贵本来就是两码事：富是物质的，贵是精神的；富容易追求，贵却是几辈子都难以达到……这一些，世俗的阿姨姑娘们有谁可以体味？有谁可以与之共鸣？

记得杭哥不止一次地告诉我：他这一生，最遗憾的是没有经历一场轰轰烈烈的爱情；然而，他也庆幸，与其匆忙寻找一个异性结婚，在精神上却不能共为一体，那还不如自己一个人自由自在，清白优雅地来，洒脱尊严地去，人生不也是一场快乐？

杭哥，如今读懂了你的人生——

人生，也许因你的存在而更具风采！

晚年的风景

　　我和王蓓阿姨面对面微笑地坐着。她微笑，是真的高兴；我微笑，有些说不清道不明。

　　时下，有八九十岁还舍不下手中权力的；有耄耋之年还死守着那份家当的；也有满头白发了还得抚养"啃老"儿孙的；更有甚者，没了使用价值的老头老太被"不肖"赶出家门的……这林林总总社会乱象，着实让人生厌。只想老了能够脑清体健地过上风平浪静的桃源生活才好。

　　可人世间的事情总是不能圆满。我今天要说的是另一种人生境遇。

　　王蓓，是上世纪五六十年代家喻户晓的电影明星。跨入新世纪的我嘴上还叫着"王蓓阿姨"，可满心窝里还是她少女清纯的银幕形象：《武训传》中的小桃、《聂耳》中的小红；伴随我们一起长大的《马兰花》，她一人饰演的懒惰笨拙的大兰与勤快聪慧的小兰，深入人心。17岁从《乌鸦与麻雀》开始一路走来，她风光过，耀眼过。廿岁出头就在话剧《屈原》里竞争到了婵娟（那可是张瑞芳的角色），更何况还是给大明星赵丹白杨们配戏！此后，她的事业一发不可收，一口气拍下了十来部影片。

　　人生有时就像坐过山车，说不准哪天从峰顶一下子落入谷底。曾几何时，她的家里同时出了两位右派：父亲与丈夫。让她的生活陷入窘境。一边要承受社会的重重压力，一边还得独自将孩子拖大。那些年的泪水都被迫咽进了肚里。

后来，中国结束了"文革"，她自己家里却还在"文革"：丈夫因一部电影横遭点名围攻。也许有太多的苦难垫底，年届五十的她还是挺了过来。在短短的几年里，她一口气写下了《曙光》、《恶梦醒来是早晨》、《杜十娘》等电影剧本和话剧剧本，还参加了电影的拍摄，忙忙碌碌一直到退休。

本该好好享受人生。但近年来，她的记性明显差了。她虽然整天微笑着，却浑然不知老年健忘症已经慢慢地在向她袭来：朋友来电话要找丈夫，丈夫不在家，电话里答应得好好的要转达，但一转身就忘记；前两年，曾被电话"转账"的骗子骗走过整整80万元，这件事开始时还让王蓓阿姨心神不宁，那可是老两口的全部养老本钱啊！后来，去了趟阳澄湖，回来后她也就忘记了。我看《马兰花》的时候正值饥饿岁月，每当银幕上的大兰捧着汤盆大的水蜜桃啃咬时，虽然知道是假的，但嘴里还是馋得不行，总想哪天问她：这硕大的桃子到底是什么食物做成的？一直拖到今天想问，甭说是桃子了，就是与她合作的男主角刘安古，她也记不得了；甚至"文革"初期，王蓓阿姨因为一封对"文革"不满的信件遭受批斗毒打的残酷事实，她都记不得了……

她的丈夫说过：她跟我吃了太多太多的苦，没有她，我真的无法扛过那炼狱般的磨难！这太多太多的炼狱之苦，王蓓阿姨把它都交还给了历史！

交出去了，她倒是一身轻松了。是的，她忘却了曾经拥有过的名利和地位，忘却了曾经遭受过的苦难与屈辱。然而，终生爱美的这一喜好，却一直伴随着她的记忆，没有泯灭。她比新凤霞小四岁，两人都是美人胚子。吴祖光老是说她俩活脱脱一对亲姐妹！半个世纪后今天再问她，她还是记得清楚；她喜欢将自己的剧照整齐地排列在书橱的显著位置：有《幸福》谈恋爱的姑娘、有《飞刀华》走钢丝的演员、有《大浪淘沙》女学生……那是她风华正茂的佐证，那是人生的华彩乐章。她时时注视着自己年轻时的美丽，眼梢眉角就充溢着笑容，从这笑容里，流露出来的是一种说不尽的满足……

　　人，不管是从顺境还是逆境走来，都无法抗拒衰老；也无法抵御病魔。人生的轨迹在冥冥之中已安排妥当，无须自己再去徒劳，坦然面对就是了。也许有朝一日，同学们闲暇时这样聊起我：这老范啊，前些年还在班博上闹腾呢，如今可谁都不认识了……若自己也步了王蓓阿姨后尘，怎么办？

　　如果是这样，我还真希望能够像王蓓阿姨一样，忘却所有曾经的苦难与屈辱，忘却所有的浮躁和虚荣，只留下自己内心最美好的那一方净土，来支撑人生这最后一道风景……

五彩缤纷的梦

　　家里电脑屡出故障，太太便偶尔要使用我的笔记本。我的笔记本里有我的私密：有着不愿为外人所知（包括自己太太）的奇思异想，那可是我晚年生活守候的一片蓝天、一抹彩霞，独享着现实之外的轻松与洒脱，数年来在电脑里拥有个一个五彩缤纷的梦。

　　于是，前两天下大雨，我仍赶去电脑城为太太选购新电脑。

　　我在不同品牌的笔记本电脑前敲打着键盘。有一个黑瘦的男孩，十七八岁，在我旁边瞪着两只大眼睛，瞧我的一举一动。我不动声色地提防起来，将挎包挪到胸前，准备叫服务员给我相中的一台HP开票。

　　这时，一位农民工装束的年轻人走过来，递瓶可乐给旁边这个男孩，男孩推让了一阵还是接了。

　　年轻人操着安徽口音问："选中哪一台了？"

　　男孩摇着头，继而转向我："想问问这位大叔您，咱买什么样的电脑合适？"我有点奇怪："为什么不问销售员？"男孩颇为认真地说："妈说了，找一个岁数大点的人问，怕被销售员给忽悠了！"

　　一句话让我放下了对这位外乡人的戒备。我便问什么价钱能够承受？那位年轻人挤上前说："大叔您买的是什么机？"

　　"品牌机。"

他果断地说："我们也买和您一样的！"

男孩显然已经比较了前后两种价格："哥，相差一千块哩，妈不会答应的！"

哥哥显然不听弟弟的意见，坚持要买和我一样的品牌机。我便劝年轻哥哥："还是听你母亲的。等以后自己有钱了再买好的。"男孩听了裂开嘴乐了："大叔，您搞错了！这不是我哥哥买给自己的，是哥哥攒的钱给我买的！"

听这解释，不由我仔细打量着已经能够攒钱给弟弟买电脑的年轻哥哥："你岁数也不大啊？"见哥哥憨厚地笑着，弟弟抢着回答："我哥今年21岁。他出来打工快10年了，我读中学都是我哥供的！"

城里的21岁还在理所当然地吃喝父母的呢。我不由得对这位小哥哥肃然起敬："每月能挣多少钱？"

"帮同乡一起安装铝合金门窗呢，能挣个三千块。"他用手指比划着数字，这让我清清楚楚看见年轻人那只黑褐色的手：深深浅浅沟壑纵横。我下意识地握握这只手：坚硬、粗糙，哪是年轻人的手？俨然是一橛老树根！

我叹道："这活苦啊。"男孩告诉我："大叔，你可说对了。每天五点就要起床，干到天黑！下大雨才落个休息。你看他腿上让铁片划开的口子，肉都翻出来了，流很多血啊！"说着弯腰就要拉哥哥的裤腿，哥哥死活不让看，嗔怪弟弟道："说这些干啥嘛？"

男孩却继续告诉我说："我哥自己舍不得花钱。妈老是讲，让他为自己攒点钱。像哥这样年龄，在老家就要成亲娶媳妇了……"

哥哥不好意思地一把将弟弟拖到身后，略显兴奋地对我说："俺弟在乡下高考，分数进了上海的二本大学呢。全家都盼他能有个好出息，以后不会像我这样出苦力了，给他买电脑比啥都重要……"

这台电脑蕴藏着哥哥的梦想。它沉重地压在心头，让兄弟俩一时间全都沉默了下来。

移时，我给他们出了主意："咱们搞个折中吧，我的机壳是金属的，只是美观；旁边这种是塑料的，同样的配置同样的牌子，相差六百块呢。就买这种便宜些的？"

兄弟俩重重地点了头。

我们几乎同时付了款装了软件出了电脑城。因我本身带着一只挎包，手里要拿笔记本，那只包装箱男孩就帮我拿了。

外面仍在下雨。我问清了他们回去的路线，便让兄弟俩上我的车。他们开始说什么也不肯。我说你们孩子家的就不要和我60多岁的老人客套了。兄弟俩一听，有点尴尬道："您都和我爷爷差不多年纪了，那不能叫您大叔了，就叫您爷爷吧！"

这么懂事的孩子一声声亲热的"爷爷"，叫得我就像这三伏天里喝了碗冰镇汽水，沁人心脾。

兄弟俩在一处简陋的巷口下了车。不料，男孩又返身将他那瓶没有打开的可乐递给我："爷爷，给您喝！"

望着兄弟俩端着电脑在雨中快乐的背影，勾起了我内心的诸多遐思：他们从小乡村踏进大上海，有着许多我不可能遭遇到的艰辛困苦；但这艰辛困苦，不能阻挡他们一如既往地做着城市生活的好梦。这好梦，与我的奇思异想是完全不同的梦。我的梦，是从现实转入梦境，天马行空却始终活在梦里，是不需要成真的；而他们要圆的这个五彩梦，却是要从梦境直面现实、倾注全部心血试图去改变自己的命运，几倍于城里人的奋斗去追寻五彩梦的实现……

在等十字路口红灯时，我打开了那瓶可乐。尽管十来年不喝碳酸饮料了，喝一口，好甜！这个甜味，更应该留给兄弟俩：让他们的五彩梦，在梦里梦外都一样香甜！

202寝室趣事

唠了一宿嗑

看见文龙上传了合影，颇有感触。平安夜独自在地下室翻寻当时的日记：老温的文章让建国显了身，我也试图整理了这些文字想招来我的202寝室的室友们——当时寝室右侧是张晓洋/王金亭上下铺、孟浩/杜学全、吕明宜，左侧刘小BO/高文龙、我/李奇福、温良。（中秋没来住，李伟、张黎是后来合并进来的。）

我是最后一位进202室报到的。当晚，岁数最小的小杜、金亭热情地帮忙铺床，并指导我这位老大哥要赶在十点前拿着脸盆去洗手间端水以备第二天早晨漱洗之用。我一一照办。

熄灯后，不知最后一位端水回来的是谁，黑灯瞎火地踩翻了地上装水的脸盆，于是惊动了下铺的人，有的取拖把，有的用扫帚，几个人踮起脚步拾着床铺下的鞋子。坐在上铺的晓洋打趣说："你们不是在跳芭蕾吧？"大家说：你不下来帮忙还说闲话，罚你跳舞！晓洋说："这还用罚？看，来现成的。"说着，站在被褥上，露着两腿的毛，脚跟踮起，双手交叉，边抖动身躯边哼着乐曲："咋样？像不像四小天鹅舞？"逗得大家前仰后合拍掌欢呼。

门外走廊上又响起收发室值班的老范太太催促就寝的喊声。于是202重新熄灯。但寝室里的兴奋劲却无法熄灭。我们初来乍到，本身就具有极强烈的交流欲望：部队的奇福自然满腹的"枪炮弹药"，擅长书法的文龙口口声声的欧体隶书；晓波夸张着当泥瓦匠的埋汰，明宜则描述当架线工爬电杆的狼狈；我站过柜台，吹嘘着快酒慢油克斤扣两的窍门，这自然让笑声一浪压过一浪。

这一唠竟然过了1点。大家说，就此打住，谁也不许说了，睡觉。寂静中，温良突然用带有浓重的四川口音神秘兮兮地说道："我最后再问一哈（下），长春给不给穿小裤管？"（当时左风尚存，温良是害怕长春没有解禁小脚裤。）寝室在沉默了几秒钟后，发出了排山倒海似的笑声（主要笑他的方言小裤管）。温良十分不解："笑什么？不懂小裤管？"听他这一说，大家重新又爆笑了一把。

继而聊起了衣着，说谁谁身架笔挺，谁谁肌肉发达。也许是肚子都有点空了，转而说奇福的皮肤白面似的，属于一级精白粉，做包子准好吃；自己的皮肤属于等外的，纯苏联黑馒头。有人响应：现在来个黑馒头吃也行啊。有人泼凉水：行了，别来精神会餐了，越说越饿！随着说话声音慢慢的消停下来，有人开始打呼噜了。孟浩对吃显然是意犹未尽，他悄悄告诉下铺的明宜（有话剧台词功底的孟浩字正腔圆嗓门大，悄悄的还是让大家听得真切）："解放路食品店的肉肠做得又粗又肥，粉面少，净是五花肉，一咬一口油，这味，妈的绝了。"听得大家直咂嘴巴。晓波坐起身来诏示："现在如果在长影那儿有几根肉肠，谁愿意去拿？"大伙说不值得，冬夜里大老远的只能割舍；"如果肉肠挪到同志街呢？"众人踊跃揭榜蠢蠢欲动。

这真是一石激起千层浪，晚餐的两个窝头一碗苞米面糊在年轻的体内早已化为乌有，于是你说你的东北溜肉段、溜肉片，我说我的四川麻辣豆腐、夫妻肺片，北方的肉馅大包，南方的灌汤小笼，说得大伙垂涎三尺、睡意全无。一直捱到凌晨三四点，大伙方昏昏然睡去。

第二天的入学教育，202寝室的同学哈欠连连，一准没谁能听得进去。但就这一宿唠嗑，却让室友们很快融为一体。一宿不睡：真值！

白菜快了不洗泥

当时大学伙食差，众所周知。幸亏中秋有一套房子，加上他的热情好客，于是经常上他那里会餐。尽管多数是大伙凑份子买的吃喝，但中秋也没少贴补增加的花销。

一次，酒过三巡，十来位大汉已将桌子上的菜如秋风扫落叶般席卷一空，连中秋刚添加的萝卜丝拌韭菜也露了盘底。作为主人的他又忙三火四地跑进厨房嚷嚷着再要整个菜。我正巧解手出来，想看看中秋还能整出什么佳肴？

只见他从墙角落提（di）溜起一颗白菜，用刀面拍打几下白菜身上的灰土，随即砍下菜根，稀哩哗啦地切了满满一盆，倒上酱油、酸醋、辣椒，还加了几勺糖，风风火火地端上饭桌。

见大伙的筷子像雨点一般落进盆里，忙问："味道咋样？"众人异口同声："好吃好吃！"一边还没忘记恭维："老月（这称呼是从'中秋'引申的）干活太麻利了！"

他歪着脖子笑得就像一轮中秋的满月："那是啊，看你们一个个急猴似的，不麻利行吗？我就是有这个本事，专能干喊里嚓拉应急的活儿！"

"哎哟！"突然谁叫了一声："菜梆子上是啥玩意儿？嗑得我一口沙子！"

中秋的笑容变得尴尬，瘪着嘴不吱声。从侧面轮廓瞧他，太可爱了：成了活脱脱的一弯月牙儿！

靶争

晓洋与文龙打靶紧挨着。审靶时文龙脱靶1发，留下4发；晓洋却多了1发：6发。争论就此开始。

寝室打靶成绩普遍较好，有人关心晓洋打了几环？他眯着高度近视眼："最好1发是9环。"文龙立马跳出来："9环不可能是你打的，9环就是我脱靶的那一发！"

晓洋不甘示弱："这6发里面，有5个4环5环，其中1发是你的概率占了六分之五；而唯一9环的概率只有六分之一啊，会算不？"

"就你这眼神能打9环？说到天边我都不信！"

"兴许瞎猫碰上死耗子呢，可能性大着呢！"

文龙固执着："不管咋说，9环就是我的！"

晓洋不让步："再争，你也不能证明9环不是我的！"

争论没有结果。

室友们只能和稀泥："这事请黑老包来怕也断不了案哪？"

无奈，晓洋与文龙"争"兴不减，连续数日争抢着这发"9环"。

师徒颠了个

　　明宜、文龙、温良学围棋是我从"金角银边草肚皮"开始启蒙教的。他们毕恭毕敬地站在旁边听我讲解，不明白处，还会怯生生地让我重复一遍。我哼哈两声，时不时地埋怨他们脑子不开窍，他们一声不响，态度极诚恳。

　　开始，三人相互下，后来水平高了些就不过瘾了，要拉着我一起下。从让子若干到黑白让先，可能也就隔了一个学期吧，我感到师傅的位置有些力不从心了。于是搜肠索肚地使着浑身解数与他们下，然而还是挽回不了输棋局面接二连三地出现（因为他们与我下，当时水平低会有收获；我与他们下，棋只会越下越差）。原先出现有什么争执的棋往往会找我来当裁判，后来就慢慢变少了。我主动出击指点，想夺回我做师傅的尊严，但他们已经是嘴上应付心里不服了。

　　毕业一年后，我出差去重庆，与温良从永川到大足，大热天在招待所的蚊帐里下了大半宿棋，面对温良的进攻，我已无力招架，输多赢少。复盘时只得听温良的滔滔不绝。后来到北京，听明宜说他围棋已进入业余段位了，最起码可以让我二子——说得我想与他下盘棋的念头都打消了。（文龙当时好像在日本，我想他如今的棋力肯定比我强许多。）

　　1989年5月，被公司报名参加了珠海市职工围棋赛，公司5个人全部进入了前8。我不分析当时珠海地方小水平差等原由，只以为自己有了"回光返照"。这一骄傲让我在四分之一决赛便破了"入界宜缓"之大忌，一条长龙没围住中盘认输。此后，就畏缩得没再认真下过棋。

　　现如今"以闲为自在，将寿补蹉跎"的日子里，倒是念起了围棋。要不下次同学聚会，带上一副棋，干脆拜了徒弟作师傅以提高自己的水平，并能博个虚心请教的好名声，岂不两全其美？

[班博留言]

老范写得好啊，历历在目，尤其是那件打靶的事，至今我还耿耿于怀。老范不说，我还想说呢。

军训打靶，晓洋那发9环究竟是不是我打的，还请列位童鞋给评评。事情是这样的：

一、每人打5发子弹，晓洋靶上有6发，我的靶上有4发。而且我记得最后1发刚刚射击完毕，便马上意识到，打到旁边晓洋的靶子上了，和我邻近的人，和晓洋邻近的人，再没有脱靶的情况。

二、我靶上的那4发，有10环的，有9环的，连8环都没有。晓洋靶上，除了那个9环，其余最好的也不过5环。

打靶之前，负责军训的军人已经对我们讲明白，打到别人靶上，就视同别人的环数，我不是要和晓洋争环数，而是要和晓洋说清楚，这9环可以认定就是我打的。

晓洋高度近视，就打靶而言，肯定难为他了，晓洋日常生活能力也很差，同寝室的童鞋可以证实，晓洋吃完饭洗碗时，从来都是涮涮碗的里面了事，碗的外面从来不洗——谁能想象他能打出9环？

我就不同了，眼神好自不必说，长春南湖，是我童年，少年的乐园，我最喜欢玩的就是用弹弓打鸟，十发九中，打靶，肯定是我的天生强项——那9环不是我打的，谁能相信？（高文龙）

文龙不仅字好，文章更好。寥寥几笔，晓洋和自身的形象便跃然纸上。我相信，那个9环绝对是文龙打的，晓洋连碗边的饭粒都看不清或者懒得管，他打靶怎么可能细心呢？（温玉杰）

我不信那9环是晓洋打的。瞎猫的确有碰上死耗子的概率。问题是，当一只瞎猫与一只睿猫，同时瞄准了死耗子时，瞎猫就是瞎猫。（刘晶）

一刻拍案惊奇：打靶之事有四种可能：1.如果是文龙瞄自己的靶而打飞打到了晓洋的靶上，而且打了9环，那文龙是瞎猫碰着了死耗子；2.如果是晓洋自己打的，别的几发都打了4、5环，只这一发打了9环，那晓洋就是瞎猫碰着了死耗子；3.如果文龙瞄的就是晓洋的靶，尽管不算文龙成绩，也说明文龙枪法了得；4.如果是第三人打的，就不用争了。根据文龙的说法，是第三种情况无疑，但当事的另一方不在，只好暂时作为悬案吧。开个玩笑，文龙兄不要介意。

二刻拍案惊奇：在中秋家吃饭的事还记得，不洗白菜之事还是第一次知道，中秋兄涉嫌危害众兄弟饮食安全，裁定什么时候重新请大家吃一次以作弥补，或吊销中秋兄二级厨师资格证书，若何？（杜学全）

没能兑现的道歉

清明时节，我又站在了母亲的墓前。母亲去世廿八年，我廿八回站在这里。母亲生前，我没能兑现向她的道歉，这内心的负疚，是一回比一回沉重。

晚年，本该是享福的时候，母亲却得了帕金森氏综合症。那年暑假回家，佝偻的母亲还没等我进门，就坚持从藤椅上站起来，不让阿姨倒茶，执意要自己动手给我冲杯麦乳精。阿姨说母亲：刚才还糊涂呢，现在倒精神了，这可见是自己心疼的小儿子的感召不是？

我觉得母亲的状况并没有想象的那般糟糕。正暗自高兴，只见母亲手指着大衣橱对我说："这群扎着花蝴蝶的女孩子多好看呐，小心别碰着她们了。"我听得云里雾里，手中滚烫的麦乳精泼洒在大腿上都没了感觉。午后，我一边翻杂志一边陪着母亲。突然，母亲朝着房门外说："你又来了，快进来坐，快进来坐！"我扭头一看，门口空无一人，倒让我一瘆，站起来将屋里屋外搜索了一遍。

我知道母亲确实是病得不轻。

移时，母亲仿佛又清醒过来了，柔声柔气地拉住我的手说："我这里不好了，"她指着自己的脑袋，"我不再是你们以前的那个妈妈了！"我摸着母亲枯瘦的臂膀，心里很酸很酸。

我想对母亲说，五十年代全家去福州，正巧遇到海峡两岸纷争，父亲还在北京，母亲带着四个孩子跟随单位逃难到闽江边上的原口，母亲背着我在深夜泥泞路上一脚高一脚低地行走，母亲您可知道，那时在我小孩子的眼里，您是那样的强大。

母亲，您可记得，您就职的幼儿园人手少，早班连着中班干了小半年，非但没有累垮，还赢得了胸前的大红花和16元奖金。您自己舍不得多花一分钱，将16元奖金全部变成我们姐弟身上的新衣。那时在我们眼里，您是那样慈爱，又是那样的能干。

您应该不会忘记，您去福州探亲，正遇父亲被戴上资本家帽子，造反派说是什么阶级路线让剥削者住上楼房？于是一把锁将你们二人逐出门外，圈定在篮球场上过夜。母亲对父亲说：坐着也没事，我们手拿红宝书聊自家的孩子吧，六个孩子每人半小时，就能捱过三个小时了，接着再聊咱们的小外甥小外甥女——至今想起这些悲惨，我们仍在为母亲的大度与机智折服……

今天，面对着病中的母亲，我只能在心底里告诉您：不管风再大雨再猛，您始终是我们的好母亲！

鉴于老父年迈，在家期间我就接过了看护母亲的工作。

那是一个月高风轻的夜晚。母亲躺在床上，我铺条草席睡在地板上。我顺着母亲的喜好，有一搭没一搭地说着闲话。她喜欢地方戏，我们从丁是娥的《罗汉钱》说到袁雪芬的《西厢记》，从范瑞娟傅全香的《梁祝》说到徐玉兰王文娟的《红楼梦》。想不到那夜母亲的思路会如此清晰。

不知是什么时候，我从睡梦里惊醒，只见母亲光着两脚站在阳台上向下呼喊："来人啊，快来人啊——"我立马跳起来，半拉半抱地将母亲弄到床铺上。父亲闻讯也进来了，着急地说："这怎么行啊？半夜三更的，邻居听见了以为出什么大事了！"

只见母亲紧闭着双眼，喘着气。不一会儿，她又开始叫了起来："救命啊，救命啊——"我毛骨悚然地束手无策，只得央求她不要喊叫，然而她依然我行我素，调门一声比一声高。我想用手去堵母亲的嘴，被她挡掉；我又拿起床边的毛巾想捂住她的叫声——

这时母亲慢慢地睁开了眼睛。

她注视着我，重又回到了原来柔声柔气的语调："想闷死我啊？不晓得你会没有良心了——在农村，你站柜台，没有手表，无法掌握时间，我东拼西凑买了块上海牌，给你寄过去，你倒是忘了，想来闷死我了——"说着说着，母亲又闭上了眼睛。

我和父亲都吃惊于母亲突然的清醒。我想摇醒母亲，跟她说清楚，我不是故意的，但她已经发出了鼾声。

父亲说，等脑子清醒时再对她说不迟。我天天盼望着母亲会有短暂的清醒，好让我向她道个歉。然而直到我临走，母亲却始终糊涂着。我让父亲代我向母亲道歉，父亲虽然点了头，但我们心里都清楚：那不过是一种奢望。

不出所料，从此以后到住院去世，母亲就再也没有清醒过来。

多少年了，让我一直不能忍受的，是母亲就这样带着遗憾离开了我们！

我屡屡在书中看到，说自己与去了另一个世界的亲人之间是隔了一条河的：那就是我在河的这边，母亲在河的对岸。母亲是永远也过不来了，我却总有一天会过河去的。于是我就想好了，哪一天我过河去了，记住只有一件事情，那就是向母亲，兑现生前想要兑现而没能兑现的一声道歉：母亲，对不起！

[班博留言]

《金婚》写了五集的时候，我母亲突然去世，我赶到医院没见到最后一面。我母亲没看到我写的《金婚》播出，我知道她最喜欢看蒋雯丽演吵架戏，《金婚》和《金婚二》都写了母亲去世，我是带着感情写的。（王宛平）

所以有许多东西我们在没有失去之前，就要好好地珍惜；一旦失去了，再懊悔也是无济于事的了。

今天我经过法华镇路，就是《长街行》的原址。但现在已经面目全非了。（范文发）

我母亲是突然去世，我甚至没有伺候她的时候，一直很难过和内疚，想写也不知道怎么写，深重的痛苦，无以言表，文字更难表达。能写出来，可能也是一种释放……（王宛平）

看了几遍了？我也记不住了。一直不知道在范大哥的文下如何留言。

我的母亲也在晚年，也是该享清福的时候，也是糊涂了。但与令堂糊涂得不一样，每每让我手足无措……

范大哥：你给我指路了——不要留下遗憾，我努力。（刘晶）

[杨冬]

203寝室纪事

我与张哥

在203寝室，每晚熄灯之后，大家总会东拉西扯地闲聊一会儿。我跟张力床挨床，头挨头，自然也就聊得更多一些。有一天，聊起"文革"期间去北京串联的事，我跟张哥越聊越近，还把张哥忽悠了一把。

那天偶然聊起，我是1966年10月下旬去北京的，等了约一个星期，11月3日便受到了伟大领袖的检阅（史称"第6次接见红卫兵"）。张哥说："巧啊！我也是那一天接受检阅的。"我又说，当时住在西四的地质部（现在改称国土资源部）大院，还见到声讨何长工部长的批斗会呢。张哥又说："巧啊！我也住在地质部大院。"隔了一会儿，张哥说："那时候还组织各地红卫兵文艺演出，我还上台演出过呢！"这回轮到我说了："真巧啊！原来那天又会吹笛子又会拉二胡的人是你啊！这么说，我们早就认识了。"张哥嘿嘿一笑："要说吹拉弹唱，我好多乐器都会那么一点。"

今天想来，以上所说的事都千真万确，唯独我最后那句话是临时编的。试想，我当时即便观看了演出，时隔多年，也记不住谁演了什么。何况那是红卫兵的业余表演，又不是马思聪或刘诗昆的音乐会，谁还能记住啊？但当时正跟张哥唠在兴头上，便随口忽悠了一把，逗张哥一乐。

此事又隔了三十多年了，不知张哥还记得吗？

［班博留言］

世界之小，太有趣了，我也是第6次被毛接见。住哪忘了。（温玉杰）

哈哈，11月3日我也在。10月30日到京，工体集中，后住不知哪个学校，教室地上铺草垫子，吃咸菜馒头。3日天不亮就起床，沿长安街狂走几个小时……（宫瑞华）

太巧了！

我也是1966年11月3日的。

我是住在回民中学，可能是在菜市口一带。2日晚上发了两只白煮鸡蛋、一根香肠、一个面包，供第二天吃。因肚子饿，晚上就吃掉了。

第二天凌晨2点半起来，排队去天安门。

那天是又渴又饿，一直到下午才轮到看领袖，哪看得清啊？

唯一有印象的是林彪读稿子念错了一个字：将巴勒斯坦念成了巴基斯坦。

早知道我们有杨冬、老温、张兄、瑞华、我（是不是还有）就凑成一个班，干脆让领袖单独接见一次好了！（范文发）

老温、老宫、老范：你们好！原本是跟张哥叙旧的，没想

到1966年11月初我们都在北京啊！真是太巧了！没想到十多年后我们又成了同学。有缘，有缘！（杨冬）

首先祝贺杨冬由看客转为写手。

你说的事情我记得很清楚，当时有点疑问。你把我忽悠了，等着。

看了评论，才知道彼时那么多童鞋在北京，好玩。（张力）

早知如此，1966年，我也跑到西四去看啦。虽然那时只有10岁，我从小就贼大胆，哪儿都敢闯。哈哈。杨冬兄，问好！（刘晶）

我与铁民

在203寝室，我与铁民是上下铺，我在上铺，铁民在下铺，关系特好，故事也就特多。今天只说说我与铁民一起看电影的事，说说铁民的"红楼梦情结"。

那年月，周六或周日能去鸣放宫看一场好电影，就是莫大的快乐。大约二年级的时候，有一次鸣放宫上映由徐玉兰、王文娟主演的越剧版《红楼梦》，寝室的同学差不多都去了，我就坐在铁民边上。我在上海长大，欣赏越剧本无障碍，但由于不喜欢徐玉兰的扮相，那天看得无动于衷。铁民则不然，电影才放映一半，已经哭得泪流满面。看到"黛玉焚稿"那一幕，铁民更是泣不成声，那条手绢也早已擦得湿淋淋的，仿佛能挤出水来。我怕铁民太伤心了，又觉得一个男生哭成这样会被人笑话，就不停地用胳膊捅他。铁民呢，照旧专心致志地哭，只是我捅他一下，他就说："没事的……没事的……"

我当时好生纳闷：这小子以前从未看过越剧，何以仅凭看字幕就如此入戏，哭得跟个泪人儿似的？要是他能像我一样听懂戏文，还不把鸣放宫的房顶给哭塌了？嘿嘿，这大概就是本真的铁民。更没想到的是，没过多久，铁民就一本正经地搞起了《红楼梦》研究。不仅把小说读了一遍又一遍，还弄来了俞平伯、周汝昌、王朝闻等红学家的好多著作，读得如痴如醉。我搞不清他的书哪些是买的，哪些是借的，反正一摞一摞的，把床边的那块书板压得沉甸甸的。

大学毕业后，铁民去了四平，后来又去了广东。这些年来，我只知道他事业渐渐发达，却无从知晓他的"红楼梦情结"究竟怎样了。最近几年，经刘心武之流那么一搅，红学再度升温。每当我在书店看见那些书，我就会想起铁民，想起那个因看电影《红楼梦》而泣不成声的老同学……

[班博留言]

我补充一个细节，可见铁民对《红楼梦》的熟悉。我毕业也去了四平，在戏剧创作室工作。当时的一个姓田的主任写了一部戏《晴雯传》，苦于没有知音，想让我这个最高学历的给他评论评论（我们自己有内部刊物）。我哪懂红学啊，就找了铁民。不久铁民写出了评论，让我的领导心悦诚服，连说评得好，批得对。记得还给了铁民稿酬，虽然不多，但是那期刊物里最高的。（温玉杰）

在广州郊区闭门受训三天，没能上网。今晚到家马上上楼打开电脑，读杨教授的《203寝室纪事》，一股暖流涌上心来，四年大学生活或隐或现在脑海闪现。

50年人生经历中形成的几个社交圈子，我最珍视的是大学同班同学，我尊重我的79位同学，并以与他们同窗四年为荣。其中，杨教授是我最敬重的学兄之一。（冯铁民）

铁民：终于在班博上见到你了！的确，看电影那件事给我留下了难以磨灭的印象。当然，还有好多别的美好记忆。年龄大了，注意健康！（杨冬）

铁民的毕业论文就是《曹雪芹生卒年考》（张力）

想不到铁民看《红楼梦》竟然泪作倾盆雨啊！

不过，徐进的唱词是写得很棒：典雅又通俗。只是四十多岁的徐玉兰要演一位十几岁的公子哥，前半部分的形象是差点，后半部分还好。

"要是他能像我一样听懂戏文，还不把鸣放宫的房顶给哭塌了？"杨冬三言二语写活了这一段。（范文发）

老范：你好！多年没见了！你早已回到上海，而我已在东北待了43年多了，如今成了地道的东北人。人生如梦！

期待着10月份在北京见！（杨冬）

杨兄好，看到杨兄这些简练文字非常亲切。记忆中杨兄好像木有这么幽默也。近日翻旧文，有篇记载，1996年校庆，回京后我还给杨兄写了封感谢信，电脑打的，但找不到了，杨兄可有印象？祝好。北京闷热，羡慕长春。（王宛平）

当然记得那封信，但也早已弄丢了。不要紧，友情在就行！（杨冬）

我与建国

大学四年，你可能捡过钱包，捡过书本，也可能捡过其他什么东西，但绝对不可能捡过孩子。但建国就能，不仅捡过一个货真价实的弃婴，而且还亲自交给了警察叔叔。

这还得从建国闹恋爱说起。为什么不说"谈恋爱"，却说"闹恋爱"呢？因为建国的女友小刘（后来成为建国的老婆）不在长春，而在吉林市工作。建国平时无法跟小刘谈恋爱，于是就闹心，甚至闹情绪。这也是性格使然。建国质朴、憨厚、重情，这样的人一旦遭遇爱情，就会爱得死去活来，爱得轰轰烈烈。可是，小刘不在长春啊，于是就想，想得要哭；就写诗，写得昏天黑地。建国当时究竟写了多少诗，他没说，我也没问。反正种种迹象表明，建国闹恋爱了。

但有时幸福从天而降，小刘从吉林来长春看建国。于是，建国就不再闹恋爱，而是认认真真地谈恋爱。可是那个年头，上哪儿去谈恋爱啊？寝室里人来人往的，不行；教室里多少双眼睛盯着，也不行。唯一可去的地方就是公园。建国究竟带着小刘去了哪些公园，他没说，我也没问。

然而，有一天晚上，建国回到寝室，却神情激动地告诉我们，下午带着小刘去南湖公园了。我们听了，不禁一笑。但接下来，建国的话就让我们大吃一惊了。建国说，他俩在南湖树林里捡了一个被刚刚丢弃的弃婴。当时他俩不知如何是好，但围观的人渐渐多起来，有人还要收养孩子。建国跟小刘一商量，就抱着孩子去了南湖派出所，交给了警察叔叔。建国还绘声绘色地说："那是一个男孩儿，长得也不错，交给派出所真有点白瞎了！"我突然插话："那你们为啥不把孩子抱回来？"建国一脸严肃地回答："我跟小刘还没结婚呢，抱回来算咋回事儿啊？"一听这话，我就明白了，从那一刻起，建国和小刘就有了共同的担当。孩子虽然交给了警察叔叔，但他俩之间的事也已经落地了，落得结结实实的。

如今这事已过去30年了，那孩子也有30岁了吧！但我每次去南湖公园，总会想起建国的故事。不仅如此，我还有点疑神疑鬼的，总觉得在那南湖的树林里，还可能捡到个孩子。

晒晒我的"音乐梦"

按理说，梦是不能晒的，一晒就没了。这就像草叶上的露珠，再美也经不起阳光的照射。但我的"音乐梦"本来就是有一搭没一搭的业余爱好，晒没了也无所谓。再说，班博本来就是叙旧、闲聊，既非课堂，也非论坛，只要大家读着开心，我的愿望就算实现了。

说来见笑，我从未接受过正规的音乐教育，也不是什么"发烧友"。但少年时代的我，确曾做过一段"音乐梦"。小学三四年级的时候，我二姐曾带我去上海音乐厅听过几次交响乐。从此以后，我就对优美、神奇的古典音乐充满好奇。在我一再请求下，父亲带我去南京西路的一家琴行买了一把小提琴，花去近三十元。教我的老师是我小学同学的大哥，一个有点失意的高中生，他没有考上大学，便在家里玩音乐。

但要学小提琴，首先就应该学会五线谱。我不好意思再求教那位大哥，就开始自学。好在我二姐是幼师毕业的，在一所小学当音乐老师，家里正好有一堆音乐教材。短短一个星期，我就弄明白了钢琴的键盘是怎么回事，也就弄明白了五线谱是怎么回事。又过些日子，我就可以无师自通地读谱了。从此，我就照着《霍曼小提琴教程》按部就班地练琴，家里总是响着吱吱嘎嘎的琴声。我的两个姐姐也都喜欢听音乐，不知从哪儿弄来一台电唱机，借来一摞唱片。于是，我便知道了贝多芬、柴可夫斯基、德沃夏克、格里格、约翰·施特劳斯，也知道了马思聪、刘诗昆和俞丽娜。

上中学后，由于学业加重，练琴的时间少了许多，加上兴趣已转移到文学方面，每天疯狂地读小说，琴技也逐渐荒疏。但真正葬送我的"提琴梦"的，还是"文革"期间。记得下乡（我是1969年初下乡到吉林省延边地区的）前夕，考虑到自己家庭出身问题，而拉小提琴显然又属资产阶级情调（何况我只会那本霍曼的练习曲，不会拉革命歌曲），我便拉着一个同学去了南京东路的一家旧货商店，将那把小提琴卖了16块钱。从此，我以为自己告别了"音乐梦"和"小资情调"，可以做一个意气风发、改天换地的知青了。

谁知下乡第一年秋天，我就患了黄疸型肝炎。来年开春，村里人为了照顾我，就让我去山上放牛。其实，放牛也是一件苦差事。且不说每天天一亮就要赶着牛上山，傍晚才回到村庄，就是那种寂寞、无聊也难以忍受。于是，我就天天对着牛群唱歌，对着山野狂叫。先是唱革命歌曲，一唱就是十来首。但每天重复唱同样的歌，恐怕连牛都听烦了。后来就搜肠刮肚，把我所记得的那些外国名歌也唱一遍。但我会唱的歌毕竟有限，无非是那本《外国名歌二百首》上的曲目，什么《星星索》、《鸽子》、《莫斯科郊外的晚上》、《桑塔露琪亚》之类的。凡是忘记歌词的地方，我就用"啦、啦、啦……"糊弄过去，反正"对牛弹琴"，牛是不会在乎的。

上大学后，我那点可怜的音乐知识再度受挫。我们班真是群英荟萃，人才济济。张丹的琵琶、张哥的手风琴和冷月娥的小提琴，从一开始就把我吓住了，而刘坚的男声和刘建的女声，也让我不敢开口。至今还依稀记得，有一次班里开联欢会，王宛平上去唱了一首《桑塔露琪亚》，顿时就让我对这位北京女生刮目相看。当时，不少东北同学从未听过这首歌，而我坐在台下却洋洋自得：要知道，这可是我知青时代的"保留曲目"，只是我当年是对着牛群吼，不是对着众人唱的。

毕业留校任教之后，我为了提高英语听力，买了一台国产的收录机，同时也买了不少古典音乐的磁带。如今那台收录机早已报废，唯有那些磁带依旧保存完好。前些日子偶然翻抽屉，发现竟然还有二十多盒。近十年来，随着居住条件的改善，我添置了两套音响，一套放在书房，一套放在客厅。那些磁带也早已被CD和VCD的古典音乐碟所取代，把我的书柜填得满满的。去年暑假闲来无事，我便开始整理这些年来陆陆续续淘来的音乐碟，编了一本目录。这一编不得了，我发现自己竟如此富有，足足有四五百张音乐碟，几乎涵盖了一部从维瓦尔蒂、巴赫到巴托克、勋伯格的较完整的西方音乐史。当然，我也收藏了不少西方音乐史方面的书籍，也有三四十本吧。于是，我私下知道，当年的"音乐梦"终于又在我晚年将至的时候找回来了。

最近读李欧梵的《音乐札记》，真羡慕他的"音乐往事"，才懂得什么是真正的"发烧友"。他当年在美国任教，可以常常去赶欧洲的音乐盛会，聆听过许多著名指挥家和顶级乐团的音乐会。我一个中国的穷教师，无非是淘点音乐碟而已，而且多半还是盗版的。长春的音乐会倒是赶上过几次，包括殷承宗的钢琴独奏和盛中国的小提琴演奏。前几年去北京，还看过余隆指挥的爱乐乐团，看过俄罗斯国家芭蕾舞团的演出。但长春的听众素质太差，有一次某个奥地利乐团来长春献艺，满场都是叽叽喳喳的小孩和家长，几个记者台上台下地拍照，真是败兴。幕间休息时，不知何故，有个电视台记者拿着话筒找我采访，我当时正在气头上，只扔下一句话："请那些没教养的记者滚蛋！"然后就退场回家了。

走笔至此，我似乎已偏离了本文的主题，变得有点"愤青"了。"愤青"就"愤青"吧，反正是同学之间的交流。说真的，让我感到悲哀的是：如果说欣赏古典音乐是一种教养，那么，不知从何时起，我们的国民素质已变得如此之低，已无法欣赏人类最优秀的艺术。而一个缺乏教养的民族是可悲的，也是可怕的……

[姜亚廷]

我的同学我的酒

在班博上看到10月将在北京相聚的消息，喜不自胜。大伙几十年不见，高兴自不必说了，老话说得好，以酒会友嘛。到时少不得杯来盏往，抱头叙旧，或许还会有几个兴之所至，不胜酒力，大醉而睡，好不畅快，内心很是盼望。

一生说不上好酒，但在一些场合还是喜欢喝的，平时言语比较木讷，只到酒酣之后，方可无所顾忌，畅所欲言，找到些许的自我，有清醒者说这是原形毕露，说得我也不知道我原形是什么样的了。自我评价是酒量不行，酒胆还行；喝酒是白的不行，带色的还行；喝红酒不行，喝啤酒还行；喝一种还行，喝杂了不行；洋酒不行，国产的还行；喝急了不行，慢慢品还行。我喝酒的经历可谓不浅，家父在世时酒瘾惊人，虽也是酒量不大，但每天必喝，喝了很少醉，平生爱好而已，至今与当年老父的同事、部下相见，提起往事，无不记得老姜的酒。小时看父亲喝得入迷，偶尔也会偷点来尝，没什么特别的感觉，只觉得苦辣而已。真正喝酒是下乡插队的日子，整天忙忙碌碌，而又无所事事，苦闷不已，闲暇时光，经常三五个知青聚在一块，凑几个小钱，买几两烧酒，也没什么菜，也有喝得半醉的，不过是解闷消愁。

在学校那会，生活费有限，自己很少买酒，那时还不习惯喝啤酒，刚接触时只觉得一股马尿味。偶尔到长春的同学家去蹭饭，多是几位同学相约同往，白酒也喝，啤的也喝，慢慢也还习惯了这马尿的滋味，至今还真喜欢上了。那时还真没怎么醉过，有时也应带薪的同学相请，上街吃饭，经常也喝一点小酒，吃饭是为了改善一下伙食，用南方话说是打打牙祭，喝酒嘛，随性而已。

记得大二还是大三的时候，学校组织实习，我、老宫、还有谁，与曹虹冰同学一块到某县去采风，到了县里人家招呼吃饭，饭桌上免不了要喝白酒，有同学提议推举几个人，给县里的领导敬一敬酒。曹同学问在座的谁能喝酒，当时也不知高低，不自量力地自荐要上，曹同学问了我一下大约能喝多少，只记得当时趁着酒胆说能喝个三四两，被同学们好一阵奚落，也不记得当时去敬了没有，只记得人家曹大姐是用大杯子喝的，一杯就有三四两，一口干，让我等眼都看直了，至此知道这才叫喝酒，这才叫酒量，以后反正再也不敢说自己能喝酒了。

大四的时候，课也不多了，人心也散了，大家知道以后将天各一方，相聚无多，各室的同学纷纷张罗着聚餐喝酒。你拿一点菜，我出一瓶酒，菜是五花八门，酒也是形形色色，大伙相约酒菜随意，一醉方休。因当时各种酒混杂，喝得也舒坦，不知不觉就高了，吕贵品同学手提一瓶通化葡萄酒，各屋乱蹿，到了204室，定要同每人碰一大杯，这一大杯通化葡萄酒就成了最后一根稻草，彻底地把我压垮了。当时肯定是不省人事了，随后的几天，我都是在床榻上度过的，一坐起来，只觉得天旋地转，头痛欲裂，好几天没上成课，至今还很后悔，心想快毕业了，没准哪位老师一冲动，把最后的绝招传给诸位弟子，单单把我给拉下了，这岂不是天大的冤屈。

是1997年还是1998年，同省里的一个采访团到广东，第二站到了深圳特区，与几位老同学相聚，当时有时光、老宫、吕贵品、老徐、小妮、唐志宏，可能还有谁？一时想不起来了。时光在饭桌上要了两瓶法国红酒，我当时还很纳闷，一帮东北大老爷们，到了南方，兴致也改了？只喝红酒就够跌份的了，还不喝，一问不是你这里有病，就是他那里不好，总之大伙是话说得多，酒喝得少，看着就要酒过半截了，小唐不满意了，说喝这酒不够劲儿，来点够劲儿的吧！此话正合我意，于是提议来点啤酒，这下又一发不可收拾了，也不知喝了几瓶啤酒，小唐还没咋地，我可就不行了，头也晕了，眼也花了，说话舌头也不听使唤了，最后怎么散的也不知道了。第二天早晨，只听同行的哥们说，昨晚喝高了吧，把他好一通折腾。

谁谁说过，品人就像品酒，越老越淳，与同学相别，一恍就30多年了，30年的老酒现在可值钱了，我们这帮人呢？

睡在我上铺的兄弟

上大学的时候，我住7舍204寝室，睡在靠窗的下铺，至于睡在我上铺的兄弟是谁，这里不妨卖个关子，就称他为上铺的老兄。这老兄极有个性，也很有几分脾气。记得刚进大学的时候，大伙纷纷述说出自己进大学前后的经历和感受，我自己是从农村出来的，稀里糊涂碰上了高考，又懵里懵懂地上了吉大，学了中文，以至于到了学校还没怎么回过神来。我上铺的老兄说他拿到录取通知书后，走道都万分小心，生怕有失事的车突然冲过来，取了他的性命，大伙不禁暗自窃笑，心想这家伙可真惜命，他的感受的确特殊，由此可见，这老兄是发自内心地珍惜上大学的机会。

上铺的老兄开始还真挺珍惜上课的机会，每日早出晚归，在教室认真听讲，也记笔记，也做作业，偶尔去去图书馆，期末考试成绩也还凑合。再后来这哥们慢慢就对课堂上讲的东东有点厌倦了，课也不上了，教室也不去了，加上图书馆座位难抢，他干脆懒得去争了，自己找人做了个炕桌不像炕桌、炕案不像炕案的家什，放在床上，整日伏在这玩意儿上。除了吃饭睡觉，或是周末回家看看老母亲，闲时再也不肯离开这个案几，后来他还真在上面整出几个轰动朝野的东西来。在宿舍那几年，大伙都心直口快，貌似全都有一腔忧国忧民的情怀，有什么看不惯的张口就来，但少有听到这位仁兄慷慨激昂的见解，只是偶尔冒出点不痛不痒的词句，这也许是跟他过去的经历有关吧，由此也看出他内心深处的老辣。记得有一次，宿舍里讲段子，这老兄一开口就震了全屋，那段子至今还了然于心：说是有两个秀才是好朋友，一个姓张，一个姓侯，有一天张秀才到侯秀才家去串门，侯秀才不在，侯娘子在家，就问公子贵姓啊？说是姓张，再问是弓长张还是立早章？答是弓长张，又问用没用过膳？答用过了。张秀才好生羡慕，回来后给娘子说了，让娘子也学着点。张娘子心想，这有什么难的，不就是说几句话吗？改天瞧我的。话说这天侯秀才也来拜访张秀才，就这么巧，张秀才也不在家。这张娘子就问了，说贵姓啊？说姓侯，再问是公猴母猴啊？无语，又问骗没骗过啊？再无语，这时这张娘子操起一把菜刀，在水缸上咣咣来回锏了两下说：如果没骗过咱们马上就骗，结果是这侯秀才只能是落荒而逃。从此后，204的兄弟们去吃饭不说去吃饭，而是说马上就骗（膳），弄得别的寝室同学还以为这屋的同学学习古汉语上心，生活中时时不忘复习。

说到上铺这位老兄，骨子里还真有一股不服输的劲儿，什么事都要跟别人比试比试，非得争个头牌不行。有一次不知是系里还是班里要开书画展，这老兄自知画画不灵，字嘛，谁都能划拉几笔，伏在他那案不案几不几的家什上，吭哧吭哧忙活了半天，最后终于得意地把大作交上去了。就连我不太懂书法也看得出，他那字写得真不咋地，但这位仁兄就敢让人挂出去，与高文龙等同学的字画排在一起，还落款留名曰"左书"，其实谁不知道他天生就是一个左撇子，在班里一直是用左手写字的，胆儿够大的。

这家伙还特喜欢显摆，平时与同学们交流甚少，但有了什么得意的事，他是非要拿出来说的。记忆最深的一次，是他第一次到老丈人家去吃饭，东北的同学都知道，这是"四大舒服"之一，去就去了呗，他回来就在宿舍里显摆，一会儿说老丈人对他怎么怎么样，一会又说丈母娘对他又怎么怎么样，话里话外按捺不住心中的得意。说就说吧，他还不肯罢休，反复说，不停地说，有机会就说，一副饱汉不知饿汉饥的得意劲，搞得204室的光棍们简直有点无地自容了，恨不得找个地缝钻进去，或者干脆把耳朵堵起来，不听他说。当然，他的显摆有时也能给大伙带来欢乐，有一次他出去参加个什么聚会，回来又显摆上了，说是聚会上有一小姑娘（什么艺术学校的），长得那是没说的了，关键是歌唱得那叫绝，这老兄回来后边说边唱，也不知怎么就让他给学会了，而且不带跑调的，还记得那是邓丽君唱的《香港、香港》，当时觉得还真好听。大伙一高兴，就让他教，他就更得意了，一口气连歌词带曲谱全抖搂个干净，真真是诲人不倦。从那以后这帮弟兄算是迷上了邓丽君，从各种渠道找来邓丽君的歌曲磁带，反复听，不停地听，有机会就听，直至烂熟于心。

以上所说，全是事实，绝无半点虚构，欢迎同学们对号入座。如细节有所出入，也是事久时长，记忆有所偏差，当事者大可给予斧正，不必顾虑。

[班博留言]

二娃子还真把这人写出了另一番味道！（宫瑞华）

大家都知道"左手"乃徐老头也，他现在仍是左手书写。（时光）

老徐的书法作品当年写明是"左书"，但旋即便有人旁批

道："谁见过他的右书吗？"不过，平心而论，老徐的字还是写得不错的，许多人的右书也不如他的左书。（杨冬）

204寝室共计12人，当年睡铺排法：第一组：时光（下）小姜（上）；第二组：小魏（下，横摆放的铺，没有上铺）；第三组：小常（下）敬亚（上）；第四组：刘坚（下）张晓刚（上）；第五组：老黄（下，上铺摆放东西，没住人）；第六组：老宫（下）树文（上）；第七组：老刘（下）郭玉祥（上）。也许记忆会有偏差。（时光）

我怎么记得好像睡过他的下铺，也许真是记忆有误，这没关系，写此文时正好想到这首歌名，就借来用了，反正这家伙是睡上铺没错的，（姜亚廷）·

[宫瑞华]

饥饿是一群野狗

　　若干年前，在长春的大学同学说要出一本吉林大学中文系77级的书，让全班的80个同学每人写3000字的回忆文章，还限定了交稿的时间。有同学出钱，有同学张罗，面对大家这种"77自豪感"，不认真写篇东西，真是对不起这些同学了。

　　先想到的是吉林大学食堂的肉包子。那时吉大主食是苞米面糊糊高粱米饭，分粗粮票和细粮票。每周只能吃两顿细粮，一个月能吃两次肉包子，每人限当日当顿4两细粮票两个。肉包子练就了当时吉大学生比狗还灵敏的嗅觉，在接近宿舍楼7舍的路上，前边的人闻到了肉包子的香味，就跑；后边的人见前边的人跑，就闻到了肉包子的香味，也跑。当时没听说谁得了鼻炎，闻不到肉包子的香味。进到楼里，铝勺、筷子敲搪瓷盆的声音早就响彻全楼……吃肉包子的时候，全楼都情绪高涨。

　　偶然有那么一次，同寝室的一个同学"买"了包子没交票！这个同学吃完了两个包子又去食堂"买"了两个。他躲在床上吞食两个肉包子的时候，同寝室的另11个同学被一种极为复杂的感情噬咬着内心。鄙夷？不屑？嫉妒？谁也说不清，总之，他多吃了两个肉包子，因此他肯定比不上没多吃肉包子的人高尚。我们的孩子们肯定会说,那是人家运气好!

77级处于饥饿年代,吉林大学也很饥饿。因为老师短缺,本来是两个班的学生合成了一个班,80人的大班,上课要用麦克风;没有英语老师,我们只好跟着教俄语后又自学日语的"塞恩塞"学日语。

老师的自信也短缺。班上不少同学都老大不小,最大的已经32岁;有些人上学前就发表过不少作品,小有名气。于是年轻些的老师自己就矮三分,缺了底气,差点和我们称兄道弟……其实学生也自知短缺什么,于是每人都有一支手电筒,熄灯后躺在床上读书;有人还拿个凳子夜夜坐在公共厕所里,就着15瓦的灯光闻着熏天臭气苦读。

总之,大家都挺饿的。

后来出书的事不了了之,我也高兴。流芳千古的书里肯定不应该有吉大的肉包子和公用厕所的熏天臭气。不过关于饥饿,还是可以写写的。

小学一年级,赵老师把我叫进了教员室。赵老师问:"你是不是向杜学忠同学要东西吃了?"

教室一样大的教员室里只有赵老师和我。赵老师很细心,她是在其他老师都下班后才找我的。所有有形的物体在我的眼前都消失了,唯一不能消失的就是赵老师的声音:"你是不是向杜学忠同学要东西吃了?"

当时,长春青年路小学四周都是盖着残雪的菜地,菜地里流窜着一条条肋骨清晰眼露贪婪之光的野狗。中午,杜学忠拿着一个窝头掰成一小块一小块喂狗。我当时大概也是眼露贪婪之光。脱了衣服,也许我还比不上那条最瘦骨嶙峋的野狗肉多。杜学忠拿着一小块本来要扔给狗的窝头,问我:"你要吗？"

我飞快地接过来塞进嘴里——那是与野狗的竞争，动作慢了珍贵的窝头肯定会落到一只幸运的野狗的嘴里。那块窝头不足1.5×1.5×1.5厘米。

赵老师问："你在家里是不是吃不饱？"

从1959年下半年起，我开始能清晰地记事，那时在青岛。我所能记住的就是奶奶、妈妈、叔叔和我去一个又一个的饭店排队买馒头。一人一次只卖两个，还要搭1毛钱豆角。豆角很老，吃的时候，每吃一个豆角都要从嘴里扯出两条长长的筋。后来，买不到馒头了，就排队买饼干；再后来买不到饼干了，所有的粮食制品都要粮票，就买梨。买了梨用水煮，再再后来买不到梨了，就到秋冬收完了白菜的地里捡干菜叶……

1960年冬，我和妈妈、妹妹、弟弟从青岛到了爸爸工作的长春。刚到长春的头3天，因为等托运的行李，住在爸爸的一个同事家里。

我第一次见到铺天盖地厚可盈尺的白雪。房子四周是开阔的雪原，一直延伸到地平线。第二天，东北的太阳晒化了厚厚的雪，露出了星星点点黪黑的土地。我和刚刚5岁的妹妹踏着积雪走进了地里，在黑黪黪的地方发现了几粒珍珠般的黄豆，这是一片收割了的黄豆地！

我和妹妹用手扒开尚未融化的积雪，开发着我们的宝藏。一个下午，我们每个人竟捡了一捧黄豆！那天，我就开始爱上了东北，尽管手上留下了冻疮，天一冷的时候，手就开始发痒，而且多年不愈。

妈妈躲着房东，把我们捡的两小捧黄豆藏了起来。

几天以后，我们搬进了厂里给我们暂住的房子。两张并在一起的单人床，十几棵冻成冰的白菜。墙角结着一寸多厚的霜。那是一个多雪而寒冷的冬天，零下40度的天气，屋里没有暖气，不见一点儿火星。

白天和父亲走在冰里雪里，去买炉子、买炉筒子、买煤、买样子。用了两天工夫，支起了炉子，烟从炉筒子的接缝往外冒，呛得人喘不过气睁不开眼。妈妈把我们捡的两小捧黄豆摊在了炉盖上，黄豆爆响着，香气把我和妹妹的馋虫都钩出来了，妈妈当时就是这么说的。

弟弟不足周岁，还不能和我们抢豆吃。四个人每人分得十几粒黄豆。我和妹妹把香喷喷的黄豆扔在嘴里，咬得咯嘣嘣地响。我们津津有味地咀嚼着黄豆，咀嚼着寒冷而富庶的东北。父亲回青岛接我们来长春时就是这样说的：东北有大片大片的黑土地，东北大豆全国闻名，东北还有三件宝，人参、貂皮、靰鞡草。暂时我们还顾不上三件宝，但我们吃上了全国闻名的东北大豆！东北大豆真是香啊！说实在的，我们也真是饿了。后来我们才知道，这根本不是饥饿。真正的饥饿是一群野狗，正在不远处守候。

我们来之前，父亲吃食堂。没几天，我们就把父亲的饭票吃光了。

有了炉子，我们开始自己做饭。第一顿吃的是高粱面窝头，第一口我就全吐了出来。在那个大灾之年，高粱未等成熟就受了霜，壳脱不下来，一起磨成面。而且高粱不干，磨成面也是湿的，待我们从粮店买回家，湿高粱面已经发了霉。那种苦涩，是我出生以来第一次尝到。

第二天早上，我和妹妹听说了一个新词儿：大便干燥。发了霉的高粱面吃到我们的肚子里，就变成了石头。当时的厕所都在室外，是用木板钉的。零下40度的天气，顶着寒风蹲上半个小时40分钟，脚不是自己的脚，耳朵不是自己的耳朵。我听到隔板另一侧5岁的妹妹在哭。开始是嘤嘤的，后来放声大哭。我想，我和妹妹是活不了了，当时我刚学会了写"死"这个字，我幼小的心中全是恐惧。我赶紧提上裤子去找父母。母亲束手无策，急得也哭；倒是父亲早有过了这番经历，他拿来肥皂，切成小细条，塞进……我们全家都说，妹妹最懂事，她小的时候就很少哭。自到了长春，她每天都要哭一次，从去厕所前就开始哭，一直到哭着从厕所回来。母亲洗衣服也要特别注意节约肥皂。每月凭票一家供应一条两块肥皂，有一块要留着上厕所用……

不久，我们发现，就是连发霉的高粱面也不够吃。父亲在技术科，是"脑力工作"，每月的粮食定量是31斤，"节约"3斤，实际上只能领28斤；母亲没安排工作，27.5斤，"节约"1.5斤；我和妹妹、弟弟都是孩子，定量更少。全家70斤粮，四个人（弟弟还在吃奶）每顿平均7.8两。墙角那十几棵冻白菜吃完了，没有任何蔬菜，没有任何其他能够往嘴里放的东西。

每天晚上都是喝粥。后来母亲一提起那时的粥就说："粥里哪有米呀，一碗粥的米粒还盖不过来碗底。端起碗来能当镜子照！"其实，母亲说的一点儿都不夸张。

一般都是晚上喝粥，喝完就睡。全家人的这顿粥里只有3两粮。

母亲常说，那时候那个肚子呵，就像没有底！

我和妹妹都要喝5"二大碗"粥！其实5"二大碗"粥中的米不到半两。若干年后我试过，东北的1"二大碗"可以装1.1市斤水。我刚满5岁的妹妹一顿居然可以喝5.5市斤水！我相信，现在几乎没有哪个人可以一口气喝下5瓶矿泉水，不信你就试试！

喝到第五碗的时候，肚子就开始胀得很疼了，但是还舍不得放下碗，还要用舌头把本来就很干净的碗再舔两遍，然后放下碗就往厕所跑……

母亲说，你和你妹妹的肚子胀得像蝈蝈！母亲还说，那时候，饭不好做，到了做饭的时候就是一个愁！碗好刷，没有一点儿油星，比饿狗舔的还干净。也不像现在，还用什么洗洁精。

"饿狗"这个词用得无以伦比地精确。我女儿养过3只狗，只只都是非肉不食，没看过哪一只会去把它吃食的盆舔干净，它们都是幸福的狗，不知道什么是饥饿。

有一天，母亲拿着我们家唯一的做饭用的盆躲躲藏藏地出去了，过了两个多小时，如获至宝地端回了小半盆萝卜根儿。东北的萝卜根部会生蛆，食堂就把生了蛆的部位削下来扔掉。

那天晚上我们吃的是用苞米面和生蛆的萝卜根儿包的包子，那是1960年冬我们家吃的最丰盛的一顿饭！那顿丰盛的晚餐让我们回味了许多许多年。母亲说："我用围巾包得只露两只眼睛，到食堂的垃圾堆里去捡萝卜根儿，生怕叫人看见。"母亲当年30岁，很漂亮。

母亲说："洗了好多好多遍，蛆挑也挑不净，手都冻肿了，还是牙碜。"我和妹妹说："我们不记得牙碜，只记得香！"

我们没有当时的照片。若干年后，我看到西方记者拍的非洲孩子的照片，四肢皮包骨，只有一个胀得大大的肚子。我想那就是1960年的我，还有我的妹妹。

饥饿的1960年只剩下不到1个月了，父亲母亲想起我已经有几个月没上学了。于是父亲领我走了几里路，到了青年路小学。校长说，留一级，明年再重读一年级吧，他读的是12年制，我们现在是9年制。

不管什么理由，留级对于我来说是莫大的耻辱。我说还有差不多一个月，让我试试吧。在我试试的时候，赵老师成了我的班主任。

青年路小学的四周都是大片大片的菜地，冬天里是无尽的雪原。同学们之间不断地流传，在学校东头或者西头的野地里，饿死的孩子的尸体，被饿红了眼的野狗们从冻土里刨出来撕扯成碎片。野狗争食尸体的时候也互相撕咬，那就是我们经常听到的此起彼伏连绵不断的狗叫声。直到现在我还相信，同学间的传说不仅仅是传说，至少我就亲眼看见过令人惊恐的场面。

半夜里，我几乎天天被饿醒。胃火烧火燎地疼，像是被野狗撕咬。我想我是活不了多长时间了。半睡半醒之间我老是看见那群野狗，老是感觉到自己已经成了它们争食的对象。即使醒来我也分不清饥饿还是恐惧，恐惧还是饥饿。我常常会失声痛哭。

那个时候，母亲就会压低声音斥责我："没出息！这么大了，还不如你妹妹，就你饿！谁不饿？"

我也真就不如5岁的妹妹，妹妹除了上厕所哭，几乎就没饿哭过。

在空荡荡的教员室里，赵老师问："你是不是向杜学忠同学要东西吃了？"

我不能出声，因为我不知道如何回答赵老师的问题。我在想：赵老师上厕所的时候一定不用肥皂，吃完饭一定不用用舌头舔碗。她是空军驻军的随军家属。

赵老师很漂亮。她皮肤微黑，牙却白得耀眼，烫着六十年代最时髦的大波浪发型。一双大眼睛，很温柔。我喜欢赵老师，同时我也知道，赵老师也很喜欢我。

我在试试看能不能不留级的1个月里，每天凌晨4点就起床。我在青岛才刚刚学加减法，现在却要学会乘除法，还要学会分数。父亲给我辅导的时候，我拒绝一切有关吃的例子，比如两个人分1个苹果，每人是1/2之类。我宁可听1张纸撕成两半，半张是1/2。我大部分时间都饿得手都发抖，听到吃的，手中的笔就抖得更厉害。

期末考试，我数学得了100分，语文85分，是全班的最高分。我想，当时要是有什么"脑黄金"、"脑白金"、"生命1号"之类的产品，广告商们一定会把我捧成明星代言人。

可惜的是，我有的只是饥饿。饥饿就是我的"脑黄金"，就是我的"生命1号"，而我也只是得到了班主任赵老师的喜欢。

喜欢我的赵老师正为了那块不足1.5×1.5×1.5厘米大小窝头在批评我，她要对她最喜欢的学生的道德品质负责。

教员室中央是一个用大汽油桶改成的炉子，炉子里的火已经熄灭，窗户玻璃的四周已经结了很厚的白霜，透明的部分越来越小。透过结霜的玻璃，我看到了杜学忠那张很瘦很瘦的脸，那张脸正冲着我坏笑。

我知道我中了他的圈套。仇恨淹没了羞愧，我不知不觉中攥紧了拳头。我身上的某种东西像解了冻的江河，那种东西像厚厚的冰层，顷刻间轰然瓦解，随江水漂然而去……我想冲出教员室，将杜学忠搂成肉饼。但是，我是个"好孩子"，"好孩子"不可能做那种"野蛮"的事情。

当时，谁要是动手打人，谁就被认为是"野蛮"。

一连几天，无论是睡着还是醒着，我都会看见：学校附近的那群野狗把杜学忠团团围住，咆哮着将他撕扯得血肉模糊……

多年以后，我坐在大学的教室里，古汉语老师正在为我们
"说文解字"。我突然就想起了杜学忠。我始终搞不清楚，在
"窝头事件"中，杜学忠的动机到底是什么。因为在此之前我
和他几乎没有什么来往，他肯定不是在报复我对他做过的某件
事情。是恶作剧？是嫉妒？

我也清晰地记起了我"野狗复仇"的幻想。在"窝头事
件"之前，我从未有过如此的仇恨和恶毒。

我思索这件事情，并不是对杜学忠仍然耿耿于怀。而是
在探索这件事情的普遍的意义。汉语中的"饿"和"恶"同音
同声同调，是一种偶然巧合？如果脱开语言学的意义，"饿"
和"恶"的确是经常相联。在"窝头事件"中，我是由"饿"
产生了"恶"呢，还是由于我的"饿"而引出了杜学忠的
"恶"？

在冷冰冰的教员室里，顷刻间轰然瓦解的，是我童真的
善。它的代价是换取了指甲盖大小的一块掺了豆面的香喷喷的
窝头……

10年以后，我遇到了一群比我还要饥饿的人。那群人在
我无以裹腹的年代吃的是观音土，他们有许多亲人都饿死在山
东。他们是一群幸存者，乞讨几千里来到了大兴安岭余脉下的
一条山沟。他们来自山东日照，对饿死他们亲人的故乡依然感
情深厚，给这条东北无名的山沟起了个名字叫"尚日"。

1969年，我是一个下乡的知青，和十几个同学来到了这条
不通车、不通电的山沟。当时，这群日照的幸存者已经在这里
繁衍生息了10年，虽然不用再吃观音土，但也还是处于半饥饿
之中。

尚日的地"挂"在大山上。从村子到地里有十几里的路。

种地时节，中午不能回村，生产队就带上一瓶豆油，一板豆腐，做个豆腐汤，让几十号壮劳力吃自带的干粮。那更是我们知青的节日——我们是元旦后下的乡，每天的菜都是盐水煮萝卜。

到了中午，做饭人怎么也找不到那瓶油。这时，树林子里有人在捂着肚子满地打着滚儿地嚎："跑腿子"高大个子把一瓶生豆油都偷喝了！

大伙儿骂着笑着把痛苦不堪的高大个子抬下山，套上牛车，慢悠悠地翻山越岭，送往十几里地外的公社卫生院……

东北富庶的大山怎能养不活它皱褶里的这几个人？原始森林里的松塔、蘑菇、药材、蜂蜜都在自生自灭；田头地脑只能生长榛柴野草。我和我的同学们曾以"革命"的名义砍掉了幸存的日照人"自留地"里的希望。

窝头的故事像一个寓言，它好像要无始无终地永远伴随着我们这代人。以"革命"的名义的时候，我们就是杜学忠。可我们更多的时候只是一个"水饱"的"我"，红着眼睛垂涎着杜学忠手中的窝头，而杜学忠大多会把窝头扔给野狗。

[徐敬亚]

在天堂里游水

1995年6月，我站在贵州一艘红漆船头上。

从纵身一跃的一刻起，我就注定了要一直游下去，不管那个人工湖有多长，不管到对岸的距离有多远！

我不知道古怪念头生出的准确时间与内心方位，也许是在谈完了那个巨大而悲哀的话题之后，也许是在我向对岸非常遥远的山峦望了一眼之后。我只感到身体忽然开朗，一股气，像复仇似地涌上来！

这是我的一种病：一种对抗似的想法突然弥漫了全身后，我的头脑中便轰的一下响起！我从来控制不了它。40多年了，我在它的面前失败了一次又一次。

水，很暖，像抚摸，像躺在溶化了的女人这个词组的深处。

诗人们是分别落水的，谁也没管谁。于坚、孙文波游向左边，杨克和杨小滨游在右边。像将要投入命运一样，换完了衣服大家便再也没有说过话。气氛有点庄严，有点玄。我知道，这庄严这玄纯属于我内心的感觉，都是我自己的臆造。

10多年前，湖光山色中的一次会议几乎改变了我的一生。也是在这样浩大和飘渺的人工湖畔，也是和命运在一起纠缠。

那一天黄昏，我纵身一跃，我用水洗刷了一切吗？

两臂切开水的时候，我知道自己又重新钻入了黏稠记忆。心收紧着，我只能努力散开肢体。像一只与湖水比赛的青蛙，入水后我一直连贯做着蹬拨动作，柔慢地，一个接着一个。我什么也不想思考，我只是一直数着蹬水次数。我要游到模糊的对岸，用不停顿的划动发出承诺。我不会去管下午的什么会议，我要游到不能再远为止。

而他们，已经停止向前。一伙游向不远的左岸，一伙游向短促的右岸。现在，他们是凡人，而我是罪人。

必须向前，一直向前。一种怪异的力量推着我，使我成了我自己的鬼魂。我不是来游泳，我是来完成一次报复似的仪式。这仪式，只属于我一个人。

3天前，下了车，第一眼我就望见这片微微泛红的人工湖。是谁不经意的一句话击中了我，已经记不起来。暗暗想起那次往事的一瞬间，使我产生了一种突然被公开示众的感觉，那是我自己的一次小小黑暗。10多年后，我大概注定要跳入这湖中，注定游一次，大规模的一次，自己纪念自己的一次，狠狠的一次！我一直暗中等待着会议的结束，这仪式，我原想一个人悄悄地进行，我不害怕危险。像重新导演历史，我要完全相同地、以多年之后的身份，再一次独自潜回到往事。

没有想到，它来临得这么突然。同伴们喊我的时候，我的心情还在无关痛痒的尘世之中。我还像普通人那样看着即将下水的几个人，像看着人世间许多例行之事。但是我不知不觉上了船，在船头我又不知不觉地向远方望了一下。就在那一望之中，我被它全面触动。一个鬼魂，已经悄悄布满全身！走上船头，我用力地、像把两条腿完全扔出去一样，狠命一蹬，我的双手立刻刺破了极易破裂的水面。脚趾一离开船的坚固，我立刻感到全身一阵解脱。人的想法其实那样快：在身体没落入水面之前，当在它还斜悬在空中的那一瞬间，我就突然决定了：一去不回头！

这是一个很大的湖，像当年那个湖一样，大到在中国地图上都可以双双找到。在游过了600多个动作之后，我第一次停下来。回头去看，离岸已经有近1000米。这个长形、曲折的湖也很宽，我正游在它两岸的中心。向前望，对岸似乎无限遥远，只能望见一面横立着的、切断了水的山峦。

那是我的山峦，我要渡过这些苦水。

任何没有人烟的地方，都是一种引诱，一种对文明的无声蔑视和反抗。远离了生活10年的、那个最南方城市，一走进这半原始的湖边竹楼，即刻感到野性的召唤。那个城市，以人造的草地和单调的居室，竟囚禁了我10个季节轮回。以诗的名义，从这个湖边发出的请柬，由无数个偶然因素汇成邀请，把我从几千里外一步步引到这里，事隔多年后，又让我看见了一片相似的湖水。

我珍视真实，我一贯鄙视故作高深。但我明白，有一个伤疤，在我内心深藏。这伤，以痊愈的方式存着。我不想演戏，但命运不该为我再一次搭起这么相似的布景。一切太巧合，它以耻辱与苦难双层怂恿我。它使我的心产生疼痛。几十年里那些着意的失败，已经发生的、别人听不到的失败，在一秒钟内夸张地浮现……我的前半生，那些重重伤疤、累累无痕的日子，只有自己知道。人，被什么挤来挤去，被什么恣意地扭曲？尖厉的痛楚，被什么用庸倦的时间和廉价的安逸，一年年掩埋，像轻意丢失了的几枚别针。在茫茫的人群中，我也无耻地与同类争夺过衣食，我无聊地笑过那么多次！

仿佛一种命定。我奔跑千里万里，仿佛专程为了投入这遥远的黔地之水。水是好东西啊，这漂浮于天地的元素，把我托上了白云之颠，离散般地，与一种伟大空旷独自面对，我逃学了。

现在，我的身体和四肢，全部自由地消溶于液体。像一段染了土黄色的枯枝，浮在水面上。只有我的划动，使我区别于两岸僵硬的青山，使我一点点地靠向完全陌生的、执意的彼岸。

已经游出了将近两公里。后边的岸已完全失去轮廓。我的眼前全是水，水的后面全是山。我的目光从最低的水面向外看，只看到白茫茫一片。我只不过是纵身一跃，只不过划动了千百次肢体，就远离了那么黏稠的人群，脱离了人的所有引力、所有苦难。天地光光，我竟成了这千百亩水域里最大的生物。苍穹又高又远，像一只巨大的脸，把我深深俯视。

一万年前的山，的水，的天空，就是这样的吗？

在这偏辟、遥远的夜郎，除了我划动水，周围一点声音也没有。这静，是完全纯粹的白色。这白色，让人感到惊恐。

我从人群中产生，我在人群中挤来挤去。在北方的寒冷城市，在那方圆几十公里的冻土地带，一连30几年，我绕来绕去地原地乱走。我和我的同类互相碰撞，互相怨恨，互相愉悦。我曾真诚地为一行行的诗而兴奋，我的兴奋竟刺伤了那么多的时尚，那么多有身份的人。我写出来的字，被别人一个个拆解。然后有无数的文字被人从字典中找出来，像排兵布阵一样被移来排去，像我身边的水，被我的手臂擦破，以波浪的身份向远方一层层放射。

这山，坐在那里。这水就绕着它，静止着。天与地之间，留着空隙，白云便松软地躺在上面。在它们旁边，人类嘈杂不休。一些人想这样，另一些人想那样。他们在同类的身上刻下刀痕，把纪念碑立于所有的伤口之上。那刀，以双面的锋刃把他们逼向衰老。那纪念碑没有一座不终将坍塌。他们和我最终将一个个轮番沉入这水底，带着看不见的惊厥和永远的不甘。

远方的山坡上出现了几个小黑点。

它们，使我的视线产生了兴奋。我只能朝着它们游去。不管还有多远，我都要去会见一下这远方黑点。仍然是一瞬间产生的决定，我突然把它设定成了临时终点。那小小的黑色斑点，与一切不宁只隔着水。全世界任何一个争吵的会议都不会讨论它。它们在另一个岸上，像远方女人脸上的一颗痣。遥远，使得它们格外重要。

那黑点，慢慢地清楚成了4个。

是什么呢？人比它瘦长，可人比它们不安分。是天上落下的4只大鸟吗？是4块黑色石头吗？是跳到岸上的4条大鱼吗？

虽然我也在动，但我还是看到了：那黑点在动，动得非常缓慢。

现在，我已经不再属于后面的岸了。我应该属于我正在游近的国度。那里充满了光明、神秘、平和。如果划分疆界，我已经是一个能归入到它12海里内大陆架内的生物了。

迎着我的，是一幅完全陌生的静物画：一面临水的山坡，安静的树，不说话的草。

眼看着陆地一点点近了的时候，内心有些异常。这里仿佛是一个未被发现的大陆。从另一个海岸，我越过重洋，来见它。是我第一次发现了这块新的大陆，它是我一个人的山峦。

按照蛙泳的次数估算，在游出大约3公里的地方，我的脚一下子触到了陆地。

仿佛突然生出了根，从一片什么也没有的水中，我一步步地走出来，像一支军队倏然地从大海里涌现。水面，一点点沉下去，我感到自己一步比一步升高。我的视线从水平面又回到了我所熟悉的固定高度。湿淋淋地带着水的滴落，我是一个一瞬间比另一个瞬间更高大的动物，像人类千百万年前从水里爬出来。

周围的安静，吓了我一跳。那是史无前例的安静！比"安静"这个词更缺少杂声！那是一种我从来没有听过的死一样空白，连耳朵都没有，连声带都没有。一条仿佛倾斜手臂的线条，代表着山，顺着一片绿草，用曲线一直把手从天空伸向水里。我的前边后边，我的左边右边，一片苍茫。这里没有人迹，没有景象。这里甚至没有风光。

是4只牛，4只南方的水牛，与山水相依。

它们动了一下，仍低着头吃草，完全无视我的出现。

我，从远方潜来，突然从水面上冒出。我一步步地升高，不值得抬头看一眼吗？我带着内心奇异的感觉而来，我曾把你们污蔑成4个简单的黑点，不值得你们发生一点小小的兴趣吗，而且，我是能发出声音的大动物。这个大的动物，能够依据对象，随时选择它发出声音的时间和强弱。你们不害怕吗？嗨——！我真的用力发出了一声吼叫，向群山，向4只牛，向能听到这声音的一切。

它们，马上抬起了头。它们明显承认了我是这声音的主人。它们美丽的、带弧线的大眼睛里充满了疑惑。我站着不动。这是4个比我更大的动物，它们接下去会怎么办呢？

牛们只是抬头看了看，又重新低下头吃草。我突然的一声大喝，早已在空气中消散。我，从水里潜来，无缘无故地恫吓了它们，打断了它们。它们真的充满温和，真的只认为那是一个空洞的、不含任何内容的声音？我知道，它们的祖先们曾被人类打败。但此刻它们不会突然醒来吗？在这一片小小天地里，如果发动一场牛对人的战争，我将孤立无援，我背后的文明完全帮不上我。尽管人类有数不清的军队、飞机和大炮。难道它们不知道吗？4比1！它们不想动手吗？

不想，它们真的不想。4个"人"慢慢低下头，全无防范，彻底平静。这些比我大得多的、土灰色的东西，只顾把粗大的头傻乎乎地贴向草，脖子上一层层的皱纹在阳光下滚动。

我仍然感到怕。在全部的视野里，只有我一个动物是人。身边站着的，是视我为无物的4条水牛。寂静那么深！深深的空白中仿佛藏着某种阴谋！我望了望前面的山岬。我相信那里面不会一声炮响，不会冲出一标人马，草里也绝没有埋着地雷。但是我还是惊恐。只因为静，只因为这吵闹的世界突然失去了一切伴音。

不管我怎么想，新发现的大陆，没有一点表情。

它的每一片草叶上，都挂满了和平的旗帜。阳光泼洒着无数斑点。绿色烘托出一片暖意。白云大朵大朵地浮着，肥胖地端坐天空。这里，只有5个生物，5个能发出呼吸的躯体，独享着全部山河。我知道，我已经进入了一个万古不变的画面，仿佛突然羽化而登仙。一个多小时前，我还在人群里说话，还在为那些互相听到后必须马上准备表情的声音负责，对一切喊我名字的面孔负责。只是游过了一片通天河似的水，我就到了另外一个世界。我不是来参加什么会议，我没有任何身份，没有任何目的和责任。我也没有任何骄傲、任何失败和沮丧。我只是假冒着全人类的名义，远涉重洋，顺路看望了4条正在吃草的、慈祥的水牛。我与牛之间可以签署一切协议，达成某些战争或和平的宣言。但是，我们将不发表针对任何第三方的声明。临走的时候，我甚至不需要告别。因为我没有获得任何形式的欢迎，我也没有受到任何暗示或威胁。我的身边，只有4

块不断吃草的黑色石头，我是这里不经选举就产生的国王与总督。它们4个也是。

国王这个词的主要含意，是想干什么马上就可以干什么。既然我身边的另外4个国王正在裸体进食，我也绝不和自己作对。首先，我可以毫无忌讳地脱下泳裤。只要我不愿那湿淋淋的纤维们黏着身体，它们就可以立即离去。之后，全裸身体的国王想要对着山坡、天空和水，唱一支歌——这也成为我突然获得的无数权力中的一个。

我在草地上转，在心里把最拿手的歌想了一遍以后，我发现没有任何一首人类的歌儿适合于在这里演唱。在草地上走来走去之后，我忽然回到水边想洗一洗我刚脱下的游泳裤。

扑通！

这是我很久很久，仿佛隔了几个世纪后听到的一个声音。它显得格外大。

一只青蛙纵身一跃，在我的眼前消失入水。准确地说，我只能猜测那是一只青蛙，因为我只看见了两只脚蹼散开的长腿跃入水中。除了青蛙，地球上没有别的这种两栖类。我忽然发现了我的一个巨大忽略：这里的国王并不止5个！共享着这片青草蓝天的，不止我和4条水牛。在这无声的空间内，天上还有飞鸟，草丛中还有蘑菇，地下还有蜈蚣，水里还有游鱼。

在远离了人类3000米的地方，在与文明一水之隔的山坡上，我像在自己几万年前的那个家中一样，像穿着皇帝新衣的裸体国王那样，纯净而坦然地走着。我明显地感到：我走得极轻快，像缺少了什么东西那样走着。这移动于草地的，百分之百，都是我自己的身体。只有太阳看见了，它像晒着一条从水里蹦出来的大鱼那样晒着我，把我身上的水珠晒成一种白棉花一样安详、平静的温暖。

那个下午，我进入了天堂。在我的天堂里，我的里里外外，一片透明。

再次跳入水中，我从这个陌生省份的一片湖水中返回，游向了记忆的远方——

12年前，在遥远的北方，开完了一个以我为主角的苦难会议后的那个黄昏，我和几个执意沉默的年轻朋友一起默默地走到湖边。大家没有一句话，只是无声地走向水。当我纵身跳入那片苍茫湖水时，大家全部突然跳入，带着一种无法说出的悲愤。

那一年，我34岁。

那一天，我一直向前，一个动作，一直游向对岸。像今天一样。

那一次，我游了大约5华里。

[高文龙]

我知青生活的几个片段

　　看了刘晶同学写的她在平谷插队的文章，勾起我很多回忆。我们202寝室范文发同学写过回忆他知青生活的书，珠海出版社出版，书名叫《白山黑水——一个上海知青的尘封日记》，看得我几次热泪盈眶。从北京、上海下放到边疆的老三届知青，是知青时代的典型。我插队时，政治氛围与自然环境和老三届的知青已不能同日而语。但无论如何，我毕竟是有过三年知青经历的人，我凭着记忆中的一些人和事，想跟大家聊一聊。

一、初来乍到

　　1973年2月22日，我作为知青，下乡到距长春市80里远的九台县鸡鸣山公社周家大队第五生产小队。高中毕业前夕，办理下乡手续，同学们都把自己家的户口本交到学校，我在家里，却怎么也找不到户口本，真把我急坏了。问妈妈，回答说：户口本被居委会收走了。于是我天天追问，户口本什么时候拿回来，只怕来不及交给学校。我忘记过了几天，可能是妈妈被我追问得太烦了，终于把户口本给了我，我兴高采烈地跑到学校，交给了老师。下乡那天，全长春市的知青都坐着解放牌卡车，集中在地质宫广场，参加市里举办的欢送大会。大会之后，旋即出发，逶迤前行的车队，好不壮观。随着车队离市区渐行渐远，汽车也各奔东西了。我们快到目的地时，就只剩下我们的一辆卡车了。长春市是丘陵地区，九台县的丘陵地貌更明显。时值严冬，地面早已冻得刚刚响（东北方言：用东西敲击，叮当作响的意思）。汽车往村里开，根本没有路，又是上坡，又是横垄地，每过一条横垄，车被颠得老高。不知是哪位同学说了一句，汽车爬楼梯了，逗得大家哈哈大笑。

到了村子里，有人把我们领到我们的新家——集体户，这是生产队给我们新盖的三间土房。鸡鸣山这个地方，盖房子用的是垡子，所谓垡子，就是用地皮以下一尺多深的带有草根的土，切成的土块，只是这个土块一定要切得棱是棱、角是角的，用来盖房子或垒院墙，还真方便。我们集体户的新房子不知道是什么时候盖成的，总之潮气还没散尽，数九寒冬，越发觉得阴冷。进到新屋，大伙还没缓过神来，就从外边大步流星走进来一个人，四十多岁的摸样，有人介绍说，这是姜队长。还没等我们说话，姜队长做着手势说道，咱们队在鸡鸣山公社算是富裕队，一天能勾（东北方言：平均的意思）一块钱！那手势，简单而有力。

因为刚来，队里给我们放两天假，说是先熟悉熟悉。我们也不知道要熟悉什么。集体户里共十名同学，五名男同学，五名女同学，整天坐在一块儿打扑克，又说又笑。这两天，我们吃的都是每个同学从自己家里带来的蛋糕及其他小点心之类，根本没开伙，除了吃，就是玩。痛快极了。我长这么大，还没有这样离开家和同学们一起玩，兴奋得不得了，心里还在庆幸，交给学校户口本总算没耽搁。

直到第三天，我们才出工。天还没亮，我们就都起来了，我们第一天干的活是人拉车，往地里送河泥。为什么人拉车？队里马匹不够用。人拉车的情形是，一个人驾辕，其余的十来个人拉套。我们几位知青，被穿插在几辆车里，和社员们混在一起。社员们说：咱们都是"秃尾巴驴"。

第一天活干下来，我们集体户的九个同学全都累懵（东北方言：晕了、傻了的意思）了，回到家里，完全没有了昨天的欢笑，连话都不想说了。留在家里做饭的王某，灶坑里的灰弄了他一脸，急得都快哭了——烧饭的火还没点着呢。

打这以后，我才知道，原来当知青、当秃尾巴驴和当年在学校时的学农太不一样了。原来出工干活这么累，屋子这么冷，想吃一口饭都这么难。随着日子的积累，我想家的感觉也与日俱增，尤其是早晨起来，棉帽子冻硬了，棉鞋也冻硬了，外屋的水缸都冻透了，眼前所见的，双手所触摸的，全是冰冷冰冷的，只有偶尔流出的两行眼泪是热的。

那一年，我17岁。

二、刘打头的

东北农村解放以后，直到成立人民公社，生产队里的集体劳动，始终沿用旧社会的"打头的"老规矩。也有的地方不叫"打头的"，叫做"带工的"。意思都一样，就是领着大伙干活的人。如果打头的姓张，就叫"张打头的"，姓王，就叫"王打头的"。什么人够格呢？那就看活计怎么样了。简单说，就是干活一定要又麻利又漂亮。在农村，谁的活计怎么样？打头的活计怎么样？往往成为人们议论的话题，活计好的人，大家都羡慕他，崇拜他。刘打头的，就是十里八村难找的好手。

在生产队里干活挣工分，工分计算标准，就以打头的所干的活来衡量。打头的干得多，大伙儿就累一些，干得少，大伙儿就清闲点。有一次锄地，地面比较硬，锄完一条垄后，有的社员嘟囔着说累，刘打头的说道："差不多吧……"话还没说完，就被另一位社员接过去了，他冲着刘打头的说："差不多？那得看他是不是人'揍儿'（东北方言："撒种子"的意思）的。"这句话是骂人，而且骂得不轻，这句话和骂老祖宗没什么区别。让人不解的是，这位社员也姓刘，是刘打头的本家，只不过年龄稍大些，同一辈分。这几句话都是在声音不大的情况下骂出来的，旁边的人如果不注意，就可能听不见。因为我当时紧挨着刘打头的，所以听得很清楚。同祖同宗，这样骂，我还真没遇到过。刘打头的当时一句话也没有回。

刘打头的当年30多岁，中等身材，容貌清秀，还是远近闻名的才子。他高中毕业时，在全县学习成绩第一名，第一名的成绩在当时是经过保送就可以上大学的。可是他爹在小学校里当校长，不早不晚就在那一年荣幸地当上了右派，这不仅剥夺了他被保送上大学的权利，连参加高考的权利也被剥夺了。所以刘打头的从高中毕业后，就回乡务农了。以他的能力，可以当队长，可以当大队书记，或许还可以当……然而，党组织不会吸收像他这样的人，他不可能当官，只能当这个打头的。

农忙时，尤其是秋收，赶上生产队里的活计紧，队长再一催，刘打头的便不得不甩开膀子大干起来，割谷子的地里，眼见太阳都下山了，月亮也早已爬上树梢，按照平时的规矩，社员们早该收工回家吃饭了，可是，因为刘打头的干得太快，很多社员被拉下的太多，它们不仅不能回家吃饭，连家里的老婆孩子都赶来帮忙了。你看那场景，漫山遍野都是人，孩子哭、老婆叫、男人骂，在月亮地里拼命地干着。你不干就挣不到工分，挣不到工分，就意味着吃不上饭，为了吃饭，拼着命也得把活干完。

1974年初，全国上下轰轰烈烈地搞起了批林批孔运动，就连生产小队也要召开批林批孔大会，我们所有知青都写了批判稿，照本宣科，无非是一些套话，一些生硬的概念。社员中写批判稿发言的，只有刘打头一人。刘打头先是风趣地说："咱们村有这么多知青，个个一肚子文化水，不像我，一肚子'文化米'……"（日本侵占东北时，不允许老百姓吃大米、白面，列为禁品，只能吃"文化米"，就是高粱米。）刘打头当时念一段写的稿子，再随便讲一讲，语言形象、丰富，还能结合实际。斗大字不识的社员们，都听得着了迷。有社员问，什么叫"克己复礼"？刘打头的回答说："克己复礼就是孔子拉历史车轮倒退使用的套股啊。"

刘打头的和我私交很好，喜欢和我聊天。我在这个村子呆了一年半，后来又转到农安县去了。临行前几天，刘打头的送了我一个笔记本，扉页上写着一首诗：

忘龄之交因相知，

深惜将逢即别离。

高君此去程似锦，

刘某空留泪湿衣。

三、老靴子

老靴子是一个人，一个女人。为什么叫她靴子？还是老靴子？

　　老靴子这年也就40多岁，她男人外号叫老癞，是姜队长的哥哥。那时，人们把偷汉子的女人叫做破鞋，大概是叫破鞋嫌太频了，所以绕个弯儿叫她靴子。不知道是因为她搞的男人太多了，还是如今已老，总之前边又加了一个"老"字，就成了老靴子了。

　　农村走合作化道路、成立人民公社、四清、三反五反，经常从上边下放干部到村里来，与当地的农民同吃同住同劳动。不是说得邪乎，那些从上边来的干部，没有几个不被老靴子给俘虏了的。至于老靴子都使用了什么手段，说法就很多了。有人统计过与老靴子有关系的男人，说，五十个肯定挡不住。还有人说，外来的、本地的，足有一百多吧。老靴子搞男人，不大挑剔，只要是干部摸样的人就可以。干部是啥模样呢？大家说，就是穿着中山装，上衣口袋里装着一支钢笔的男人，凡是够这个标准的，老靴子都不放过。

　　老靴子为什么这么肆无忌惮？我想，除了她本身搞干部身份的男人搞出了甜头而外，就是她男人老癞实在太窝囊了。村里人都说，姜队长他哥俩，一个是人精儿，一个是活王八，都是再也找不出来的了。

　　老癞是个细高挑儿的个儿，腰有些弯，两只胳膊总是乍着，走起路晃晃荡荡的，要是风大点，准能把他吹倒。无论你什么时候见着他，冷天热天、晴天阴天，他总是呲牙咧嘴的。老靴子搞男人最上瘾的那几年，赶上自己的姑娘出门子（东北方言：出嫁），老靴子居然大白天在自己家里和她的姑爷（东北方言：女儿的男人）睡到了一起，两个人正在像是喊号子的当儿，被老癞回家给撞见了，老癞乍乍着两只胳膊，呲牙咧嘴的说道："真……不是人，真……不是人。"再往下，老癞就

[314]

啥也不会说了。

东北农村的房屋，大约都是正向朝南，房前是院子，院子再往前是自家的菜园子。老靴子她家与左邻右舍有些异样，无论从院子看，还是从菜园子看，都不像一个正常的过日子人家。她家菜园子前边是一条路。有一次我们出工，正好路过她家，我因为好奇，想亲眼看一看这个老靴子究竟是个什么样？当时是冬季，菜园子空空如也，院墙多半坍塌，我穿过菜园子径直朝她家的窗前走去。到了窗前，我拼命往屋里看，还没等我看清楚，隐约见到从屋里急步走出一个女人，不用说，正是老靴子。老靴子肯定知道我朝屋里张望是为了看她，指着我就大骂起来，我哪里还敢停留，吓得撒腿就跑，跑得老远，回头看时，老靴子还在院子里骂呢，她一手掐着腰，另一只手指着我，每骂一句，脚尖还往起一踮。

由于这一切太突然，非常遗憾，我没有看清楚老靴子的样子，从那以后，我更不敢接近她家，始终没有机会一睹她的风采。中国民间流传的淫妇的典型有潘金莲，我们村的老靴子，也可以成为20世纪中后期东北农村淫妇的一种类型。

四、看青

看青，就是看护庄稼。

每年到了7月，大地里的庄稼长高了，生产队里就要安排人看青了。虽然高粱谷子还没有熟，但也要看着猪了、羊了什么的糟蹋庄稼。看青共两个人，我和老黄队长。

老黄队长是曾经当过队长，现在已经不是了，大家叫顺口了，就不改了。他长得高大魁梧，快50岁的人了，腰板溜直

（东北方言：笔直）。老黄队长手里拿一把镰刀，我拿一支红缨枪，整天在山上（东北方言：离开村落的大田都叫山上）转来转去。

我们队里年年种香瓜，香瓜又脆又甜。种瓜，要选好地，还要选好茬口，所谓茬口，就是要看上一年这片地里种的是什么作物，如果衔接不对，香瓜也不会好吃。还有，施肥也非常讲究，香瓜地里施的是庄稼院里的头等肥料，鸡鸭粪的肥料。锄地时，打头的要挑选活计好的社员去，我们知青，没有资格锄瓜地。

大概是7月底吧，天最热的时候，香瓜马上就要熟了。一天中午，邻村，也就是第四小队，来了一帮年轻人，和我们队进行篮球比赛。我们队这边领头的是小刘队长，年纪比我们大不了多少，我记得他那时刚刚结婚。比赛结束以后，小刘队长把我叫过去，悄悄对我说："小高，今晚你要特别注意瓜地，四队可能有人要来偷瓜。"我把这情况转达给了老黄队长，老黄队长说："那我们可真得小心点儿。"

已经是过了晚饭的时候了，我和老黄队长向瓜地走去。瓜地东边是一条小路，西边和北边都是玉米地，玉米地再往北几片地，就是四队的地界了。如果四队有人来偷瓜，肯定会穿过北边这片玉米地。

夜，似乎比往常黑，没有一丝风，抬头看看天上，也不过几颗疏疏落落的星星。草丛里，昆虫的鸣叫此起彼伏，音节婉转而和谐，更平添了几分寂静。我忘记过了多久，突然听到北边的玉米地里有异常声响，我示意了一下老黄队长，莫非偷瓜的真来了？我和老黄队长商量了一下，由我绕到东边，从那里寻找目标，接近目标。老黄队长绕到西边的玉米地里，在那儿潜伏着。如果我开始追赶偷瓜的人，老黄队长在西边准能截到他。待我绕到东边以后，我沿着瓜地北侧的玉米地小心翼翼地往西走，还没走出二百米，果然真切地听到了有人活动的声音，不错，有人正在偷瓜。我慢慢接近目标，只看见一个人一手拿个口袋，一手摘了瓜就往口袋里塞，我们相距已经不过十几米远，我的心都快蹦出来了，手里的红缨枪攥得紧紧的，我卯足了劲，大喝一声，"不许偷瓜！"那人突然听到我的一声吆喝，吃惊不小，撒腿就跑，我在后面紧追不舍，眼看就要追到西边的玉米地时，果然老黄队长从玉米地里钻出来，大声喊道，"别跑了，把瓜秧都踢坏了。"偷瓜的人听到这里还有人，一慌神，已经被我追上了。我看清了偷瓜的，哪里是四队的，而是我们队的一个年轻人。更令我和老黄队长感到尴尬的，他是老黄队长的亲侄子。这下可把老黄队长给气坏了，劈头盖脸就打了他几巴掌，末了，还厉声叱喝他去把那个装瓜的口袋找回来，自己送到队部去。最后，这件事的结果就是扣了他半个月的工分。

直到瓜地罢园，四队的人也没来偷瓜。

天气渐凉，快到收割的季节了。掐指一算，我和老黄队长看青已经两个多月了。这两个多月来，我们经常在山上烧点玉米、烤点土豆什么的，就算是一顿饭了。虽说烤玉米、烤土豆很好吃，不过天天吃，我可有点受不了，我有时请老黄队长到我们集体户里，吃点锅里做出的东西。老黄队长的家本来就在村里，可他为什么不回去吃饭呢，当时我也没在意，后来我才明白，原来，老黄队长一家，在我们村里是数一数二的缺粮户。他有三个儿子一个女儿，家里大儿子已经成亲，在一起过，下边的两个儿子也都是整劳力了，女儿是村里的妇女队长，长得膀大腰圆的，身子骨像老黄队长，干活一个顶俩。家里人都能干、也都能吃，他们家年年从初秋土豆下来时，就开始吃土豆，蒸着吃、煮着吃，炒着吃，就是很少见粮食，老黄队长既然已看青，自己能在山上解决吃的，就不可能再回家吃饭了，省下一个人的一顿饭，对于他家来说，是大事，我当时怎么能明白？

晚上，有时我觉得没什么情况，就让老黄队长回家睡觉，有我一人就行了。一天，住在我们村的大队治保主任来找我，说是晚上让我陪他去抓赌，我猛然想起早上生产队不是还召开了全体社员大会吗？会议由姜队长主持，他用洪亮的声音说，一定要落实好上级指示，坚决制止赌博的歪风，会上还特别点了几个嗜赌人的名字，要他们特别注意，不能再赌了。

被点到名字的人中，有一位鸭大哥，因为他两只手都是骈枝，手掌一伸出来，像个鸭巴掌，所以大家就叫他鸭大哥。你别看这位鸭大哥是骈枝，这两只手干起活来可灵巧了，一点不比正常人的手差，更为奇特的是，打起牌来，这一双鸭巴掌更好使，抓牌、捻牌、出牌、甚至偷牌，常人难以企及。我们在一起打过牌，我见过。

夜深人静之时，治保主任领着我去抓赌了，目标，正是鸭大哥家。农村的房子结构很简单，只要我们进得屋里，屋里的人谁也无处躲。治保主任敲开门，我们进到屋里时，不知治保主任是什么反应，反正我是惊呆了，在炕头上端端正正坐着赌博的人，竟是姜队长！

姜队长没有文化，连自己的名字都不会写。可是在我们村，大伙对他没有不服气的，他口才好、会办事，他是我们这个村真正的当家人。他好赌，还好搞迷信活动，家里人有点病，他总要找个跳大神的来跳一跳，这些事，大队领导都知道，可是姜队长，依然当他这个队长。

后记

这都是三十七八年前的事了，虽然不是什么感天地泣鬼神的大事，比起很多上山下乡知青的见闻，恐怕也不值一提，可就是这些小事，在我的人生经历中，却有着非同寻常的意义。这片土地留下了我走出学校、迈入社会的第一个足迹，这片土地是我阅读人生这本大书翻开的第一页，这里让我第一次看到人性的赤裸裸的展示。在我此后的人生道路上，我遇到的各色人等，我都能在这里找到他们的原型。

我回城以后，进工厂、上大学、又到了北京，始终没有机会再回去看一眼。不要说那些社员，就连我们一个集体户的另外九名同学，自从分别以后，也一直没有见面。直至前年春节，我回长春，才辗转联系到了我的那些同学。我们相约到了一家饭店，十名同学，除了两名已经不在长春市以外，其余八名全部到齐。

分不清是高兴还是悲伤，有的在笑，有的在抹眼泪。我们尽情诉说着当年的人和事，好像又回到了集体户一样。我的这些同学，他们有机会回到插队的地方，有人甚至已经回去过三四次。我向他们询问了几个人，情形实在不一样，有的富裕了，有的还未能脱贫，也有的早已不在人世。我又很惦记集体户的那三间土房，同学们说，那个房子早拆了！听到这句话，我的心里顿觉空落落的，那个房子也拆了？三十七八年来，我魂牵梦绕的就是那三间小土房，小土房没了，我的魂梦似乎失去了依托，我写的这些文字，就算是给我漂浮的魂梦先找一个安身之所吧。

王铎评圣教序

"画寂寂无余情，如倪云林一流，虽略有淡致，不免枯干，尫羸病夫，奄奄气息，即谓之轻秀，薄弱甚矣，大家弗然。圣教木板，拙笨之工，离逸少神情远极。观之按剑，可以覆瓿也。将骑跛马入署，草复，弟王铎拜。"

《拟山园帖》中，王铎与戴严荦讨论书画的信札甚多，此札见于王铎《拟山园帖》第八。王铎和戴严荦在讨论两件作品，一件是不知名作者的画作，另一件是木板所刻的圣教序的拓本，而且刻工还很拙劣。王铎作画，山水师法荆关，丘壑峻伟，意趣自别，故对倪云林一流的清秀、薄弱，很不以为然。王铎品评集王字圣教序，首重拓本优劣，故对拙笨之工的木板圣教，完全不屑一顾，甚至深恶痛绝。此札而外，我还见过三则，其中一则谓：

"圣教近多木刻，苏人售都下，往往得重赀，乍观之，若大疑狱，细审，拂、策、磔、掠之间，细瘦肿肥不同。兹故佳……"

苏人在拓本、书画方面制假贩假，至民国，尚屡见，此不具论。 另一则为友人宋今楚藏本跋：

"圣教之断者，余年十五，钻精习之，今入都，觌今楚所有，与予所得者，予册更胜也……"

可见，王铎着眼处，仍在拓本的优劣。顺便说一句，圣教序拓本，一般以未断者为北宋拓本，1973年，修整西安碑林时，在石材缝隙中，又发现一件未断拓本，时间可以确定为金代前期。总之，在明代，在清初，要想获睹一件上佳的圣教序拓本，是不容易的。不过，王铎在钱谦益处却是见过未断本的圣教序，他又做跋曰：

"圣教序……断后阙者……十六字，　册十六具备……上记玄晏斋图书，乃孙闻斯家藏也……此帖为宋拓无疑矣……予题为第一圣教序……"

文辞之间，欣喜之情，概能想见。

补充说一句，戴严荦，名明说，字道默，严荦其号也，河北沧州人。崇祯甲戌进士，善山水墨竹，工书。是与王铎同时降清的明朝旧臣，在清朝官至尚书。王铎晚年居京的六七年中，与其交往颇多。

[温玉杰]

诗人的另一面

我们班的几位诗人，如徐敬亚、吕贵品、邹进，都出自"赤子心"诗社。他们用美妙的诗论或诗作，在全国诗界确立了很高的地位。为自己，为我们班赢得了令人羡慕的殊荣。对此，我无须赘言。在这里，我想说一下诗人们的另一面，让大家在欣赏他们的才情以外，还能窥视一些更具人情味，更接近本真的细节和秉性。

争强好胜的徐敬亚

（一）下棋

我7岁就会下象棋，但平时仅限娱乐，故棋艺多年长进不大。

一日，偶与徐敬亚对弈，我连输三盘。敬亚大喜，逐说："以十盘为界，你赢得一盘算我输。咱俩赌三局，每次300元。"我知道他话说大了，便与他较起真来。结果，每次都是不到第六盘就赢徐一盘。一小时后，我赢了900元。敬亚很要面子，执意付钱。这钱我岂能要，不要又如何收场？于是，我说改下围棋，一盘输赢1000元。当年我的围棋水平连敬亚14岁的儿子都下不过，不到半个钟旋即告输。

终于棋上硝烟尽散，双方握手言和。

（二）换胎

酷夏某日，敬亚、铁民、贵品和我去溜旱冰，刚到目的地车就爆胎了。比我等小十几岁的铁民自告奋勇："我年轻，力气活我来干。"

年过五旬的敬亚立即拦截，信心十足地说："你们掐表，我保证10分钟内搞定。"

说罢，只见他脱掉上衣，赤裸半身，顶着烈日熟练地操作起来。带着咸味的汗珠在白嫩而略有松弛的脊背上滚落，粗大的喘息随着换胎动作发出有节奏的响声。

9分50秒，新轮胎归位，敬亚脸上绽放出灿烂的笑容。

追记：王小妮有句话说得很准："徐敬亚永远没有顾及左右的能力，他以为感染了自己就能感染了全世界。"这真是一语道出了敬亚那争强好胜的性格。但是，我倒觉得这个时候的敬亚，远比他站在台上领取"诗歌终身成就奖"时可爱一万倍。

不可思议的吕贵品

（一）折腾

折腾，往往是不安于现状的人的天性。吕贵品就很能折腾。

来深圳27年，吕贵品先后在10多家公司的总经理或董事长的岗位上游走，总共换了5辆汽车，9台电脑，23部手机，可谓没少折腾，但最有代表性的折腾还是他龙岗的房子。房款加装修，他总共花了近40万元，可没住几天就丢在那里不闻不问。不到一年，连门窗都被人拆下偷走了。无奈之下，为了省心他竟然以8万元的价格把它卖掉了事。这8万元给了太太3万元，剩下的5万元不把它折腾掉总是痒痒的。于是，他又把它换成了数码相机。但如今这部相机也早已闲置在柜子里，不知蒙上了多少岁月的灰尘。

这就是深圳著名的40万元房子换成5万元相机的故事。吕贵品对此从不讳言，他说，只要那个瞬间你感到高兴就够了。

（二）告状

吕贵品任职怀远广告公司总经理时，曾搞过竞争上岗，结果得罪了几个人。遂有人状告他经常带着情人出没公司，有伤风化。当时他的上司是从人民日报社派来的，官腔和左味都十分了得，闻此言立即展开深入调查。

数日后，在全体员工大会上，这位领导颇为感慨地说："有人向我告状，说吕贵品有婚外恋。经过了解我认为，保持几个月婚外恋的属于临时偷情，保持一年的属于长期偷情，像吕贵品这样能够保持5年以上的就是伟大的爱情。"

在别人看来是不可思议的事情，吕贵品却信手拈来般地"化险为夷"，并奇迹般地与各方继续友好相处，相安无事。

追记：对吕贵品，徐敬亚有一个别致的解读："男人吕贵品，离开女人不能活。他的身体早已经有一半不是物质，至少他希望如此。"无论你信不信，吕贵品确实用许多不可思议的、甚至近乎荒唐的行为来充分地消费自己，享受生活。生命不仅仅是用来活着，重要的是应该活出质量。从这个角度讲，他堪称是生命的高手。

激情奔放的邹进

（一）怒放

大学期间，我和邹进一个宿舍。平时他并没有什么特殊的表现，无非就是按部就班地上课、读书、用餐、就寝。最多不过是听说他喜欢写诗，写完诗总要大声地朗读一下。自然是声情并茂，全情投入，标准的诗人气质。

有一件事让我对邹进刮目相看。那是中国女排第一次拿了世界冠军，他那早就长在骨子里的却被压抑已久的激情，像火山岩浆一样喷涌而出。只见他坐立不安，出出进进。最终将脸盆摔瘪，将扫把点燃，将自己怒放，冲上大街加入到滚滚的欢乐大军中。在那个中国再也输不起的年代，邹进用自己的激情诠释了他的诗意人生。

（二）出走

1998年我曾编过一本书——《回望中国知青》，在与邹进联系时我得知了一个细节：当年的邹进是南京一所中学的学生，为响应毛主席"知识青年到农村去"的号召，正发着革命高烧的他，不假思索就与先行一步去了内蒙的好友联系，决定一起扎根边疆闹革命。

热情已经燃烧，理想必须实现。他以迅雷不及掩耳之势，只给妈妈留了一张告别的纸条，打起背包直接登上北去的列车。从此，在塞北大漠一干就是4年。事后他得知，妈妈看到纸条后跑到车站，站在空旷的月台上，遥望远去的车影，想着荒凉的大漠，一位母亲的心被一个荒谬的时代给撕碎了。

而这时的邹进，正在车厢里豪情万丈地憧憬着未来。有几句诗形容他此刻的状态最为合适：他是一匹烈马，城市容不下他的身影，他要到辽阔的草原寻找归宿……

追记：邹进至今保持着年轻的心态，虽年过半百仍可于20分钟内跑完5000米。他曾在一首诗中写道：大汉是块生铁，被匈奴来回锤炼。我说：邹进是座火山，时刻都会被激情点燃。而一旦被点燃，无论是经商还是作诗，无论是恋爱还是交友，他的喷发都将是一幕惊世骇俗的人生大戏。

[班博留言]

写得简洁、逼真、传神，可能是人老了喜欢看回忆的东西。

敬亚的不服输给人的印象很深：在学校有一次系运动会跳高，他一连数次跳向某个高度，没一次成功。按理，周围这么些人，就撤吧。但他仍然坚持冲击，口中喃喃自语道：这个高度我能过啊，怎么——最后大家都散了，不知道他是否越过了那个高度？

邹进过去接触不多，但不知道怎么给我的印象是正直两个字。从今日他的诗作来看，我的判断没错。上次去他的公司看了看，企业文化中确实是揉进了一股诗人正直的气息。（范文发）

哈哈老范记得清。我不记得细节了，但像我！我记得在系运动会上，我跳了1米50，得了第一呢。后来校运动会，我与小曾一起代表中文系，结果连名次也没取上。后来多年没跳，1994年，我在深圳一家小学终于得到了跳高机会，跳过了1米35，但1米4就是跳不过，反复跳了有十几次，满身灰土，终于认败！2006年在海南大学运动会上，立定跳远2米33，得了老年第二哈！（徐敬亚）

范兄的补述生动而真切，仿佛老徐跳高就在眼前。不过，老徐57岁还能立定跳远2米33，实属不容易，这足以让他具备了争强好胜的资格。（温玉杰）

老温同学的文字简洁有古风，寥寥数笔将人形态心态刻划鲜明。几位诗人我不大熟悉，后来传说中的情圣吕贵品同学当年在我印象中好像不大爱说话。大诗人老徐自然距离更加遥远。倒是那位刘同学大学时说过话，后来也有过交往。1990年代末，我的一个学生是刘同学粉丝，当时中戏拍了一个话剧叫《切格瓦拉》，我请了刘同学夫妇看戏，坐第一排，小剧场，看着场上学生们摇旗呐喊，高呼革命，刘同学十分冷静。记忆中好像没有评语。后来我请刘同学夫妇看法国电影展，刘同学说他特喜欢法国电影，在中戏剧场，一个法国电影没看完，刘夫人腹疼，即走，再后来又是话剧，就没有再去了。掐指算来，那即是我们最后的相见，后来也打过电话，最后一次还是2008年吧，每次电话都说要我请客，总是很欣然要聚会的样子，但那时我官司缠身，一直在推脱，我现在非常非常遗憾，为什么那时候没有请客，至少留一点记忆。（王宛平）

用手在地图上一指

提起这事我就想乐。

大二那年去山区采风，我和许建国、王金亭分在一组。该采的都采了，闲来无事的一天傍晚，对着煤油灯，我用手在地图上一指，以组长的口气说：看，这儿距榆树县不远，现在没什么事，建国可以回家看看。

许建国心潮澎湃，王金亭推波助澜。于是，第二天一早，两个人唱着小曲，斗志昂扬地出发了。

两日后我返回学校，可等了几天也不见二人身影。事后才知道，从我们采风的九台到榆树，在地图上虽只有一厘米，实际上却有数百里之遥。一路上，两个人跋山涉水，历尽辛苦，甚至到了讨饭吃的地步。不过，精神还是满亢奋的，他们绘声绘色地给我讲述在江边吃生鱼的快乐感受，讲述夜晚睡在船上的冰冷体验……

我用手在地图上一指，导致了两位同学一次深度的肉体疲劳。惭愧之余，更多的是给我留下了美好的回忆和反思。她像一本书，记载着我们当年的激越、无知、冲动。

岁月如梭，这件事情一晃已经过去30多年了。尽管我没有再干那种想当然的蠢事，可身边的人，蹈我覆辙者比比皆是。

有为父母者望子成龙，总是逼孩子参加钢琴班、书画班、英语班，大搞拔苗助长似的教育；有为官员者好大喜功，总是违反客观规律，破坏环境，浪费资源，强行建设形象工程；有为取巧者想一夜暴富，总是背弃良心法纪，或歪门邪道，或制假售假，干着伤天害理的勾当；有为求职者好高骛远，总是站在这山看那山高，朝三暮四，浅尝辄止，以为自己怀才不遇……所有这些想当然，不仅虚空，最终都将落个搬起石头砸自己脚的下场。尤其是一些关乎民生的大事，若任其想当然，恐怕还要引发社会性灾难。

在物欲横流的当下，守住一份淡定是很不容易的。人往高处走，水往低处流，谁都渴望有一个理想的人生，但理想与现实总是有距离的，如愿者毕竟是少数。我以为，如能求得最好，就朝着它努力。如果我们尽力了，但结果不是最好，而是次好或次次好，甚至不太好，也无所谓。缺憾，本来就是人生的一部分。如果谁还执迷不悟地去刻意追求完美，那就是对人生的无知。到头来遭罪的，郁闷的肯定是你自己。所以，在设计和实践自己人生的时候，实事求是和量力而行是最重要的。

佛说，活着就好。我曾癫狂过，也曾风光过，更曾挫折过，但最终还是归于平淡。其实平淡真的很好，我非常安于现状，特别是有了班博之后，平淡中又多了几分快活，这着实让我的日子过得很充实、很自在，很轻松。

热爱生命就不能不执着，洞察生命就不能不悲观。最好的态度就是超脱。"贪啸嗷，任衰残，不妨随处一开颜。元知造物心肠别，老却英雄似等闲。"如果能有陆游这般超脱的智慧与情怀，我相信，我们人生的最后故事，一定会非常祥和。

一个布衣天才的悲苦人生

他几乎是个全能天才，却一生终为布衣。我认识他已经60年，回头望去，满岁月尽是坎坷与心酸。

他十几岁时从武侠小说中得知，武林高手的功夫都是苦练而成。便模仿着在自家后院挖个坑，里面填满沙子，腿绑沙袋从坑里往坑外跳，并逐次减少沙量，以增加跳的难度。他虽然最终没有练成飞檐走壁的功力，却也把前空翻、后空翻、单双杠等，练得如行云流水般轻盈。这个近乎于幼稚的游戏，却显现了他潜在的一股子韧劲。

当年他生活的小城没有公交车，只有马车。而高中也只有一所，且距家有30里之遥。上高中后，他每天早5点起床，跑步上学，晚8点跑步回家。风雨无阻，历时三年。苦自不必说，却从未听他抱怨过，那真是一个朝气蓬勃的青春。这期间，听说学校给了他一次记过处分，原因是他写了一首《花儿与少年》的爱情诗，流毒甚广。处分归处分，1953年吉林省中学生运动会还是让他参加了，因为夺锦标事关一个城市的荣誉。那年他为家乡夺得了双杠比赛的亚军。

极左年代，受过处分的人是考不上好大学的，录取他的是个地质专科。那时正是百废待兴，还没毕业就派他到北京黄村给拿枪杆子打天下的老干部补习文化课。但好景不长，文化不高而脾气不小的老干部，认为他思想右倾，小资情调浓厚，如何担当起教育老干部的重任。正好也赶上1957年，便以其有右

派言论的罪名遣送回家。从此，他就背着准右派的帽子开始了
自己的悲苦人生。那年，他才22岁。

回家乡后，他在当地最大的国有企业——辽源矿务局的
文工团谋得一份工作，这主要得力于他能画布景，能写歌词，
会拉二胡、小提琴，还有一副好嗓子。他的这些不逊于专业水
准的美术、写作、音乐功底究竟是什么时候、是怎样学成的？
我不得而知。唯一的解释就是天赋加勤奋，有两个细节可以佐
证。一是电影《冰山上的来客》上演后，他只看两场，便笔录
了"花儿为什么这样红"的词曲。在没有录音设备的情况下，
那是需要真功夫的。二是他偶尔借到一本郭沫若手书的《毛主
席诗词三十七首》，便下苦工临摹了一年多。那时穷买不起好
墨，弄得家里臭墨味久久不曾消散。

1960年，天灾和人祸给这个国家带来了空前灾难，作为
单体的个人怎能幸免？文工团解散，他被下放到木材厂当搬运
工，他的妻子——文工团话剧队的女一号也离他而去。从此，
纯体力活把这个纯文化人变成了一个大力士。一根300斤的原
木扛在肩上健步如飞，业余时间与工友扳手腕也总是找不到
对手。

也许为了验证"世界上总有好人"这句话，他遇到了生命
中的恩人——矿务局机关党委钟书记，此人极赏识他的才华，
把他从木材厂调到局机关工会做文艺辅导员兼美术员。如鱼得
水，酷爱写作的他，很快写出了话剧《青年突击队》，并在
1962年的全省职工文艺汇演中获得剧本一等奖，还得了令人羡
慕的120元稿费。他的画技也突飞猛进，这一下子燃起了他求
学深造的欲望。1964年，在钟书记的默许下，28岁的他报考了
沈阳鲁迅美术学院。尽管他以四平地区专业课第一名的成绩进
入录取线，但终因政审不合格没被录取。事后他接到一位教授

的来信，说没有录取你非常遗憾，你的造诣很深，千万不要放弃，你会有前途的。

前途？在那个压抑天才，泯灭人性的密不通风的铁幕年代，前途在哪？很快，"文革"爆发了，几亿人进入了疯狂状态。个人前途更是被革命洪流扫荡得无立锥之地。

像他这样有严重历史问题的人几乎都遇到缧绁之灾。幸好他什么派别也没参加，而是和几个志同道合的朋友组建了"毛泽东思想文艺宣传队"，专门排演革命节目。这样就没有了对立面，自然也得以从你死我活的阶级斗争中抽出身来。

民乐合奏缺不了扬琴这个物件，可他们宣传队偏偏没有扬琴，于是他决定自己动手做一架扬琴。伙伴们说一没设备，二没材料，这岂不是天方夜谭？可经过一个多月的精雕细磨，他还真做出了一架完全可以用于演奏的扬琴，令朋友们发出"不可思议"的赞叹。更让人赞叹的是，宣传队的编剧、作曲、导演、表演、演奏、舞美、道具等一摊业务，全都由他一肩挑，货真价实地展现了他的全能全才。

庆祝全国山河一片红那年，吉林省举办了全省职工文艺汇演，他的宣传队代表辽源矿务局再一次轰动省城。这支开始并没被看好的头戴矿灯帽，脚穿水胶靴的工人表演队，一下子竟在长春连续演出30多场，被省报誉为"一朵来自基层的艺苑奇葩"。

到了1968年，"文革"硝烟有所收敛，他的宣传队自然解散。赏识他的钟书记早被关进牛棚，新当权者把他赶出工会，安排到房产维修队当了一名木匠。

那年月盖房子上大梁时都要在地上先做一个一比一的模型，俗称"放大样"，费工又费时。当年电影《青年鲁班》中的小木匠通过画图计算，革新了这个老规矩。可小城市加上老木匠，依然墨守陈规。他只好是在业余时间偷偷尝试，结果大获成功。后来在领导的支持下强行推广，从此，他被誉为最有文化的木匠。

从那以后，在木匠这个行当里，他迅速走红全市，最重要的原因是他家具打得好。由于他有美术功底，做出的家具新潮、漂亮、结实。皆因于此，在日后的岁月里，无论严寒酷暑，他家的小仓房经常灯火通明，刨花和汗水催生了一件件精美的家具。据不完全统计，十多年间，他为亲朋好友共打造了60个大衣柜，58个五斗橱，35个炕柜，40个写字桌，近一百个床头柜……所有这些全是无偿劳动，自己还要搭上胶水、合页、油漆。直到1987年，他顶头上司的夫人认为他太屈才了，硬是把他调到自己管辖的矿务局总医院，先做宣传干事，后做工会主席。从此他算脱离了体力活，由一名工人变成了干部。这年已经51岁。

无情的岁月和过度的劳累，让他身体严重透支。在一次体检中被确诊为"二尖瓣闭血不全"，属严重心脏病。显然，这么多年他一直是带病作业，而且是重体力。医生说，这种病随时可能送命，但风险完全被他的毅力给化解了。由此我相信，精神和毅力对于人的生命是相当重要的。

知道了自己的病症以后，他丝毫没有放慢脚步，仍以琴棋书画样样精通的本事，把单位的文体活动、宣传板报搞得有声有色，名冠全城。在此期间，他还出版了一本诗集，组建了白天使歌舞团，连续拿了三次全市文艺汇演的头奖。

退休后的他，为了补偿对子女教育的欠缺，他把全部精力都用在了培养孙子身上。在他辅导下，孙子15岁时获得了吉林省硬笔书法大赛第二名。小小年纪就成为了省书法家协会会员。

心脏病越老越厉害，70岁以后，他几乎是靠药物来维持生命。有一次我去看他，他躺在床上，吃力地指着案头的《唐诗三百首》说，现在对唐诗极有兴致，每天背诵10首，一个月下来，《唐诗三百首》就烂熟于心了。我知道这更多的是一种象征性意义，他是不想虚度自己最后的生命。他还拿出自己写的一首七言诗让我看：

> 曾把大志许青春，
>
> 无奈征途刀丛深。
>
> 痴心不敌命悲苦，
>
> 来世再求美善真。

我心头一痛，感到他一生的才华、追求和志向都在这首诗中化为了泡影。我不敢看他那皱纹纵横的沧桑老脸，那是个巨大的诘问：苍天，你对我为何如此不公！面对诘问，似乎有解。但难解的是：一个本可以获得更大成就的天才，他的损失由谁补偿？

他，就是我一奶同胞兄长，2010年1月9日去世，终年76岁。

［班博留言］

看到最后一句，我的眼泪夺眶而出。（魏海田）

其实，这个布衣兄长故事还真是多，只是受制于篇幅。比如他酷爱郭沫若的书法，就没日没夜地临摹，弄得我家墨臭味一年不散（那时穷啊，哪有钱买好墨）。他还学习雕塑，弄得满屋都是泥巴，还被我爸骂了一顿。（温玉杰）

[曾宪斌]

俺家"葛夫人"

　　广州东风中路的粤北大厦五楼，有家南雄驻穗办事处开了间对外经营的南雄风味餐厅。老板娘姓叶，叶女士这段时间一直有个困惑：有三位客人隔三差五来就餐，俩女一男，男士四十来岁模样的精壮汉子，平头，精气神十足。坐下时车钥匙往桌上一放，嘿！宝马。另一位是二十多岁高挑时尚、身着标准白领工装的女孩。她总是跟老板模样的老男手牵手走进来。还有一位在后面跟随而入的五十来岁妇人，气质淡定、端庄。可就是穿的衣服跟前面俩位实在不搭，谈不上什么品牌——那是早几年顶多十几块一件的劣质圆领衫，上面印着熊猫、米老鼠之类的卡通，这种衣服现在农村来的打工妹都不屑了。

　　这仨人的关系让见多识广的叶女士摸不着头脑，看架式老男和靓女应当是老板和小蜜无疑。每次吃饭掏钱付帐的都是那位白发多过黑发的妇人，像是老板公司的财务总监，专门跟着老板后面买单的！可老板和小蜜出来幽会又怎么会带着个电灯泡的"老秘"呢？实在是大惑不解。

　　来的次数渐多渐熟，于是终于忍不住问起来，哦！老夫老妻带着宝贝女儿一家三口！如此而已。听到叶女士猜疑"老秘"，全家喷饭。于舸历来是家里的开心果，此后很长一段时间，我都称之为"老秘"，带给全家持久的欢乐。

于舸多年来夏日当家的那种卡通装，其实连十几元都不到。那是我小弟弟在广州开服装店时5元一件进的货，清仓后准备丢弃，于舸不让扔。于舸几年都不买一件新衣服，衣橱里有一两套过千的衣服，还是多年前一位北京朋友实在看不过眼，生拉硬拽地拉着她上街买来送给她的。她说要低碳哦！她说能穿就行哦！她说气质摆在那穿什么都不怕人瞧不起哦……

也好，安全！前几年广州乱，街上抢包抢钱司空见惯。唉，于舸没被抢过！多半是因为穿这么劣质低档的服装无钱可抢吧？

我经常称于舸叫"葛夫人"，是葛朗台的"葛"，"葛夫人"的"葛"俯首皆是。

送女儿上学，刚上了一辆公共汽车，她又把女儿从车上拉了下来。女儿莫名其妙，一看：后面有一辆公交过来了，原来先到的那辆是2元1张车票的空调车，后面这辆是没空调的，车票1元1张。

小弟弟儿子荟荟，幼时从外地老家到广州读书住在我家。一日，他爸来看他，上洗手间时儿子追着拽着告诉他爸："用后先不要冲水，等我上完时再冲。"原来，伯母培养的习惯，第二个人上完再冲，节约用水。

早些年，饭桌上她给我们派纸巾，先要揭至薄薄的一张，然后对半撕开，每人半张。现在奢侈些，可以不撕了，但多一张可没有。

那天收到她的一条短信"我终于把车开到露天淋了20分钟。"前一天黄昏，看看乌云层层，似有大雨，她急急忙忙将车开出车库，结果等了老大一会儿也没下。只好悻悻然开回来。没想到吃晚饭时却下雨了，气坏了。第二天终于如愿以偿。我一面回复"老婆太伟大了"一面暗暗叫苦：来回人折腾不说，烧掉的汽油钱也够洗两次车了吧。

你很难想象，就是这样一位"葛夫人"，对金钱又是怎样的淡漠，对亲朋又是何等的大方。

高大帅气的外甥王雨在上海打拼，却因为没房，女朋友离开了。他家咬咬牙，将全部积蓄拿出来只能付首付。按揭负担女朋友嫌重，又一个女友跑了。于舸得知后，一笔巨款汇过去眼都不眨，将借贷余款一次付清。第二年，年近30的外甥抱得美人归。

二弟肺癌，之前借我几万元买车，于舸一句："不用还了。"化疗、住院、丧葬，于舸交待有需要就给。二弟病故后，弟媳无业，儿子上大学，于舸说："我们包了吧！"

家人和亲朋好友都说大哥大方可以理解，大嫂如此大贤、大慧和大气，却太难得。

青嶂山温泉度假村刚转到我们手里，于舸关心的第一件事就是员工的福利。看员工工资低，头件事就是鼓动我大幅提高员工工资，现在度假村的员工工资在当地服务业首屈一指。经营青嶂山度假村，街坊邻里、亲戚朋友前来她都亲自交待：吃、住，一概不准收费。春节期间度假村房价翻倍大涨，于舸仍张开双臂热情邀请南粤八大家前来欢聚。一日，度假村断电停业，总经理惊慌失措：一天损失就是以万来论啊！而于舸从容地挥挥手：好啊好啊，正好让员工们休息休息，轻松一下，钱赚不赚无所谓。把这位总经理感动的一蹋糊涂，没见过这么大气的人。

我家有多少钱、有多少资产，你问于舸，她一定是一脸茫然。虽然我都是定期向董事长详细汇报的，可她从来不放在心上，从来也记不住，这就是我家的"葛夫人"！

一把摸来的爱情

我对于舸下手之快，恐怕至今超出许多童鞋的想象。

打一入学见到让我怦然心动的于舸，就梦里梦外都是她。可心里明白，狼多肉少：论资历，咱连党员都不是；论学识，写作课上我的作文是"反面教材"，于舸的却是范文；论样貌，一米七的个头刚好没划进"二等残废"。

只能出奇兵。

奇招一：出手快。

我可能是吉大追女生最快的人之一。

新生进校，认识没几天，我就约于舸单独聊天。一开始当然不敢造次，直奔主题。但有意无意谈爱情的主题还是可以的吧。看刘坚、心峰童鞋日记，那时，童鞋都还沉醉在兴奋、热烈、新鲜、紧张的学习、活动之中。别说那时男女授受不亲的观念尚浓，一般童鞋也还在相互了解的过程。男女生之间，矜持是主基调。对女生即使爱慕，也是所谓有贼心没贼胆。而我却已是紧锣密鼓、环环相扣的实施着追求：一次，又约于舸到文科楼后面讨论杜十娘什么的，试探说我就很欣赏她那样的姑娘，即刻得到"现在不想谈恋爱，别瞎想"，我连忙解释：不是示爱，不是示爱。

一天开完运动会回来，于舸拎着暖水瓶，走到理化楼前休息，我路过，也不言不语，一把抓起就走。后来说起，她对类似的小事，一直心存感激。自然对我的好印象也是与日俱增。

奇招二：切入准。

刚入学时，于舸就像只孤芳自赏的高傲的孔雀，矜持得很。课余几乎不和班里其他男生来往。如何能自自然然的多一点机会？唉，我注意到这个人比较重亲情、乡情，倒是和其他班的山东籍同学走动多。我是广东人，也不会山东话。没关系，谁让我从青岛部队考来呢？天赐良机！认老乡，聊山东的天气，夸山东的饺子。嘿！有用。虽然不至于"老乡见老乡，两眼泪汪汪"，感情上毕竟又与其他童鞋更亲近些。且找她也多了分"老乡"的由头。家里来了位邱叔叔看望于舸，我以老乡身份忙前忙后作陪。得知于舸哥哥在广州当飞行员，利用假期跑到广州，套近乎，捎带那时挺稀罕的罐头等航空食品。一来二往，关系慢慢的就亲近、热络起来了。

奇招三： 下手狠。

其实开学头半年，暗恋于舸童鞋的人还是有的，却都没敢明示。那些讨论中能言善辩的，闲聊时滔滔不绝者，在此却如遇关山。几十年过去了，我和一些童鞋开玩笑：都学西门庆追潘金莲，十步招，一步步来，两招未完，人已经被别人一把掳走了。

第二个学期开学不久，山东德州马戏团来长春演出，我买了两张票请于舸去看。演了些什么，已经一点印象都没有了。两眼光顾了用部队训练出来的"余光"扫描、欣赏着身旁这位正一惊一乍看马戏表演的美丽天仙。

散场，灯暗、人多、无序、乱挤。于舸磕磕绊绊，跌跌撞撞。我则半是护花本能，半是暗喜，顺势拉住了天使的手，紧紧攥住。

路经鸣放宫的树林，夜深、天黑、静寂。我情不自禁地得寸进尺，横下一条心，往于舸的脖子上摸了一把。不一会儿，竟听见哭泣的声音。声音不大，却在宁静的夜空中分外清朗。我一时吓坏了：怎么了，怎么了，对不起、对不起呀。她边抽泣着边说"没啥没啥……"

一摸定终身！

很多年以后。于舸说"一把摸走了我的爱情"，"那一摸之后的一个多月，那只暖暖的、柔柔的手，就如恰到好处的弱电，一直麻麻的、酥酥的。这种感觉，此前没有过，此后也不再来。"

一把摸来的爱情！

前不久，01童鞋到青嶂山温泉度假村，在温泉游泳池畔，问起我的成长心得，我认为是性格决定命运吧。我永远是想好就干，计划和行动如影随形。一把摸来的爱情算是一个例子吧。

[班博留言]

我忘记了是在二年级还是三年级，有一天下午，我们班劳动，是在鸣放宫附近，好像是搬桌椅什么的活。因为多次往返相同的路程，我竟无意间发现，小曾和于舸怎么总是在一起呢？就算偶尔碰到一起，也不能每次的往返都那么巧啊。于是，我很自然地就明白了，小曾在向于舸进攻呢，想到此，心里也不免酸酸的，甚至还有点嫉妒。我一直在观察着，那一个下午，小曾和于舸一直在一起，唉！

　　不知道小曾、于舸还记不记得？也不知道那是在小曾说的"一摸"之前，还是之后。（高文龙）

　　大学之事儿基本忘记，但经同学索引，总能想起一二，看小曾此文，真是佩服得紧，小曾你是不会得老年痴呆的呀，当然你这人本来就属长生不老型，压根永远20岁，妖气熏天。总之，看此文我想起当年于舸与外班老乡男生走得很近，记得有一位，白面个高的山东男生，哪个系不记得了，总之，经常到308寝室来，与于舸同学郎才女貌蛮般配的，我们都以为这俩能成一对，真是没想到，居然被个广东仔给掳了去，着实感叹许久。我也听班里男生说过，很多男生喜欢于舸，不过还没下手就被小曾抢了先。这样的性格是如何养成呢？太不中国，也太不70年代了。小曾，俺下部戏就以你为原型了，让90后们看看，大爷大叔们也有少年狂，今天这束花就送小曾同学了，祝贺你们夫妇如小曾青春不老，永远快乐！！（王宛平）

　　宛平说得不错，从小到大，我一直是个"异类"，我的不安分、我的张狂、我的无比旺盛的精力，常常如宛平所言"毁誉不一"，"太不中国"的话我自己也经常说。而于舸早就发现这一点，也是她欣赏我的理由之一。过去、现在，乃至将来，都会在我身上发生"异类"的事。很多年以前，我就与人说"将来在我身上发生任何事情，你都不要觉得奇怪"。班博的包容，我心存感激。恳切企盼班博有容乃大，继续海涵哟！再次谢谢了！（曾宪斌）

　　记得于舸当时穿一件西装外套，在领子上别了一只装饰物，也被男生议论过一番，说明有些没对象的男生还是在关注着于舸。我很晚才知道宪斌和于舸好上了，确实有点意外。看了这篇文章才知道：能追上于舸也花了诸多心思。好在宪斌最终也没辜负于舸的一片深情。祝贺！（范文发）

于舸当年如此容易被小曾俘获，重要原因是于舸单纯，估计是初恋，那个年纪（22岁）初恋，在我们那个18岁就可以结婚的年代已经很晚啦。记得90年代初在广州见小曾和于舸夫妇，小曾非常气愤地说，我老婆都二十好几啦，跟我拥抱还以为能怀孕，单纯如此，在我们那个年代也实属罕见。比如，当初小曾追一追北京大城市长大的少年早熟的大晶同学，哈哈，就知道什么叫追求啦……小曾之神，在于，他知道谁是最容易攻克滴。但愿这不是贬低于舸同学。其实是羡慕，回想当年，谁也比不上于舸之单纯。（王宛平）

宛腕儿犀利：初恋是真；掌柜的敢言：被摸的感觉是真（持续时间略有夸张）；于舸愚钝：不解爱与性相连是真。（于舸）

谢谢宛平、文龙、大晶、学全、老范等童鞋。接着宛平的话说，于舸确实是个不同寻常的非凡女子。她最终能接受我，从另一个侧面折射出她不慕虚荣，不为世俗所困。直到毕业前夕，还有童鞋专门问她：是真的吗？后来，于舸离开北京天安门前的家和单位，调到一个叫"石井人民公社"一墙之隔的部队，也是件引发北京邻里、派出所小小"轰动"的事。宛平要写，于舸倒真是个难得的原型。（曾宪斌）

年轻的心

"年轻的心，唯有小曾"——01童鞋的褒奖，让我联想起近期看到班博里，有童鞋感叹渐入老况，颇有日薄西山，夕阳西下之伤感。

有"年轻的心"就不会老。我见识过几位耄耋之年的"年轻的心"，我就再不敢说自己老。

2000年，我担任万达集团总策划师。请来美国著名华人规划师、美国世贸中心双子座的主要设计者顾永刚先生，做成都花园的总设计师。顾先生祖上不得了，他的叔父就是大名鼎鼎的"民国第一外交家"——顾维钧。

那天傍晚，风尘仆仆的顾先生，乘坐了二十几个小时的越洋飞机，飞抵香港，再转机到达成都。由于一些特殊的原因，工期紧，一下了飞机就得讨论规划。他打开带来的图纸，和我们一直讨论到深夜。第二天8点多再讨论规划时，昨晚提出的意见已全部做了修改。可想，顾先生恐怕一夜未眠。

又是半天会，会开到了中午，终于圆满。午餐举杯欢庆，望着鹤发童颜的顾先生，心里涌出一阵感动，我忍不住请教高寿，答曰："79周岁，论虚岁80"。身材高大硬朗的顾先生举杯豪饮，且来者不拒，哇塞！这就是连续工作几十个小时的八旬老人？几十年来"酒伤身体"的观念在我心中瞬间崩溃。在助手惊诧的目光中，平时滴酒不沾的曾老师，把杯中准备以茶代酒的茶水倒掉，让服务员斟上满满一大杯酒。我诚惶诚恐地端起酒杯，毕恭毕敬地上前，向顾老先生敬上一杯酒："顾老先生，今天见到您，从今往后不敢言老、不敢喊累！"

早年的榜样是学校给的、是党给的，后来的榜样是自己寻的。顾永刚老先生就是我的一个楷模：不仅破了我的酒戒，每当累了，顾老先生就站在我身边，给我"红牛"、给我"劲酒"。

2007年，我们一家在长江三峡中的小三峡——清江上旅游。人坐在船上，纤夫在岸上。我这条船上的梢公是老人，很好奇与之攀谈几句，一问吓一跳，老人家今年已过80。他告诉我在长江上当纤夫60多年喽，直到70岁之后的这几年才从岸上拉纤转到船上掌舵做艄公。我问他何时才能回家颐养天年，老人家笑咪咪地摇摇头说："不知道啊……"

这几年我去过两次三亚的南山公园，给我印象最深的不是那人山人海去朝拜的南海观音巨像，却是那百岁老人图片画廊。其中有一位叫邓为侬的百岁老人，照片上的他虽古铜色的脸上如沟壑纵横，但目光如炬、炯炯有神。他的图片说明对我尤为震撼：

"80多岁时娶一40多岁的农妇为妻，生了两个儿子。至今仍健在，103岁"。

"不愧是中国第一猛男"！

有"年轻的心"，才有不言累的顾永刚！

有"年轻的心"，才有不退休的老艄公！

有"年轻的心"，才有中国的第一猛男！

有"年轻的心"，才有永葆青春的童鞋！

后天，也就是7月2日，我的生日。但家里人都知道我从不给自己过生日，也不愿亲友们祝我生日，因为我有"年轻的心"！因为我不想老！

[霍用灵]

1977我的高考
——写于2011年6月9日

题记：

在我们班，我是处于最卑下最底层的人，因为所有人都比我年龄大，我是吉林大学中文系77级的尾巴。

记得开学时，我第一天到系里去，好几个老师看见我，似乎是见了个希罕物，上下左右打量。他们听说77级来了个小孩儿，比年龄最大的同学整小一半——最大的刘班长32岁，我高考时16岁。当然他们的眼神里是善意的好奇。我在这种被俯视和小视的目光里度过了四年大学时光。

其实，34年前，我是偶然间撞到我们班里来的。

一年一度的高考落幕，无数考子大出一口闷气，心情释然。网上有家长说同意孩子出去狂欢。但在接下来的十多天里，更多考生又将陷入等待成绩或填报志愿的忐忑之中。

34年前，我也参加了高考。那是在1977年的12月。一次改变人生轨迹的考试。但因为是"文化大革命"后的第一次高考，之前我完全没有准备，当然也没有经验，所以回忆起来，更像一场梦。

知道可以参加高考，大约是1977年9月底，我正在北京游玩。我是1977年的应届高中毕业生。那一年的夏天，还没有恢复高考的消息。在南昌，国家的政策仍然是上山下乡，或者幸运的话，可以留城工作。我们家两个孩子，我和妹妹。政策规定，一个家庭只能留一个孩子在城市。我已经高中毕业了，但妹妹还在上小学。爸爸妈妈当然希望我先留城，谁知道以后的政策会如何变？我自己对下乡和留城，真无所谓。某种程度上，我更喜欢下乡。因为小时候被爸妈送到老家，在河北农村待了4年，从7岁到10岁，在一个孩子的感受里，贫穷的山乡是充满乡情和自然情趣的地方，比城市更吸引我。或许乡村的自然环境和农民的朴实，更合乎我的天性，所以，如果没有现实利益的取舍而单纯从喜好来选择，我是会选择下乡的。

因此，当我高中毕业后，知道自己可能留城进工厂，心里并没有多么的高兴，反而觉得有点无聊。我和同班同学旗明、老白，商议要去北京玩一趟，不能让青春的尾巴就这样平淡地结束。

在34年前，我们这些外省青年，每当说起北京，说起天安门，心里真的是充满向往啊，在我们心里，伟大祖国的首都，天安门广场，是令人神往的地方。所以，我决定，一定要在参加工作前去北京好好玩一次。

而对于高考和上大学，说实在的，我不认为有什么意义。我们上学的那个年代，从小学开始到高中毕业，对上大学一直是批判批判再批判，就在高中阶段，还大批17年教育黑线的罪恶，教我们物理的老师，专门讲述"文革"前的大学是如何培养一些忘本的资产阶级的。那时有一首歌谣形容"文革"前的大学生：一年土，二年洋，三年不认爹和娘。上大学就意味着忘本，脱离劳动人民，所以"文革"才要把大学迁到乡下去办，目的就是不让大学生脱离工人农民。既然如此，上大学和到工厂当工人和下乡当农民，就没什么差别了。

我真是这样想的。

所以，1977年的暑假，我和两个同学结伴到北京去玩，从7月底到8月底，在北京的各个风景名胜里转来转去，玩了个不亦乐乎。

到9月初，开始传出了要恢复高考的消息。我的两个同学父母都是江西师院的教师，他们对大学的了解当然要比我清楚。所以，当恢复高考的消息一出，他们的父母立即把他们召唤回家，开始复习备战高考了。

可是，我对此却一点概念也没有。虽然父母也催我快一点回去复习，但因为我心里对上大学确实没有什么概念，所以并没有急于赶回南昌。而是从北京回了河北山区的老家，又玩了20多天。

我那时的脑袋里已经被"文革"期间的教育覆盖了，被洗了脑，对上大学甚至都谈不上向往和憧憬。

在爸妈的18道金牌催促下，我终于在1977年10月23日回到南昌，回母校江西师院附中上高考补习班。我的班主任刘丁纯老师看我终于回来了，马上对我说：我觉得你的文科成绩好，你应该去考文科。我已经给你报了文科补习班了，现在课都上了一个月了，你赶紧去上课吧！

就这样，我去了文科补习班。

大约上了一个月的补习班，就快到高考时间了。考前半个月，学校的补习班结束了。但我记得数学没怎么学好，有好多新的内容基本没学过。我只好回家自己准备。

填报大学志愿时，我妈妈恰好出差了，爸爸似乎对我上什么学也没有特别的意见。他们那时都忙于工作，似乎对我考大学的事情，也没怎么上心。于是我自作主张地开始给自己的未来画了一个圈：

在我读初中的时候，因为同班同学吴亚丁的影响，开始喜欢上了文学。那时所谓的喜欢文学，大概就是看了几本浩然写的小说。在上大学前，我真没怎么读过书，也没有书可读。似乎除了《钢铁是怎样炼成的》，我没看过什么外国文学作品。但对文学的喜欢还是从心里蔓延开来，成为我那时的理想。所以当我可以自己选择报考什么大学时，很自然地我就选择了文学。那时有人说经济、法律也不错，但我完全没有考虑过。

记得是在南昌市育新学校填报的志愿。当时，全国还没有多少大学，我想考的是文学专业，排在第一位的是北京大学，然后是复旦大学。这两个大学对我来说好比抬头望月，没有搬梯子登上去的勇气（其实是无知，没有人告诉我应该考哪个学校）。因为爸爸是北方人，从小又在河北老家生活过几年，我心里对北方充满了好感。所以我没有报南方的其他大学，我也压根儿不知道什么大学好。既然北大和复旦我不敢报考，正不知报哪里好的时候，来了一些补充招生的大学，排在北大、复旦后面的是吉林大学。

吉林大学在哪里？我打听了一下，说在长春。这时候，我的脑子里出现了一幅美丽的幻觉景象——在白雪皑皑的东北，白桦树林环绕的城市里，坐落着美丽的吉林大学校舍。在那些矗立着高高烟囱的坡顶房屋前，还围绕着一排矮矮的刷着天蓝色油漆的木栅栏，仿佛童话里的场景。这就是我心目中的吉林大学。

我对着那张报考大学志愿表，恍恍惚惚地畅想了一番，就自作主张把吉林大学填在了第一志愿。

第二志愿，我填了个北京广播学院采编系，因为我那时觉得当新闻记者也是很浪漫的。最后，我填了一个保底江西大学中文系，其实我很不愿意待在江西。我一门心思想到外地去上学，准确地说是到北方去上学。可惜的是，那一年在江西招生的大学，北方除了北大和北广外，就没有文学系的大学了。所以，我后面就没有再填其他的大学了。

1977年的高考，各省自己出考题。据说在"文革"前，福建和江西省的高考题目就是全国最难的。因为是恢复高考后第一次出题，江西省高招办的老师基本是沿用了"文革"前的套路，从严出发，直到把自己烤糊。那一年，江西省的考题确实是难。

我读书的江西师院附中，1977年考文科的人很少。当时有一句极为流行的话：学好数理化，走遍天下都不怕。而学文科，根据"文革"的经验，那是非常容易倒霉的学科专业。所以，大部分的家长是不希望孩子选文科的。我们班有20多人参加高考，但只有我和亚丁两人考文科。亚丁的爸爸就是江西师院中文系的老师，受他爸爸的影响，他喜欢文学。而因为他的影响，我也喜欢上了文学。所以我也报了文学。

我们的考场在南昌市铁路一中，从我家走过去大约15分钟。第一门考的是政治。我们早早来到了考场门前，只见黑压压的一片，大约有一千多考生，基本都是一些年龄较大的文艺青年，戴着酒瓶子底一般厚的眼镜，脖子上围着长围巾，像电影里五四时代的文学青年。我当时心里咯噔了一下，这才像学文学的摸样啊，我能考过这些家伙吗？够呛！怀着忐忑不安和紧张的心情，我们进了考场。刚一落坐，就看见一个熟悉的身影——我们初中的一位女同学红，在离我几米外的地方正襟危坐。红原来是我们初中班的干部，高中时作为骨干被引进到一个新组建的班去当干部。没想到她也考文科。

铃声响过，监考老师一声"开始！"大家的头呼啦都埋了下去，眼睛死盯着考卷，大脑开始飞速旋转，只听一片钢笔写字的刷刷声。

考了大约不到半小时，红同学站起身来，交卷了！！

我的亲神！

她是人吗？我的卷子才写了三分之一，姐就交卷了！姐真的是神啊！

待红同学交了考卷刚一出门，就听监考老师大声说：同学们大家注意了！这张卷子的背面，还有两道题，请大家不要忘记答后面的考题！

犹如一声惊雷在我的耳边炸响！红同学只写了正面的三道题！

那一年江西省高考的政治考卷共五道题目，正面印了三题，背面印了两题。

那是什么年月？"文化大革命"刚结束，要啥没啥，恢复高考后的第一次考试试卷纸都很缺，纸张太少，所以卷子都是两面印的。但红同学可能太专心，也或许太自信，写完正面卷子后没注意背面还有试题，还或许是那监考老师在开考前没有提醒大家——这完全是可能的——导致了红同学求胜心切，没有仔细检查就交卷了。这一来，命运之神收回了她慷慨的许诺，红同学回家后当然知道了自己的失误。但已经无法挽回了。

这给了红巨大的打击。本来，以她的能力完全可以在那一年考上大学，甚至是重点大学。她在我们学校一直都是好学生，班干部。然而，命运就这样给她开了一个大玩笑。

多年后，我在北京又见到了红。我从她的脸上仍然能看出那种抑郁的痕迹，在她的眼睛周围，隐隐有一圈忧郁的黑暗，那里隐藏着她挥之不去的遗憾，尽管她后来的生活很美好。

她回忆说，那一天从考场一出来，当她知道自己漏答了背面的试题，她觉得天立刻就塌了，自己如尘埃般被一种绝望吞噬了。当天下午她没再来考场，她把自己关在了小屋里。我们学校的校长到她家里，试图劝说她继续参加余下的三门考试，但她觉得自己完全没有任何一点点力气去想这件事情。她把自己关了两天。

一年后，她重新参加了高考，但第一次失败的阴影还笼罩着她。她考得不理想，最终上了一家地区师范学院的分院，毕业后，因为家里多少有一些关系，在省里的一家大银行工作了。

再后来，她结婚了，嫁给了一个成功的丈夫，随着丈夫在官场的晋升，她从南昌来到了北京，现在在一家中央级的杂志社作主编，家庭幸福，工作也是她所喜欢的。

我的高考就在这样惊险紧张的气氛中开始了。政治考的如何，已经没有概念了。语文的作文题，似乎是《当我走进考场的时候》，我写了些什么，也了无印象。印象深刻的是数学考试。

那一年，江西省的数学高考试卷，理科和文科是同样的卷子。第一大题，是40道填空题，每题1分。我瞪大眼睛，把这40题看了又看，只看懂了不到10题。但是既然进了考场，就不能白来啊，我胡乱把40题填了个答案。后面的考题我就一道题也答不上来了！

惭愧啊！真的对不起我的班主任、数学高手刘丁纯老师了！

我在考场里干坐了30多分钟，实在坐不住了，觉得与其这样干坐着，还不如交了卷子出去痛快！所以我起身故作潇洒地交了卷子，让同考场的哥们儿也吃了一惊。

阴差阳错，江西省高招办的出题老师，把全省文科学生彻底烤糊了。据说90％以上的文科考生数学成绩不超过10分。那些文科考的好的，大部分都会因为数学成绩太差而拖后腿。后来经过省里有关部门研究，江西省作出了一个前所未有的决定——取消1977年文科考生的数学成绩，把其他三门课的录取成绩提高到平均80分以上。

这一来，有些数学考了高分的就倒霉了。我听说冶金厅有一个姓李的哥们儿，本来算数学成绩的话，他是可以稳上大学的，因为他数学考了80多分。但取消数学成绩后，他居然落榜了！那年头，跟谁讲理去？

万幸的是，我的总成绩无论怎样算，都可以上大学。但说来惭愧，我的数学成绩确实没到10分。

在等待高考成绩的那些日子里，我都忘记了是什么样的心情。但肯定没有现在这样纠结和紧张。因为还没有后来这样激烈的竞争意识。我的同学们一个一个陆续接到录取通知书时，我的高考成绩却迟迟不来，似乎我没有参加过高考似的。我记得我已经帮好几位同学办理了入学所需要办的迁户口、转粮油关系——当时每个人的粮食和食油是按户口定量供应的，而且绑定在你的户籍所在地，只有当兵上大学调转工作才可以迁转粮油关系——甚至他们都开始买火车票了，我的成绩仍遥遥无期。

我沮丧地认为已经落榜，甚至开始考虑改换成理科来年重考，后来我已经开始复习数理化了。那时候是无法查成绩的，录取了就录取了，如果没录取，只能认为是自己没考上。成绩是不公布的。

似乎是在1978年的春节后，在我基本上认为自己已经落榜的时候，一个大雨滂沱的日子——不知道为什么那天会下那么大的雨——妈妈忽然从办公室回来了，她急匆匆地说：快！刘老师打电话来通知，你被吉林大学录取了！现在马上去高招办见学校里来招生的老师去！

我悠悠忽忽地跟着妈妈冒着大雨，找到了江西省高招办。见到了改变我命运的吉林大学中文系的赵老师。赵老师是江西人，老家在进贤县，他好像是当兵转业到吉林大学的。这次趁招生回家看看。

赵老师那时有50多岁，人很清瘦。他告诉我，1977年吉林大学在江西省总共只招2名学生（文科）。日语系1人，中文系1人。这个情况当年是不公布的，考前大家都不知道，只能蒙着报。赵老师说，过了吉大中文系录取分数线的江西考生有20多人！

我听得心里打了个哆嗦。赵老师不紧不慢地说，为什么把你录取了呢？第一，因为你年龄最小，第二，你是报的第一志愿。有的人可能考得比你好，但他不是第一志愿，年龄也比你大不少（我脑子里马上浮现出第一天在考场见到那些大龄文艺青年的摸样），所以，我们选了你。你的平均成绩三门课是88分，不算数学总分是264分。但你的数学成绩不好，只有8分。

谢天谢地！江西省在1977年高考中取消了数学。虽然中文系并不学数学，但这总不是个光彩的事情。

之后的细节我已经淡忘了。只记得1978年3月12日，我坐在北京到长春的61次特别快车上，在清晨6点的严寒中走出长春火车站，被空气中浓浓的煤烟气呛了一嗓子，我茫然地在站前广场上寻找接站的人。有人把我领到了一堆行李旁，有一个操着京腔的小伙子笑呵呵地跟我打招呼，他就是佟昆远，我认识的第一个吉林大学校友，也是我们班认识的第一个同学，后来小佟就住在我的下铺。

34年一眨眼就过去了。

上大学已经变得很平常了，但我参加的那次考试，现在看来是惊心动魄的，也是波澜壮阔的。因为，那是个天翻地覆的历史时刻，我如一滴水，因为位置站的正合适，随着一股溪流，在那个大时代的转折时刻，被历史的大潮一裹，一下子就卷到大海里了。

回到中国的途径：文龙书法三讲

第一讲：点画两端不留痕迹

2001年2月27日，星期天。我请文龙来我们工作室，讲讲书法。

此事一年前就有了动议，文龙也允诺了，但因为是首次沙龙式的讲谈，如何办好，我心里也没个谱，就试着约了几位同学，电话里说都愿意来捧场，可惜因为各种缘故，最后只有邹进夫妇来了。也好，人少一些，变成漫谈，反而随意而轻松。

因为要请文龙讲书法，我现买了宣纸和两支好笔，在家里挥毫，写了十来张字，觉得无论好赖，总可以让文龙有个批评的靶子。那天就带了几张到现场。

文龙是我大学同班同学，父亲是长春中医学院教授，学书法是童子功，有家学底子，后来得高人指点，1980年，在大学期间参加第一届全国大学生书法作品展，获得了一等奖。

1982年，文龙大学毕业后分配到北方交通大学做老师，教书法和写作等基础课，大约是在1984年他曾被学校派往日本某大学讲授书法一年，记得他走之前我还在北京的街头遇见过他一次。

我大学毕业被分配在六机部下属的舰船知识杂志社当编辑。刚毕业的那几年，我与文龙来往不算多，我那时来往密切的是邹进、海田、老丁、启平等。那时我工作的地点在月坛北街，文龙在学院南路，在20世纪80年代算北京的郊区，离得比较远。

1986年我工作的舰船知识杂志社也搬到了学院南路，与北方交大在一条街上，与文龙相距不远。不知不觉间，我们的来往渐渐多起来了。

大约是在六七年前，我曾到文龙家里与他聊过一次书法，感觉到他对书法的感情很深，理解也很深，而且他有一个想法，希望把书法中规律性的东西总结出来，形成一种现代人能理解和操作的技术——甚至可以量化，这给我留下了深刻印象。

很多同学都曾请文龙写过字，如果你到邹进的公司去，就能看到文龙的墨宝四处张挂，有卷轴装裱的，有装镜框的，也有刻在木匾上的，邹进的公司名头和标志，也是文龙题写的。

我没有请过文龙的字。但在多年前，文龙忽一日对我说：给你写了一幅字，而且已经装裱好了。我打开一看，是一句古诗：最难风雨故人来。

这句诗直入我心。

近五六年来，我曾在同学之外的朋友圈里提倡过类似于"父子塾"的讲学方式，是有感于我们的教育太空洞无物，孩子在学校很难学到什么真东西，还不如自己教的好。我们这样年龄的人，多少学了一些技艺，人生阅历也有，如果大家联合起来，把自己学到的东西利用私塾讲课的方式讲给我们自己的孩子，大家都能受益。

我们试过几次，效果非常好。后来自己的孩子大了，这种讲座方式没有形成固定规模，很可惜。但零散的聚会还有，就在这时候，我想起请文龙来讲讲书法。

　　我儿子和邹进的女儿都在美国读大学，他们进入西方的文化里，西化不可避免，对西方的文化和学术，自会参学。但对中国的文化，时间长了难免淡漠，何况他们与我们一样，从小就缺乏传统文化的熏陶，所以，我私心里有抓住机会给他们补课的意思，像书法、戏曲、武术、中医这样硕果仅存的中国学术和文化，能补一点算一点，或许他们到中年时会回头来寻找中国文化的根，那时，这一点功课就会起作用了。

　　而我自己对书法的兴趣，数十年来断断续续，浮皮潦草，从未深入探究过，仅从理趣和精神上亲近过，但实行却很少，所以见识浅陋，希望从文龙的讲授中窥见书法的一些路标，当自己行道时可资参照。

　　看得出文龙是认真备了课的，本来预计人多，还准备了投影仪，但今天来的人少，大家就不拘形式了，文龙也随意而谈。

　　文龙先讲了书法中一个非常重要的诀要认知："点画两端不留痕迹。"这是指一笔运行过程中，从开头到结尾的两端要用力均衡，否则会致使两端笔痕粗重而中段笔画细弱。若点画两端痕迹太重，则笔画必然无力。这样的字写出来就显得纤弱无力，最典型的例子是宋徽宗的瘦金体。

　　文龙的这个说法使我有醍醐灌顶、豁然开悟之感。虽然我没写过几天字，但有关书法的书还是看过一些，其中关于笔法的内容，还特别留意过。但笔法的内涵究竟如何，还是很茫然。文龙此句，算是笔法点睛之语。

　　文龙进一步讲解：点画两端之间若能无断续，即能出笔力，如同一根木棍，若两端中间皆均匀粗细，则木棍显得结实，若两端粗而中间细，则木棍就显得细弱。所以写字时若在

两端刻意加以修饰，则笔力立断。书法上笔力和修饰是一对
矛盾。

从魏晋诸大家的书法作品可以看出，古人写字很质朴，不
重修饰。而到唐宋之后，有许多人追求华丽秀美，在点画两端
加以修饰，败坏了笔力。

笔力本是自然的，若不加修饰，以质朴出之，即有力。
而有意加以修饰，则会导致无力。宋徽宗的瘦金体字刻意求华
丽，结果走向纤弱，完全没有内在的力度了。

如果一笔下去，完全看不出点画痕迹，这是高手。

文龙此番解说，可说是快刀斩乱麻，简捷痛快，直捣书道
要害，足可醒人。

接着文龙简介了书法流变之迹。

唐以前之书家，与汉字演变相一致，他们并非现代意义
上的书法家。汉代无楷书，唯隶书，但汉隶逐渐不适应社会需
要，于是一变而为草书。汉魏之间有章草，所谓"解散隶体粗
疏之"，仍是带有隶书笔意的草书。后来，王羲之把用笔逐渐
程式化了，汉隶又一变而为楷书。楷书成于晋唐，其中关键人
物是王羲之，他立于古今转变的交叉点上，是汉字书法古今历
史转变的集大成者，所以王羲之的字千古以来被奉为楷模，王
羲之被尊为书圣。

王羲之的儿子王献之更进一步，更漂亮了，但唐太宗不喜
欢，所以献之的名气和影响力不如乃父。

唐颜真卿为书法史上第二高峰。

唐代楷书大家辈出，有欧颜柳虞等为后世所崇，皆承续王
羲之而成一家面目。南唐李后主曾评点说："善书法者各得右
军之一体。若虞世南得其美韵而失其俊迈；欧阳询得其力而失

其温秀；褚遂良得其意而失其变化；薛稷得其清而失于拘窘；颜真卿得其筋而失于粗鲁；柳公权得其骨而失于生犷；徐浩得其肉而失于俗；李邕得其气而失于体格；张旭得其法而失于狂；献之俱得而失于惊急，无蕴藉态度。"

而其中以颜真卿的成就最高。颜字雄浑质朴，"稳实而利民用"（清代包世臣语），但李后主对颜字的结体也有微词，讥其如"叉手并脚田舍汉"。颜字以中锋用笔为特点，万毫齐着力，本于自然，合于笔性，挥笔运之，力自然在点画中间，也是古法的回归。篆书即是中锋用笔，转折处是引之而非转折，所以颜字被称为"有篆籀气"。

总体而言，书法的发展是古质今妍，颜真卿是分水岭。书法界有评论说：晋尚理，唐尚法，宋尚意，宋以后可不论。若勉强论之，则可说元明尚力，书法到此，山穷水尽。

所以，书法不是一个技术性的东西，它是综合性的，书法的价值也不是简单的漂亮可以概括。而有更深的文化、哲学、涵养的因素起作用。

历史上很多文人并非书家，但因其有文化内涵，只要稍微收敛一点，就可以写很好的字。我的老师罗继祖先生即是如此。

后世的书学者也试图总结一些书法用笔的方法，清代即有所谓用笔八十一法，但唐代那些大家的用笔，无一在此法度之内。

写字还是要多看大家的东西，看多了，有了参照，有了标准，知道哪些是好哪些是不好，慢慢写，会有提高。

文龙讲说之后，我们各写一幅字，让文龙批评。邹进夫妇，率先执笔，各写一幅。邹进练了一年多的颜体，颇得其韵，文龙说邹进的字力道很足。邹夫人是学赵体，气魄也很大，字形豪放，不亚于邹进。我没有临帖，只随意写了半幅心经，不成样子，文龙很客气地说：你的字面貌还好。后半句没说。我自知不成体统，不过以前是不知道如何修正，现在有一些入手处了。

最后，文龙给我们作了个现场示范，挥洒了一幅陶渊明的《采菊东篱下》，众人齐声叫好。

我刚拍了一张照片预备发到博客，转眼文龙写的那幅字就没了踪影。

下一次，如果人多一些，想请文龙比较系统地讲一讲他的书法之道。或许能整理成一本书。

讲座结束后，邹进请大家吃饭——原本的安排是不吃饭的——因为人少，变成了我们三家的年度聚会了。

[班博留言]

小霍张罗，提供场地、设备，大家围坐一起，聊聊书法，用投影仪看书法网页，轻松愉快。想想我们童鞋，最小者也年届五十，今日居然能有此等雅兴，30年前可是想不到的事情。

邹进学书一年，练的是颜真卿的多宝塔，下笔便不弱，实属难得。他说，我想写写行书，可是楷书还没写好……我说，没关系啊，可以和楷书同时写啊。我能感觉出来，邹进完全是在有板有眼地练字，我可以预言，30年后，邹进也不过才八十多岁，那时，我们的邹进，一定是，兴来无真草，老笔愈纵横。

邹进夫人诸菁女士，有一定的书法基础，半年前，她让我看她和邹进的字，并问我，谁写的好？我比较了一下，实事求是地对她说，你写的好。她高兴之极。这回，大家依次书写，先是邹进，接着就是诸菁，她的那个认真劲就甭提了。她写的是赵孟頫的楷书，能够拓而为大，下笔开张，毫不拘谨，单看字，完全不像女士所写，真是难得。她写完后，我经过再三比较，还是从更高的意义上更加肯定了邹进的字，我知道诸菁的想法，只能安慰她说，加把劲，争取下次超过邹进。诸菁很有风范，表示说，邹进确实很用功……不过，我从她的表情上，看得出来，她对邹进，仍是有点不服劲。

小霍的书法感觉非常好，对书法有自己的独到理解，喜欢浏览宋人墨迹。他说，我只想从意向上体味一下书法，如果说按部就班的去学习，从年龄来说，晚不晚呢？他的这些想法，很实际，也好理解。所以小霍下笔，真真是独抒性灵，无复依傍，加之小霍对道家、禅宗学说的理解，其所作书，面貌自然可观。我说，小霍是意兴之书，不知哪一日，借助世间万象，驱遣神来之笔，一定能够写出更加精彩的作品。

最后，就是小霍说的有几名童鞋会来，结果未能前来，我很遗憾，争取下次再见面吧。（高文龙）

第二讲：书法之学最珍贵的最易忽略
（2011年7月10日）

贵品来京，相约今日见面。同学见面，聊天应有个主题，否则只是吃饭，也无大意思。于是我提议请文龙来我的工作室再讲一次书法，贵品欣然同意。于是我约了邹进夫妇，加上我们一家三口，今日在工作室一聚。

文龙于书法一道，深研力行已近50年，其所领悟非我等可及。但提示一二，指示门径，作为欣赏的依据，或者练习的参考，是我的愿望。

文龙今日所谈，先从如何师法古人说起。书学一道，应取法乎上，特别应细读魏晋诸家，多看多摹，久之或可窥见古人境界，然后才能渐渐领会书道意趣。

次说草书之本，只在笔画省减，并非今人理解的字字勾连，一笔成篇。古人创草书，仍为表意，故不欲人不识，每一字笔画须转折清晰。只此一语，今日即不虚过，原来对所谓草书，识见不真，只当古人信笔草率，所谓草书，即今人潦草之书，其实大谬。草书规则极严，亦非草率之意。文龙一语解惑，今日粗知大概，日后慢慢领悟。

中国书道，意蕴渊深，绵延至今，已数千年。古代文字和书法演变历程，清晰可寻。但今日学书者，于书学一道，已甚难得其本来，因为社会早已大变，且日新月异，书法面目，乱花迷眼，枝蔓纵横，来龙去脉，一般人甚难分辨。此是文龙深为感叹者。故文龙今日所谈，每每强调得古意为上，目的是得其源流，握其大纲，立于源头，自可顺流而下，知其千流百脉；得其根本，易于把握枝干花叶，不失细节。而所谓流行之创新，是一个危险的话题。为何危险？文龙并未及展开多谈。但我自度，今人每从一事，好标新立异，张扬个性，学书者，又有几人耐得寂寞，去花数十年功夫，追寻古人遥远的意趣精神？且若无人指点，又何从去寻古人本朴无华淡而无味的真精神呢？所以，谈创新易得时人之心，而谈继承传统则难获时人认可。

当今中国文化，所面临的大问题，亦可目为一继承与创新的两难抉择。其复杂历经二百年，仍未寻出理想的突围之道。何况一书法小道？对此，文龙提出一个我从未听闻的观点：

"学习书法，一定是最珍贵的、最有价值的东西是最容易被忽略的，换句话说，你一定会把最好的东西丢掉！"

此语初闻即有惊心动魄、振聋发聩之感，我半天未回过神来。细忖之，觉此语颇有禅门公案之味道，值得仔细玩味之。

再细想一下，今日于中国固有文化艺术等精华，哪一样不是这样的命运？精华渐渐被抛弃，而糟粕被粉饰而传承。其中缘由，颇堪深味。

对于古人法度，应尽心研摩，逐渐可达无一笔无来历的境界。而从源头学习，可收高屋建瓴、水到渠成之效。文龙举示自己所摹写的魏晋法贴，多年研习，虽不敢说已达尽善尽美，但若以此功力临写唐宋元明诸家名贴，大都可以一二遍即得其神韵，而自己并未刻意。此种效果，即是从揣摩魏晋古法的历练而来。

此语我印象深刻。或许文龙以自己所走的道路，揭示了一个学习中国书法的捷径。

文龙又说欣赏和学习书法，依赖于学者的文化涵养及阅历见识，当然对历代书法精华的长期观摩非常必要，这是培养自己鉴赏力的必由之路。检视自家经验，以前对魏晋诸家看的少，所以至今对魏晋名家还缺少一些审美感受上的亲切，这也就是习染上的欠缺，此后要慢慢从宋代追溯上去，逐渐亲近习染书道古圣的精神境界和气度风范。

文龙在书法鉴赏上对古人境界的体认很深，亦饱含感情，这是给我很深印象的地方。陈寅恪曾说过，研究历史必须有对古人的同情，否则必难以进入古人境界。这在今日，不仅是大众中如空谷足音，即或在所谓的中国文化文学界，又有多少如此堪称古人之知音？因而，今日谈学书法，亦难矣。

文龙的感叹，我能理解。从其他领域如武学、道学等亦可感知此世风习气。

讲到此处，贵品才到。文龙遂铺纸作字以为示范。贵品从包中出一精致丝绸折扇，扇柄为红木雕花，扇骨为竹片，一面是无名画师彩绘牡丹，一面留白。见文龙挥毫，特请文龙为其在留白一面补书两字"花痴"，因其近日正作一文，即写一女花痴的凄美故事，于花痴深有感悟，故请书此语。文龙略思，一挥而就，笔墨酣畅，意态丰腴。贵品大喜，谓从此挥扇兼有花香墨香。

文龙为示范书道正途，拿出近日所书老子三章四幅行草条屏，铺于地上，众人围观，赞叹不已。

中午又是邹进请客。席间，贵品抛出一系列吕氏家族的故事，闻者无不惊叹——贵品其来历，确非等闲。若无神奇天地造设，何来其散文中灵气飘渺奇幻惑真的魅力？我们都期待贵品陆续写出他那些神奇的故事，激荡中国目下缺少想象力的文坛，扫荡那些垃圾般的所谓文学文字。

高谈阔论，酒足饭饱，期待而来，乘兴而归。

拉杂记之，留此备忘。

第三讲： 所谓好的点画，就是去掉多余的东西
（2011年7月30日）

今日请文龙第三次来讲书法。

主听者是邹进的女儿天一，她在美国学艺术。上次请文

龙讲书法，她还没回国，错过了，所以让她妈妈请文龙再讲一次。我们一家三口旁听。

天一先呈上近日所写大字一沓，文龙逐一过目、评点：

结构不错，但点画还不够好（意思是点画还不够厚重沉稳）。

初学书，点画宜厚重沉稳。看古人书，笔笔都没有漂浮，笔笔皆沉着。

点画和结构可以分开看，但要合起来理解。因为点画和结构是一体的。

比如写"一"字，因为只有一笔，似是没有结构，但我们所书写的每一个字，都有一个既定位置，来衡量这个字是否平衡、稳重、端庄。如果书写者的功力修养不够，哪怕就是书写只有一笔的"一"字，由于点画纤弱，笔力不到，则平衡、稳重、端庄也就谈不到，也可以说是字的结构不能合理地呈现。所以，点画与结构是一回事。

书法的关键，在于点画。

话题引到了点画上，文龙举了褚遂良的例子，说："褚书秀美，然习学者多从表象入手，容易走上点画纤弱，专注修饰和华丽的路子，此一路数，发展到极端，便是宋徽宗的瘦金体。瘦金体的写法，为追求妍美，简直是在铤而走险，笔笔露锋，大失蕴藉含蓄之风，后人多将宋徽宗的瘦金书和他的亡国之君命运联系在一起，追本溯源，认为褚书点画，多在两端表现，点画中段容易给人不厚重的感觉，与瘦金书正是一脉相承，而褚的晚景亦不好。

故古人倡导习书当使点画厚重沉稳，此既是书法美学之标杆，也是个人道德修养的境界。

取法乎上，所以点画沉稳厚重为上。唐以前的大家，皆如此。

我之所以强调从晋唐入手，是因为我自己的经验。对晋唐大家的书法作品临习多了，将古人的用笔、点画染习到自己身上，那时若随手写来，就很容易有元明的味道。"

我问："古人有笔法之说，既然结构与点画相关，那么笔法就很重要。如果开始习书，下笔习惯不对，是否会影响后来的书写？"

文龙答："关于笔法，古来，就有人为其蒙上了一层神秘的外衣，今人，也常见大谈笔法，乐此不疲。我历来不太喜欢大谈笔法，我认为笔法的主要内容是书写习惯，这习惯如何生成？又是如何养成？这才是学书者要认真思考的问题。不同书体与不同书风，多因下笔习惯不同所致。我们自己起手学书，第一次用笔，必然从师长、父母、同学、亦即所处的社会环境而来。所以，秦汉有秦汉用笔习惯，唐宋有唐宋用笔习惯，概莫能外，今天也是如此。下笔习惯，皆因时代而生成，因个人后天的学习而养成。学习书法，就是培养良好的书写习惯，培养传统的稳实厚重的书风，与古人神交，将古人的下笔习惯变成自己的书写习惯。从这一点来讲，学习书法，从改变书写习惯的角度说，无异于脱胎换骨。"

文龙又说："我曾有个假想，教一个孩子学书法，最理想的方式，是把他与世隔绝，远离当今下笔习惯的干扰，然后按照汉字源流的顺序，从甲骨文学起，然后是大篆、小篆、隶书、以至楷书，过渡时期字体也要学，如此沿着汉字发展的轨迹亦步亦趋，一路学下来，也许不需要更长时间，这个孩子写出的字，能够接近王羲之。因为他从一开始建立的书写习惯，完全是按照字体的发展顺序培养的，与古人或许可以暗合。但这毕竟只是假想，无法实现。用以说明培养下笔习惯的重要性而已。"

说到书法用笔功夫之外的涵养和文化领悟，文龙举例说："书法用笔关乎功力，但结构在于修养。我见过一位科技领域的老教授，习字数十年，功力颇深，笔画也没有毛病，但其字一望而知，尚欠修养。这修养不是个人品德修养，而是使书法臻于艺术高境界的传统文化的修养。"

天一在工作室的大案上见一现代书家多人作品集，拿了请文龙来评点，集子里有草书，有隶书，皆今日书法界成名者。有一幅隶书作品，文龙评之用笔飘浮，即或以天一所习书比之，亦未高明多少。原因还是不够沉稳厚重。为何此名家习书多年，仍未达点画沉稳境界？文龙解释说，古人诚实，今人浮泛。

那么，什么是好的点画？

文龙说："所谓好的点画，就是去掉多余的东西。"

我闻此言，心中一凛：文龙此语堪称诀要。当年罗丹论雕塑，说过雕塑就是把一块石头多余的地方去掉。

书法有道，即在此等关要处。

老子尝言：见素抱朴。何为道？曰自然、无为、返本。书法若有道，当与此道同。

但社会在发展，物华纷繁，人何而能守此本朴？

文龙说，从古人的法本上寻找，从点画结构的模仿，改易自己的习惯。这太难，要脱胎换骨。所以，今天学书法，按此目标要求，将误人子弟。因为学此书法，无饭可吃。是逆历史潮流而为。

众人闻之默然。

人学书，必有所好。好哪一家，则模仿哪一家。有喜欢赵孟頫字的，也是因其字媚好可人。赵字好，但难学。因今人学赵，极易滑向俗弱。此盖因赵将古人书法程式化了，他是成就了自家面目，但他留下的路子却容易将人引入歧途。

我想起小时在母亲督促下，短暂临写了柳公权的玄秘塔碑，虽未能就此入书法之门，但感觉受了柳字结构很大的影响。似乎有受拘束之感。文龙说他习字也从柳字入手，但后来改了。因为柳字清高。而颜字则朴实。颜柳是书法成熟后的变法，各有所擅，但柳字不如颜字影响大，也是因为柳字清高难应世俗，而颜字本朴厚实，与人相亲，故后世影响更大。

诸菁问起关于临帖的意义，文龙说，临帖是必须的。临帖是借古人改易自己书写习惯，由外形而影响内心，乃至气质精神。

文龙出示其近日所临写的汉隶摩崖碑刻《西峡颂》，具体展示如何是古人所谓点画沉稳，如何是汉隶精神，又如何从临帖得古人气象。

文龙把八张宣纸铺接在地上，大家站在一旁欣赏。文龙指着所临写的《西峡颂》，说因为临写此幅汉隶，笔意在写的过程中自然改变，到末尾落款处的那几行小字，与平时所写就不一样了，很自然地在行书中掺入了汉隶的意韵，连笔画都与往日不同了。

看着铺了一地的宣纸墨书，有一刹那，我恍惚觉得，一室之内都是汉人宽袍大袖的身影，满纸的墨色幻化成中国的样子，时空皆已不在，唯有作为中国人的气息通天彻地，被那些蚕头雁尾的笔画，引带得弥散在神州。

我像做了一个梦，回到了2000年前的自己。

[班博留言]

　　昨天，邹进把他的习作通过手机发给我，我回复短信，评之曰："大好，不是中好，也不是小好。"我所说的好，主要就是指点画厚重。邹进毕竟习字时间不长，下笔竟能如此厚重，在学书者当中，只有很少一部分人能够做到。我揣摩，这个厚重，是从邹进的学识中来，从邹进的性格中来，实属难能可贵。如果方便，可以把邹进的习作发到这里，交流一下。

　　（高文龙）

[魏海田]

沙棒槌（鄂尔多斯散记）

在我上小学的时候，每天上下学总要路过两条柳树形成的林带。这是当地人为了防风沙而特意栽种的树林，说是树林，但是并不很宽，整条林带大约四五棵到七八棵树的宽度，长度则不等，根据自己的地块，边界等等，这就形成了一条一条的林带。这个词儿自从华北防护林和三北防护林兴起之后，应当会得到更大范围的认同吧。

我经常走的那两条林带，因为还有更多的其他人也在走，就形成了林带中间的小路。步行和骑自行车的人，经常顺着这条小路，或者回家，或者去干工作，去做点小买卖。我只是顺着它上下学而已。

走得时间长了，我就发现，在初秋的雨后，林带里会有蘑菇长出来，于是我就特别留意，在雨后第一时间去林中捡蘑菇。你有过这种经历吗，初秋的雨后，天气格外舒适，温润，空气就不用说了，草木的清香弥漫其中，可惜那时身在福中不知福啊，现在不容易得到那种享受了。然后就是蘑菇的收获带来的喜悦。

柳树林里常见的蘑菇有两种。

一种和我们现在可以见到的口蘑类似，雪白雪白的；刚长出来的时候菌柄和菌盖都不发育，像一个不规则的小小圆球，菌盖紧紧裹在菌柄上，菌柄也仅仅是一个小小圆凸；逐渐长大后，菌柄和菌盖就伸展开来，菌盖外面是白色的，里面是褐色的；但是掰开来颜色是雪白的，如果你没有及时采摘，它就会逐渐打开，和一把小伞一样。再不理睬它，它就老了，像某人喜欢说的那样，它就要随风而去了。菌盖下面的那些褐色物质，蘑菇专家们把那东西叫菌丝，它们很快干掉，变成成熟的袍子，真的随风而去要完成传宗接代的任务。

我现在要说的，是另外一种柳树蘑菇，似乎到目前为止，还没有多少人见过。当地人管这种蘑菇叫"沙棒槌"。我在网上查询"沙棒槌"，查到的东西和我们这里的这种蘑菇毫无关系。

一般在林带的边缘，总会有一些沙柳丛出现，这些沙柳丛或许是同类相亲的原因吧，不知道何时悄悄出现在柳树林带的边缘。我说的这种沙棒槌，就生长在沙柳丛中，生长在靠近沙柳丛的根部，和沙柳丛一样也是丛生，一簇一簇的。初生的这种蘑菇颜色也是雪白的，掰开来里面更是雪白雪白的，纤尘不染，洁净的似乎充满灵性。它一般一簇总有七八个蘑菇头，有的时候能有数十个蘑菇头挤在一起，所以采到这种蘑菇，总会听到人们的欢呼声——那就意味着半斤甚至更多的蘑菇啊。

这种被称为"沙棒槌"的蘑菇非常好吃，我一直都非常怀念这种蘑菇，我甚至认为，在延安时期的毛泽东也曾经吃过这种蘑菇，有一次他和曾思玉谈话，念叨起一种柳树蘑菇，说是味道非常鲜美。可惜他没有详细描述这蘑菇的形状和外观。我猜他说的，一定就是这种蘑菇。

鄂尔多斯人把这种蘑菇称为"沙棒槌"，不知道谁给它起了这么富有韵味的名字，沙中的人参！它当之无愧。这种蘑菇不但味道好，而且口感也非常好，那时候人们吃肉定量，吃到这种蘑菇时就拿它和肉来相比，形容它的美味也说和肉差不多。其实，肉是无法和这种沙棒槌相比的，它不但没有沙棒槌的清香，有时还会有肉腥味。我吃过多次沙棒槌，不论是炖着吃还是熬汤，都非常鲜美，而且绝大多数都是我自己亲手采摘的。

可惜现在随着柳树林带的消失，这种蘑菇我也多年没见到了。现在人工栽培了那么多蘑菇，不知道有没有人会把这个品种发掘出来。可能商人不培育它也是有原因的，沙棒槌有个特点，只要过了采摘期，它就会变质，菌盖里面先是化为糊状，然后，当然也是随风而去，这是菌类的共性，而在鄂尔多斯，任何东西都会很快风干风化的。

很怀念沙棒槌。

[班博留言]

鄂尔多斯曾经是一个非常浪漫的词。能激发我的想象。但除了草原，马群，蒙古包，我不知道那里还有什么。海田的沙棒槌为这个词填充了具体的色彩和空间，给这片辽阔的草原勾勒了具象的细节。多写啊！呆着也是呆着！ （霍用灵）

小时候知道鄂尔多斯，是因为一部电影，记住这部电影是因为电影里有那个年代最漂亮的女演员王晓棠；后来再听说鄂尔多斯是因为那里产羊绒衫；海田的鄂尔多斯先给我们科普呀，还给我们指出了致富明路，下次去内蒙，一定先找沙棒槌，后找海田！哈哈！ （宫瑞华）

喜欢这样的文章，不仅语言干净，而且长知识了。从小就喜欢植物，高考的时候甚至想去学中医，因为可以到林中去采中药。采过蘑菇，但沙棒槌第一次听说。希望小魏多给我们写一些这样的风物，喜欢看。（刘建）

其实海田说的这种蘑菇东北也有，只不过名字没有"沙棒槌"那么雅，唤作"柳秃子"。（王金亭）

是吗？金亭在东北还能找到柳秃子吗？我其实已经很久找不到了，最近很想再去寻找这种蘑菇，因为当初留下的美味至今难忘。谢谢金亭，居然找到了沙棒槌的知音。（魏海田）

柳树蘑菇大概只有这一种。东北柳树多多（老顾写过电视剧《柳树屯》），"柳秃子"不会找不到。（王金亭）

天然傻

来到班博处处觉得新鲜，瑞华兄说我在打捞沉船。我是到处看，沉船也看，置顶的新文也看。后来看了贵品的傻子歌，颇觉境界高妙；更因搞不明白学全的年龄被嘲为"傻"，勾起了我对傻子二字的兴趣，现在就来盘点我的几个傻子故事，供各位一笑。

傻白领

当初在蛇口通讯报因蛇口风波我在蛇口内部混出一点小名声了，报社副总编心下不自在，担心自己的位子不保，拒绝给我办理入区手续。时有一位从北京来的新闻界同行，坚定站在我一边，与副总编理论；我亦将其视为盟友，事无巨细，均与其商量，结果我被开除，浪迹街头。此人却成为总编辑助理，新闻部主任。问题是别人都看清楚了的事情，我却依然不清楚，和此人的关系竟然继续维持了十余年，反反复复被旁观者暗示，才渐渐醒悟，原来自己当初是被人拿去当成筹码做了交易。换做别人，事情发生了就应该意识到，我居然很长时间意识不到，说明我是傻子里的傻子：见过傻子，没见过我这样傻的吧？

傻商人

还是在蛇口发生的故事。有一年我坐火车到深圳，在长沙前后上来一个老妇，也不算很老，但是比我大十多岁吧，没有座，就在我身边站着。我一来是坐的时间长了屁股也木了。二来是嫌她在我身边挤挤擦擦的，于是站起来身来请她坐，说明白了过一会儿还给我。没想到这老太太居然是一个港商，下了车一定要我给她留个电话，不久就到蛇口来找我，要给我一单生意做。她随身带来一个盒子装着很多小鸟模型，告诉我说洋人过圣诞节，喜欢在圣诞树上挂几只小鸟，她要我找货源，并且放下2000元港币作为定金。我这是头一回被人如此信任，也非常高兴，就找到了一个会做生意的朋友，开始琢磨这个鸟的产地。

费了九牛二虎之力，总算弄清楚这个鸟儿的原材料是桦树皮，于是在北方某工艺小厂发现了货源。两人兴冲冲上了路。

到了那里人家很热情，接待很好上酒上菜，酒酣耳热之际，人家有问我必答。我的生意伙伴坐在对面，我看见他突然脸涨得通红，目光中对我有一股怒气，情知自己说错了什么，但心里想，有什么了不起的嘛，还至于跟我翻脸不成？可是毕竟谈兴没了。酒摊子散了，看着对方倒是兴高采烈，我俩默默回宿舍，我问他怎么了，为什么不高兴？这个生意伙伴哭笑不得，还怎么了，你还来问我？你把底价都告诉对方了，这生意还怎么做？我还不是很清醒，追着问，什么是底价？

此事被这个生意伙伴广为流传，都说我傻到家了。当然了，那单生意是肯定要告吹的了。我和那个港商的关系也就这样断掉了。

傻朋友

这是到了中华工商时报以后的事情，我认识了深圳一个搞汽车的老板。第一次采访，他给我讲了他家在"文革"中的悲惨遭遇，讲他自己早年的成长经历和到深圳的创业过程，听得我泪流满面，两个大男人相对流泪。两个人从此成为"哥儿们"。我甚至把人民日报的记者都给他介绍了好几个，我是真把他当朋友了。

1991年他被检察院收审了。我根本不知道他究竟是为什么事情进去的，直到现在我也没弄清，可是他让他的父母亲来找我，他知道我与当时的检察长关系不错，要我带着他父母去找检察长。我一口答应了。

检察长一看是我敲门，开了门，但是看到两个老人，脸色立刻变了，我知道这事儿办的不大妥当，可是为了朋友，还是硬着头皮领着两老进去了。检察长一点好颜色都没有，把两个老人训得一声不吭，然后让两个老人先走，接着又把我训了一顿，怎么可以把当事人带到我家里呢？这是严重违反纪律的事情啊。总而言之，一句话，我不懂事，不懂规矩。其实检察长言外之意，我是后来才听懂的，他一定是认为我拿了人家的钱，为难了所以才没皮没脸的找到检察长家里来了。"这事儿就这样吧，以后注意。"

不久，这个人被放了出来，很快他就消失了，无影无踪。等到他再次出现的时候，我已经离开深圳到北京好几年了。这段时间我知道了，从里面捞出一个人，在那时的深圳都是有价码的，20万是最低价。我还知道，这个人的律师啥事也没干，已经从他那里弄走了20万。

我一分钱没拿，但是检察长对我的信任度打了折扣。过了十多年，检察长才愿意和我讨论这件事，说明他已经了解到实际情况了，认识到了我这个人的傻，已经是不可救药。

傻志向

我有一个梦。我这个梦没有马丁路德·金那么高尚，可以写一大串排比句式来宣扬，我就一句话，想赚钱，想赚大钱。20年前到了工商时报，就孜孜以求，希望能赚到钱，可是20年过去了，依然一文不名。

有一次报社开会，地点选在皇苑，恰巧遇到了周志怀，我现在并不记得跟他说了些啥，可是他的印象显然非常深刻，后来在一次同学聚会上，他提起了我和他当初见面时，信心十足的向他宣称，我是干这个的（用手圈成钱状）。我的记忆不大好，但是我相信志怀兄也有点把我和别人弄混了，因为我到现在也不知道如何用手指圈出钱状来。志怀兄弄混的原因我倒是觉得有可能，因为我极有可能跟他吹嘘我是如何赚钱的，当然了那些都是打算，不可能落实，落实了也不可能有收获。

那个时候，邹进也在深圳，他也在忙着赚钱，邹进那时候经常扬着脑袋唱那首"我的未来不是梦"，可能就是因为他唱的这首歌，才让我觉得，我更应该有这个赚钱的梦。于是我揣着这个梦立志高远，浪迹天涯。多少年过去了，我还在做着赚钱的梦，钱还是没赚到，现在依然一文不名，人却已经老了。

所以我说，贵品那个傻，属于装傻，是板桥那个由聪明而入糊涂的傻，难上加难，然而贵品做得到，所以高妙；我这个傻，才是真正的傻，呆傻的傻，不可救药的傻。最近和年轻人学了一个词儿，天然傻，此真我之谓也。

[班博留言]

一官二商三友四志，似乎统统傻！——此人一生如未入新闻行，可能白费了这傻劲——魏是骨子里的记者。脑后有反骨。过份追求真实的人，一辈子活出纯粹性格人性算不算成功？那些小官小禄、狐朋狗友、小财小富得了又能如何！（徐敬亚）

好久没见了，海田好啊！傻是傻点，丢了官，丢了钱，也差点丢了朋友。但傻人未必就活得不如聪明人。（杨冬）

冬哥，官和钱都丢了，朋友没有丢，真正的朋友是丢不了的，故事中的朋友显然并不是真正的朋友。（魏海田）

【特别纪念】

吕贵品：蠕动
（写于赵闯同学逝世三周年）

　　我们班第一个辞世的童鞋，踏着人间泥泞的路，叹息着走入天堂，想起来心哭。又快到三周年了，录辅棠诗，以述心声：闯兄先我独西行，暮雨晨风隔世听。从此悲情无断日，高天遥对数寒星。这首诗写得太好了，尤其是"无断日"。我写此文未将赵兄称呼用"他"字，因为踏上那条路的，不只是赵兄，是我及每个人的必由之路。

　　时间：2008年7月至2011年7月
　　地点：北京市协和医院和冥冥空中
　　人物：赵见
　　事件：
　　赵见离开了自己的躯体，开始毫无阻拦地在空中飘飞。刚飘到空中的时候，觉得很怪，试图找到自己的定位：在哪条街上，哪个场所，哪是身前，哪是背后。赵见还想用上自己修炼的太极功法，动作缓慢些，柔着点来，可飘了一小会儿，熟悉了，才觉得什么都用不上了。自己是个透明体，没有身脑，没有四肢，甚至没有形状，但是行动流畅自如。赵见在飘中真正感到了什么是自由，什么是舒适，什么是恬静。早知道飘是这般美妙，何必苦苦眷恋大地。赵见正要远飘，忽然觉得自己在人间乘的那只小船还没有安放好，现在还不能离远。

在北京协和医院白森森的病房里，白森森的床上，有一只绿色的动物在辗转反侧，不停地蠕动，嘴里发出沉闷的哀号。床边还站着几个人。赵见在飘浮中看到：正在蠕动的是自己的躯体，自己的壳，是自己的那只小船。床边的人赵见认出来了：一个是贵品，他的小船也不怎么样；一个是玉杰，他比我老赵年龄大，那壳还挺硬；还有一个人是贾老师，这个人的姓很真实，人间的一切都是假象，我和他们站在一起的时候，我也不信，现在飘起来全明白了。床上的躯壳越来越绿，赵见知道是自己肝脏的胆汁浸透出来，把躯壳的皮肤染绿了。赵见高兴，按人间的说法，是生命的绿色萌发了，代表着新的希望。

床上的躯体继续蠕动，赵见看着看着，发现了人间的秘密，这是自己站着发现不了的，只有飘起来，才能看到它，那个东西就是蠕动。

蠕动，不仅动物，植物在蠕动，水在蠕动，石头也在蠕动，整个人间就是一只蠕动的动物。赵见再往高处飘去，看到地球像个蠕动的孢子，很微小，在宇宙中飘。自己蠕动的绿色躯体连一埃都算不上，赵见看不到了，开始在茫茫的人海中寻找自己乘坐的那只小船，也只有和自己有密切关系的人才能安放好它。在北京八宝山的上空，赵见闻到了自己的气味，那充满汗水、血水、尿水、泪水的水气蒸发了，升腾起来，也在飘，自己蠕动的绿色躯体化成了一丝丝烟雾，跑上天空，跑进云里，在人间消失了。

北纬39.9°与东经116.3°的交汇处，是中国北京，是赵见飘飞的起点。赵见从那个点上飘起之后，就神通广大了，发现自己彻底透明，发现自己人间修炼的那点太极功夫太差了，现在根本用不上。发现自己无所不至，无所不在，发现自己可以穿越时空。

在中国大地上响起了歌声，声音里滚腾着红色的雾气。赵见很熟悉这种情境，当年在薄熙来当部长的时候，那个部里大合唱的指挥人就是自己，自己蠕动的躯体黄里闪烁白光，还站立着，臂膀很有节奏地挥动着拍节，潇潇洒洒。现在自己离开了，谁指挥那个部唱红歌呢？没有自己，那歌声还那么嘹亮，红色的大雾弥漫着全中国。这让赵见一下子又飘到了黑龙江北大荒的那个"文革"岁月。自己在那块土地上，播种了大片的红高粱，红高粱穗做笔练就了一手优美的篆隶，红高粱米粒化做方方汉字写下了大量檄文，没有煮熟的红高粱米饭喂养了一个多病体弱的身躯，大片的红色把自己的血浆染得更加紫红。人间瞎起名，硬把一个北大仓，叫成北大荒，唉，土地一点也不荒，只是人慌，人蠕动得慌。

忽悠一下，赵见又飘到了一个经常下着大雪，却又叫做长春的地方。这里，只有不足四年的大学时光，却足以让赵见回忆30年。这里，赵见泡了一杯人生最浓的茶，此后又稀释了无数杯，让自己也足足喝了30年。自己今日飘到这里，免不了要有很多伤感，免不了会飘洒泪光。今日长春晴转微雨，那湿漉漉的空气，就是我老赵的心情。

人间啊，真是一个光怪陆离的地方。赵见又闻到了长春紫丁香花的气息，爱情曾经在这片花丛里发生，自己的爱恋不是雾障，而是一堵墙壁，自己曾用崂山道士之功，穿越墙壁，时而头确硬壁，蓦然而踣；时而轻盈而过，霍然通畅。有一次，当自己穿墙之后，那个女人却逃之夭夭。此刻的赵见，非彼时的老赵，在长春的空中赵见就闻到了那缕熟悉的香气，寻香看去，那个风韵犹存的美人，远在他处。赵见看到了她，见她苍老了许多，但她美妙的躯体还是那么秀丽。她穿衣服没有用，赵见现在真的能穿透一切了，什么都看得一清二楚：她左侧乳房的一颗黑痣犹在，她以往细嫩的小腹布满妊娠纹，她嘴里喷出的歌声还散发出五彩六色。现在自己不需要她了，再美丽的女人都是一个模样，赵见仔细看去，看到的是一具具骷髅。

在女人香气之中，赵见又看到几根蠕动的干瘪的油条，闻到了油条的气味。曾因为那几根油条，因为蠕动的油条可能引发肝病，自己和几个精英领导了一次罢课运动。在长春的那幢楼里，自己是学生领袖。早晨广播室里发出的号召，是自己发布的，略带点鼻音的讲话很有魅力，人们听了就不想吃饭，也不去上课了。赵见觉得苍生蠕动不息，人间都是些崂山道士在营营劳碌，苟且偷生，常常碰得头破血流。

飘浮中赵见看到了那座楼里的一个房间，叫206，看到了一张10元面值的人民币，一张咬噬人心灵的人民币到处乱窜，那是一只小老鼠，跑到洞里，藏了起来，那小老鼠的主人找不到了，急了，很难过。赵见是206的最高领导，觉得自己应该像福尔摩斯一样有智慧。经过分析，可能是有人把这只小老鼠像羊一样顺手牵走了。这个人是谁？赵见轻轻舞动太极，拿出了崂山道士的功法，透过墙壁，朦朦胧胧看到了一道蓝光。于是锁定了目标：蓝光。蓝光是在下午四点钟斜斜地照进了那个房间，就从那一刻起，赵见和小老鼠的主人认为：就是因为那道光，那只小老鼠才不见了。赵见感叹那时自己是个凡人，要是有现在飘的本事就好了，看世间一目了然。

凡人就是凡人，站在人群里，一片破布就遮住了完美的肉体，一个微笑就挡住了内心的哭声，自己看不到，看不清，更看不透人间，正是：不识人间真面目，只缘身在此间中。其实那只小老鼠没有丢，只是到处乱窜，主人一时不知小老鼠的去向罢了。自己现在可谓明心见性了，但已离开人间，只可惜那蓝光，被我老赵吹动的云朵遮蔽瞬间，受了一点冤枉。好在那蓝光透澈，盈盈亚明，映耀今日。今天我赵见想对蓝光说声对不住了！不知老蓝能否听到？我还要说：亚明足矣，不争冠辉。在飘中我见到了部里老领导的父亲，叫一波，他曾在人间波澜壮阔，飘起来的时候，方觉得一切都那么薄，薄得能透星光，透微弱的灯光，人间所有的厚重都会消失。

在部里赵见苦熬了二十多年，撰文等身，大多是给部长们写的，能吐露自己心声的没有几篇。赵见告诫自己一定忍耐，在这个人群里，能力和荣耀成反比。赵见每天在太阳的强光下练柔，始终没有进入境界，官运不佳，按能力至少部长的位置是赵见的，可多少个月夜赵见只能伏案给那些狗屁们写狗屁文，赵见的心脏终日隐痛。一夜月下，赵见发觉那月光很凉，转身找件衣服披上，忽觉腹部右侧剧痛，听到肝脏在低泣。赵见用手轻轻摸着右腹，深切爱抚：我的心肝宝贝，我一定会加倍爱护你，不要哭了。肝痛缓解，赵见又奋笔疾书，然后又踏着这叠叠满是屁味的文稿，忍着肝痛，从北京走到了澳门。

赵见飘在空中，看到北京蠕动的节奏稍有些杂乱，看到了自己的妻子女儿生活得安然，看到了有一个小册子长了翅膀，从长白山向自己飞过来，那是同学们为自己写的诗。听，一个声音隐约传来，始有怨气，后很淡然：……悠悠白云承雨意，浩浩长天任风行，大梦未了人先了，茫然四顾空对空。听出来了，这是老蓝兄弟写给自己的，写得好啊，一个了，一个空，令自己和蓝兄没了个，令人间没了个。在人间时，个字不离嘴，从未解"个"意，今日解悟老蓝，老蓝兄弟写给我的这首诗告诉了大家：个是众生，众生是个。赵见正在回味蓝光诗中禅意，忽然听到有开门声从南方的澳门传来，赵见看去：澳门自己的那间办公室的门打开了，自己坐热的那把真皮椅子，被另一个屁股坐上了，那个屁股有臭味，屁眼上的屎还没揩干净，那把椅子委屈了，咯吱咯吱直叫，椅子上面的屁股在不停地蠕动。

蠕动到底是一个什么东西呢？赵见飘忽着，冥想着：蠕动可能就是活着，就是名利，就是病痛，就是苦难，蠕动是人间的本相？赵见又看到了八宝山的一幕，在自己的遗像前，亲朋好友同学们蠕动着痛哭，自己心存感激，尤其是我要告诉我大学四年的童鞋们，我老赵先走一步，闯出一条路来，让后来的童鞋在路上少沾点泥土，那些叫泥土的东西就是：贪、嗔、痴。

飘过好多座大山，赵见总是能听到有人在诵读《心经》，听到他们提到自己的名字，赵见，照见，照见五蕴（色受想行识）皆空，度一切苦厄。赵见觉得说得有道理：照见五蕴皆空，是啊，我赵见的确实是五蕴皆空了。

赵见在飘中看到大地山野所有动物在蠕动，看到鲜花江河山川在蠕动，看到地球星空宇宙在蠕动。在蠕动之外的阳光下，月光中，灯光间，黑暗里，赵见在飘，飘啊！欢喜着飘……

【特别纪念】

刘晶：各自的朝圣路

赵君去世了。不，是赵君先我们一步走上通往天堂的路。

《各自的朝圣路》是周国平先生一本随笔的书名。听到赵君去世的消息，我的脑子里第一个出现的竟是"各自的朝圣路"。

上午，我一如往日，跪着擦地板，先生从公司打来电话，说：赵君去世了。我问：何时的事情？先生言：不详。是先生一位同事知道我与赵君是同学，才告诉他的。

一时手忙脚乱。竟然找不到在长春的任何一位老同学的电话了。虽然我与同学联系不多，但心明，赵君是我们那80个人里第一个辞别这个世界的人。

懵懂。呆坐于地板上。

懵懂之一：赵君长我6岁，还不到一甲子，不该这样匆匆谢幕吧？我们尚未准备鲜花，我们的手掌尚未准备合拢。懵懂之二：想当年，全班同学80整，毕业分配时，只有我与赵君被分配到现在的商务部。最后一次以老同学的情谊见赵君，是到他新婚的家。赵君晚婚，那时他已经三十多岁了。此后，屈指可数的几次谋面，都是赵君坐在主席台或者领导的位置上，我是下面出席（列席）会议的人。我们好像缺失了哪怕一分钟说人话的时间。

通过114声讯台，总算找到了一位同学的电话。没想到，长春的同学们已经知道了。赵君是星期一去世的，今天是星期四。我本与赵君在同一个城市同一个"部"，却是后知人。辗转联系到在京的温君。温君说，他们已经酝酿代表全班同学送花圈。挽联，想来思去，千言万语只有八个字：赵君走好，同学想你！

77级，在中国一直被念叨着。入学时，我的同学最大的32岁，最小的16岁。赵君属于"大"的一拨里的"小"，我属于"小"的一拨里的"大"。

年轻时赵君白净瘦削有几分儒气。谈吐机敏，思维活跃，写一手好毛笔字；言犀利，音磁性，是校学生会的文艺部长。当然了，也是女生注目的焦点。

我呢，呵呵，有个封号："自由战士"，可见是那无组织无纪律的独行人。在校时与赵君的交往也仅局限在同乡罢了。

有的人你与他相处久久，分开后也大约记不住；有的人则不然，即使他再也没有出现在你的视野里，你也不会忘记他（她）。赵君显然是后一种人。

吉林大学中文系77级，出了不少重磅级的人物，有的甚至可以说是叱咤风云。姓名被印成铅字见诸主流媒体的就有一串儿。岁月有痕，30年过去了。怎样的30年呢？我参、闻、睹了不少英年早逝，也曾暗自庆幸，我的同学里还没有。

我在几篇文章里重复着一句话：死亡是人生必然降临的一个节日。我们可以摒弃每年那甜腻的生日蛋糕，却不可以躲避这盏蜡烛——没有玫瑰花的忌日蛋糕上那一盏滴泪的蜡烛！漆黑中，它指引我们在通往天堂的路上轻轻地走，那样安静、那样平和……它是火种，带来的却不是烈焰，而是映衬着一张返回初生婴儿状态的无邪娇嫩面容。赵君是吉林大学中文系77级第一位点燃这只宿命蜡烛的人。我的蜡烛呢？何时燃起？

我是怕热闹的。这些年关于77级的话题大多与热情、作用、使命、大社会关联。我想，所谓77级，不过是这样一群人——他们参与了见证了中国的一段无前的时期，谁也不知道自己该走向何方；一个浪潮紧接着下一个浪潮，容不得犹豫思考。哦，我们赶海去！

赵君的性格注定了迎着浪尖冲闯。我是懦夫，只好在浪潮消退后捡拾那一片乱七八糟的狼藉，辨识其中是否存有珠贝。

但是，无论我们如何给自己定位，最终，我们都要聚合。因为我们不由自主地选择了同一个最难的题目——生，准确地说是人生。

这条艰难的路，这条欢愉的路，这条杂陈的路，这条轻灵的路。

灵魂离开了我们，俯视着我们，讪笑：痴啊！

可是我们依然走着。一步一跪拜，一步一蹒跚，虔诚、认真，宛如朝圣者，向着圣地膜拜。莫笑我们西装革履，其实我们麻芥裹身。

哈哈，等我连麻芥都不需要的时候，愿我的蜡烛将我化作一粒尘。

赵君，愿你皈依，在通往天堂的路上，七七四十九天，剥茧抽丝般褪去尘世给你的斑斓霓裳，慢慢地走稳稳地走，走出一个天高云淡。

赵君走好，同学想你！

等着我们再一次聚合。

2008年7月24日－2008年7月25日

（这篇短文是2008年赵闽去世时，匆匆草就的。放在这里，安放一片同窗之谊。）